[鹿小姐书系]

阮阮不相离 2

Ruan Ruan
Bu Xiang Li

原城 著

陕西新华出版传媒集团
三秦出版社

图书在版编目（CIP）数据

阮阮不相离.2 / 原城著. — 西安：三秦出版社，2017.12
 ISBN 978-7-5518-1696-0

Ⅰ.①阮… Ⅱ.①原… Ⅲ.①长篇小说—中国—当代 Ⅳ.①I247.5

中国版本图书馆CIP数据核字（2017）第288610号

阮阮不相离.2

原城 著

出　品	大周互娱
总 策 划	周　政
总 监 制	杨翔森　曾筱佳
编辑总监	调　调　小　狸
责任编辑	韩　星
特约编辑	月饼殿　小　鱼　周也兰
封面设计	小　乔
版式设计	向小腾
封面绘制	卜若梨

出版发行	陕西新华出版传媒集团　三秦出版社
社　　址	西安市北大街147号
电　　话	（029）87205121
邮政编码	710003
印　　刷	湖南凌宇纸品有限公司
开　　本	880mm×1230mm　1/32
印　　张	10.5
字　　数	323千字
版　　次	2017年12月第1版 2017年12月第1次印刷
标准书号	ISBN 978-7-5518-1696-0
定　　价	34.80元

网　　址	http://www.sqcbs.cn

目录 Contents

001 第一章 这次换我救你

033 第二章 巫阮阮,你是不是把我当笑话!

066 第三章 你按着我的遗嘱了

092 第四章 我怕死,因为我有牵挂

119 第五章 一人死亡,一人轻伤

134 第六章 我现在幸福得像一条鱼!

150 第七章 幼稚至极的挑拨

167 // 第八章 霍总的前妻

179 // 第九章 我连男人都可以喜欢,偏偏就不喜欢你

195 // 第十章 不是一家人不进一家门

212 // 第十一章 他的小公主离开了!

241 // 第十二章 我们再要两个,好吗?

256 // 第十三章 霍霆的转变

269 // 第十四章 一切都是你罪有应得

304 // 尾声

第一章

这次换我救你

巫阮阮迟到了。

她匆匆忙忙赶到公司的时候,正好遇见霍朗带着童晏维从市场部出来,似乎正要外出。

童晏维站在霍朗的身后,朝巫阮阮挥手。

霍朗目视前方,好像没有看到巫阮阮一样,直到她叫了一声"霍总",他才微微侧目,表情倨傲,淡淡地说了一句:"迟到了,下次注意。"

童晏维不明所以地在两人之间来回扫视。

到了KUTA,霍朗十分从容地褪下黑色的羊皮手套,童晏维立刻上前接过来。

面对一脸寒冰的KUTA负责人,他没有礼貌地伸出右手,而是等待童晏维为他拉开椅子,从容地坐上去。

童晏维心里直犯嘀咕:我们公司不是泄露了原稿吗,霍朗这一副准备抄家盘点的架势,是要做什么?

KUTA负责人礼貌地朝霍朗伸出右手:"我是这次谈判的代表。"

霍朗岿然不动,目光极轻地在对方的手掌上滑过:"谈赔偿是律师该做的事情,我来是为你们解决当下最要紧的问题,如果问题可以顺利解决,你们得到的利益远远不止向我们索要的赔偿款。"

关于这件事,霍朗给出的解决方案是:SI为KUTA免费提供全新的 15 到 20 种设计案，但不接受修改调试。

理由很简单，KUTA 没有证据能证明原稿是 SI 泄露出去的，说白了，这是要赖，但你奈我何？为 KUTA 提供新方案完全是出于慈悲，在第一时间为他们解决这棘手的问题，让他们才不至于用牛皮纸箱来包装他们的奢侈品。

当然，KUTA 可以选择拒绝这个提议，但如果这样他们就得另请高明再设计，并且 SI 不给予任何赔偿。

KUTA 的态度很强硬，但抵不住霍朗的态度更强硬，思考一杯咖啡的时间后，KUTA 给出了答复："如果采用新的设计案，我们需要当时弃选的另一个设计主题《暖风》。"

霍朗眉梢一扬，放下咖啡杯："恐怕不行，《暖风》已经被 Eyou 签走了，如果你们真的十分感兴趣，我可以帮你们联系一下，Eyou 的总裁是我的大学同学，他这人就对钱感兴趣，只要价格合理，忍痛割爱并不是问题。"

会面结束以后，霍朗主动提出请童晏维吃饭。童晏维简直受宠若惊，霍总请客之难，难于上青天啊。可是结账的时候，霍朗一听将近四百块，直接将钱包重新放回上衣口袋，用下巴点了点晏维："去结账。"

童晏维把筷子一放，认命地拎起公文包去前台结账。

霍朗当真从酒店搬走了。

沈茂给他准备的房子虽然很好，但是总透着一股新装修的味道，开门后扑鼻而来的奇怪味道让他忍不住皱眉，他打电话问沈茂："你缺钱吗？你缺房子吗？你就没有一套带人气的房子吗？"

于是，霍朗搬进了原来童瞳住的房子，开始与小助理同居的日子。

昨天一夜未睡，他进卧室补眠，醒来的时候已经将近下午六点，屋子里飘满肉香。

童晏维端着盘子从厨房出来，门铃突然响了起来，他放下盘子走去开门。

"请问这里有位童小姐吗？"

"没有。"

童晏维警惕地看着门外的人，童瞳从来不会告诉别人自己住哪儿，也从来不带朋友回家。他说："没没……没童小姐。"

霍朗随手从沙发上拎起自己的毛衣套上，走到门口，看着门外西装革履、微笑得体的一男一女，又看了一眼一脸警觉的晏维："我是房主，姓霍，这里没有童小姐。"

门外的人说了一声抱歉，转身离开。

霍朗关上门："吃饭吧。"

他不知道来的人是谁，但是凭直觉，他觉得来者不善，他可不觉得童瞳会有看起来那么正经古板的朋友。

连着几日，霍朗不是外出约客户喝咖啡，就是回家喝咖啡，直到展馆项目启动。

那天的天气非常不好，有多不好，童晏维当时瞥了一眼霍朗的脸，觉得这天气差到和他们霍总的脸一样。

空旷的展馆内里还是丑陋的毛坯，到处飘着一股灰土的味道。

童晏维将手里的手电筒在地上照了照，发现是一块碎了的石膏板："小心这有东西。"

霍朗心不在焉地"嗯"了一声。

童晏维刚要重复，突然脚下一滑，身体快速向后仰去。霍朗来不及做任何判断，直接扭过身伸手去捞童晏维，但他怎么拉得住一个上百斤的成年男子，两人一起滚了下去。

水泥地面冰冷刺骨至极，身上如同拆骨一般，霍朗缩了缩脚踝，肩膀处隐隐作痛，他试着稍稍挪动，应该是拉住童晏维的力道太大而导致脱臼，不过幸好，没有缺胳膊少腿。

空旷的建筑里漆黑一片，通风口透进一道冷白缥缈的月光。

水泥地面覆着厚厚一层灰，他大概也吸进去不少，喉咙像吞了一块带着棱角的硬铁般难受。他试图坐起来，手臂刚撑地，便一阵剧痛袭来，他又重重地摔回地面，似乎不止脱臼那么简单，他的右手小臂好像骨折了。

霍朗费力地侧过身，咬紧牙关，手上迅速发力，将脱臼的肩膀硬生生地接回去。尽管这里极度阴冷，他却出了一身冷汗。

右手小臂明显肿了起来，忍痛按下去隐约可触到断骨的锋利。伸手不见五指的黑暗里，霍朗胡乱地摸索着身侧的地面，细碎的尘土之后，他触及一手冷冰冰的湿润，两指一搓，细密的尘土颗粒带着黏腻，是血！

霍郎内心一惊，用干哑的声音喊了一句："童晏维！"

霍朗伸手探向身侧，触到了童晏维的手，但没有得到任何回应。他去摸裤兜里的手机，落了空，应该是掉下来的时候摔了出去。他又在地上摸索，手指不小心碰到什么，竟然在黑暗中闪起一束微弱的光。

是童晏维的手机，霍朗松了口气。

霍郎左臂屈起，手肘费力撑在地面，牵动肩上的伤处，额上再次浮起一层汗珠，慢慢下滑落入眼中，引起一阵咸涩的刺痛。

霍朗狠狠地眨了下眼来适应，眼睛是他的弱点，在叙利亚的那场暴乱里他受了伤，虽然没有失明，眼睛却经常感到疲惫模糊，受不了半点刺激，在昏暗的光线之下，他的视力也会明显减弱。

他拨通急救中心的电话，十分冷静地向接线员说出地点，还有伤员的伤势。

现在，他需要想办法带着童晏维离开这里，最好可以到展馆的空旷处。这展馆太大，据他所知，所有大门都是封锁的，只有两边的侧门没有上锁，这地方要找人着实不容易。

沈茂拿着一沓文件从办公室走出来，随手拉住一个设计师问："看到霍总了吗？"

"没有啊！霍总不是和童助理先走了吗？"一个随行去工地的设计师回答道。

都这个点了还不见人回来。沈茂皱眉，先后拨了二人的电话，都是无法接通的状态，这让他心中的不安扩大。

他找到这个项目的首席设计师，问："霍朗和你联系了吗？"

"没有。"

出事了！沈茂转身回到市场部，一遍遍地拨打他们的手机。

"对不起，您所拨打的电话不在服务区。"话筒中女声依然冰冷。

那展馆尚未竣工，现场一片狼藉，所有的玻璃窗都用胶纸封住了，每个场馆的正门都有锁链,一旦发生危险,想找个地方爬出来恐怕都很困难……

他立马召集几名男同事,拿起霍朗的车钥匙,领着几人直奔楼下。

巫阮阮端着给阿宽冲的热咖啡,从茶水间里走出来,见到行色匆匆的沈茂一行人,问:"沈总,你们这架势是去哪儿?"

"霍朗出事了!"

巫阮阮一愣,立刻停下脚步,错愕地睁大眼睛:"你说什么!"

"霍朗和我小舅子出事了!"

"我和你们一起去找他!"她忽然慌张起来,恨不得就地把这咖啡杯扔出去。巫阮阮从来没有一次像现在这么紧张,这种紧张里不仅仅有担忧和惋惜,更多的是带着一股窒息感的疼痛。只有第一时间见到霍朗,她才能将心放回肚子里。

巫阮阮顾不上咖啡杯还很烫,两手端着杯子赶紧送到阿宽的桌上,差点直接摔在他的电脑面前。

阿宽一怔:"你这是要造反吗?"

巫阮阮没有回答,她满脑子都是沈茂说的霍朗和童晏维有可能在工地出事了。

她朝两个在办公室备有长羽绒以防加班的男同事借了两件衣服,半抱着搭在手臂上,揣上手机就往外走。

现在已经是晚高峰,一车难求,她在路边急得冒汗,也打不到一辆车,好不容易等来一辆空车,却被一个陌生女孩子拦下了,显然对方也不想放弃这辆车。巫阮阮匆忙摸了一把额头,看着那女孩:"让我坐吧,我肚子痛,要去医院。"

她这样说,谁还敢和她理论先来后到?

巫阮阮报了地址之后,司机嘀咕着:"这么晚了去那么偏僻的地方,你一个女孩子也不害怕。"

尽管展馆尚未竣工,但是这规模已令人叹为观止,巨大空旷的停车场在月光下一望无际,黑漆漆的联排展馆沉默孤寂地屹立在夜风里,阴森至极。

沈茂带人打着手电筒,沿着早上进展馆的路去寻找霍朗和童晏维,连每一个隐藏式的楼梯隔间都不放过。

巫阮阮嫌抱着衣服走路费劲,只能将羽绒服套在自己身上,更加显得人圆滚滚的。司机停车的位置是侧边的一个小门,应该说是一个门洞,连门都没有,里面黑黢黢的,像魔鬼张开的嘴巴。

周围一丝人气都没有,脚下突然蹿过一只老鼠,巫阮阮吓得差点一屁股坐在地上。

巫阮阮来得太匆忙,只想到了霍朗是否会冷,没想到自己是否能看得见。她没拿手电筒,只有一个可以发出微弱光芒的手机,这是她唯一的照明工具,也是她唯一的武器。

出租车绝尘而去,她瑟瑟发抖,在风中朝着小门里叫了一声:"霍总!"

这里是有多空旷,连巫阮阮这小嗓门的回音都显得如此荡气回肠。

一听回声,巫阮阮自行先吓出一身冷汗。

她每走一步,都能听到身上羽绒服的布料发出沙沙的声响,空气里灰尘的味道极重,呛得她很难受,忍不住咳了两声,回音传来,像很多人在陪她一起咳嗽一样。

她时不时踢飞一块碎小的水泥块,水泥块落地时发出了沉闷声,惊起一圈灰尘。

"霍总!童晏维!"巫阮阮双手收成喇叭围在嘴边,不停地大喊。

越往展馆深处走,巫阮阮越心慌。如果真的出了什么意外,已经过了一下午,他们……

"霍总!"她的声音开始发颤。

馆所深处,霍朗靠在冷硬的水泥墙壁上,由于后脑受伤,无法抵靠着墙壁,就算累,他也只能这样僵挺着脖颈休息。童晏维仍然昏迷着,霍朗半搂着他,不让他滑下去。

寒意从冰冷的地面蹿上来,身体的热量在一点一点流失,后脑勺的血已经凝固了,疲惫不断袭来,他很疲惫,很想睡觉,卷长的睫毛随着眼皮的震颤如蝶翅扑闪。

这可算是工伤,等他出去,一定得找沈茂索取巨额赔偿。于是,霍朗开始思考赔偿金额,从而延伸到各种问题。他不能停止大脑转动,生怕自己抵不住体能散失带来的困意。

霍朗用力捏童晏维的手臂，不让对方彻底失去意识。

童晏维流血太多，若是让他睡过去，一旦引起失血性休克，恐怕就再也醒不过来，自己也就白白拽着他走了那么远的路。

霍朗微微眯起眼睛，想到很久以前，在一个战地的废墟之上，他也曾这样抱着一个女人，躲避狼烟四起的战火，绝望地等待黎明和救赎，只是那种心境，和此刻完全不同。

那时怀里的女人是他深爱的人，他愿意付出生命随她到那乱世里，她不愿意同他离开那个地方，他就甘愿陪着她一起，哪怕最后的结果是一起死。

彼时，那是完完全全的心甘情愿，甘之如饴，可是现在，此情此景，他只有不甘。

因为不管求生也好等死也罢，现在陪他的人，不是他想要的人，他还从来没对巫阮阮说过那些好听的情话……

不过，不是巫阮阮，也好。

"霍总……"巫阮阮特有的细软嗓音，连带着回音都像温柔的讨魂声回荡在他的耳边。

他太想巫阮阮了，太想了，所以，听到了她的声音。

霍朗的嘴角不自觉地扬起一抹淡笑，他脑海里浮现巫阮阮眉眼弯弯的样子，用各种方式各种语气叫他："霍总，霍总，霍总。"

他无意识把尾音拉得很长，"嗯"了一声，好像在回应。

"霍总……"巫阮阮的声音再次传来。

已经临近昏迷状态的霍朗猛地清醒过来，双目瞪圆，呼吸急促起来。他抬起头，四处张望。

"霍总……"巫阮阮又喊了一声，她的声音微微发颤。

是巫阮阮！霍朗心里突然像有什么炸开，发出一声巨响，他大声回应："巫阮阮！"

巫阮阮也一愣，这声音着实不像霍朗，但是如果不是他，还会有谁这么紧张而霸道地叫自己的名字？她一时激动不已，拿着手机开始四处照，一遍遍喊他的名字。

霍朗靠在墙壁边，看着笼罩在微弱光影里的巫阮阮一步步向前，他声音嘶哑道："我在你左上角45度的方向。"

巫阮阮立马转身，也顾不上看路，大步朝他走过去。

"你给我慢点！"

巫阮阮哪里听得进去？

手机的亮光终于可以照到不远处的两个人，虽然什么都看不清，可是巫阮阮还是觉得他们看起来糟糕极了。

她激动地靠上前，脚尖直接踢在了霍朗的鞋上，一个趔趄扑向前。霍朗猛一收腿，他左手还揽着童晏维，只能用受伤的右手去接，疼得他冷汗直冒。

巫阮阮跪在地上抚了抚胸口，还好没摔到肚子。她紧张地用手机的亮光去照霍朗和童晏维："霍总，你怎么样了？童晏维这是昏迷了吗？"

他单薄的衬衣早已被汗和血濡湿，凝成大片大片黑色的花，头发混着泥土凝成一缕一缕，鲜血狰狞地糊满额际。

霍朗没回答她，等小臂上的剧痛稍缓，他才声音嘶哑地吼了她一句："你又开始作死了是不是？"

"你才作死呢……"她跪在地上脱下两件羽绒服，把一件给童晏维盖上，又把另一件迅速披在霍朗的身上。

"你知道这里是什么地方吗？"惊喜过后，霍朗只剩后怕，"巫阮阮，我不是已经告诉你了，我不想再救你了，你听不懂吗？谁让你来这里的，你来这里能解决什么问题？你是能把童晏维给我抱出去，还是你是医生能救人？你怀孕几个月了你知不知道？你和孩子是怎么活下来的你记得吗？一旦发生意外，你除了变成我的累赘，还能做什么？还是你觉得我有多厉害，可以在断了一条手臂的情况下带两个受伤的人出去？你是不是永远学不会智商两个字怎么写？！"

说到最后，他的声音嘶哑得几乎失真。

巫阮阮的眼泪在眼里滚了两圈，然后掉了下来，她抬手抹掉眼泪，想解释的有很多，最后只说了一句话："这次换我救你。"

霍朗不再说话了，只是在黑暗里直直地望着她的眼睛，他突然发现自己错得离谱。

恋爱时，我们总是觉得对方付出的真心与爱不及自己的多，我们会莫名扣上一顶"你不够爱我"的帽子在对方头上，但我们永远不会成为另一个人，永远不会成为对方，又怎么会知道对方付出的是不是全心全意？

"呃——"正抒情着，巫阮阮突然打了一个嗝。

霍朗简直要被她气笑了，这是个什么女人！

"呃——"巫阮阮连忙捂住嘴，打嗝的声音还是从指缝中钻了出来。

"我们离开这里，这地方太冷，童晏维还发着高烧。"他挣扎着要起来。

巫阮阮想为霍朗套上披在肩上的羽绒服，他却微微避让："拿走，你穿。"

"我不冷。"说完，她十分配合地打了个喷嚏。

"我让你穿上。"他极度霸道地命令。

巫阮阮对他的话置若罔闻，她轻轻抬起他受伤的右臂，非常温柔，缓慢却不容抗拒。虽然霍朗一声不吭，但是她觉得他会很疼，于是柔声说："没有这一件衣服我不会怎么样，可是你需要热量，我听你的话那么多次，现在你要听我一次，因为今天我才是英雄。"

她身上淡淡的奶香，混合着水泥灰的味道，一起钻进了霍朗的鼻腔。

"还记得从哪里进来的吗？"霍朗哑声问道。

巫阮阮连连点头。她走在前面，用手机光照路，霍朗承担了童晏维的大部分重量，步子略显虚浮。

"小心脚下。"巫阮阮转头提醒着霍朗，将手机光对准他的前方，让他看清路面，下一秒，自己却一不小心踩到一块水泥块，脚下一滑，侧着身体重重地摔倒在地上。

"阮阮！"霍朗惊出一身冷汗，童晏维也摔倒了下去，他却顾不上，一步跨到巫阮阮的面前。

"摔到肚子没有，肚子疼吗？"霍朗紧张地扶着巫阮阮站起身，左臂抖得像筛子。

巫阮阮白着一张脸，笑得比哭还难看，忍着腰部的疼痛，她把手机光对准自己的手心："没事！就是手被割破了而已，小伤。"

洁白细嫩的手心嵌进去几块水泥碎屑，几道血痕突兀地横亘在掌心。

霍朗尽量仔细地将碎石砾挑了出来，扯出衬衣，找了块干净的地方用力压在巫阮阮的手心，斥道："你小心点！别管童晏维，专心在前面领路！"

巫阮阮的脸隐在黑暗里，声音温柔："知道了，霍总。"

再次起身，霍朗搀着童晏维脚步虚浮地跟在巫阮阮的身后，目光片刻不移地盯着她的背影。

出去的路可比来时要漫长，微弱的手机光不时晃动，巫阮阮一只手扶腰，一只手举着手机，她的呼吸也开始急促起来，一瘸一拐地走着。

她勉强笑着，生怕霍朗看出她的不适，调侃道："这路可远了，咱们可能要走一辈子……"

"这种破路，我霍朗是不会走一辈子的。"他的声音中有强忍的痛苦，却字字清晰。

——我要带着你走上一辈子的路，一定不会让它布满荆棘，就算无法铺满红毯，我也要让你步步平安。

巫阮阮撇撇嘴："这不在于路好不好，在于谁陪你走啊……"

霍朗炙热的目光黏在前面的女子身上："反正不能是你这种智商低的女人。"

巫阮阮也不与霍朗争辩，只自顾自地说话，他偶尔呛她两声。

黑暗中有人相伴，不再静默无声，漫长的路似乎也开始变短。

有闪烁的红光从门缝中射进来，巫阮阮指着出口，眼里的光芒如深夜寒星般璀璨，她激动地转头："你看，是门！"

霍朗眉头一拧："滚回去看路！"

巫阮阮笑着扭头，继续往前走。

展馆外的空地上停着救护车和消防队的警车，急诊中心接到霍朗的求助电话，车呼啸着赶到现场，却发现展馆太大，根本找不到急需救助的伤患，只好求助消防队。

消防队长举着喇叭喊着，指挥消防队员分批定点定位进展馆内搜救。

消防队一到，沈茂等人便被清理了出来，以免影响搜救进度，加大搜救难度。

只是谁也没发现，这里竟开了一扇小小的侧门。

沈茂站在空地上，目光炯炯有神地看着消防队紧张有序地展开搜救。

接到急救电话来出任务的医生和护士抬着担架，站在展馆的侧门前，等待着他们将伤者抬上救护车。

"队长，没有找到。"一道声音从消防队长的对讲机中传出来。

沈茂上前一步："不，不可能！一定在里面！"

消防队长看了一眼目光坚定的沈茂，对着对讲机下着命令："继续搜，注意一些偏僻的甬道、楼梯、台阶。"

"这里！我们在这里！"巫阮阮摆手，尖声喊道，身后霍朗笔直的双腿打着战，扶着童晏维站成一座雕塑。

有医生发现了这三人，急忙喊了一声，抬着担架向他们三人跑过去。

沈茂循声看去，也发现了三人。

医生从霍朗手中接过童晏维，霍朗紧绷的神经终于得以松懈，他再也坚持不住，直直地向后倒去。

巫阮阮走进病房的时候，霍朗正侧身躺在病床上。他的头上缠着一圈纱布，手臂也打上了石膏，床侧挂着输液瓶，听到细微的动静，他睁开眼。

巫阮阮眉眼弯弯，走了过去，站在他的床边，微微弯腰，声音温柔："霍总……"

霍朗轻轻瞥了她一眼，目光冷漠至极，甚至还有略微的敌意。他的声音带着微微的鼻音，倨傲地哼出来："你是谁？"

巫阮阮宁可相信有人会摔死，也绝不相信有人会摔失忆，摔失忆可是绝对的技术活。

她眨了眨眼，目光十分具有侵略性地直射霍朗的眼底，只要他的睫毛稍稍一颤，或者他的嘴角稍稍一挑，她就知道他在耍无赖。可是巫阮阮盯了许久，除了看到霍朗越发厌恶的神色，再也不见任何破绽。

"霍总，你真不记得我了？"

"我为什么要记得你？"霍朗淡淡开口，眉心轻皱。

巫阮阮抿了抿唇："你这个忘恩负义的男人……"

"……"

"你一定是不想对我和女儿负责了！然后假装失忆不认识我们了！你这样……"巫阮阮突然极委屈地撇了撇嘴角，"留下我们孤儿寡母的，可怎么办？"

霍朗挑了挑眉，口气比表情还冷："出去。"

"早知道你是这样的人，我当初就不会嫁给你。我走了，你好自为之吧。"巫阮阮头也不回地往外走，心里想着：你马上会叫我回去的，你会说"你智商怎么低到连真假失忆都看不出来"。

可是巫阮阮已经迈出房门，仍是不见一点动静，她回头看了一眼，霍朗早就不看她了，他已经平躺着看着天花板，一副若无其事的样子。

她停下脚步，忐忑地站在门外，怯生生地叫了一声："霍总……"

霍朗侧头，皱眉："我是个病人，什么都不能帮你，如果你有需要，或者你脑子不好找不到回病房的路，就找医生，别来打扰我休息。"

巫阮阮再次进到病房，随手关上门，安静地迈着小步子走到他面前，认真无比地问道："你真不记得我了？我是阮阮啊。"

霍朗面无表情地看了她半晌："不记得。"

"不管你记不记得，我都是你女朋友。"为了证明这话语的真实性，巫阮阮还刻意点了点头。

霍朗突然笑了一声，巫阮阮也跟着笑了："装不下去了吧？"

他嘲讽地勾起嘴角："你是个混进医院里的骗子，并且是骗术不怎么高明的骗子，说话的时候漏洞百出。说吧，你想从我这里骗什么？"

巫阮阮脑袋"嗡"的一声响，她开始觉得这不是玩笑了，如果这是霍朗为她上演的整蛊戏，那么他的演技也太逼真了，他眼角眉梢对自己透露出来的陌生，像冰锥一样尖锐、寒冷，那是一种看待女神经病的眼神，她第一次见他时，他也不曾露出过这样的神色。

她咕哝道："我是阮阮，不是骗子。"

霍朗看了一眼自己的输液瓶，稍稍抬了抬打着石膏的小臂，这样的束缚让他很不舒服。他似笑非笑，分析得头头是道："你先是说你是我老婆，说你怀的孩子是我的，但是，你却叫我霍总。我今年三十一岁，你看起来也不过二十二三岁，当然也有可能你四十二三岁，但是你长得比较显年轻。我二十八岁的时候和前女友分手,如果我当时就认识你,然后结婚到怀孕,最长不过三年时间,三年从恋爱到婚姻到生子,连个七年之痒都不到,你却叫我霍总?难道你不应该叫你的丈夫一声老公或者其他更亲昵的称呼吗?别说你知道我的名字这件事,我的名字就在我的病历卡上,在床尾贴着,只要在我睡觉的时候,任何人进来都可以知道我的名字。我让你走,你又回来说我是你男朋友。这个谎言更加拙劣,如果我是你的男朋友,你挺着这么大的肚子,我为什么不和你结婚?我母亲会非常乐意我能给她找个儿媳妇。只有一个可能,这孩子不是我的,如果他不是我的孩子,我更不可能当你的男朋友,我又不缺女人。"

巫阮阮指了指自己的肚子,刚要说话,病房的门就被推开,沈茂拎着一个保温饭盒走进来。他西装革履,人模人样的,像从婚礼现场回来,见到巫阮阮时温和地笑笑:"阮阮在啊,你怎么现在到处乱跑,医生不是让你多休养几天吗?"

"我没事了。"她站起来,接过沈茂手里的保温饭盒,看起来有些焦虑,"沈总,霍总他说不记得我了,他失忆了……"

"嗯?"沈茂一愣,看了看床上的霍朗,又看看巫阮阮,随即轻轻拍拍她的肩,"哪儿能啊,他在和你开玩笑。"他笑了笑,问霍朗,"你失忆了?"

"你才失忆了。"霍朗冷冷地瞥了他一眼。

沈茂轻笑一声:"你看,失忆又不是失恋,哪能说失就失?"

巫阮阮愤慨地转身,瞪着霍朗:"你骗我?"

霍朗波澜不惊地扫了她一眼:"原来你认识沈茂,那你刚才说的话也是骗人的,你还是一个骗子。"

沈茂莫名其妙地走到霍朗的身旁,挨着床边坐下:"你别逗阮阮了,她很单纯,容易当真。"

霍朗蹙着眉头看了沈茂半天,有些难以置信地反问:"我真的认识这个小骗子?"

这次连沈茂也愣了好几秒,几步迈出病房,不出半分钟,三四个医生跟着他风风火火地冲进病房。巫阮阮吓得捧着肚子直往床尾靠,仔细地看着医生给霍朗做检查。

一连串的问题让霍朗极其不耐烦,最后根本一句话不说,冷着脸看向窗外,谁也不搭理。

医生在他上午做的头部造影里没有发现任何异常,只能猜测是心理问题,让沈茂联系心理科的人过来。霍朗在一旁慢悠悠地接了一句:"看不出什么病就说我心里有病,一会儿要是心理医生看不出我心里有病,是不是又要说我精神有病?你怎么不一步到位,说我精神分裂?"

巫阮阮紧紧抓着床尾,想说"你先别逞一时口舌之快,听医生的安排不是最好的选择吗",但是一想起霍朗已经不认识她,她说什么都只会惹来他的反感,那他岂不是更不愿意想起她?他还记得沈茂,唯独不记得她,在他潜意识里,他是不愿意记起她吗?

如果霍朗一辈子都选择不记起她,那她该怎么办呢?

"你少说两句。"沈茂呛了他一声,对巫阮阮笑着说,"我和他单独聊几句。"

巫阮阮离开以后,沈茂立刻把领带拽松,往床边的椅子上一坐:"你逗她干什么?你看把她吓得魂不守舍的。"

"惩罚。"霍朗淡淡地回答。

沈茂笑了笑:"惩罚……好像惩罚她你不心疼似的。我听童瞳说,你和阮阮在一起了。"

"前几天刚分手。"

"这么闪电……"

霍朗沉思片刻,缓缓地说:"我决定给她一个求饶的机会。"

沈茂嘿嘿低笑两声,觉得他这给自己找台阶下的方式着实不怎么好看,说到底就是舍不得又狠不下心,一个是腹黑狼,一个是小白羊啊!巫阮阮能不被他吃得死死的吗?

"对了,阿朗,我一直没和你说过,你知道阮阮的前夫是谁吗?"

听到好友认真的口气,霍朗神色一凝:"不知道,是谁?"

沈茂微微垂下眼,反问:"巫阮阮没告诉过你吗?"

巫阮阮曾问过他:"你知道我是谁吗?"

童瞳也曾问过:"你知道巫阮阮是谁吗?"

现在,沈茂也这样问。

沈茂沉默了一会儿，说："我觉得有些话，还是巫阮阮自己来说的好，别让我们周围人的闲言碎语影响了你。"

"那就别告诉我。"

"订婚顺利吗？"

空气静默几秒，霍朗突然发问，沈茂嘴角一抽，揉了揉太阳穴，点点头："顺得不能再顺了，连个标点符号我都没有说错，歌舞升平，举家欢庆。"

沈茂深吸了口气，无奈地呼出一口气，转头看了一眼紧闭的病房门，从大衣口袋里摸出香烟，点燃："这是我第一次对童瞳说谎，她以为我从马来西亚飞回来就是为了看你，我告诉她今天是我一个朋友的婚礼。然后今天早上，她去我住的地方，给我选好西服，搭好领带，帮我喷好香水。她说参加我们这个档次家庭的婚礼，从来吃不饱饭，只能喝一肚子酒。我们下楼之后她在小区外面的餐厅给我买了三明治，然后……"

沈茂望着窗外的目光在缭绕的烟雾下闪烁不定，他瞥了一眼正全神贯注听他讲故事的霍朗，微微一笑，笑容略带苦涩："是我订婚。"

"你可以对她实话实说，你母亲虽然不是正房，但你是沈家唯一的儿子，现在怎么晃荡都可以，沈家家大业大，不在乎你虚度这几年光阴带来的损失，但你总归是要回到沈家去，听从你父亲的安排，你只有两种选择，爱一个门当户对可以商业联姻的女人，然后娶她，或者娶一个门当户对与你们沈家强强联合的女人，然后爱上她。"

总之这两种选择里，最后能和他光明正大白头偕老的人，都不会是童瞳。

很多人说，爱情的力量可以战胜一切困难，但如果困难真的能被这虚无缥缈的爱情轻易战胜，它又具有什么实质性的伤害？当巨大而残忍的现实清楚地呈现在爱情里，很多人会发现，自己的爱情即将遭遇的不是一场困难，而是一场灾难。

霍朗说的道理，沈茂都懂。

很多道理人们都懂，但是都无法去做，最困难的就是，他没有办法不爱童瞳。

沈茂摇摇头："我从来没对她说过谎，连我有过几个女朋友都敢告诉她,只有这件事,我想了几个晚上,都没想到一个可以完美解决的办法。我以前一直觉得我和她之间的信任已经到了就算我明天结婚,今天也能对她坦白的地步,但是真到了这一步,才发现这不是信任的问题,是伤害。"他稍稍顿了一下,四处没有找到烟灰缸,直接将已经老长的烟灰弹到了地上,"阿朗,我沈茂活了小半辈子,风风光光,从来没这么窝囊过,这次,真是太……屄了。"

"如果你结了婚,童瞳那个性格,不会同意再和你在一起。"霍朗沉思片刻,总结道。

沈茂勉强笑着,喷了口烟:"我怎么可能让她再受这样的委屈!"

这是天大的委屈,他沈茂不会让童瞳承受,订婚只是权宜之计。

巫阮阮顺着医院的楼梯漫步而下,忽然一个熟悉的身影转过楼梯角,她很纳闷:他怎么在医院?

巫阮阮怔住几秒,拔腿就向那个身影消失的方向追了过去。他走得并不快,她保持着一定的距离小心翼翼地跟着。

他漫无目地走着,似乎在散步。

天已经暗下来,道路两旁的路灯已经亮起,一盏一盏散发着鹅黄的暖光,投在路面上,他的头发、身上覆着一层暖光,走几米一清晰,走几米一昏暗。

忽然,他在一盏路灯下停下,对着灯柱看了半天,双手插在兜里,神情专注。

好半天,他才重新迈步,只是这次,步伐慢了很多。

巫阮阮看着他一步步离开,才站到那盏路灯下,借着灯光寻觅到一排小字,在黑色的金属灯柱上,被金属硬生生地划下了漆,歪歪扭扭地写着两排小字:亲爱的,如果你从天堂回来,记得记起,我在这里,说过爱你。

霍霆在医院躺了很多天,所有的时间基本用来睡觉,他清醒的时间不多,吃的东西也非常少。医生说,现在他的状况虽然非常不妙,但是想清醒过来不是问题,他不醒,只是因为他不想。

中午的时候他仍在睡,是孟东拿着接通的电话放到他的耳边,然后轻轻摇醒了他。迷糊间,他没听到任何人说话,只有听筒里发出的"嗒嗒"的声音,两下一组地敲击声,非常有规律,敲了很久。他突然睁大眼睛,大脑瞬间一片清明,刚发声,便发现自己太久没有开口的嗓子哑得厉害:"呢呢,爸爸在出差,在国外,很快就回去了,你在家乖乖听话。"

孟东需要回公司处理一些事情,霍霆就一个人这样穿过楼梯,绕过草坪,一圈一圈,漫无目的地走着。

巫阮阮只顾着看霍霆,没有注意到从草坪上跑出来的一个半大小孩,小家伙三岁左右的样子,撞在她的大腿上,然后一屁股摔在地上。巫阮阮吓了一跳,赶紧去将小孩子扶起来,小姑娘"哇"的一声,号啕大哭。

动静越来越大,将霍霆的思绪召回来。

巫阮阮好不容易哄好孩子,抬头就对上霍霆的目光。

不远处有木制的长椅,霍霆走过去坐下,朝她招了招手:"你是不是有问题想问我?"

巫阮阮像被下了降头一样,老老实实地走过去,坐在他的旁边,椅子上传来的凉意让她慢慢清醒。

霍霆脱下了自己的毛衣,披在她的身上,将毛衣身后连着的帽子也扣在她的头上,温柔得如同对待手心的宝贝,在她后脑轻轻拍了拍。

巫阮阮盯着他的胸口,红色的刺绣是医院的名字:"你病了?"

霍霆的眉梢轻轻挑起,眼底带着雀跃的笑意,温柔地反问:"你担心我?"

巫阮阮紧张地抓住他的袖口:"别闹了,你病得严重吗?是什么病?是因为生病了,才和我离婚的吗?"

霍霆的笑容僵在脸上,目光却更温柔了:"如果我说是,你要你的男朋友,还是要我?嗯?"

眼前一双清俊的眉眼渐渐与霍朗重叠,只是那人展露的总是野性与自信,而霍霆,连温柔都透着清凉,似乎也越来越悲怆。

巫阮阮的犹豫让他心里百感交集,希望成真,却心酸至极。

"你到底是什么病?"

霍霆轻轻握住她微凉的手指,笑着说:"你亲亲我,我就告诉你。"

"我在问你这么严肃的问题,你认真一些好不好?"

"我很认真,你亲亲我,我就告诉你我生了什么病,病得重不重。"

巫阮阮赌气地别过头:"我会去问医生的。"

霍霆摇摇头:"你问不出来,我住的VIP病房病历是保密的。"他准备站起来,手掌撑着椅子,煞有介事地问,"你确定不亲我?那我要回去了,我住的楼层没有病人或者家属同意是不能探病的。"

巫阮阮眼珠子一转,把圆圆的保温饭盒放在两人中间,将脸严严实实地埋在臂弯里,温暾的声音从缝隙里挤出来:"好了,你亲吧。"

霍霆轻笑,他的目光近乎宠溺,看了她半晌,微微弯下身,在她圆滚滚的肚子上印了一个长长久久的吻。

巫阮阮缓缓地放下手臂,静静地看着他。

霍霆直起身体时嘴角还挂着笑,坦然地说道:"遵守诺言,告诉你我生了什么病。"他抓起巫阮阮的手掌贴在自己的胸口,不许她抽离,紧紧按住,然后慢慢向下,放在胃上,"我……喝多了,胃出血……回到我身边吗,阮阮?"

巫阮阮长出口气,还好,没她想的那么糟糕。

看到她的反应,霍霆笑了笑,没有追问,他拍拍身旁的保温饭盒,话音一转:"你呢?来医院陪谁?谁病了?"

巫阮阮躲闪的眼神让霍霆顷刻知晓答案,他笑问:"男朋友?"

巫阮阮点点头。

霍霆的喉结上下滚动两下,强压下眼底的雾气,微笑着点了点头:"真贤惠。怎么,他生病了?"

"没有,是受了外伤。"

霍霆蹙眉:"外伤,严重吗?"

"很严重。"

"有多严重?需要你一直照顾吗?"

"手臂骨折了,暂时需要我照顾,而且,他在意外受伤的时候产生了应激反应,他说他不记得我了……"

霍霆眉头紧紧拧起来:"不记得你了?"

"会记起来的,医生说只是暂时的。"她肯定地回答。

"哦……"霍霆不自然地笑了笑,"那就好,你……别难过,他会记起你的。"

两人之间有一瞬间的静默。

"外面多冷啊……"还是霍霆打破沉默的气氛,他站起来,伸了个懒腰,"回去吧。"

她确实出来得太久了。巫阮阮捧起已经冷掉的保温饭盒,打算把身上的毛衣还给霍霆,他抬手阻止了她的动作:"我不冷,你穿着,一会儿给我。"

住院部的入口处,一辆白色的卡宴正在过收费岗,开车的人是孟东,一张脸拉得老长,好像谁欠他几百万似的,他正想着一会儿和霍霆怎么解释,他把于笑给带来了。

因为有于笑这个大着肚子的女人在车上,孟东不得不减速行驶。

医院范围内禁止鸣笛,孟东看到前面有人,就用远近光交替着晃了晃,这一晃,竟照亮了霍霆和巫阮阮。

显然于笑也看到了,她猛地一拍仪表台,吓了孟东一跳:"你轻点!祖宗!别把气囊弹出来,崩死你我的还是算你自己的!"

于笑指着前面,尖叫:"你开远光灯!马上开!那女人是不是巫阮阮!"霍霆有病不对家里说,孟东也帮着隐瞒,原来是有巫阮阮在这儿陪着霍霆!

"我是你生的啊?少对我指手画脚,我不是你爹,没义务惯着你!"孟东回呛。

于笑弹开安全带扣,扭头就要开车门。孟东一把按下中控锁锁死车门,冷嘲:"有毛病。"

车子已经渐渐驶到霍霆不远处,孟东打了转向,打算去另一边找停车位。

"不许拐!就停到他们身边!他们怕见人不成?"

孟东懒得理她,直接转动方向盘。于笑火气一上来,娇小姐的脾气就要发作,她不管不顾地按住方向盘往反方向打。

"你疯了吗!"孟东狠骂一句,与她撕扯起来,刚要踩刹车,她又猛地推开他的大腿,"开过去!"

姚昱之前一直降低存在感，此时事态危险，他不得不从前排座椅空隙探过半个身体一起来拉于笑。于笑可没管他是谁，转手就给了他一巴掌，精致的指甲无意划过他的眼角，疼痛令他本能地向后躲去。

霍霆和巫阮阮眼看着卡宴失控地左右摇摆着朝他们开过来，他紧张地抓起巫阮阮，快速后退几步，向墙角躲去，但这车几乎是目的明确地直奔两人而来。

巫阮阮震惊得忘记了呼吸，提着一口气，被霍霆向后带得直趔趄。

孟东突然发狠，推了于笑一把，于笑的后脑勺撞在了她身侧的车门玻璃上，吃痛之下倒吸冷气。

汽车与霍霆他们的距离极近。

千钧一发之际，孟东迅速做出反应，他极速打死方向盘，没有朝相反的方向，而是向着霍霆他们直撞了上去。

这场灾难已然无法躲过，霍霆一把将巫阮阮推到墙体的直角里，然后紧紧抱住她。巫阮阮的额头紧贴在他的颈窝，她吓得只能紧紧抓住他胸前的衣襟。

直觉危险将至，霍霆手臂一紧，在她耳边轻道："我陪你，别怕。"

"砰——"

巨响之后，世界仿佛一下子清静了。

霍霆的身体不可抑制地颤抖着，怀里的巫阮阮也在不住地发抖，心口泛起难以忍受的绞痛，凉风阵阵，他的额头和后背却惊出一层细密的汗珠，连手心也潮湿着。他极力克制自己的颤抖，轻轻在巫阮阮的后脑揉了揉，将她从自己的怀里拉开，笑着在她额头上印下一个吻，揉揉她的鬓角，低低安慰："好阮阮，没事了，摸摸毛，吓不着。"他又捏了捏她的耳朵，继续哄道，"摸摸耳，吓一会儿。"

霍霆的手掌轻盖住她的手，一起覆在她圆滚滚的肚子上，微微垂下睫毛，轻柔地说："宝贝儿，别怕，爸爸在。"

惊魂未定的巫阮阮抬头看着他。霍霆对她温和地微笑，眼里的心疼和宠爱简直要溢出来。

车头的大灯很刺眼，将这角落照得明亮异常。

孟东的半个身子都是麻的，手吓得一点劲儿都没有。于笑见自己差点惹出人命,也不吵不闹了,紧紧地抱着自己的肚子,显然也是吓得不轻。

半晌后,孟东挂着倒挡,将车向后倒了几米,车头离开墙壁发出的嘎吱声有些刺耳,路人纷纷侧目。

车一熄火,孟东和姚昱就先后跳下车,直奔霍霆。

巫阮阮吓得手掌冰凉,霍霆不断地给她搓着,让她慢慢暖和起来。

孟东不知所措地站在一边,吸了吸鼻子,充满歉意道:"阮阮吓坏了吧,车子……"他话还没说完,霍霆便猛地回身,冷着脸瞪着孟东,身体还微微发颤,似乎很难平复,他这样子愣是把孟东到嘴边的话吓没了。

霍霆只是看了他几眼,没搭理他,强忍着胸口的疼痛,握住巫阮阮的手腕,轻声道:"没事了,走吧。"

巫阮阮看了看孟东和姚昱,孟东抱歉地对她笑笑。

两个人经过汽车副驾驶位的时候,车门突然打开,一脸怒气的于笑下来了,挡住了两人的去路。

霍霆和巫阮阮这才明白这一场莫名其妙的事故到底是怎么发生的。

"你怎么来了?"霍霆皱眉问。

"我不该来吗?"于笑瞪着霍霆紧紧握着巫阮阮的那只手,"我老公生病了,我为什么不能来?为什么巫阮阮可以来陪你,我不可以?霍霆,现在我才是你妻子,你们已经离婚了!"她话锋一转,面对巫阮阮,"怎么样巫阮阮,你装不下去了是吗?你不是很善良、很大方、很能容忍吗?现在你决定做第三者来搅乱我的家庭是吗?你想报复我?"

"别说了。"霍霆眼眶发热,双目猩红,瞪着于笑。

他想杀了于笑,但归根结底,这伤害不是于笑给巫阮阮的,是他,他才是那个罪魁祸首,是他给了于笑这样一把武器,去伤害阮阮,但是,这场戏必须演下去……

再好脾气的人,被人这样指着鼻子骂,也没办法淡然处之。巫阮阮深吸口气,看似冷静至极,只有握着她的手的霍霆才知道,她已经被气得瑟瑟发抖:"霍夫人,你想多了,没有人勾引你的老公,如果你有足够的魅力留住他,大可不必如此草木皆兵。"她扬起手中的保温饭盒,"你看,这是给我男朋友的,我只是恰好在这里遇到了你刚好病了的老公。你觉得是宝贝的东西,别人不一定这样想。"

"砰"的一声,心脏犹如被高速驶来的列车撞击了一下,霍霆睫毛微微颤着,松开了握着巫阮阮的手腕,四肢百骸的血液瞬间被抽空,一股脑地涌向胸口,他冷得如同置身冰窟。

巫阮阮抬手轻轻推了一把霍霆,将他推向于笑的身边。霍霆却只是挪了一小步,便没再动。

"你走吧,阮阮。"霍霆突然淡漠地开口赶她。

在于笑听来,这句话就是霍霆偏袒巫阮阮的最佳证据,他担心巫阮阮在这里被自己欺负,所以才让她赶快离开,这更加坚定了于笑的猜疑。她一直觉得霍霆对巫阮阮念念不忘,虽然他每次面对巫阮阮都表现得冷漠无情。

她一只手挡住巫阮阮:"走什么走!要是没做见不得人的事情,怎么不敢见光!"

巫阮阮不想再和她纠缠,厌恶地推开她。

这动作却彻彻底底激怒了于笑。于笑甩开霍霆,扯着巫阮阮的衣领,一个耳光扇得震天响。

又是"砰"的一声,列车再次撞上心脏,疼痛令霍霆不得不微弯着腰,在外人眼里,这个动作却几不可察,他心疼地看着巫阮阮,看她眼底的雾气迅速聚起,捂着半边脸,抿着唇,像一只愤怒却不敢反抗的小兽。

他只能牢牢按住于笑:"走吧阮阮,你男朋友在等你。"

巫阮阮气得大口喘着气,大颗大颗的眼泪砸下来,像陨石一样砸进霍霆的心里。她扬起手臂,一咬牙一闭眼,狠狠挥了出去。

她的手腕却被生硬的力量截住了。

"别。"霍霆制止了她,声音凉凉的。

巫阮阮知道自己已经一败涂地,她垂着眼睑,连抬头去看他们一眼的力气都不想耗费,决然地抽出自己的手臂,头也不回地大步离开。

她离开的方向迎面起了风,扬起她柔软的短发,露出一段白皙的侧颈,发丝飘来荡去,就像开在如水夜里的涟漪。

刚刚还有着落日余晖的天空,已经黑透了。美好总会悄无声息地离去,而悲伤却能无尽绵长。

霍霆双目猩红,他侧过身,深深吸了一口气:"你当我死了吗?我在这里,谁允许你这么放肆?"

"难道你心疼巫阮阮?"于笑眨着大眼睛,无辜地反问道,继而甜甜一笑,"谢谢你帮我挡巴掌。"

他嘲讽地笑了笑:"我为你挡巴掌?那你知道我为什么为你挡巫阮阮的巴掌吗?"

于笑腼腆地笑了笑:"因为我是你妻子。"

霍霆沉默了几秒,猛地扬手,狠狠一个耳光扇在她脸上,力道之大,如果不是她距离车门极近,扶了一把,她几乎会被扇得栽个跟头。

于笑捂着脸,错愕地睁大眼睛,难以置信地看着他,脸上火辣辣地疼,半张脸连带着耳根都在一起发热,震惊得她连哭都忘了。

他无情地冷声道:"不让她打,是因为她打得肯定不够疼,我打,才能让你知道什么叫耳光!"

"从哪里来就给我滚回哪里去,我死活和你没关系,也不需要你来照顾,少看见你一秒我就能多活一天!别对我说什么真爱,你当我是白痴吗?你千方百计地留在我身边,无非是想攀上高门。但我告诉你,麻雀就是麻雀,飞上枝头也变不成凤凰!"

巫阮阮已经在公共洗手间洗过脸,可双眼还是红得像兔眼。

一天的输液全部结束,霍朗正站在落地窗前安静地看着窗外,空调将房间吹得暖烘烘的,玻璃上倒映着他挺拔的身影。

玻璃窗的倒影里,可以清晰地看见巫阮阮低垂着脑袋,缓缓推门而入。

室内的灯光太过明亮,让她的情绪无处可藏。她深深吸了一口气,叫他:"霍总……"

霍朗没给她任何回应,仿佛没有听见一样。

她站到霍朗的身边,用手挡住余光,把脸贴在玻璃上,想要看看他在看什么,竟然如此专注,可是除了斑斑月光和重重树影,她什么也没看到。

"什么都没有啊……"她嘟囔着。

霍朗皱了一下眉头。

巫阮阮放下手,低着头把他扶回床上:"吃饭吧,霍总。"

其实霍朗刚刚看见她偷偷跑来自己的病房时,心里除了感动还有那么点怨气,昨天晚上的举动,实在是有些危险,现在想想还令人心有余悸。他说不记得巫阮阮,攥她走,无非是在惩罚她,可是现在看她红着眼圈的模样,又有些心疼了,自己的恶作剧是不是有些过头了……

巫阮阮也脱了鞋子,和他面对面盘腿而坐。

"是排骨汤饭,沈总专门买来给你长骨头的……"她舀起一勺汤饭,放在嘴边试了试,"这保温饭盒真的保温,还热乎乎的,啊——"她张着嘴巴,哄孩子一样将勺子递到霍朗的嘴边。

她抬起头,眼巴巴地看着他,一双红通通的大眼睛无遮无拦地呈现在他面前。霍朗直勾勾地看着她,不张嘴,也不说话,似乎想一眼将她看穿。

巫阮阮眨了眨眼:"你虽然不认识我了,但是我认识你,我不会给你下毒的,你看。"她一口将勺子里的汤饭送进自己的嘴里,眉眼弯弯,说,"特别好吃。"

她再次将勺子喂向他的嘴边,看他慢慢张嘴接受,笑着说:"你肯定不记得你对我说过,你的眼睛是用来看更有价值的东西,所以你吃外卖从来不自己看菜单,都是我念给你听,现在不用念给你听啦,我直接喂给你吃。"

她特别腼腆地笑了一下:"我当时还想,好吧,我天天给你念菜单,十年如一日地给你念,将来我也可以练就一个报菜名的好本领,人家问我'阮阮你喜欢吃什么啊',我就说,蒸羊羔蒸熊掌蒸鹿尾儿,烧花鸭烧雏鸡儿烧子鹅……你吃啊,你不吃我吃了……"

她把递到霍朗嘴边的勺子又收了回来。

于是原本的喂饭变成一起用餐,霍朗一口,她一口,正好她也饿了,孕妇是不应该饿肚子的,她吃得那叫一个心安理得,边吃边喋喋不休。

说到她的设计案外露事件时,她小口小口地喝着汤,有些惋惜的样子:"你连我都不记得了,肯定也不记得你对我说过,万事有你……"

霍朗默不作声，淡淡地看着巫阮阮一口一口若无其事地吃光他的汤饭。

"我的饭。"他沉着声音开口，已经完全恢复的嗓音又带着诱人的磁性。

巫阮阮一愣，猛地抬起头，看着空空的保温饭盒，原本只是红着脸，现在连耳朵尖都跟着红了："霍……霍总，饭没了……"

霍朗抿了抿唇，没说话。

巫阮阮手脚麻利地将饭盒收好，又爬回床上。霍朗挑着眉："又上来干什么？"

"帮助你恢复记忆。"

"帮我恢复记忆一定要在床上吗？"

巫阮阮伸手从床头拿过一个橘子，边剥边说："嗯，这是近距离交谈，更有利于心灵上的沟通。"

"我跟一个智商负值的人有什么可沟通的？"他白了她一眼，转头看向窗外。

"霍总！"她惊呼一声，细软的声音透着无比的兴奋。霍朗蹙着眉转头看她："怎么，要生了吗？"

"不是不是，你居然记得我智商是负值？你记得我智商是负值，那你不记得我是阮阮？"她满脸期待地看着他，真希望自己描述得到位，能让他立刻记起自己。

霍朗懒洋洋地靠在床头，轻轻闭上眼睛："不记得。你觉得喂别人吃饭最后自己把饭吃了的人，智商会是正数吗？"

巫阮阮失望地叹了口气，掰下一瓣橘子，放到他嘴边戳了戳。霍朗眯着眼看她，微微张开嘴。

"其实，我去酒店找你的那晚，确实是对你说了谎，我不是有意要欺骗你，只是我不知道该怎么说，我在宠物医院遇到了我前夫，然后我们两个……"

霍朗的睫毛颤了颤，等待着她停顿之后的话。

"接吻了……我当时可能吓傻了，等后来我回过神想离开，他却不让，我就被咬破了嘴角。那条围巾我不一定非要在半夜三更的时候送给你,只是我当时很想你,很害怕,很想见到你,觉得见到了你我才能安心。因为你说万事有你,可是在我很彷徨的时候,你要赶走我,所以我说你是骗子。"

巫阮阮忽然哽咽,抓住他完好的左手臂,轻轻晃了晃,委屈的眼泪落了下来:"霍总,你想起我吧,我是阮阮啊,你怎么能不记得我呢?你真要当骗子吗……"她像个孩子一样哭诉,"你是骗子吗?你说万事有你,可是我被欺负了,你还不记得我,霍总……"

"巫阮阮……"他靠着床头低声叫了她一声。

"嗯?"她抹了一把眼泪,让自己的视线清晰起来,疑惑地望着他。

"别哭了。"

"嗯。"她用毛衣袖子擦掉眼泪,睫毛还湿漉漉的,眼梢挂着泪珠,眼睛里柔光一片,上一刻还在闹着小情绪,这一刻就乖巧听话得不得了。

他坐直身体,直直地望着巫阮阮的眼睛,一时之间忘记自己的右手臂打着石膏,习惯性地抬起了右手,却没有收回,指尖在她睫毛轻刮了一下,然后,将她整个人搂进他坚硬的胸膛,用他磁性的嗓音说:"我是骗子,我记得你,所以你哭,我好心疼。"语气带着从未有过的温柔。

说完,霍朗收回手,甩下拖鞋上了床,按响床头与护士站的收音器:"今天晚上我不接待访客,也不吃药,有人敲门,我就投诉你。"

他关了灯,一拍身侧:"过来。"

巫阮阮听话,躺到他的手臂上:"嗯?"

"陪我睡觉。"语毕,他在她额角吻了一口,然后闭上了眼睛。过了好一会儿,他忽然侧过身,在冷白的月光下看着巫阮阮的眼睛。

巫阮阮的睫毛微微发颤,眼前的人竟然和另一个男人重叠起来,她就像做了一个冗长而过分离谱的梦。

那个让她迷恋了那么久的男人,那个让她无法释怀的家,一夕之间,就被眼前这个人全部取代了,如果最后的结果是霍朗,那么为什么要让她先遇到霍霆呢?上天让她爱上一个很难忘却的人,又塞给她一个无力拒绝的男人,她想要的是细水长流,却一再地经历刻骨铭心。

巫阮阮抬手,指尖在黑暗里轻轻点着他的嘴角:"霍总,你还会回美国吗?"

"会。"

巫阮阮一怔,她没想到霍朗会这样回答,心里竟然隐约有一种玻璃裂开的声音在回响。

"但是要带着我的妻子女儿一起回去。"

"嗯?"她一时没反应过来,瞪着眼睛愣愣地看着他,眼底盛满了细碎的月光,"你前妻?"

霍朗向她靠近,鼻尖相抵,呼吸着彼此的气息,答非所问:"阮阮,从今天开始,你要和一切男人保持距离,尤其是你的前夫。我不管他是谁,他有什么背景,看见他,你都要给我绕开路走。因为从今天开始,你是我霍朗的妻子,你肚子里的,是我的孩子,你心里也只能装我一个人。我会努力做一个合格的老公,哪怕现在我种在你心里的只是一颗种子,可早晚有一天,我会让它长成参天大树,遮天蔽日,让你的心里再也没有半分空间,可以分享给别的男人。"

这种霸道的告白,完全没有任何的商榷余地,也不管她是否同意,就拍板了,这个男人,就这样决定了她今后的人生,不给她半分犹豫的机会,也不给她退步的余地。

可是,被人这样全心全意地呵护,温柔也好,霸道也罢,这不就是每一个女人都想要的吗?

他不需要做到比全世界的男人都好,只要他舍得把他最好的都给自己。

霍朗继续说:"我不会随意对人温柔,因为人的感情有限,总有耗尽那一天,所以我省之再省。"他在巫阮阮的唇上印了个吻,"所以阮阮,我的温柔只给最爱的你,我和它一起孤独了太多年,虽然晚了,但是我们还是来了。"

因为燕呢的电话,霍霆没有办法安心住院,但他也知道以他的情况,孟东肯定会拦着不让出院,于是他只好半夜悄悄偷了车钥匙,一路风驰电掣飙回霍宅。

下午孟东果然杀来霍宅,随行的还有姚昱。霍霆在楼上就听见孟东的大嗓门,下楼一看,孟东正抱着呢呢逗她玩。

孟东见霍霆的精神状态还算不错，悬在嗓子眼的心终于放回了肚子里。

大概是孟东的雄性荷尔蒙分泌过剩，虽然他长相英俊，但是和姚昱比起来，有些粗犷，尤其是他还用夜里刚刚冒出来的新胡楂去蹭呢呢的小脸，呢呢疼得一巴掌拍在他脸上。孟东挨了个结实，在她小屁股上拍了一把："小丫头往死里打你叔啊……"

呢呢伸着胳膊去够姚昱，可把姚昱美坏了，忙接过呢呢，见她身上只穿着一件毛衣，从沙发上扯过一条小薄毯子给她裹上："你叫什么名字？几岁了？"

呢呢伸出三根手指贴在自己的脸上。

"她不会说话。"霍霆提醒。

姚昱一怔，点点头："哦。"

这么漂亮的小孩，多可惜。

孟东看了姚昱一眼，姚昱便抱着呢呢去外面的草坪上玩。偌大的客厅，水晶吊灯直垂下来，孟东大爷似的坐在沙发里，看着坐在他对面沉默的霍霆，吸了吸鼻子："祖宗，下次出走，至少留张字条，去哪儿都行，你就这么悄无声息地没了，多吓人啊，你不知道早上吴医生把我们俩骂得那叫一个狗血淋头。"

"我现在不是没事吗？"

"是啊，你现在是没事，那你有事的时候谁担得起责任啊？我们俩大老爷们连个病人都看不住，眼珠子当灯泡用吗？你说你也没事就老实在医院待着呗，非得回家，你瞅瞅你们家，空调出的气儿都比你出的气儿多，家里冷清得跟废弃的公园似的。"

"在医院待着，我会觉得我快要死了。"

"放屁，你都学会偷钱偷车了，我觉得你道行见长，可能要长命百岁！"

"嘴巴干净点！"霍霆懒洋洋地抬腿，刚准备踹过去，就听霍老太太的声音从楼梯上传过来。孟东一个激灵，正襟危坐。

"哎哟，儿子回来了！"

霍霆抬头笑了笑："嗯。"

"阿姨。"孟东站起来打声招呼。霍老太太眉眼不动，冷淡地"嗯"了一声。

霍霆知道自己母亲一直不待见孟东，因为孟东和孟家脱离关系这些年，一直靠自己接济，也因为孟东确实天生带着一副痞子气，霍老太太掐指一算，这孟东以后不会有什么大出息大作为，她那么势利的一个人，哪会看得上孟东？

只是她以前也从来没这么不客气过，这神情，就差嗑着瓜子直接把瓜子皮摔他脸上再吐口痰了，哪怕是个乡下来的没见识的老妇人也不会这样。

孟东尴尬地看了看霍霆："好多天没回来，你多陪陪阿姨和呢呢，我和姚昱先回去了，你在家多休息两天，公司的事儿不用担心。"

霍霆斜睨着于笑，她的目光立刻躲闪起来。这分明就是于笑在中间说了什么不着四六的话，不知道把孟东说成多么恶心的一个人，才能让霍老太太露出这副嘴脸。

他起身拍了拍孟东的肩膀："吃过午饭再走吧，你们应该也没吃早饭吧。"

孟东一摆手，单手插进口袋："没事儿，反正也不饿，你早上吃了没，没吃让阿青给你弄点吃的吧。我走了。"

呢呢裹着棕色的小毛毯，笑眯眯地往屋里面跑，毯子上沾了一些碎草，后面跟着追她的姚昱："小家伙，摘了草再跑……"

于笑一看自己天天用来盖腿的LV毛毯，居然被呢呢当成打滚的斗篷，一口气提到嗓子眼就要发火，一想到霍老太太和霍霆都在，又努力把火压了下去。

霍老太太一看姚昱，立刻做了一个制止的动作："等会儿！你哪位？"

姚昱吓了一跳。

"我母亲。"霍霆简单介绍了一下，"这是孟东的朋友，姚昱。"

霍老太太几步冲到门口，把呢呢身上的毯子扒下来扔到一边，用自己的披肩把她包起来，抱进怀里，堵在玄关处，丝毫没有让他进来的意思。

姚昱的脸红成一片，尴尬地叫了一声"阿姨"。

霍老太太不搭理。

霍霆刚要开口，孟东在他手臂上拍了一把："算了，我们先回去。"他拿走了自己的车钥匙，临出门之前，突然想起来一件事，转身对霍霆说，"下午有空开下电脑，我给你邮箱发了一份文件，你看看，要是没问题我就签字了。"

"什么文件？你直接签就可以了，还用来问我？"

"是家电系列的几款概念产品的外观设计。"

"效率挺高。"

"按着这个进度，五一之前这个系列就可以上市了，时间把握得刚刚好。"

霍霆笑了笑，确实时间把握得刚刚好，这种刚刚好，让他有一种他的死亡正在按部就班进行着的感觉。三个月后，他的喃喃降世，半年后 Otai 的家电系列上市，他要带着呢呢去德国做手术，然后呢，他能不能在手术台上活着下来，还是一个未知，如果死了……

如果他死了，辉煌中的 Otai 将变成巨额的信托基金，按着他的遗嘱分配给他的家人；如果能活着，他就回来，再当一次坏人，带走霍燕喃……

孟东和姚昱离开后，于笑让阿青捡起毛毯。霍老太太按住于笑的手，皱着眉对阿青说："拿走拿走，消消毒再拿回来。"又一把抓住霍霆的胳膊，满脸痛苦，"儿子，你能不能交两个正常的朋友？我听于笑说，孟东对你……"

"行了。"霍霆冷淡地打断她，"你少听于笑在你耳边嚼舌根，能多活十年二十年。"

"我乐意听，我乐意你管不着，那怎么能叫嚼舌根，还不兴人说两句实话了。我也不想多活那十年二十年，我都计划好了，活个一百岁正好。"

霍霆点点头："一百岁，您也挺贪心的，我能活到六十岁就可以了。"——只要两鬓刚刚染上霜，我便知足。

午餐时间，一家人坐在长桌上吃饭，霍老太太看着于笑吹皮球一样大起来的肚子，问儿子："抽空咱们得想想我大孙子叫什么名儿，你说是咱们自己起呢，还是到时生了拿八字去找先生看看？"

"随意。"

"那能随意吗？你儿子的事儿你就不能上点心啊？呢呢再好，将来一出嫁就是泼出去的水，这个家还得你儿子来当。何况养儿防老，你不得指望他伺候你安享晚年啊？"

霍霆对风水先生着实是没什么好感，要不是那些信口胡诌的风水先生，巫阮阮也不会这么不受他母亲的待见，不就生不出儿子吗？生不生得出儿子，和巫阮阮有什么关系？可是这个道理和霍老太太说得通吗？

他吃了两口菜，沉默了一会儿："先生之类的，以后都别找了，他们要是真有本事占卜天命，改写运程，也犯不着干这个，不如给自己指条明路，何必绞尽脑汁，故弄玄虚靠骗人混那两口饭吃？"

"那怎么能是故弄玄虚！你别不信，有些事，宁可信其有，不可信其无。笑笑还没检查的时候，那先生就告诉我，这肚子里怀的一准儿是个儿子，一检查，你看！儿子！"说到这个，霍老太太就眉飞色舞。

霍霆笑了笑："是女儿又怎么样，那先生大不了再怂恿你换个儿媳妇，张笑、李笑、王笑，多如牛毛，总有能给你生孙子的吧。"

"你换一个我看看！"霍老太太眼一瞪。

于笑握筷子的手顿了一下："妈……"一副委屈巴巴的模样。

霍霆打心眼里不关心于笑肚子里那小家伙叫什么名字，随他们起霍萝卜霍白菜，都跟他半点关系没有。只是当霍老太太说到那名字也得是"燕"字辈，叫个霍燕什么，霍霆一口拒绝。

不过，磨刀不误砍柴工，这孩子也不是明天就生，今天讨论不出结果，以后机会还很多。霍老太太吃完了饭，又捧着细瓷小方碗喝了大半碗甜品，到门口转了两圈，看霍霆在草坪上陪呢呢晒太阳，这才朝于笑招了招手："妈昨晚上输钱的那事儿你先别着急和霍霆说，万一我一把赢回来呢！"

于笑安慰似的在她手臂上捏了一把："我才不会告诉霍霆，他一生气多吓人啊！妈你放心，我肯定替你保密。不过，我自己卡里也就这些钱了，这次的账我帮你摆平，钱也不用你还，当我孝敬你。下次你可要连本带利地赢回来才行，要是觉得哪天手气好，不如玩把大的，一把赢个满钵。"

第二章
巫阮阮,你是不是把我当笑话!

或许是精神放松下来了,巫阮阮现在就跟普通孕妇一样,能吃能睡。到了下午,巫阮阮照例午睡。

霍朗披上羽绒服,到医院的草坪里走了走,坐在长椅上晒太阳。他起身往回走的时候,恰巧遇到了向停车场方向走来的孟东。

从绮云山下来之后,孟东又来了趟医院,和医生说了一下霍霆现在的状态。

两人照了面,均是一愣,霍朗目光淡淡地扫过他,准备沉默地与他擦肩而过。

"霍朗!"

霍朗原本惬意的好心情,全部被突然出现的孟东扰乱。

霍朗吊着手臂,侧头皱眉,目光里一片凛冽:"有事?预约。"

"我们谈谈。"

霍朗眉头一挑,微微张嘴,一副睥睨的姿态:"没空。"

这态度……孟东哼了一声,气得牙痒痒:"怎么你就没空了?你眼瞅着都残疾了,有什么可忙的!"

"霍霆……养的这是什么品种的疯狗,到处咬人?"霍朗轻飘飘地看了他一眼,目光没落到实处,极度不屑。

孟东瞪了他半响,气得发抖,但是想到霍霆,一摆手:"我不是来

033

和你吵架的,我只是想和你谈谈你和霍霆的问题。"

"我和霍霆有什么问题?你是干什么的?他妈?他爸?他儿子?多管闲事,不自量力!"

孟东无意纠缠,从大衣里摸出香烟和火机,递出一支给霍朗。

霍朗瞥了一眼:"我不吸烟。"

孟东收回手自己点燃,一口烟含在嘴里还未吐出去就听霍朗道:"吸烟短命,有命赚钱没命花是人生一大悲剧,你该戒烟的。脱离了孟家,举步维艰,好不容易混到今天,还不想尽办法长命百岁……"

孟东夹着烟的手腕抖了抖,缓缓抬头,眉头微蹙。

这人,他什么都知道。

而霍霆,却一无所知。

"你有多恨霍霆?"

有多恨?

一阵暖风吹过,霍朗微微眯起眼睛,回忆翻江倒海般呼啸而来,他在细雨里叫着妈妈,等来的不是母爱的难以割舍,而是因为一声婴儿的啼哭而转身离开的背影。

他云淡风轻地开口:"如果你能让时光倒流,能让我父亲起死回生,我就能回答你刚才的问题。"

"你这个拒绝回答的方式,丝毫不给我留追问的余地。"

"我做很多事情,都不留余地。"

"美国生活那么艰难吗?活了半辈子还把你逼回来,你这一口地道的京片子是怎么回事,应该一张嘴就中英文搅成一锅八宝粥吧?"

霍朗低声笑了笑:"我还会唱京剧,你要听一段吗?"

"你会拿走原来属于你的东西吗?"

霍朗脸上的笑意慢慢收敛,微微侧脸,目光冷然:"你也知道,那些东西原本就是属于我的,物归原主,理所应当。"

孟东弹掉烟灰,点点头:"你说得有道理,可是怎么办,我孟东这辈子除了跟霍霆讲道理,基本就是个无赖。"他从长椅上站了起来,居高临下地看着霍朗,夹着烟的手指对着他的方向轻轻一点,"你聪明,不要命,但是我告诉你,拿走原本属于你的东西,可以,但如果你敢抢走霍霆的东西，我一定让你知道什么叫作聪明反被聪明误。你抢他一星半点，我会让你百倍千倍偿还。既然你了解我，就不需要我多费口舌，我孟东活成今天这副德行，就是因为我不在乎这条烂命，你想玩什么，我都可以奉陪到底。别忘了，我到底是孟家的人，我活着，孟家放任不管，但是我死了，孟家会让你生不如死！"

"嗤——"对他的威胁，霍朗丝毫不放在心上。

下午的阳光晒得病房暖洋洋的，巫阮阮午睡醒来，一脸满足，扭头朝坐在沙发上的霍朗招招手："霍总，帮我拿个苹果好吗？"

霍朗在茶几上的果盘里翻了翻，按着巫阮阮的胃口给她挑了一个最大的。

"谢谢。"她捧着快有她半个脸大的红苹果，一口啃了下去。

巫阮阮的吃相和斯文半点不沾边，但是她吃东西的样子特别真诚，捧在眼前一小口一小口吃的样子，霍朗看着就很想上前在她的苹果上咬一口，也想在她的脸上咬一口。

当他把这想法付诸行动的时候，巫阮阮正巧咬下一块果肉，对上了他俯身靠近的英俊面孔。

霍朗一个没把持住，一口咬上了她的唇，在她错愕之际，抢走了她嘴里的那一块果肉，然后若无其事地嚼了两口，靠到床头："这苹果……还没有胡萝卜甜，你怎么吃得这么开心？"

"很甜啊！"她十分诚恳地递出去，见霍朗没什么反应，又拿回来继续啃，"只是胡萝卜更甜……"

霍朗目光淡淡的，扫了一眼窗外，又看向她："你喜欢吃胡萝卜吗？"

"喜欢啊！"

"喜欢晒太阳吗？"

"喜欢啊！"

"喜欢我吗？"

"喜欢啊！"

"想搬来和我住吗？"

"想啊！"

"我要带你回美国,还有喃喃,还有小折耳,我们一家四口,去吗?"

"去。"

搬走那天,巫阮阮把自己的两床加厚的毛毯送给了安燃。

小折耳身上的毛还是一块一块的,却胖了不少,巫阮阮和霍朗并排坐在汽车后座,正商量着该给它起个什么名字,霍朗的手机突然响了起来。

他看到来电人姓名,眉头不禁皱起来:"李叔叔?"

"阿朗,我现在在医院,你妈妈在回家的路上车子发生侧翻,正在抢救,你最好尽快赶回来一趟。"

霍朗用最快的速度订了回美国的机票,考虑到巫阮阮肚子已经这么大了,他没跟她说实话,只简单说美国有事需要处理,先将她送到公寓。

霍朗的房间装修简洁大气,她将屋里屋外参观了一番,兴致勃勃。

太阳有点大,霍朗怕晒着她,走到窗前准备拉上厚重的遮光帘,无意一瞥,却看到一辆老款的黑色奥迪缓缓驶出了停车场。

这个小区的入住率并不是很高,整日在停车场来来回回的那些车,霍朗几乎都见过,他抓着窗帘的手指缓缓收紧,转身走到床头,打开抽屉,眉心拧成一个川字。

这房子有陌生人来过。他抽屉里所有的东西都会靠左一个挨着一个摆放,而现在,他的证件明显被翻动过。

"你找什么?"巫阮阮倾身过来,弯腰看着他干净整洁的抽屉。

霍朗关上抽屉,摸了摸她的侧颈:"没什么,睡一会儿吧,你不是说不睡午觉天诛地灭吗?"

霍朗把每个房间,包括厨房、浴室、天花板,所有可以检查的地方都看过了,还是觉得不放心,这种近乎被窥视的感觉,让他忍不住暴跳如雷。

他可以肯定这陌生的入侵不是针对自己,很有可能是针对童瞳。

"晚上吃什么?"时间过得飞快,听到巫阮阮软糯的声音,再看看窗外,霍朗才发现竟然已经天黑了。

"去安燃那里吃。"

巫阮阮愣了一下,霍朗做了决定,在她的肚子上轻柔地抚摸过,淡声说:"我去美国的这段时间,你还是住在安燃那里,他在家,我会放心一些。"

来接霍朗的是李秘书。李秘书给霍朗的母亲做了二十年的秘书,从小伙熬成大叔,也没能上位成功。但是在外人眼里,李秘书在霍朗家的地位是不容小觑的,他一句话能决定一个用人的去留,也能决定一个项目的成败。

虽然嘴上叫着李叔叔,可这李叔叔,基本可以算作霍朗的后爸。至于为什么奋斗二十年,李叔叔得到了应有的地位,却没有得到应有的名分,大概也是因为霍朗。

当初霍朗的姑姑把霍朗从中国带走,让他从此改口不叫她姑姑,叫妈妈。她又为了他,一生未嫁。

李秘书在接到霍朗的第一时间便告诉霍朗,他的母亲已经醒了过来,身体也没有大碍,现在正在病房休养。

霍朗握着电话想了半天,才有勇气问道:"那还四肢健全吗?"

李秘书在他肩头轻拍一把:"至少现在看来,是健全的。"

因为得到的消息是好的,所以他给巫阮阮打电话的时候,心情格外放松。

"是先送你回家休息,还是先去医院看看你母亲?"李秘书从前座回头问。

霍朗回神:"在飞机上睡了几个小时,先去医院吧,看了我能踏实点。"他顿了一下,问,"是下班的路上车子侧翻?"

"是的,车子侧翻,她伤势最轻。"

"不是这辆车侧翻?她买了新车?"他记得母亲说过,除了劳斯莱斯这种传统大款深爱的车,没有车能证明她的名媛身份。可霍朗始终觉得,马路上如果允许跑坦克,她一定会买一辆,这样才能彰显她的与众不同,当然也更能体现她作为一个金矿暴发户的女儿的格调。

李秘书沉默了片刻,沉着道:"没有买新车,但也不是这辆车侧翻,是一辆福特。"

"福特?"霍朗怔了怔。

"说来话长。"李秘书笼统地概括,"简单说来,福特侧翻,她受伤。"

霍朗蹙了蹙眉,他三年没回美国,李秘书说话竟变得如此省略了。

医院的 VIP 病房外站着两个保镖,见他走来,叫了一声大少爷。霍朗淡淡地"嗯"了一声,推开病房的门,然后成功进入石化状态。

接近三十平方米的偌大病房,除了他自己,哪有半个伤患?

传说中在车祸中生死不明的老佛爷,正完好无损、安然无恙地坐在床上啃炸鸡腿。

他母亲看到他,吓得险些弄掉了自己嘴里的鸡腿,不是说至少还有半个小时才到吗,怎么谎报军情!

李秘书几步上前,收走她手里的食物,拿来毛巾帮她擦干净手,小声说道:"说了多少遍,少吃这些东西,你还学会了偷着吃。"

她一摆手,推开李秘书,张开双臂迎上去:"小狼,妈妈好想你。"

霍朗默默地拉开她的手臂:"你骗我?"

虽然不爽,但霍朗也在庆幸,这是虚惊一场。况且她也不完全在说谎,只是夸大了事实。

此时她摸着霍朗打着石膏的手臂,心痛至极:"你这是洗文身洗坏了,包这么厚吗?"

霍朗推开她,转身坐进沙发:"不好笑。"

她笑脸一收:"咋骨折的?"

霍朗轻描淡写:"摔的,谁一辈子还没摔过跟头?"

"谁那么倒霉,摔个跟头就把自己摔骨折。"

"我要回国了。"他倨傲地仰头,看着她。

霍朗母亲一听儿子这屁股还没坐热乎又要走,立马态度一转,笑脸相迎:"妈这边山好水好,适合疗养,走什么走,留下来养好伤嘛,妈可想你了。"她上前坐到霍朗身边,伸手抱了抱他。

霍朗在她背上轻轻拍了拍:"我也想你。"

"发自肺腑的吗?"

"发自肾脏,比肺腑还深。"

"那我儿媳妇呢?又成泡影了?"她问得一脸诚恳,完全就是一副

"我好着急抱孙子"的模样,让霍朗忍不住想笑。

霍朗接过李秘书递过来的水杯,喝了一大口,淡然说:"养胎。"

霍朗母亲点了点头:"养胎好……"说着双眼圆睁,提高了声调,"养胎?!"

霍朗嘲讽地笑了笑,盯着她翘起来的手指头看了半天:"把你恶心人的兰花指收起来,像个老鸨,我说过了,她在安胎,七个多月的肚子,我匆匆忙忙怎么带她回来?"

"你回国吧!"

霍朗作势要起来,被她一把拉回来按在沙发:"这个点都没有飞机了,你再待会儿吧,我也不是那么嫌弃你。"

绮云山别墅,呢呢这个一直在坑爹这条笔直的康庄大路上走得耀武扬威、顺顺当当的小姑娘,继用蜡笔摧毁别墅内的白墙无数次之后,开始转战更高端的战场。

于笑刚刚起床,往楼梯口一站,立刻拉长了声音尖叫起来,声音比半夜三点打鸣的元宝还要有穿透力。

呢呢正趴在沙发上,十分认真地用油彩在她的白色风衣上作画。元宝在呢呢旁边,卧在它的新毯子——于笑的香槟色水貂披肩上。

这尖叫声震惊了别墅里所有的人。

阿青正在厨房做早餐,听到新少夫人的惨叫声急匆匆地跑出来,当即吓得目瞪口呆。她马上跑到呢呢身边,拿走她手里的油画笔和油彩,把元宝轰到一边,不知所措地拿着被糟蹋得乱七八糟的衣服。呢呢眨了眨眼,悄悄地抱起元宝,心想:我咋这么倒霉,又闯祸了,爸爸不是允许我在家里画画了吗,想在哪儿画就在哪儿画,我就想在衣服上画,这衣服不是我爸爸买的吗……

霍老太太不在,少爷没从房里出来,阿青也深深觉得,自己这是死到临头了,这大衣是于笑的高级定制款,价格高得令人咋舌,这是早上司机刚刚从门店清洗过拿回来的,她就做个饭的工夫,呢呢就从霍霆的房间里翻出这些画画的东西,并且还在衣服上画得一团糟。

"少奶奶,我现在就让司机送去清洗。"

于笑怒气冲冲地从二楼下来,从阿青的怀里抢过自己心爱的大衣,胸口起伏得厉害,洗什么洗,这东西洗得掉吗!

她把衣服狠狠地摔在阿青的脸上:"废物!你这么大个人连个孩子都看不住!你知道这衣服多少钱吗!扣你两年的薪水都不够!你给我处理好,处理不好你就吃了吧!"于笑扭头看向呢呢,还没等开口,这凶神恶煞的模样已经让呢呢吓破了胆,小家伙小心翼翼地屏住呼吸后退,紧紧地抱着元宝贴在墙根,颤颤巍巍地看着巫阮阮让自己千万不要招惹的于笑妈妈。

"少奶奶,小孩子不懂事,你就别和呢呢计较了,她什么都不懂,她要明白这衣服多贵重,她不会乱画的,在她眼里,这和家里的桌布没什么区别啊!"阿青想要把呢呢护在身后,稍稍挡了挡。

于笑穿着一身纯白色的宫廷睡衣,袖口还飘着柔软的蕾丝,挺着圆滚滚的肚子,明眸皓齿的模样,这人要是不开口说话,该是多美丽的一个少妇,可就毁在这嘴上了。她挑眉冷笑:"我教育孩子也轮得到你插手?你是她妈还是我是她妈?你是霍家的少奶奶还是我是?你是狗仗人势,仗着霍霆袒护你,才这么不把我放在眼里吗?小孩子犯错误就不用教育了吗?你那句我的定制大衣和家里的桌布没有区别是什么意思?霍霆不过是帮你出过一次头,你就这么明目张胆地放肆,他要睡你一晚上,你是不是还打算骑到我头上,早上起来让我煮饭,晚上洗澡让我放水?"

阿青让她揶揄得脸色跟彩虹似的变了数次,想反驳,又不敢顶嘴,只能硬生生咽下这口气。

于笑连碰都不屑于去碰阿青一下,不耐烦地一挥手,让她站到一边去。呢呢已经吓得在墙角默默地抹眼泪,手掌上、衣襟上沾的油彩蹭了元宝一身,她哭着打手势求饶:妈妈我错了。

"你错多少次了!"她疾言厉色地训斥道,"不让在墙上画画,你就到沙发上画,不让你在沙发上画画,你就拿我的衣服画!你是故意的,是你亲妈教你的对不对!"

"少奶奶!"阿青扔下她的衣服站到呢呢身前,把小家伙挡了个严严实实,"阮阮姐不会教呢呢这些的,她才三岁,就算有人教,她也不见得能学得会,你这样会把她吓坏的,教育不也有很多种方法吗?不一定要喊要吓。"

阿青这举动相当于在火上浇油。阿青看得出于笑很生气,阿青一只手伸到背后,朝呢呢摆了摆,让她识相点快跑去找她爸爸。于笑在这个家里无法无天,连霍老太太都被她哄得团团转,一句狠话都不舍得说,只有霍霆震得住她。

呢呢眼泪鼻涕在脸上抹成一团,扭头就要往楼上跑。于笑上前要去抓她,却被阿青拦了下来。于笑错愕地看着阿青紧紧抓着自己的手,怎么也没想到这个用人胆大到敢来抓自己。她试图甩开,可是阿青不肯松开。她一巴掌挥过去,阿青本能地向后退了一大步,险些让自己栽个跟头。

于笑是从小被呵护大的,想打哪个用人,还没见谁敢躲过,娇小姐的脾气一上来,她随手操起一旁的陶瓷人偶,狠狠地朝阿青砸了过去。

陶瓷人偶从阿青的额头擦过,应声落地。

霍霆洗完澡出来,发现抽屉被翻得乱七八糟,他随意地扫了一眼,就知道呢呢是拿走了她的画具,刚要去床上拿衣服,就听到楼下传来一道瓷器破碎的声音,他第一反应是呢呢碰倒了什么,光着脚就往卧室外跑去。

刚到楼梯口,他就见一身狼狈的呢呢捧着元宝,泪流满面地往二楼跑,好似受了天大的委屈。

他两大步迈到呢呢身边,一把将她抱进怀里,毫不在意她身上脸上的油彩会蹭脏自己。他轻轻地帮她擦掉眼泪,在她额头上吻了又吻,温和地问:"怎么了宝贝儿?告诉爸爸,怎么哭得这么伤心?不哭了,乖,一会儿就吃早饭了,哭着不能吃饭饭。"

呢呢终于找到了安全的避风港,小手臂挂在他的脖子上,不敢松开,手掌紧紧抓着他贴近后颈的头发,抓得他生疼。霍霆抬手在她的手背上拍了拍:"呢呢,爸爸不是告诉过你,不能用力地抓爸爸妈妈的头发吗?你在害怕?"他发现呢呢的小身体在微微发颤,原本已经打算抱着呢呢回房里帮她洗掉脸上身上的油彩,却立刻改变了主意,抱着她朝楼下走去。

楼下,阿青正手脚麻利地处理地上的碎片,于笑还在喘着粗气生气,见到霍霆也没有好脸色,用脚尖点着地上的定制大衣:"霍霆,我们是不是太溺爱呢呢了,她都三岁了,三岁的小孩已经可以上幼儿园了,不能总由着她的性子。你看看,就这么一不留神的工夫,她把我这件定制的大衣画成这样,这还怎么穿?这么大面积的油彩能处理干净吗?我不过是说了她两句,她就哭着跑去你那里告状。她只是哑巴,不是智障,小孩不可以这么宠的。"

霍霆看了看地上的大衣和皮草披肩,抬头反问:"你确定你没凶她?"

于笑想装作特有气度地笑笑,但她的度量实在没那么大,这会儿装都装不出来了,只是扯了一下嘴角,稍稍平复了一下自己的呼吸,看着呢呢:"我凶你了吗?呢呢?"

抱着元宝的呢呢哭得更凶了,却不敢表态。

于笑又转头问蹲在地上收拾东西的阿青:"阿青,我凶呢呢了吗?"

阿青为难地抬头,躲开了霍霆和于笑一起逼视过来的目光,摇摇头:"只是严厉了点。"她过去拿起于笑脚下的大衣,于笑一只脚还踩在衣袖上,被她这冷不防地抽离,差点摔在地上。

于笑低呼一声,扶住墙面,没好气地瞪着阿青:"你干什么!摔着我是小事,摔着我肚子里的霍家小少爷,你能对霍家负责吗?!"

"对不起少奶奶,我不是故意的,我……"

"她能。"霍霆突然打断了阿青的话,"霍家的小少爷,不是只有你一个女人会生,摔死了你肚子里的,我会让她生一个给我们霍家负责,生的是女儿不要紧,一个接一个地生,总能生出儿子来。"

于笑惊愕道:"她只是一个乡下来的用人!"

"你都能怀我霍霆的儿子,她怎么了?"霍霆冷冷地看着她,若不是呢呢还在怀里,他此刻的怒气足以令他忍不住将于笑抽筋剥骨,"你是非逼着我再找一个人生个儿子出来吗?一个人母凭子贵,你觉得太寂寞了是吗?"

"我逼你什么了?我身为你的妻子,呢呢的继母,我有义务教育她,我是在帮你管教小孩,免得她长大了出去,别人说我这个做后妈的没有把小孩子教好!"

呢呢在霍霆的怀里哭得开始打嗝,一个嗝儿接着一个嗝儿地打。霍霆在她背上拍拍,他看着于笑,满目寒光,微微挑了挑嘴角:"我们半个小时后见。"说完,他抱着呢呢向二楼主卧走去。

他把呢呢哄好了,将卧室的门从外面反锁,边吩咐阿青边快步下楼。

"阿青,咱们家伺候不好于小姐,她养胎不安心,去楼上她的卧室给她收拾东西,让司机送她回于家。"

阿青正从厨房出来,手里端着一杯热牛奶,完全不知所措。

于笑"啪"地把手里的报纸往桌子上一放:"你让我挺着肚子回娘家养胎?"

霍霆没回答她,瞥向阿青:"去。"

阿青点点头,把牛奶放到餐桌上,转身就要上楼。

"站住!不要碰我的东西,碰坏了哪一样你都赔不起!"于笑尖声制止。

"我赔得起,她碰坏的,算我霍霆头上。去帮于小姐收拾行李。"

阿青惧怕于笑,但她不傻,分得清这个家里到底谁是主人,于笑的孩子都快出生了,霍霆也从来没在这个家里给过于笑一个正式的名分,人来人往地都叫于笑,客气些就叫于小姐,不客气的时候直接叫"那个女人"。阿青立马按着霍霆的吩咐把于笑的东西打包好,除了衣服、香水、化妆品,也没有其他的东西,竟然装满了三个 40 寸的大皮箱。

霍霆没少说过要把于笑赶出霍家,但是每一次都不过是说说,于笑没想到他会来真的,还是在霍老太太不在家的时候,连一个给她撑腰的人都没有。她语气软了下来,上前拉住霍霆的衣袖,开始软绵绵地撒娇,一双水灵灵的大眼睛无辜地朝他眨了眨:"我知道错了老公,我下次好好教呢呢就是了。我倒不是多在意那件衣服,就是她经常在家里乱画,说了她又记不住,我就有些急了。其实你想想,我对呢呢也挺好的,我和妈上街的时候,我还给她买衣服呢,我要是讨厌她,我就不会买了,也不会在她犯错误的时候叫她改正。我们是夫妻,意见不合咱们就商量着来,你动不动就要让我回于家,会让外人看笑话的……"

霍霆没有躲开她的拉扯,也没有发怒,那眼神冷淡得就像看门外一株无关紧要的花草,淡然反问:"你说的外人,是指谁?"

"阿青啊!老公,我才是你的老婆,你应该维护我,你在用人面前一点点面子都不给我,以后我还怎么管这个家?你没看到她刚刚怎么顶撞我，还因为我教呢呢道理来拉扯我，模样可凶了，好像她才是这个家里的女主人一样……"

她的诉求听起来确实很动人，老公确实应该在用人面前给妻子一些面子，可问题是，她算他哪门子的妻子？

霍霆挑挑嘴角，尚算温和地朝她笑了笑："你说的也不是完全没道理，但是也有错误，比如，你现在认为你才是这个家的女主人？"

"我不是，妈才是，但是我是你的老婆啊，是你儿子的妈妈……"她越发委屈，可怜巴巴地看着霍霆，用肚子在他腰上蹭了蹭。

"其实，阿青也很漂亮，清秀又有灵气，你不提醒我，我差一点忘记了，我想要让她成为这个家的女主人有多容易。你这么聪明，不会不知道，这间别墅是我霍霆赚钱买的，这家里所有的人吃的用的全部是我霍霆赚的，包括你。这个霍家，只有一个主人，就是我，我宠着谁，谁才有娇纵的资本。我要是看上阿青了……"

于笑当即愣住，现在她觉得全世界的女人都是自己的情敌。

"老公，我们不开玩笑了，你也别闹了，不能拿家里的用人开玩笑的，你要是喜欢阿青也不用等到现在，早就喜欢了不是？她在霍家都九个年头了，你快别让她收拾我的东西了，一会儿妈就回来了，看到我的这些箱子得多惊讶。"

"我本来就不是适合一见钟情的人，正好要谢谢你，要不是因为你讨人厌，我也不会发现她讨人喜欢。"

"你说真的？"

霍霆笑了笑，没回答："去换件能出门的衣服，我只是让你回于家养胎，你就这么穿着睡衣出门，确实有些像弃妇。"

"我不回去，我嫁给你，给你怀儿子，这就是我的家。"她不依不饶，压在胸口的一口火想发又不敢发，只能尝试去挽回他。

霍霆刚走到餐桌边端起牛奶杯，喝了一口，缓缓回身，眉头蹙起来："我一直忘记问你了，你为什么总是说你嫁给我了？"

于笑被他问得一时不知道该怎么回答。

"我从来没和你举办过婚礼，也没领过结婚证，上帝和法律都不承认的事，你在这儿一厢情愿什么？"

于笑被他说得哑口无言,他拉开椅子坐下:"吃饭,吃完饭让司机送你走。"

于笑气呼呼地坐到椅子上,端起果汁喝了一大口。她没霍霆那么淡然,还能慢条斯理地用刀叉吃煎蛋。

"妈说,现在肚子大了结婚不好看,婚礼等我生完孩子再补办,结婚证可以先领,我们下午就去民政局!"

霍霆忽然笑了两声,嘲讽至极:"还没睡醒吗?下午回于家接着睡。"

他继续吃他的早餐,喝他的牛奶,看他的财经报纸,于笑几度试图和他说话,他都抬手敲敲桌面,示意她吃饭的时候安静。

终于等到他结束用餐,于笑立马蹿到他面前:"霍霆,我不觉得我今天做错了什么,就算我做错了什么,也不该被赶走。有没有结婚另说,我怀了你的孩子就应该是你妻子,没有功劳也有苦劳,况且,我还那么喜欢你,没有人比我更喜欢你,我们没有感情基础可以慢慢培养,你不尝试看看我的好,怎么就知道我一定是不对的那个?"

霍霆淡淡地看着她,眉宇间满是冷冽:"你喜欢我,我就一定要喜欢你吗?"

"那你喜欢谁?"她觉得自己够低三下四了,霍霆还是得理不饶人,"是喜欢巫阮阮,还是喜欢阿青?"

"巫阮阮?"他轻笑出声,"我曾经是很喜欢她,可是我不喜欢了,她就要滚出霍家。现在你就是第二个巫阮阮,我对你连一天都忍不了,所以,你也要离开。"

"不是巫阮阮,也不是我,难道你真的喜欢阿青那个只会低头干活的丫头吗?"

"是,我喜欢阿青,这需要你点头同意?你爬上我床的那天,你问过巫阮阮同意了吗?"

"砰——"一个巨大的皮箱倒在楼梯上,一路下滑,最终停在楼梯口,阿青捂着嘴巴,一身简简单单的白衣黑裤极干净素淡,她难以置信地看着霍霆。

霍霆的话足以点燃于笑内心嫉妒的炸药,现在阿青又摔了她的东西,手中要是有支箭,她八成早就拉弓朝阿青射了过去。她几步迈到楼梯口，抬头恶狠狠地盯着还在楼上的阿青："你想得太多了吧！霍霆不过借着你的名字和我拌拌嘴，哪有夫妻之间不吵架的？你还天真地以为自己可以飞上枝头当凤凰了？你知道这皮箱多贵吗？我哪样东西是你摔得起的！还站在那里？下来给我拎上楼，重新摆好！"她忽然想到霍霆不喜欢自己这样颐指气使，态度立马软下来半分，"我这挺着肚子，拎不动这东西。"

阿青还沉浸在霍霆那番话所带来的震惊里，看起来惊慌至极，点了点头，小跑到楼下，扶起皮箱，瞟向霍霆的目光开始变得不自然，甚至有些躲闪："少爷，这些要拿回去吗？"

要说阿青对霍霆的爱慕一直都隐藏得很好，谁也看不出，阿青也不是十几岁的少女，会常常对着霍霆的背影发呆，于笑也不是单纯到没听过谁家的小保姆勾引走了男主人，她多少次在霍霆出现的时候看向阿青，都没发现任何端倪，那模样看起来好像霍霆在阿青眼里就不是个男人。而阿青现在的脸色，已经完全出卖了她的心思，这红透的脸颊明明白白、清清楚楚地说明了一切。

如果是这样，她就更不能离开这里了，她这一走，不就是给这对相互倾慕的男女制造机会吗？给霍家生儿子的，只能是她一个人，她不会让另外一个男孩来取代自己儿子的地位，就算霍老太太不承认阿青这没身份没背景的乡下丫头，可那霍老太太是盼孙子堪比盼星星月亮，霍家不是养不起，只要是男孩，霍老太太当然希望多多益善。

"你在无视我吗，阿青？"她挺着肚子向阿青靠近一步，"你又不是小女孩，别太天真了，霍霆不会喜欢你，他是我老公，就算不喜欢我，也轮不到你一个用人上位。我怀着霍家唯一的继承人，你想借着霍霆的一句话就动摇我，让我离开霍家吗？别不知道天高地厚，把我的行李拿上去！"

阿青垂着头，立在原地未动，她留在霍家九年，也不过就是为了听霍霆说的每一句无关紧要的话。

她低声重复："少爷，这些东西……"

"拎到外面，让司机放到后备厢。"

阿青费劲地提起皮箱，没等她迈步，就迎来了于笑的一记耳光，声音清脆响亮:"你敢动我的东西!"

霍霆冷眼看着于笑,忍不住勾起嘴角,笑意缓缓敛去:"阿青,过来。"

阿青捂着脸,红着眼眶,一言不发,快步朝霍霆走来。她以为霍霆是想为她解围,没想到他要做的,不过是让她深陷这场误会的旋涡。

她刚走到霍霆身前,便被他一把拉进怀里,紧接着就是一个令人目眩神迷的吻。

于笑惊讶得连声尖叫都发不出来,错愕不已地瞪着这转瞬间发生在自己眼前的一切。

阿青腿一软,险些直接跪在地上。霍霆搂住她的腰,让她的身体靠着自己。

一吻结束,三个人,只剩他一人还是清醒的。

"天真的那个人是你,于笑,非要等她也怀上儿子,然后你像巫阮阮一样被我赶走吗?"

于笑红着眼眶,不服气地望着霍霆:"反正我最开始进霍家,也不是因为你多喜欢我,我不管她是阿青还是阿红,我能挤走一个巫阮阮,我就能挤走一百个巫阮阮,我的老公只能是我的!"

霍霆在阿青的腰上拍了拍,阿青差点跳了起来,呼吸的频率都不对了:"少爷?"

"这是她全部的行李吗?"

"不是,还有两个皮箱。"

"去拿下来,于小姐想穿着宫廷睡衣回家,如她所愿。"

阿青这会儿身体还软着呢,好几步都迈得轻飘飘的。霍霆跟上她,在她腰间扶了一把:"拿得动吗?找司机来帮你。"

阿青迟缓地点了点头,她垂着眉眼,小跑上楼。

霍霆走到于笑的面前,微微倾下身,呼吸喷洒在她的脸上,与她的距离越发近了,她能闻到他唇齿间因为刚刚喝过牛奶而散发的淡淡奶香。他薄唇轻启,轻佻道:"要不要送你一个吻别?"说完,他就要去吻于笑。

于笑抬手推了他一把,捂住自己的嘴巴:"你刚刚亲过别的女人,现在要亲我?"

霍霆再一次逼近，神色变得危险至极："怎么，你嫌我恶心？你不是说你很喜欢我，很爱我吗？因为我亲过别的女人你就嫌我恶心，不想亲我？"

"我不是嫌你恶心，是你刚刚被她亲过了才恶心。"于笑小心翼翼地向后退了半步，小腿卡在台阶上，无路可退。

"恶心？"霍霆忽然向前一扬下巴，高挺的鼻梁骨擦过她的脸颊，她身上浓重的香水味清晰可嗅，他眼角的笑意若有若无，眉心却浮现一个淡淡的"川"字，"你现在才想起来恶心，会不会晚了？你不觉得，你现在所谓的恶心，有些假清高吗？"

于笑扶着楼梯的扶手，身体不住地颤抖，她偏了偏头，试图躲开霍霆的接触。他偏偏不让，大掌猛地扣住她的后脑，将她拉回自己面前，狠狠地将唇贴上去。她不张嘴，霍霆也没打算张嘴，她不是怕恶心吗，他就要恶心她。

霍霆的动作格外粗暴，不顾她的挣扎，狠戾地在她唇上辗转，蹭得自己的皮肤都生疼。于笑痛得发出抗议的鼻音，霍霆猛地拉开她，嘴角挑起一抹得逞的笑。

于笑忘记自己已经抵在台阶上，本能地向后退一步，结果直接摔坐在台阶上。她从怀孕到现在还没摔过，这一坐把她吓了一跳，紧张地抱着肚子，保持着一个姿势好半天没敢动，努力地放松自己的情绪来调整呼吸。

她的狼狈让霍霆忍不住低笑出声，原本的阴霾全部因为她这笨拙的举动一扫而空。霍霆微微扬起下巴，笑得轻松："我早就告诉过你了，不要动呢呢，你敢动她，我一定不会让你好过。你就算不聪明，至少也该长一点点记性。看不惯我女儿淘气，你大可以把她当成透明，这个家这么大，你可以做到和她没有交集，这道理你不懂吗？"

别墅外的大门缓缓打开，在进入别墅前，黑色的奔驰习惯性地鸣笛一声，示意有车辆进入，这是霍老太太回来了！对于笑来说，这简直就是天降救星。

她眼中燃起的希望小火苗，看在霍霆的眼里，只觉得嘲讽。

雕刻着巨大欧式花纹的象牙白木门被人从外面打开，一脸倦容的霍老夫人归来,看到眼前的情景愣了,惊讶道:"这是干吗呢!笑笑你这大着肚子还要出国啊!大包小箱弄得怪吓人的,怎么像要离家出走似的?"

"妈!"于笑委屈地喊了一声,飞快地站起来朝霍老太太扑过去,可在起身的瞬间,一脚踩在了自己的宫廷睡裙上,整个人顿失重心,向前扑倒,重重地跪趴在地上,她惊呼的同时,霍老太太也惊得出了一身冷汗。

霍霆就站在她的身前,却半点扶她一把的意思都没有,反倒是在她摔下来的瞬间微微侧身,生怕她砸到自己一样。

肚子痛!很痛!于笑惊恐地大口呼吸,跪在地上一动不敢动。

"我的祖宗!"霍老太太扑到于笑的身边试图扶她起来。阿青也慌了,费劲地拎着皮箱往楼下走,去和霍老太太一起扶她。

"不行,我肚子痛,我不敢动。妈,我要去医院……"最后两个字带着微微的颤音。

霍老太太急得都快出汗:"霍霆,快抱笑笑上车,去医院!"

霍霆的眉头轻轻蹙起,他冷硬地朝司机命令道:"把于小姐放到车上,你再进来一趟。"

霍老太太跟在痛苦不堪的于笑身旁,一起往外走,回头训斥了他一句,憔悴的面容加上那浓重的黑眼圈,再一生气,原本丰润美丽的面容也显得狰狞:"等着救命的时间你还让他回来,天大的事还有我孙子我儿媳妇重要吗?!"

霍霆微微觑起眼睛,转身猛地一脚蹬在立在身旁的行李箱上,灵活的万向轮滑出去老远,撞在墙上,发出"砰"的声响。他冷硬地警告道:"把于笑放到车上,然后进来,不然我永远不会让她再有机会把这个孩子生出来。"

霍老太太不想把时间浪费在和霍霆的斗嘴上,她在司机背后推了一把:"走走,还要吃个早茶怎么着?"

霍霆懒得再看一眼不知道能死能活的于笑,快步朝楼上走去,拎出于笑最后一个皮箱,推到楼梯口的时候正好看见司机进门。

"少爷。"

"把这三个箱子给于笑带走。"

司机赶紧上前扶起从二楼滚下来的皮箱,这东西少爷能摔,他却怠慢不得:"少爷,这箱子咱的后备厢装不下,太大了。"

霍霆手插在口袋,从容地交代着:"那就叫慕尚出趟车,和你一起带走这些东西,她现在要死了准备送医院,你就把这些东西给她带到医院;她要是死不了要回家,你就给我把这些东西和她一起送回于家,总之我不想在这个别墅里的任何一个地方看到这些东西,也不想看到她。如果你开车载于笑回来,你就和于笑一起离开霍家。"

孟东第三次进总裁办公室的时候,霍霆还趴在桌子上睡觉,他刚要转身,脚步忽然一僵,霍霆不是死了吧?

他瞬间觉得自己腿没了,也不知道怎么走到对方身边,颤颤巍巍地叫了一声:"霍霆。"

没反应!

孟东倒吸一口冷气,伸出手指探向他的鼻息。

霍霆突然睁开眼睛,一巴掌打开他的手,不耐烦道:"干什么?"

"哎呀我的祖宗……"孟东显然是被他这诈尸一样的举动吓着了,愣了半天,才终于把这憋着的一口长气喘了出来,"你怎么大上午的就睡觉呢!让你吓死了,我都来三趟了,你倒是给个反应啊,我还以为你死这儿了,哎哟我的心……"他揉了揉胸口,"这幸亏没怀孕,不然孩子都让你吓掉了!"

霍霆懒得和他废话,又一头倒在桌子上:"有事启奏,无事退朝,朕头疼。"

孟东把他拉起来:"皇上,老臣有正经事儿和你谈,你能……"他话音一顿,"发烧了?"

"发烧了?"霍霆抬起头,自己摸了摸,无奈地撇撇嘴,"好像是。"

"什么叫'好像是'?皇上你再这么烧下去,会直接把自己火化的好吗?"

霍霆推开他的手,劈手夺过他手里的文件:"废话少说。"他快速扫了一眼文件,"这什么啊,字这么小!大点字费墨吗?"

孟东抽回文件:"皇上,你进休息室躺会儿,我给你说说怎么回事,一会儿给你戳一针。"

霍霆摸了一把额头,起身朝休息室走去,可能真是烧得有点糊涂,到门口的时候,很自然地就把鞋脱了,然后才进去。

"我们原本在谈的一档综艺节目的赞助,被于长星那个老狐狸半路截走了。"

"于长星……他们签了?"

"废话,不签我和你来这谈情说爱呢!"

霍霆眉头紧皱:"那都签了你和我说什么废话!我能撕了合同吗?全中国就一档综艺节目啊?"

孟东坐他床边,赶紧解释:"别别别啊,皇上您别激动,少安毋躁,这个节目就现在来看是最有噱头的,首场嘉宾的名单里有白湛,就冲着白湛这两个字,我们去谈的时候,已经和当初的合约价不一样了。而且我听说,于长星现在也打算做黑色家电这块,他们一直有技术,只是没能做好品牌,说来说去就是于长星脑筋太死,但是他挖来一个在一线品牌做过的副总,这是打算咸鱼翻身了。"

霍霆眯着眼睛像要睡着了一样,突然问:"白湛,是谁来着?"

"上次你闺女在我电脑上亲的那人,很红,但是很低调。"

"嗯,那能不能和他谈谈产品代言的问题?"

"谈过了,那边的回复是白湛不接受任何广告代言。"

霍霆揉揉太阳穴,觉得自己一呼一吸都在往外喷火:"这就更好了,他只代言我们的产品,那他参加什么综艺节目都是顺便为我们做广告。你想想,花着于长星的钱,在最红的综艺节目,白湛给我们做着广告,不好吗?"

"白湛这人很有背景,不缺钱,也不缺知名度,所以找他代言有难度,咱们肯定不是产品最知名最奇葩的,也不会是价格最高待遇最好的……"

"那咱们就当最不要脸的。"他慢悠悠地打断。

"皇上,您还清醒吗?您要是清醒,告诉我,怎么个不要脸法呗,我就是往外扔脸,也得有个地方啊!"

霍霆沉默了片刻,冷静地回答:"找他谈不通,找能和他谈得通的人谈啊。"

"对哦!"孟东眉飞色舞地转身冲出门,"哐当"一声,休息室的门关上了。

霍霆再醒过来的时候,手背上已经扎了针,休息室里只有他一个人,手机在办公桌上响个没完,他晃悠着爬起来,推着临时弄来的输液架往办公区走。

孟东正坐在他的办公椅里,手里整理着一大堆文件,见到他出来,慌慌张张地把文件拢一起,顺手把身侧的几个抽屉全部关上。

"你在干什么?"

"去接你的电话吧。我能干什么,拿工资的人不用干活吗?"他把手里的文件收拾好,拿起电话扔到霍霆的怀里。

这电话,单是看号码,霍霆就一点想说话的心思都没有了。

"怎么不接?"

"我妈!"他不耐烦地应了一声。

"我知道是你妈,我才没接,又不是我妈,你怎么也不接……"

霍霆让他绕口令似的话给绕得迷糊了,这电话不接,她还会一遍遍地打进来。他滑开屏幕,冷漠地应了一声:"嗯。"

"嗯什么嗯!你还有脸嗯!"

"怎么了?"

"让你来看看于笑你也不看!孩子不是你的啊!人躺医院了你就不管不问啊!我怎么和于家交代!"

霍霆推着输液架走了几步,靠在落地窗上,有气无力地回答:"交代不了就不要交代了。"

"你就是不管于笑,你也不能不接电话!现在你立刻给我来医院!我刚从家里把呢呢带来医院,孩子吐得胳膊腿都软了!你还能心安理得地不接电话!"

霍霆脑袋里"嗡"的一声,他挂断电话,大衣也没顾上拿就急着往外走,手背上还扎着针,输液架稀里哗啦地倒在地上,手背上划出长长一道血痕。

"你干吗啊你!怎么了这是,于笑出事了?"孟东吼了他一句,把倒在地上的输液瓶踢到一边,抽出两张纸去按他的手背。

"呢呢在医院,吐得很严重!你开车来的吗?送我去医院!"

他一路头重脚轻地赶到医院,见到躺在床上小脸惨白的呢呢,心疼得立马红了眼眶。

早上他走的时候她还好好的,这怎么才一小会儿,就变这样了!

他握住呢呢的小手在掌心揉了揉,小胳膊抬起来跟没有骨头似的。

呢呢睡得迷迷糊糊的,醒了一会儿,见到霍霆,就要往他身上爬。霍霆脱了鞋上床,让她在自己怀里睡,这样也能睡得踏实一些。

霍老太太拉起被子把霍霆一起盖上:"大夫说没什么大问题,先打两针看看,你说你这么大人,连个爸也当不好。你昨天带她吃什么了,看她吐得……哎哟我回家一看,吓得我的心肝都快移位了!"

她不这样说,霍霆都已经无比内疚,她这么一指责,他难受得连呼吸都发颤。

以前巫阮阮在的时候,呢呢一年到头也不进一次医院,巫阮阮走了两个月,呢呢就大病了两次,他怎么会不难过?

他的唇还滚烫,轻轻吻在呢呢的额头上。

"我听于笑说,因为她说了呢呢两句,你就要把她送回于家?"霍老太太坐在床尾,紧了紧身上的孔雀蓝披肩,"我知道你和于笑感情不深,但她把家里照顾得多好,你不在家哪哪都有条不紊,对我好得没话说,连呢呢也听话得多了。她还怀着咱们家唯一的男孩,传宗接代没有男孩怎么行!"

"我不喜欢她。"

"不就说了呢呢两句吗!小孩子哪有不犯错的,犯了错,大人说几句也没什么,她又没动手,那么贵的衣服,她不说,呢呢下次哪能注意,不还会犯这错吗?"

霍霆闭了闭眼睛,脑袋里像有小火车开过,"轰隆隆"一直响:"你就那么相信一个外人的片面之词?我不管她嘴里所说的事实是怎么样,我只看到呢呢在哭,只要于笑在身边,她就会变得小心翼翼。她才三岁,却每天过得胆战心惊,睡着睡着就突然紧张地求饶,一惊一乍地醒过来!"

霍老太太被他说得有些发怔:"呢呢睡觉不是一直很踏实吗……"

他淡淡地"嗯"一声,算是回应。

"再怎么着自己家的事也要关门处理!"

霍霆嘲讽地勾了勾嘴角。

"妈,你可能需要一个孙子、一个继承人作为寄托,但是我真的不需要于笑。我可以留下这个男孩,给他霍家继承人的身份,但是我给不了于笑婚姻,我接受不了,也不想像你说的那样去尝试接受,这就是我的态度,现在是,以后也是。"

"你是我生的吗?啊?我怎么生了你这头倔驴呢!你要不是你爸的儿子,真是说破天都没人信了!你是不是还想着巫阮阮?"

霍霆睁开眼:"我想着她不应该吗?她是我两个女儿的妈,我爸死了这么久,你难道不想他吗?"

"你和我能一样吗?我是丧偶,你是离异,反正我是接受不了巫阮阮再回来,扔出去的东西谁会往回捡啊?生不出儿子的女人要回来有什么用?"

霍霆凉凉地笑了笑:"你想多了,她都有男朋友了。"

霍老太太像听到了天大的奇闻,立刻露出一脸嫌弃:"看见没看见没,妈不喜欢她是有道理的,这才离婚几天,就有男人了,还挺着肚子就有男人,水性杨花,朝三暮四,离婚就对了!不离将来也是个祸水!我当初就告诉你,巫阮阮不离婚就是因为咱们家的钱!"

呢呢在霍霆的怀里翻了个身,他赶紧按住她的小胳膊,怕她滚了针,给她调整了一个舒服的姿势,盖好被子,闲话家常一般问了母亲一句:"咱们家的钱你不是一分都没让她带走吗?"

霍老太太怔了怔,硬着嘴继续说:"我一分没让巫阮阮带走,那她带走的都是什么?你们离婚协议上白纸黑字写得明明白白,单是你给她的现金也够她一辈子衣食无忧了吧?更别说那几套房子了!这都算什么都没带走的话,那得让她带走多少才算带啊?要不要我从绮云山别墅搬出去啊!"

霍霆没反驳,他自然是有证据,只是就算他和母亲的辩论他赢了,那又能改变什么呢?

三万英尺高空,机舱外碧空如洗,苍穹浩瀚,云层如同在飞机脚下铺开的浪漫白毯,天空一寸寸黑暗,黎明又一寸寸展现。

霍朗赶在春节前回了国,大街上很多窗口吊着红色的小灯笼,在风里轻荡,大大小小的店面都大门紧闭,门上贴着喜庆的春联,随处可见喜气洋洋的中国红。

安燃家的防盗门虚掩着,内里的门朝里敞开,传来安燃的说笑声。

霍朗眼底含着狡黠的笑意,一把拉开防盗门,一个小肉球飞奔而来,撞到他的腿上,直接弹坐在地上。

呢呢摸了摸撞疼了的小鼻子,抓着他的腿脚站起来,抬头看向霍朗,刚看上一眼,就忍不住微微歪着脑袋,挠了挠耳朵,萌萌地开口,无声地叫了一句:爸爸?

霍朗愣了两秒,这圆圆的小脸,下巴尖尖,眉间眼底隐隐透露出来的温婉恬静,简直就是一个缩小版的巫阮阮。他弯下腰,温柔中透着一股霸道:"再叫一声。"

安燃刚刚拉开打得不可开交的元宝和螃蟹,正准备让呢呢把元宝放到房间里去,就见霍朗突然出现。

他惊讶得半天没说出话,再也顾不得元宝和螃蟹,直接走到门口,挡住霍朗的视线,支吾道:"那个,过年好啊领导,你回来得挺早啊,懒懒说你要过几天才回来,你不累吗,要不你先回酒店休息休息吧……"

霍朗右臂夹住礼盒,左手抱起缩小版的阮阮,淡淡地看着安燃:"你以为我把老婆放在你们家几天,就成了你的吗?我可以回酒店,但是得带走我的老婆和我的闺女,那样这阖家欢乐的时刻家里就剩你一个人,我在可怜你,你看不出来吗?"

"我看得出来……"安燃为难地摸了摸下巴,"我太看得出来了,就是我……"

他的话还没说完,巫阮阮突然在厨房尖叫一声,接着又狠狠地咳嗽了两声:"面粉吸到嘴里啦!你慢一点扑!"

"好。"

霍朗微微侧头，看向厨房的方向，问安燃："我的助理在这儿？"

安燃单手叉腰，无奈地叹了口气："那什么，领导，是这样的，这不是过年了吗，小孩子前几天病了，然后身体一直不好，睡不好也不好好吃东西，一睡觉就哭，在亲妈身边可能会好一点，就过年这么几天而已……"

"厨房里的男人是谁？阮阮的前夫？"他淡声问道。

"我觉得，你们还是不要见面吧，阮阮可能会尴尬……"

"巫阮阮现在是我的老婆，为什么我成了多余的人？"

听到霍朗的声音，巫阮阮的身体微微一僵，手心里正用面团给呢呢捏着小老鼠，指甲不自觉地扎了进去。霍霆拉了拉她的手腕，关心地问道："阮阮？怎么了？不舒服吗？"

巫阮阮一口长气分成两口才吸完，她将手腕从霍霆的手里抽离出来，手里的面团被捏得变了形，她迟疑地走出厨房，看着眼前的男人，所有因为他提前回归所带来的惊喜，都因为厨房里还站着另一个男人而被彻底冲散，她似疑问也似陈述，浅浅道："你提前回来了……"

霍朗的眉心几不可察地蹙了蹙，仿若被人当头倒了一盆冰水，瞬间将他的热情抛进了极寒之地，这不是他想听到的对白！

他的眼里渐渐蔓延出危险的掠夺信号，漆黑到越发深邃，将无数难懂的情绪全部掩藏。

那不过是前夫而已，是前任！

霍朗嘴角微挑，展露出自信而强大的微笑，望着她："本来想给你个惊喜，一不小心成了惊吓，既然有人陪安燃过新年，我来接你回家。"他目光坚定到不容人退缩，言语掷地有声。

侧身而立在厨房门里的霍霆微微垂着头，睫毛微微发颤，他深深地吸了口气，缓缓吐出来，她的男朋友回来了，所以，他现在最应该做的就是离开？

霍霆从厨房走出来的一刻，仿佛一道闪电同时直击在三个人的胸口，整个世界如同上演了一场巨大的爆炸，冲天的火光，震耳的轰隆声，之后，归于一片死寂，连一株植物的呼吸声都不再有。

霍朗眼角眉梢那一份自信的笑意慢慢褪尽，褪得干干净净，不着一丝痕迹。他不可思议地看着站在巫阮阮身后的男人,"哐当"一声,夹在臂弯里的礼盒应声落地。他看了看呢呢,这才发现,她除了像巫阮阮,更多的,是像他自己!

呢呢在他的怀里不断下滑,他很想抱住,可是手臂用不上任何力气。安燃一把接过呢呢,将她抱进房间里。

霍朗弯腰,拾起从礼盒里摔出来的白纱,那圆圆的戒指盒从婚纱里滚出来,一路到了巫阮阮的脚边。

霍霆从她脚边捡起来,她的眼泪一下子就落下来,她从霍霆的手里拿过首饰盒,朝霍朗走过去:"这是给我的。"

霍朗面无表情地看着她,冷冷地扫了一眼她身后的霍霆,沉声道:"本来是,现在不是了。"他毫不客气地拿回自己的戒指,拎着婚纱,头也不回地离开。

"霍总!"巫阮阮从后面捂着肚子快步追上来。霍朗听到了她的声音,却没有理会。

她猛地拉住他的手臂,站到他面前,挡住他的去路,呼吸急促,脸上都是泪痕:"霍总,你不是让我等你吗,我在等着你,你怎么能就这么走了?"

霍朗冷冷地看着她,细雨打在她的长睫毛上,好像振翅的蝴蝶一般:"那我应该怎么走?"

巫阮阮拉住他的手臂,刚才都没顾得上看,现在才发现他的石膏拆掉了:"你把石膏拆掉了?这个可以固定住吗?会不会很容易伤到?"

霍朗抽回自己的手,淡声道:"巫阮阮,骨折而已,就算没有了整只手,我也会活得好好的。我要回去了,你也回家享受你的天伦之乐吧。"

他抬步要走,巫阮阮直接用肚子顶住了他,委屈道:"霍总,你别走,至少给我一个解释的机会,让我把话说完,我好不容易才等到你,不想因为误会就彼此错过。"

霍朗半眯着眼,望向街角:"好,你说。"

霍朗的冷漠和淡然让巫阮阮很害怕,这种疏离,让她感觉不到霍朗还是她的。

她去拉他的手,总是温热的手掌现在却冰凉:"霍总,我不是有意欺骗你,只是我以前听霍霆说过,你是……"话说一半,她顿住了,不想说下去,觉得那一定是霍朗的伤疤。

霍朗不以为然,嘴角挂着一丝嘲讽:"接着说,我是霍霆他妈不要的小孩,我父亲死在他父亲的车轮下,有什么不敢说?二十八年前摔了一个跟头,你觉得我现在还会疼?你太小看我霍朗了。"

巫阮阮轻轻地皱了皱眉,心疼地看着他:"我不知道二十八年前你摔的那一跤是不是还疼,可是我怕你还疼着,我怕你记恨着霍家,记恨着霍霆,也怕你知道我是谁以后讨厌我。我有很多次机会可以告诉你,可我没有说,我很抱歉,我就是怕你听到这些话的时候,会像现在这样,一气之下离开。你不是说过,我曾经和谁在一起都不重要,重要的是我现在,还有以后和你在一起?"

"你曾经和谁在一起都不重要?你觉得我说这句话的时候,考虑到了曾经和你是结发夫妻的男人是我同母异父的弟弟了吗?"他满目寒光,一直从容性感的嗓音因为愤怒拔高的声调变得凛冽起来,"你可以消失吗?现在!立刻!马上!我不想再见到你!只要见到你,我就能想到自己像个弱智一样被你耍得团团转!"

"我不消失!"她坚定地拒绝道,"我也没有耍你,我是喜欢你的,就像你喜欢我一样。这只是一场误会,是我的错延长了让你知道真相的时间,是我的错我可以道歉,可是你不能让我满心欢喜地期待你,你却痛痛快快地转身就走,霍总……"

霍朗甩开她的手,眼中带着一抹淡淡的恨意:"你喜欢我?要我告诉你,你是怎么喜欢我的吗?巫阮阮?你喜欢盯着我的眼睛看,喜欢在我睡着的时候用手指画我的眉毛和眼睛的轮廓,是因为我的眉毛眼睛长得和霍霆一模一样!你速写本上那些眉眼的特写,根本就不是我!你喜欢我,还是喜欢那个把你甩了的男人?"

喉结上下滚动着,他继续咄咄逼人道:"你喜欢我?你能确定你和我接吻,和我拥抱,甚至和我上床的时候想的是我吗?还是那个让你念念不忘的男人?你喜欢我,你是怎么在明明知道你肚子里这孩子姓霍的时候,还说出她随我姓霍的话!我高兴得像个傻瓜,你全当在看笑话!是不是!"

霍朗大概从未如此挫败过，他满心欢喜，如此全身心投入的一段感情，到头来，他只是一个替代品。

他还记得最初巫阮阮受到那些伤害后，她是如何替霍霆去辩解，受到那么多的屈辱之后，还能选择息事宁人，没有爱，哪来的这份纵容！

而他呢？他又算什么呢？一个在对的时间里出现的赝品，可以让她无限延续这份感情？

只要霍霆再肯对她笑一笑，他的存在就会变得微不足道？

他是何其骄傲的一个人，在这一刻却无地自容到想狠狠地扇自己的耳光，痛骂自己荒唐。

"我没有把你当成替代品，你和他是不一样的，我承认我很迷恋你的眼睛，那不是因为它和霍霆一模一样，我只是觉得很好看，对不起……"

霍朗全身肌肉都在紧绷着，就像一根已经到达拉伸极限的弦："如果不是因为我这张脸，你真的会喜欢我吗？巫阮阮，你能分清自己是真情还是假意吗？我一直以为你是个笨蛋，是个傻姑娘，可到头来我发现你根本就不笨不傻，我才是那个傻瓜！"

"你没有欺负我，对我很好，你救过我很多很多次，我不知道该怎么说。霍总，我们不要吵架，吵架是不理智的，吵架说出来的话是没有真心的，还那么伤人，以后我们会后悔的，我们心平气和地谈，好不好？"

"霍霆不是回来了吗？你和我还有谈的必要吗？回到你们的生活里去，和你们一家四口有关的任何消息，我一个字、一个标点都不想再知道。"

巫阮阮握着霍朗的手指渐渐收紧，紧紧抓住不放，他的话说得太绝情了，就像他曾经的誓言，不留任何余地。

霍朗从来没有为自己做的事情后悔过，因为后悔无用。

可是现在，他很后悔，如果当初他能耐心地听完童曈的话，能问上沈茂一句，巫阮阮的前夫是谁；如果，在五年以前，他听到霍霆的婚讯时，能好奇上那么一分，他都不会有如此一败涂地的一天，他的骄傲，他的尊严，全在这一晚碎成粉末，散在风里。

时间并不晚，可是街头很安静，巫阮阮望着霍朗离开的方向，背脊挺得笔直，好像他当初就是这样不羁地走进自己的视线里，然后，又这么离开。

她默然转身,另一个单薄修长的身影立在鹅黄色的路灯下。

霍霆穿着一身红色的圆领毛衣,白色的衬衣小领露出一半,胸口有一只卡通斗牛犬,这衣服是他带着呢呢去超市的时候,小家伙抱着不肯撒手的廉价亲子装。他以为巫阮阮不会穿,可是呢呢只是抱着她的腿蹭了蹭,她便毫不犹豫地套上。

"对不起。"

巫阮阮站在他面前,抹了一把脸:"你不觉得你的对不起说得太晚了吗?"

霍霆弯弯嘴角,眼眶烫得几乎要将自己灼伤:"晚了。"

"别哭了,过年的时候不能哭,要哭一整年的。"

他试图去抱巫阮阮,却被她不着痕迹地推开,最后只好尴尬地在她的头顶揉了揉,好像她还是自己宠在手心里的那个宝贝,连她爱上别人,为别人流着泪,他都无条件地纵容了。

"你们是兄弟,和我有什么关系,就因为你们是兄弟,所以我被误解和嫌弃。你还我男朋友,还给我……"她像小孩子一样无理取闹着。

把她的男朋友还给她?怎么还?要他去求霍朗回来,要他解释阮阮是真的不爱自己了?尽管他们之间有很多相似之处,可她爱的,是霍朗。

那不如现在就拿起一把刀,一刀刀将他凌迟,也许更痛快。

"阮阮,换一个男朋友,行吗?"他轻声与她商量着,眼里波动的流光写着满满的心疼。

"我喜欢他,我只喜欢他,不管他是谁,你们是什么关系……"

霍霆抿了抿唇,深深地吸了一口气,无奈地吐出来。

"你可以不和于笑在一起吗?你换一个老婆,行吗?"

片刻的沉默后,霍霆在她耳朵尖上捏了两下:"我行。你能换个男朋友吗?"

巫阮阮把手掌握成紧紧的小拳头,抬手就在他的胸口砸了一拳:"你浑蛋!于笑肚子都那么大了!你怎么能随口说出这样的话!你从前学不会负责任,现在还是学不会吗?你到底要什么时候才能定下心来喜欢一个人!"

霍霆捂住她捶过的心口,无奈地笑了笑:"我定下心了,不过我喜欢的人不喜欢我。"他强硬地揽过她的肩头,"别哭了,好男人很多,不一定非要是我同母异父的哥哥。阮阮,安燃好像也喜欢你,安燃不行吗?"

她也不想霍朗是霍霆的哥哥,哪怕他没有现在这么优秀,没有这么英俊,但只要他和霍霆没有半点关系,现在的一切不都是皆大欢喜吗?

她推开霍霆的手臂,眼底波光潋滟,望着他:"你是在告诉我,我又爱错人了,是吗?"

"是!"他笃定地回答,"你爱错人了。阮阮,如果你恨我,可以换另外一种方式来报复我,不一定非要利用霍朗。用一个你不会受伤的方式,什么都可以,我都可以接受,只要别让他搅进我们霍家。"

巫阮阮眨了眨眼,有些难以置信,可是想想,也没有什么不能相信,她在霍霆的眼里,早就不是那个美好得没有半点缺点的小女人。

她直视着他:"你在害怕霍朗吗?你害怕他会回到霍家拿走原本属于他的一切,拿走你妈妈的心,你舅舅的疼爱,还有你外公的财产?你伤害我的时候,把我推向手术室的时候,你想过我会害怕吗?你知道无辜的我挨过了笑多少巴掌吗?你想到过我看见你们两个人都会忍不住害怕得发抖吗?我胆小如鼠,一无是处,我没有任何可以报复你的武器。可是你怕霍朗啊,你会怕他拿走你的一切,你也可以感受到曾经我受到的那些恐惧,你让我一无所有,我为什么还要让你享受一切!"

很显然,这答案完全出乎了霍霆的预料。

他没想过巫阮阮会有如此锋利的一面,也没想过,一向单纯柔软的她,会是一个有如此城府的女人,他不过是说了一段自认为荒唐无比的话,没想到,得到的却是这样的答案。

他默默地在心里说了一句:没关系,我不怪你。

"他不会甘心被你利用的。"

"他足够爱我,就会甘心,就像我曾经甘心被你和于笑伤害,屈辱地和你们同住一个屋檐下。"

霍霆眼角眉梢尽是忧伤,目光从巫阮阮的脸上抬起,望向她的身后,凉声道:"所以,你还回来做什么?"

巫阮阮身体猛地一僵,像是关节生了锈一样,极缓慢地转过身,错愕地望着身后的男人,一张俊颜面无表情,寒若冰霜。

"霍总……"

霍朗勾了勾嘴角,眼底却没有半分笑意:"原本我有一件事需要做,现在有两件了。"

巫阮阮静静地看着他,不知该如何回答,她刚刚那些话不过是一时生气说给霍霆听的,并非她的真心,可是就这样伤了他。

"第一件事,和你道歉。"他面色从容,好像刚刚经历这一场劫难的人根本不是自己,"对不起,我刚才误会了你,这才是你的本意。"

这是他这辈子第一次和人说对不起,也绝对是最后一次。

"不是你想的……"

他冷冷地打断了巫阮阮:"第二件事,我要带走我的猫,它是我捡回来的,是我花钱把它治好的,所以它属于我,你的家我半步不想再踏入。"

巫阮阮默然地望着霍朗,哽咽着说:"是误会也好,是现实也罢,我们都不管了,重新开始好不好?"

霍朗脸上浮现淡淡的讥讽:"情话不用说得太动听,我们只是相互利用的关系,连你的前夫都知道,还要演下去吗?一个已经被人识破的局,还有必要继续下去吗?你这么聪明,不需要我字字说穿,我只要我的猫,是我的,你应当还我;是你的……"他稍稍停顿,看了一眼安静立在她身后的男人,"也回到了你身边。"

他的语气冷冰冰,没有半点温度,语调也没有半点起伏,那声音华丽而淡漠,不仅仅是陌生,更多的是故意的疏离,故意得让人无法靠近,生生拒人于千里之外。

巫阮阮没有说话,沉默地转身,融入夜色,回到那斑驳的旧楼里。

霍霆微微垂眸,看向霍朗手中的婚纱,看不出什么款式,用料却是上好的,稍稍撒上一点点光华便显得流光动人。

"婚纱……"他淡淡地开口,继而嘴角一挑,"可惜她穿过了,这种东西,只有第一次穿才会觉得弥足珍贵。"

霍朗握着婚纱的手指渐渐收紧,面色不改:"早知道二十八年后你会用这么不着调的语气和我说话,二十八年前,我就应该把你的婴儿车从楼梯上推下去。"

霍霆双手插着口袋,嘴角挂着清冽无害的笑容,向他身前靠了一步,他们的身高几乎无差,如此近距离的对视,才发现眉眼间的复制感是如此强烈,只是那深眸里所透露的情绪截然不同。

"真可惜,这世界偏偏没有时间是留给'早知'这两个字的。"霍霆目光里满是危险的笑意。

霍朗也缓缓地朝他迈了一步:"你妈难道没教过你怎么和你二十八年未见的兄长说话吗?收起你的犀利,我不需要。"

"那你现在企图利用我的前妻、我的女儿来报复我,又是你哪个妈教的?!"霍霆的语气变得凛冽起来,生冷得像把寒刀。

霍朗冷冷地望着他,猛地伸手揪住他的衣襟,将他拉到自己的面前。霍霆还敢问他哪个妈!他有哪个妈!

"我要做什么轮不到你来指教,有能力就守护好你不想失去的东西,没有能力,就算你活该!"

霍霆将霍朗的小臂狠狠地向外拧去,待松手之际,一拳打在他的下巴上,揪住他的衣襟将他逼退数步:"那你就试试!不要再试图打巫阮阮的主意!是男人就把你的本事用在我身上!你再敢伤害她一分一毫,我绝不放过你!"

小臂传来钻心般的疼痛,下巴也火辣辣的,舌尖有些许腥甜味,霍朗将血沫咽下,反手迅速出击,直接一拳将霍霆打翻在地。

白色的纱裙落在脚边,被踩得凌乱狼藉,霍朗的心莫名像针扎一样痛,他弯下腰,捡起已经不再是纯白色的轻薄婚纱:"我是你有血缘的哥哥,但不见得我就会比你更像个人渣,要过她命的人,是你霍霆,三番五次要她的命的,是你霍霆!"

"我和她的事情你没有权力过问,你和她的事情,我一定有权插手!"霍霆抹去自己脸上的血渍,血不断地流,他便不时地抬手擦。

"你怕我伤害巫阮阮?你在心疼?"

霍霆没回答。

霍朗挑起嘴角,胜券在握:"我就是要你害怕!要的就是你的心疼!刚好,她已经不稀罕你的害怕和心疼了。"

片刻的沉默对峙后,霍霆突然开口:"母亲是我的,霍家的未来也是我的。"

霍朗冷冷地看着霍霆,一个抛弃他的女人,一堆生不带来死带不走的废纸,他不稀罕。

"我不要巫阮阮,但也轮不到你。"

"已经暴露了的暗器,我不会再握在手上。"霍朗淡然道。

针锋相对的时刻,没有任何一个男人会示弱。

巫阮阮踩在水洼里的脚步声伴着一声声喵叫声传来,螃蟹在白色的小笼子里不断挣扎着要出去,锋利的小爪不停抓挠着。

霍霆转身,叫她:"阮阮……"

巫阮阮见到他脸上的血迹,吓了一跳,赶紧站到两人中间:"你怎么了!你们打架了?"

霍霆笑了笑,用手遮住半张脸:"没事。"

目光在两人之间来回巡视,巫阮阮问:"你打了他?你对霍家的怨恨,暴力可以解决吗?"

霍朗陌生而冷淡地望着她的眼睛,他抬了抬握着婚纱的手腕,她感觉到脚下有扯动的力量,挺着肚子的她根本就没有注意到踩到了婚纱的裙摆,向后退了一步,才看到清晰的脚印,她内疚极了:"对不起,我肚子……我没看到……"

霍朗拿过她手里的白色宠物笼,原本想最后送她一个从容的笑容,却因为她刚刚的话而没办法做到嘴角上扬。

"阮阮,回去吧,下着雨,很凉。"霍霆在身后温柔地提醒。

巫阮阮看向他:"你刚才是看到了霍朗在我的身后才对我说那些话的,是吗?霍霆,你不爱我可以抛弃我,可以选择新的爱情,现在,你要从不是好丈夫变成不是好人了吗?"

霍霆抵在鼻间的手指拿开,愣了一下:"他不会相信我说的任何话,就算他信,也是信你,是你选择了承认而不是否认……"鼻血又流了下来,他横着手指挡住。

巫阮阮再转头时,已经看不清霍朗的身影,她低着头从霍霆的身边走过:"先上去处理一下吧。"

霍霆无声地跟在她身后,看着她落寞的背影,微微垂着的头,心里的酸快要灼烧胸口的皮肤,他在亲眼见证她对另一个男人的感情。

忽然之间,他成了多余的那个人。

昏暗的楼道里,巫阮阮没有按亮楼层灯,她停住脚步,转头问:"你是不是打霍朗了?"

黑暗里,他笃定地摇了摇头:"我没有。"

一夜之间,所有的甜蜜幻化为往昔,兜兜转转,她又成了一个人。

// 第三章

你按着我的遗嘱了

霍霆再一次抱着呢呢出现在巫阮阮小区门外的时候，是清晨，不知道他们等了多久，小呢呢手里捧着个肉包，很认真地啃着。

"你还好吗？"他担心地问，在巫阮阮还未走到他面前的时候。

呢呢在他的怀里蹭了蹭，跳到地上，举着肉包笑眯眯地告诉她：妈妈，我有了弟弟，这么小一个。

呢呢用手掌激动地比量着给巫阮阮看，小胳膊一甩，不小心将包子的肉馅甩了出去。她郁闷地挠了挠额头，看向霍霆，指着肉馅：爸爸，肉肉没了。

霍霆蹲下来，把她手里剩下的包子皮两口吃掉，从风衣口袋里掏出一个肉包，拨开塑料薄膜，掰掉最上面一块面皮，直接露出肉馅给她，一如既往，面皮是属于他的。

肉馅到手，呢呢放下心，啃了一口肉馅，嘴边蹭了点肉汁。巫阮阮掏出纸巾帮她擦掉，温柔地笑了笑："于笑妈妈肚子里的不就是你的弟弟吗？"

呢呢在原地狠狠一跺脚，脑袋摇得和拨浪鼓一样，她比画着：是真的弟弟，是弟弟，这么大，很小一个。

霍霆揉了揉呢呢的发顶，站起来："于笑早产。"

"早产？"巫阮阮愣了一下。

"嗯。"霍霆点了点头,"她摔了一跤。"

巫阮阮下意识摸摸自己的肚子,心想还是喃喃命硬啊,越是被人轻贱的孩子越容易在逆境中成长,这话真没错。

巫阮阮的眼睛有些红肿,霍霆看着很心疼,他抬起手,却被她侧头躲开:"别难过了,值得你掉眼泪的人根本不会给你机会落泪,我不值得,霍朗他一样不值得。"

"你说不值得就不值得?"巫阮阮淡淡地看着他,反问,"可是爱上你们之前,并没有人告诉我这个男人不值得我爱,这个男人除了能给我爱还会给我伤害,不是吗?"

"你对霍朗有爱吗?"霍霆弯着嘴角,露出一抹凄楚的微笑,"你爱霍朗吗?你不是说,你和他在一起只是为了报复我吗?"

巫阮阮红着眼睛,不回他的话,想到霍朗为她流的血,她就不想对任何人说任何她和霍朗之间的事情。

霍霆正要开口继续发问,手机突然响了一声,他接起电话,转身避开几步:"喂?"

孟东好像在喝东西,说话声音含混不清:"查到了,不过事实有点出乎我意外,他在国内没做半点和他们家有关的生意,连普通的珠宝生意都不是,他现在在沈茂公司做副总。"

"沈茂?"他压低声音,疑问道,"沈茂认识霍朗?"

"我这边只能查到沈茂和霍朗都是在美国长大,同是耶鲁毕业,别的什么也查不到。沈家的势力我们看不到,但是绝对不小,不然你舅舅怎么会同意这门婚事?反正只要出了中国,就像你以前查霍朗一样,一点信息都查不到。"

沈家究竟有多大的背景,霍霆不知道,说白了他对沈茂的唯一了解就是世家公子,有钱的富二代,上流社会交际场里的常客,是巫阮阮的老板,自己未来的姐夫,他们之间的交情并不深。

直到今天,沈茂和霍朗有了中间那一层霍霆未知的关系,他才对这个未来的姐夫产生了好奇心。

他挂断电话,转身的时候看见呢呢正在找妈妈要抱抱。巫阮阮笑得一脸温婉,将呢呢侧身抱起。他两步迈过去,从巫阮阮手里一把抱过小家伙,非常严厉地对她说:"爸爸说过多少遍不许这样,你记不住吗?"

呢呢个子比一般三岁的小孩子矮了那么一点,但是体重有点超标,巫阮阮已经有七个多月的身孕,又格外显怀,这么抱着呢呢也当真是难为她。

呢呢嘟着嘴十分不开心,她特别讨厌霍霆这么一本正经地对她说话,嘴角向下一撇,抬手便给了他一巴掌。

巫阮阮刚刚还有点心疼呢呢被说,呢呢这么小哪里懂得了那么多,可呢呢这小巴掌打得她啼笑皆非。呢呢还赌气地鼓着腮帮,抱着肩膀,憋了好半天,指着霍霆示意:你再这样!我就把你塞回你妈妈肚子里!

霍霆蹙了蹙眉,看了巫阮阮一眼,在呢呢的手背上打了一巴掌:"再学于笑说话,你不要吃饭了!"

呢呢眨了眨眼,一头扎在他的肩膀上,小胳膊腿不停乱踢。巫阮阮也"啪"地一巴掌打在霍霆的手背上,学着他的样子厉声说:"你再打她你也不要吃饭了!小孩子什么都不懂,不是于笑先在生气的时候说了这样的话,她会自己说出这样的话吗?屠夫的儿子会杀猪,老鼠的儿子会打洞,于笑……"她顿了一下,"在于笑身边长大的小孩子会骂人耍泼也没什么奇怪,你该管的不是呢呢,好好和于笑沟通才是真正的解决办法。"

霍霆抿了抿嘴没说话,他反而为巫阮阮愿意对他做这看似亲昵的动作而感到欣慰,同时也在心疼。他心疼这亲昵的短暂,也心疼在他怀里不住耍赖的呢呢,她热乎乎的小脸蹭着他的脖颈,凉凉的眼泪落进他领口,他的小宝贝很难过,因为犯了错误挨说,还挨打,可除了她面包一样的小羽绒服蹭在他身上发出哗哗的声音,她的哭,安静极了。

他多希望,哪一天他一生气给了呢呢一巴掌,她能震天彻地地哭出来,让他听听他的小宝贝脆生生地喊爸爸到底是怎样的。

呢呢突然老实下来,她满脸泪痕,转头看了看巫阮阮,拎着霍霆的手背将他的大掌放到自己面前,翻过手背,胡乱地抹了一把自己的眼泪。

霍霆是天生的白,巫阮阮那一下已将他的手背拍得微微发红。

呢呢捧着他的大手哈了口气,又吹了吹,心疼地揉了揉。

霍霆心里微微发热:"宝贝儿,爸爸不疼。"

呢呢扭头,看了巫阮阮好半天,对着她的方向狠狠一挥手,瞪着她:别打我爸爸!你快回家去!

"呢呢!"霍霆看见她的口型,猛地一把将她搂进怀里,不知所措地看向显然受到不小打击的巫阮阮,"她太任性了,阮阮,别多想。"

巫阮阮有些委屈:"你对呢呢说过我是坏女人?"

"我不会对一个三岁的孩子去谈论她母亲的好坏,你是什么样的女人,只取决于她看到的。小孩子都有点霸道,不想别人动她的东西,她只是在保护她依赖的人,并不说明她讨厌你,所以千万别误会,阮阮。"

呢呢紧紧搂住霍霆的脖颈,让巫阮阮无力辩驳。

——爸爸,我要回家。

呢呢抓着他的肩膀晃了晃。

霍霆在她的背上拍拍,心疼地看向巫阮阮:"我带她回去,改天再来看你。开心一些好吗?安燃是个好男人,别轻易错过。"

Otai 的总裁办公室,孟东站在霍霆的身后,单手支着腰,眯着眼睛看霍霆手中的文件——遗嘱。

"霍先生,没有问题的话就可以直接签字了。"律师客气地提醒他,这一份十四页长的遗嘱,他几乎是一个字一个字地阅读,看了将近两个小时,生怕出现一点错误。

孟东嫌他看得太慢,转身点了根烟,再低头的时候,身体猛然一僵,劈手夺走他手里的遗嘱举在手里,质问道:"这什么意思?"

霍霆坦然地向座椅深处靠去,优雅地一抬手,不怒自威道:"拿过来。"

"拿给你……"孟东看了一眼戴着眼镜坐得中规中矩的律师,调整了语气,"拿个鬼!"他举着手里的遗嘱飞快地来回翻了几遍,公司和钱都是霍霆的,霍霆想怎么分配他都管不着,只是最后一项,他一字一句认真归纳道,"孟东,水云居 154 平方米房产一套,盛世莲香 207 平方米房产一套,盛世天香 184 平方米房产一套,编号 977 保险箱内四块金条、三颗裸钻,美金……五十万……"他捏着遗嘱的纸张哗啦啦作响,"你这是立遗嘱还是给我攒嫁妆,我是你们家人吗?又是房子又是金条、钻石、美金,你怎么那么土豪啊?"

孟东越想越来气,他一摆手,对律师说:"张律师你先出去。"

律师点点头,转身走了出去。

办公室只剩他们俩,孟东把遗嘱往桌子上一摔:"这什么玩意儿啊?"

霍霆伸手打算把遗嘱拿回来签字,却被孟东牢牢按住:"你怎么没早说你藏了这么多钱呢!你卖了这些不就什么都有了吗!"

霍霆的手指忽地一颤,撕掉了半边纸,他脸色白得极度不好看,眉头几不可察地蹙起,疑问道:"你怎么知道?"

"我怎么知道?你真以为我在 Otai 成天帮你东奔西走,一心打杂吗?虽然说总裁一声令下,枪打东边我不往西边走,但这不代表我没长脑子!我很认真地在学习怎么能当好这个副总,所有能不让你操心的事我都努力尝试去做了!"他手指在文件上狠狠戳了一把,"包括财务!别欺负我初中文化看不懂账本!"

霍霆波澜不惊地看着他,半天才说:"你这么说,我真欣慰,我走了也不担心你把 Otai 玩垮。"

"这是问题的重点吗?"

"问题的重点是,你按着我的遗嘱了。"他抬头,目光坚定地看着孟东,"我——的——遗——嘱。"

"你的你的,不是我的,谁和你争这玩意儿?"他抬手一把撕掉了最后一页给自己划分的遗产项目,将剩余的扔回他怀里,"我不要你留钱给我,盛世集团是我爸的,水云居是我哥的,我用你留钱吗!金条、钻石谁没有啊!钱谁没见过啊!"

"你见过你的,我留给你的是我留的,这两者中间有什么冲突?"

孟东激动地在空中挥出手指,嘴都张开了,愣是没想到该如何反驳,气愤地扯了一把自己的领带,把夹了半天的烟头按灭在水晶烟灰缸里。

霍霆半开着玩笑补充了一句:"你要是嫌少,我可以再给你加一套丽水湾的复式。"

"我总得给你留下点什么,你现在有没有孟家的继承权很难说,况且就算你有继承权,你爸身强力壮需要你继承吗?没有继承财产的那些年你要喝西北风吗?"

"我这么大个人能饿死吗！"孟东不悦地顶撞回去。

霍霆"啪"的一声把签字笔摔到桌上：「你以为没有我你现在还能活着吗？！没有我霍霆，你孟东早就饿死或让人砍死在哪个巷子里了！"

"你能不能……"孟东让他说得眼眶一热，特别不服气地拧着眉头瞪着他，还没等话说完，就先哽咽了，"别这么说，好像明天就要死了……"孟东低头抹了一把脸，无限委屈地嘟囔了一句，"你要不放心我们，你就多活几年……"

"如果我下不了手术台呢？"霍霆突然反问。

孟东愣住了。

缄默许久，孟东把律师叫进来，把手里揉成了团的遗嘱摊开，指点他变更遗嘱内容："这些重新分到巫阮阮的名下，这里，骨灰……"他吸了吸鼻子，"由孟东保管……"

律师抬头看向霍霆，没有得到示意，他不敢贸然更改。

"我就要这一样，你要真想给我留点什么，我就要这个。"孟东也看向霍霆。

霍霆想了几秒，不容置喙地拍板道："骨灰……要房子，骨灰就是你的；不要房子，你什么都没有，我碑前连你一朵白花都不允许出现。"

孟东妥协了。

保温箱里躺着的霍江夜不问世事，外面却为他炸开了锅。

先是霍老太太不满霍霆对这小孩和于笑不管不问，后升级到于家人因为有了真正的砝码而全体举旗抗议霍霆这种不负责任的行为。

开始两天霍老太太要留呢呢在她身边睡觉，霍霆没觉得有什么不妥，直到突然有一天，呢呢在他怀里睡觉的时候突然坐了起来，迷迷糊糊的，慌张地摆手摇头，他才觉得呢呢哪里都不能去，只能留在自己身边。

孟东的房子够大，房间够多，霍霆就住在孟东的家里，不是他没有房子可住，是姚昱已经回来，姚昱做得一手好菜，呢呢喜欢得不得了。

霍霆回来的时候，阿青正蹲在茶几旁给沙发做保养，见到霍霆的时候激动地起身，忘记蹲了太久腿部酸麻，险些一个跟头摔在他面前，红着脸叫了一声："少爷！"

霍霆皱着眉头,未看她一眼,径直上了二楼。

床品换成了清新的草绿色,可他看上一眼便觉得很灼眼,要他扔掉这张床,他舍不得,这是阮阮睡了五年的东西,可是让他再躺上去,就如同噩梦一样。

他拿好自己需要的东西,又到呢呢的房间给她带了两身衣服,便要离开。

阿青不知所措地扯着衣角,站在楼梯口:"少爷……"

霍霆站在台阶之上,淡淡地看着她:"工钱不是给你结清了吗?"

"少爷……"

"别叫我少爷,回到你该回的地方去。"

阿青垂着头:"我来霍家九年了,有你和老夫人的地方才是我家,你让我回哪儿去?"

霍霆勾着嘴角,嘲讽地笑了笑:"沈暮青,你父亲的收藏生意做得怎么样?"

阿青猛地抬起头,惊讶地看着霍霆。

霍霆笑着迈下最后几步楼梯:"书香门第的三小姐,在我这里默默无闻地做了九年的长工,我霍霆何德何能?"

"少爷,我不是什么三小姐,我就是阿青,是霍家的长工,您现在辞了我,我只能流落街头了。"

阿青跟着霍霆走了几步,想上前去拽他的衣角,可一想到他会有的反应,又立刻收了手。

"少爷!"

"别跟着我!"霍霆回头吼了她一句,"每个喜欢我的女人我都要留在身边吗?这现实吗?可能吗?"

"我不是要留在你身边……"阿青满眼哀求地看着他,"我是要留在这个家里,你说过,我是你的家人,是你的妹妹,所以你要赶我去哪儿?我不会成为第二个于笑,我要是那样的女人,我不会有耐心等这么久,我……"她脸色微微发红,"我是喜欢你很多年,可我从来没有非分之想,我在这里给你打扫房间,照顾呢呢和老夫人,对我来说就是最大的满足。每个人都有欲望和野心,可是我懂,欲望多了,野心大了,就会不容易幸福了。少爷，我还想留在霍家当长工，现在过年了也不好招人，家里总得有人照看，我还要赚钱，别人家的长工都没有我的工钱高，我哪儿都不想去。"

"你要留在这里？你能留多久？我一辈子都不看你一眼，你也愿意留在这里吗？我死了，你也愿意留在这里吗？"

"呸呸呸！少爷，过年不说丧气话，你会大吉大利，长命百岁的！"

霍霆淡然一笑："我昨天刚刚立过遗嘱，我快死了，不然我为什么会和巫阮阮离婚？你难道没听到，我喝多了还念念不忘的人只有她吗？"

阿青瞪大了眼睛，好半天没敢说话，倒吸了一大口冷气，难以置信道："少爷？"

他知道阿青不会对别人提起半句他说的话，才敢这样肆无忌惮："命不久矣，这话你懂吗？我的财产你分不到一分，我的人你也看不了多久，你还留在这里干什么？"

阿青结结巴巴，话都快说不全："少爷，我……你……你就是要赶我走，也不能说这样的话诅咒自己，命是你自己的，你怎么能不爱惜……"

霍霆淡淡地扫了她一眼，大步离开。

阿青突然大声喊道："我不走！你就是……那个了，我也不走，这个家里不只你是我的家人，老夫人也是我的家人，呢呢也是我的家人，你不在，她们更需要我，你不在，我就代替你照顾她们……"

霍霆顿了一下脚步，微微侧身，问："你的话，可信吗？"

"可信！我可以发誓，少爷，既然你知道我是沈家人，你一定也知道，我们姓沈的，从来言而有信。我父亲做一辈子生意，从他手里交易出去的藏品，不用验证也从未被怀疑过是赝品，这是做人的信誉。少爷你也是一样，答应不赶我走，就真不能再赶我离开了……"

霍霆沉默了许久才迈步离开。

红绿灯交错时，一辆大众途锐从他旁边缓缓开过，进入右转弯车道，他正了正身体，对司机命令道："右转弯，跟住那辆途锐！"

在左转弯车道的宾利只能违章，在后面一片急刹车声中进入了右转弯车道。

途锐开进了盛世青莲的别墅区，霍霆在这里也有一套房子，他很少来,所以也从未遇到过沈茂。

他刚刚带着童瞳度假回来,车子停在机场,已经落上一层灰,打开后备厢的时候童瞳还很嫌弃地退后一步。沈茂在她腰上拍了一把,让她先进去,随后他拖着一个40寸的旅行箱,还有一个LV旅行袋跟着进了门。

坐在远处宾利之内的霍霆不禁皱了眉,他极有耐心地等待了近一个小时,也没见有人出来。他下了车,这联排别墅没有庭院,他站在门外打量了一番,按响门铃。

片刻后,门被打开。

沈茂的腰间围着浴巾,顶着湿发,一身未来得及擦干的水珠,眼里满是惊讶:"霍霆?"

霍霆礼貌地笑了笑:"姐夫。"

他这一声姐夫叫得沈茂不自在极了。沈茂皱了皱眉,让他进来了。童瞳的黑色恨天高被东一只西一只地甩在门口,霍霆故作玩笑地扫了一眼:"我姐在?"

沈茂没搭话,随手指了指沙发:"坐。"他从茶几上摸起烟和火机,抽出一支递给霍霆。

"戒了。"

"有毅力。"沈茂笑了笑,给自己点了支烟,"今天周三还这么有空?"

"有一个好的副总,想有空不难,你不也很有空吗?这是刚刚度假回来?正月都快过了。"

沈茂低笑一声,接过霍霆递过来的烟灰缸,弹掉烟灰:"你一路跟我过来,就是为了给我拜个年这么简单吗?就算是拜年,也不该两手空空……"

"我等我姐下来,和你们一起谈。"霍霆挑起嘴角,笑得满面春风。

"不是你姐。我房子里的女人不是霍筱,你要谈什么?"

"哦……"霍霆撇撇嘴,一副很遗憾的样子,"可惜我姐姐对你一往情深,听说我舅舅原本很喜欢那个传媒小公子,可是我姐自己选了你,还没等结婚,你就先把人辜负了,还让小舅子抓了个现行,你这婚,是想结还是不想结了？"

沈茂温和地低声笑了，看起来一派谦和，目光却异常笃定："家里有你这么不好说话的小舅子，我还真不想结这婚了。不过，我和霍筱的婚事，是你动动嘴皮子或者我动动歪心思，就能取消的吗？不现实的事咱们就免去口舌。你来，肯定也不只是为了我房子里有女人这件事。"

霍霆收起脸上的笑意，恢复满目冷清，双腿交叠着靠进沙发里："那我们就谈谈霍朗。"

沈茂吸了口烟："霍朗？他有什么可谈的？"

"他是你的副总，你不远万里将他请回中国，这事于我而言，比你金屋藏娇重要多了。"

沈茂随意地摊了摊手，道："你不了解霍朗，他比你有脾气多了，不说万里千里，只要他自己不愿意，千金难买他一米的乐意，所以我请他是一个原因，他愿意回来，是另一个原因，懂吗？"

楼梯间传来懒散的脚步声，童瞳穿着大红色的睡袍，顶着湿漉漉的头发从二楼下来："谁来了？"

沈茂背对着楼梯，回过头看了她一眼："客人。"

霍霆挑着嘴角抬了抬手："新年快乐，童瞳。"

这是沈茂很隐秘的一处住宅，有客人她已经很意外，这客人是霍霆，她就更加意外了："你来这儿做什么？这屋里你和哪样家电熟悉啊？"

霍霆不笑不怒，看看沈茂，淡漠地回答："来看看我未来的姐夫金屋里藏了什么样的娇。"

沈茂将烟掐灭，起身走到童瞳的身边，毫不避讳霍霆的存在，接过她手里的毛巾在她的发梢轻轻搓了搓，亲昵地抵在她的耳边，轻声道："宝贝儿你先上楼去，好吗？"

童瞳冷冷地白了客厅里的男人一眼，扭头离开。

"你藏的娇不错，漂亮足够，就是差那么一点……人情味儿。"霍霆半开着玩笑说。

"有女人味儿就够了，人情味儿这东西这年头不靠谱，太有人情味儿，容易被人欺负。"

这对话含沙射影的，让两个人都极不舒服，霍霆沉默了几秒，直接干脆地问道:"我只有一个问题想问你。"

"问。"

"霍朗没回国之前,是不是就知道巫阮阮是我的妻子?"

沈茂皱着眉头挠了挠眉梢,面露难色地撇撇嘴:"这个……我还真不清楚,毕竟我不是霍朗,你不如直接和他谈谈,前提是他如果愿意和你谈。"

沈茂这一番话维护意味十足,霍霆听不到他想知道的答案,面色难看:"就算他以前不知道阮阮是我的妻子,那他们在一起的事情,你总该早早知道,你故意不告诉霍朗阮阮到底是谁,是何居心?还是你已经告诉了他,还眼睁睁看着阮阮跳进他的圈套,你又是何居心?"

"是你把巫阮阮一脚蹬了,现在来我家里装情圣,你呢?有何居心?还是你的居心根本就与巫阮阮无关,你在乎的只是二十几年前被你取代的小孩会不会回来,从你手中夺走原本属于他的一切?"

霍霆利落地起身,慢条斯理地整理好自己的纽扣:"我的家里没有一样东西是原本属于他的,我的就是我的,我为什么要怕?'夺回'这两个字,用得太不恰当,他若来,那只能叫——抢劫。"

沈茂不想和霍霆闹得太尴尬,只好拍拍他的肩膀,准备送他离开:"别只说霍朗,没准是你想多了,你喜欢吃糖,也许他觉得糖忒硌人呢?"

"姐夫说得对,也可能是我狭隘了。"霍霆反手在他的手臂上拍一把,"其实——"

他在玄关处穿鞋的动作顿了一下:"我还是希望我们能做一家人,不做仇人,你和我姐姐订了婚,结了婚,就是我姐夫,你要是和你的手足一起当强盗,弄不好,我们就成仇人了。"说完他微微一笑,伸出手,"过年了,姐夫不给个红包吗?"

沈茂笑着在他手上拍了一巴掌,将他送出门。

天气渐暖,一件件棉衣被封装起来,橱窗里的春夏新装色彩缤纷,如同绽放的百花一样争奇斗艳。

可巫阮阮穿不了,她的肚子已经越发圆润。巫阮阮坐在沿街咖啡厅的藤椅上,眯着眼睛满足地吃着午餐。安燃喝了一口咖啡,拧开自带的保温壶,倒了一杯柠檬水给她。眼看着巫阮阮送到嘴边的寿司米饭即将漏掉一半,他飞快伸手一接,将掉在指缝的一小团米粒放进自己嘴里:"不能倒着吃,倒着吃掉米。"

"倒着吃好吃。"

"嗯,吃吧吃吧。"安燃把自己寿司上的两片鳗鱼夹到她盘子里,"我晚上要加班,早上多做了饭放在冰箱里,你用微波炉热一下就可以。你那外套我早上刚泡在水里,你别洗了,等我回来再洗吧,现在水凉。"

"嗯嗯,你带钥匙了吗?不要敲门,我怕听不见。"

"带了,不带我就睡外面。"

巫阮阮弯着眼睛笑起来:"早上记得回来做蛋包饭。"

"吃货。"安燃笑了笑。

巫阮阮的头发又长出一截,安燃现在在洗化公司上班,他选了套植物成分稍高一些的冷烫精,在家给她的发尾弄了几个小弯,虽然师傅的手法不怎么样,但模特很是争气,她那软绵绵的发质烫出来很漂亮。安燃笑她:"好看是好看,特别像韩剧里走出来的小姑娘,可你能把肚子收收吗?你确定里面怀的是一个吗?看起来怎么这么大……"

巫阮阮当时也笑了,说:"我是大妈。"

午餐结束,他把剩下的小半壶柠檬水挂在她的手腕上:"走吧,我回公司了。"

"嗯嗯。"巫阮阮吃掉最后一个他递过来的红枣,和他挥了挥手,等他和她一同走过斑马线,然后例行每日一次的分道扬镳。

霍霆双手插着口袋,远远地跟着巫阮阮,和人群一起走过十字路口。

风轻轻拂过巫阮阮的栗色短发,然后穿过他的针织开衫,只要走着巫阮阮走过的路,连沿途的风都带着她的味道。

这样波澜不惊、温婉恬静的巫阮阮很好,至少她的生活很平和安宁,人就这一辈子,哪来那么多的惊涛骇浪需要经历?好人就该一生平安,就该风平浪静。

如果巫阮阮过得够好,他不介意自己过得多糟。

孟东的电话打进来,他站在路边接起:"嗯。"

"吃饭啊祖宗啊!饿死了,就等你呢!"

巫阮阮的背影已经消失，他默默转身："知道了，你和SI预约一下吧，下午我们谈谈这次的广告案。"

"这事儿哪用得着总裁亲自谈啊？"孟东合上手里的文件，往桌上一扔，长腿搭在办公桌上。

"总裁应该干什么？"

"总裁啊，打打高尔夫球，谈谈恋爱，看看孩子，喂喂闺女，喂喂鸡，诸如此类惬意的生活呗……"

"贫。"他言简意赅地总结道，挂了电话，朝自己公司的方向走去。

中午吃饭的时候霍霆安排去德国的事宜，他看着孟东良久，缓声道："德国你就别去了。"

"啊？我不去，你让呢呢在手术室看着你开刀啊？"中午的菜做咸了，孟东端起霍霆的水杯喝了一大口水，不解地看着他。

"我带阿青去，她能照顾呢呢。"

"为什么阿青能去，我不能？"

"你得留在公司，等着我回来。"

孟东不说话了，他为什么非要执着于和霍霆一起去做这手术，就是因为他怕霍霆再也回不来。

"我会回来的，你留在这儿还要帮我管理公司，帮我照顾我的家里，还有看着阮阮别再出什么乱子。"

孟东满目不屑："我不。"

"你没有说不的权力。"

霍霆觉得他一定会回来，他放不下巫阮阮，还没见过他的喃喃，他还要再一次见证Otai的巅峰，所以，他一定能平安归来。

孟东歪着身子坐在椅子里，手指一下下敲在扶手上，想了又想，还是没有想到更合适的问法，只好直白地问："那你要是回不来呢？我就等着医院给我打电话，去领你的遗体吗？"

霍霆一派轻松地回答："要是我真没那么好命，睁不开眼睛了，那也是注定的事，我的遗嘱届此可以生效。呢呢不用再回中国，然后告诉我妈我在国外出了意外，把她从中国带走，那些钱足够她们一生无忧。你还得替我告诉阮阮，我给她的一切全来自于我的内疚而不是爱情，她接受遗产的代价只有一个，就是永远不再与霍朗有瓜葛。"

"嗯……我呢？我咋办？跟着你去西天取经啊？"

"那怎么行，你还要给我看骨灰，骨灰给你，你找个深山老林，抱着骨灰盒隐姓埋名吧……"

"……"

霍霆在休息室换掉针织衫，套上一件深紫色的西服，衬得皮肤瓷白："SI 那边是霍朗接待吧？"

"嗯，霍朗，还有设计总监韩什么，韩梅梅、韩裴裴什么的，韩梅梅 and 李雷……"孟东说完自己乐了两声，他的文化程度也就停留在"韩梅梅和李雷"了。

这是霍霆第一次进入 SI，在此之前他从未来过。

两个漂亮的前台姑娘见到他的时候明显一愣，心想：总监这是漂白了吗？

巫阮阮一边仔细地校对着稿件上的英文字母，一边贴着墙根从市场部匆匆忙忙往回走。

设计部的大门突然打开，韩总监厉声教训道："巫阮阮！速度速度！"

"马上！"她一只手拿稿子，一只手抱着肚子准备小跑两步。霍霆拧起眉头，挡住她的去路，因为惯性，她的肚子还撞在了他的身上，把她吓了一跳，向后退了好几步："你怎么在这儿？"

"你肚子都多大了，你还敢跑？"他按住她的肩膀，小声叮嘱道。

孟东对巫阮阮点了点头，拍拍霍霆的肩膀："我先和前台过去。"

"你等一下，我先送文件！"她绕开霍霆就要往设计部赶。霍霆拉住她的手臂，拿过她手里的几张稿件，大步迈向设计部，正好迎上了再次冲出来的韩总监，将设计稿直摔向她的脸，在鼻尖外一厘米生生刹住，迅猛的动作甚至带起一阵风，让她两鬓的发丝微微飘动。

韩总监被迎面而来的稿子吓了一跳，以为巫阮阮这是要造反，气愤地一把拍走他的手，随即一怔："你哪位？"

这种兄弟之间的相似度，任谁第一次看见都会不由得发愣。

霍霆没有回她的话，而是很有耐心地将稿子放回她的面前："你要的东西。"

韩总监将信将疑地接过设计稿，看到确实是自己所要，立即气愤地一扭头，瞪向正慢悠悠朝设计部走来的巫阮阮："巫阮阮！你什么工作态度？"

巫阮阮立即打起精神，捧着肚子加快脚步："总监，我……"

霍霆伸出手指，在空中对巫阮阮做出一个警告的动作，让她放慢速度，眼角眉梢尽是冷淡。他不客气地对面前的女人质问道："你着急要的东西，到底是稿子，还是她的工作态度？拿到了设计稿你还有空闲的时间在这里数落她的工作态度，你是在故意为难一个孕妇吗？"

韩总监单脚点地，双手叉腰，不客气地将长发向一边甩去："家属吗？这里是工作的地方，工作就要有工作的态度，你有空闲的时间来我这里指责她上司的工作方法，不如多赚点钱，让你老婆安安生生在家生孩子。"

巫阮阮尴尬地拽了拽霍霆的衣袖："你干什么呢？"然后朝韩总监笑了笑，"总监咱们先处理稿子吧，客户还在等着。"

霍霆闭上了嘴，可是韩总监没轻易放过她："早知道客户着急要东西，你中午还有心情去吃一个小时的饭，现在想起提醒我着急了吗？我今天就是要和你谈谈工作态度，全公司不是只有你一个孕妇，只有你的家属会三天两头上门闹事。上次抢了别人老公弄出掌掴门，这次又弄来谁家表哥表叔，你以为这里是小学幼儿园，在班里摔个跟头，家长还要老找老师的麻烦吗？"

掌掴门？霍霆疑惑地看向巫阮阮，他从来没听说过，有人来她工作的地方闹过事。因为希望她在工作上没有任何来自他的压力，他从来没有来过 SI，私底下也没有交代过沈茂做任何特殊照顾，只是他的这种着想竟然也成了一种疏忽。

"阮阮，什么是掌掴门？"

巫阮阮为难地看了一眼两人："总监，设计稿……"

霍霆一把夺走韩总监手里的设计稿，追问道："什么掌掴门，你被谁打过？"

韩总监看这男人竟然抢走她手里的东西，当即翻脸："这位家属，麻烦你和我们员工的私人问题私下解决，不要影响到我们的工作好吗？把设计稿还给我！"

巫阮阮推了推霍霆，从他手里抽出稿件，重新递到韩总监的手上。

"以后无关人等少往公司领，工作也该有工作的样子。"说完，她转身进入设计部。

"她是只针对你一人这样吗？"霍霆眼里闪烁着心疼，问道。

巫阮阮摇摇头，笑得有些尴尬："那倒没有，她性格就是这样子，对大家都差不多的。"

"你没说过。"

"这有什么好说的，上班不就这样子嘛，你的秘书也肯定觉得你是个不好相处的上司……"她一脸的无所谓，韩总监的火暴脾气大概所有设计部的人都司空见惯，"你和孟东一起来这边是谈工作吗？还是……"来和霍朗决斗？后半句她没问出口，但霍霆应该明白她所指的到底是什么。

"工作。"他垂下视线，巫阮阮被包裹在黑色打底裤下的小腿明显有些浮肿，大着肚子上班，还要走来走去，没时间躺下休息，不肿都出奇，"阮阮，月份这么大了，可以不上班了。"

巫阮阮笑了笑，目光清清浅浅地映在她柠檬黄的娃娃衫上，整个人都闪亮起来，她无心道："我不上班，你养我啊！"

霍霆的心一下子就融化掉了，他抬手在巫阮阮的耳朵尖上捏了捏，温柔得快滴出水来："养……"

他的小动作让巫阮阮不禁脸红，赶紧侧脸躲开："我口误，我的意思是说现在还不影响工作，当然要上班。"

霍霆失落地收回手："那你走路能慢点吗？不要动不动就像捧着肚子要起飞一样，这很危险。"

巫阮阮捧着肚子张了张嘴，把到了嘴边的话噎了回去。她不愿意反反复复提过去的事情，可是她又忍不住想提醒霍霆：我这辈子最危险的事情，就是在你身边所经历的一切，纵使你现在有万般耐心与温柔，也无法让我忘怀你当初是怎么绝情地想要置我的宝宝于死地，现在才来担心我的安危，已经晚到不能再晚了。

好在前台小姐再次出来迎他，他跟随她进了会客室，只是另外的主角还没到场。

孟东是个刺头，到哪儿都不省心："美女，我不喝咖啡，给我弄一壶大红袍，解解暑。"

霍霆斜着眼看他，春寒料峭的，他要解什么暑？

前台的漂亮姑娘本来见着两个这样英俊的男人就有些羞答答的，孟东多和她说两句话，她就脸红得不成样子，智商也直接接了地气："大红袍？没有。"

"那普洱吧，养养胃。"

霍霆端起面前的咖啡，静静地喝了一小口，不动声色地看着他。

"对不起先生，普洱也没有。"

"铁观音。"

"先生，我们公司……就没有茶叶。"

孟东喷了一声，他一摆手："热水！"

小姑娘跑出去给他端了一杯热水，他挥挥手："烫了。"

小姑娘又给他换了一杯温的，他还是挥手："凉了。"

"谢谢你，他不渴，你工作去吧。"霍霆对着被折腾得焦头烂额的小姑娘说了抱歉。

没等小姑娘点头说好，孟东眼睛一瞪："你怎么知道我不渴？我渴！我中午吃咸着了，我渴死了！"

"我说你不渴，你就不渴。"他不怒自威，肯定道，对前台小姐微笑，"谢谢。"

"不客气，要不我再给您倒一杯不冷不热的吧？"

霍霆的笑容僵了僵，还真有人是欠虐型的。

韩总监抱着一摞案例匆匆忙忙地赶来，进门先连说两声抱歉："不好意思，通知得太紧急了，我刚才在整理案例……"她话说一半突然就断了，巫阮阮那个长得像她们副总的亲戚，是沈总交代的重要客户？是Otai的总裁？

她尴尬地笑了两声，主动对霍霆伸出右手："你好，我是设计总监韩裴裴。"

霍霆礼貌地站起来,却不与她握手,只是勾了勾嘴角,冷声道:"你好,我是 Otai 电子的负责人,我姓霍,叫我霍霆就可以。"

韩总监整个人呈现一种极其痴呆的状态,孟东在一边看着差点笑出来。

"啊,你好,霍总,你和我们霍总……"

"亲兄弟。"

韩裴裴恨不得"啪啪"给自己两个大耳刮子,只能尴尬地赔笑:"太不好意思了,我刚才还以为您是我们设计助理的家属,弄得怪乌龙的,您别介意。"

"我不介意。"霍霆的笑意加深,"可以理解你的管理方式比较特别,但是,出于私人的情面,我还是希望你对我的妻子宽容一点,毕竟她有孕在身。"

孟东别过脸,真不忍心看这妆容精致的女强人脸色和抹了锅底灰一样。

"我会的……一定。"

"谢谢。"

孟东正色,礼貌地伸出右手:"你好,我是 Otai 的副总孟东,巫阮阮的小叔伯,我也出于私人的情面,恳请你对我们阮阮手下留情,毕竟她还怀着我的小侄女,她有不足的地方您得多多指教,要是教了也不行,那就放弃治疗,您多多海涵。"

"这话说得我怪不好意思的,我其实挺器重巫阮阮的,一直想提拔她……"韩裴裴继续赔着笑。

"那你得加速了,韩总监,提了好几年了,她还在做设计助理,我家阮阮可不像扶不起的阿斗啊。"霍霆优雅地落座,一边喝着咖啡,一边笑着调侃。

"其实阮阮挺有灵气的。"她赞美道。

"是吗?"霍霆拉过桌面上的一摞案例,随意找了几本翻看着,文件夹上都署着设计师的名,可是没有巫阮阮的设计案例,只有两张签了她名字的插画,他又打开韩裴裴自己的设计案例,手指在稿子上点了点,"很明显,你手绘的基本功不如我老婆啊。"他抬头,眼里含着笑。

"我们画风有些区别，阮阮更擅长色彩的调用，我是学展示设计出身的，空间感更好一些。"

霍霆将属于她那份设计稿的文件夹推出去："就先从你这里排除，我们需要的不是展示设计精英。作为一名设计师，色彩感觉是第一要素，你的线条稿做得再漂亮，也是苍白的，如果色彩感突出，单凭色块搭配，就足以做出炫目的东西。"

韩裴裴的面子有些挂不住："霍总说得有道理，从我们专业角度出发……"

"我个人觉得，从你们视觉传达这个专业的角度来看，首先是服务眼球，不是服务学术。我的意见可能专断了一些，希望你不要介意。"

落地窗前，霍朗一边听着电话里客户的种种抱怨，一边仰头将手里的牛奶一饮而尽，茶几上的早餐旁边放着午餐，外卖的包装袋还保持着原封不动。挂断电话，他坐回办公座椅里，回复了一封邮件，接过童晏维递过来的合同文件，快速扫了一眼："他们到了吗？"

"到……到了。"

霍朗"嗯"了一声："公事公办，别把你的个人情绪带到工作里。"

童晏维点了下头，替他打开办公室大门，扭头看了一眼茶几上的食盒，他又一天没吃。

霍朗接过晏维递过来的眼镜，架在鼻梁上，推开了会客室的大门。

霍朗穿着修身的黑色衬衫和黑色西裤，钛灰色的金属拉丝镜框更衬得他贵气沉稳，声音里饱含着一贯的华丽："你好，我是SI的市场总监，叫我霍朗就可以。"他礼貌地微笑，伸出手，与霍霆、孟东一一握过。所有的程序都如同面对一位普通的客户，霍霆在他眼里完全没有任何特别之处。

没有给对方留闲话家常的时间，他迅速切入主题。

孟东很认真地一条条审视合同，还有他介绍的案例。霍霆却是目不转睛地盯着霍朗看，那眼里要是带着刀子，霍朗早已千疮百孔。

"你们可以考虑一下，自己指定设计师或由韩总监安排。"他手指在霍霆面前的几本文件上点了点，"平面组的几位资深设计师作品都在这里。"

霍霆直接抽出那本有巫阮阮插画的白色文件夹,直接翻到最后一页:"就这个。"

"这是阿宽的作品。"霍朗转头看向童晏维,"去设计部通知阿宽来一下,和客户当面沟通一下想法。"

"我要这张插画的作者。"霍霆更正道。

"霍先生,这张画是设计助理画的,如果你们的设计要求里涉及插画类她会参与设计,除此之外她不具备独立完成 Otai 这种大项目设计的能力。"

这话一出口,愣住的不仅仅是韩总监一个人,连童晏维也讶然了。

霍朗上任的第一个星期,干的第一件不合规矩的事情,就是让那个不具备独立完成设计作品资质的巫阮阮独立完成了一个大项目,虽然最后的泄稿乌龙闹得沸沸扬扬,可也就那么神不知鬼不觉地被霍朗压制了下来。现在霍朗竟然替巫阮阮推掉这么好的一个机会,如果她能独立完成 Otai 的黑色家电系列,便再也没有理由只让她做一个小小的设计助理。

霍霆点点头:"哦……设计助理,意思是不合规矩是吗?"

"对。"

霍霆合上文件夹,遗憾地笑了笑:"原来在 SI 内部乱了规矩要比流失客户更重要,我们可能需要几天时间来考虑一下是不是该和一间不以服务客户为首要任务的公司合作。"

霍朗突然沉默,目光变得冷峻起来,直视着嘴角微微挑起的霍霆。他吸了口气,冷静了几秒,对童晏维说:"换设计师,通知巫阮阮。"

童晏维的话说得不清不楚,巫阮阮稀里糊涂、云里雾里地进了市场部的会客室,站在门口尴尬至极,轻声叫道:"霍总……"

霍朗和霍霆同时看向她。

霍霆的笑容慢慢散开,他翻开合同最后两页,递出随身携带的签字笔:"阮阮,签字。"

童晏维在背后推了她一下,她才低着头走到霍朗身边:"霍总,这个是我签吗?"

霍朗的视线落在合同上，沉默了几秒："对，你签，是霍先生指明要你来做。"他顿了一下，看巫阮阮接过了霍霆手里的签字笔，淡声道，"霍先生对你寄予厚望，你要全力以赴，需要协助的地方可以和韩总监沟通。"

"好。"巫阮阮应声点头，在设计师一栏签下自己的名字。

"我突然想起来，我们 Otai 也有规矩……"霍霆修长的手指落在纸面，将合同拉到自己的面前，白金笔尖刚刚落在纸面，又迅速抬起，"我们公司也从来没有和一个头衔为助理的小设计员合作的先例，这要是传出去，不是你们 SI 过度敷衍了 Otai，就是 Otai 选人的水准太低，都不是什么好话……"

霍朗眉头几不可察地微微一皱："我明白，这种生意上的合作和商业联姻一样，也要讲究门当户对，霍先生放心签字就可以，这个问题我会马上解决。巫阮阮本来就已经在我们下一批提拔的助理名单里，时间提前一点并没有什么问题。原则上助理不能独自承接设计案，但她的个人素质和能力非常突出，明天例会我会正式给她升职成为 SI 资深艺术设计师，这个头衔，霍先生觉得和 Otai 匹配吗？"

霍霆笑了笑，看起来很愉快，白金笔尖在纸面发出沙沙声，几笔带过之后，推出合同："合作愉快。"

韩裴裴起身快速整理好满桌子的文件，这氛围实在有些令人窒息，童晏维只是简简单单地整理好霍朗的东西，半点搭理她的意思都没有。这童晏维的心气越来越高，除了霍朗，别人在他眼里几乎就是透明，在这 SI，他快成第三副总了。

巫阮阮站在霍朗身后，一动不动，不说话，也不抬头，直到韩总监手里的文件不小心滑落，她才回过神来，意识到自己该去帮忙整理东西，激动地朝前迈了两步，也没注意桌子的圆角，一下子顶在肚子上。

"哎哟！"她惊愕地退了一步，揉了揉肚皮，一屋子的男人都因为她这一不小心而紧张地伸出手。

"你小心一点，莽莽撞撞……"霍霆皱着眉轻声提示，语气里的温柔任谁都听得清晰明白。

"没事没事，没事！"巫阮阮红着脸摆摆手，"没撞坏！"

霍朗起身，推了一下自己的眼镜，嘴角扬起职业的微笑，伸出右手："合作愉快，这个项目的时间比较紧，霍先生先和韩总还有设计师抓紧时间沟通，我还有两个客户在等我回复，先失陪一下。"

霍霆也礼貌地站起来，瞥了一眼他伸过来的右手，很明显他的衬衣下还带着夹板，只是临时摘掉了脖子上的吊绳。霍霆没有和霍朗握手，而是将双手优雅地插进口袋："设计案的沟通我另外安排了时间，现在我想占用霍总几分钟时间，谈些私人问题，可以吗，霍总？"

孟东第一个痛快地转身出了门，另外几个人紧随其后。

"韩总，我来拿吧！"巫阮阮也知道自己捡了一个大便宜，按理来说和这么大的公司合作，一定是总监亲自出面。

"不用了，不重。"

孟东嘲讽地冷笑一声，用手指在巫阮阮的肩头点了点："阮阮，我有事和你说。"

楼顶的天台，日光暖煦，清风拂面，孟东舒坦地伸了个懒腰："阮阮，这几天你不约霍霆吃个饭什么的吗？"

巫阮阮侧头打量孟东，眉眼间满是疑惑："我为什么要找霍霆吃个饭？感谢他给我这个难得升职的好机会吗？"

"对啊！按理说你是该感谢一下，不然你还要做助理熬多久！你看你那个前情人霍大总监，铁面包公似的，明显不想给你任何机会。"孟东坦率道。

孟东的话让巫阮阮有些不开心，她看着远处的高楼："这次是两个人给我的机会，我会找机会谢谢他们，吃饭也可以，带上呢呢就好。"

"只有你们两个人，午餐或者晚餐，不是更有诚意吗？"孟东继续笑着劝说。

巫阮阮更加觉得莫名其妙，不知是不是她多想，她甚至有那么一瞬间觉得，按着孟东对霍霆言听计从的性格，这些话是霍霆让他来说的。她狐疑地看着孟东，压低了声音问道："那个，他和于笑还好吗？于笑不是刚刚生了宝宝吗？"

孟东觉得她这样子挺可爱的，笑道："好，特别好，如胶似漆。"

巫阮阮不客气地白了他一眼："看我欠揍了是不是？还想让于笑打我不成？她宝宝生完了现在身姿矫健了，我打不过，跑也跑不过，你太坏了……"

孟东啧了一声，笑道："别冤枉我，我的本名就叫孟好人，我就是不愿意上电视，我要是愿意，《感动中国》就有我。让你去找揍这事我干不出来，你这肚子里怀的还是我侄女，我不心疼你还心疼她呢，那不是，那个……快到日子了嘛！"

巫阮阮顿时领悟："他生日不是应该和他的家里人过吗，我已经是外人了！"她弯着嘴角轻笑，"而且，我是真的不想挨揍……"她在身侧的小口袋摸了摸，掏出一块手工水果糖，递给孟东，"请你吃，很好吃的，我得回去工作了！"

"嗯，那我也下去吧，你考虑一下我的话。"他叮嘱道。

巫阮阮点点头："好，我会考虑的。"心里的答案却分明是否定。

宽大的欧式沙发包裹着深紫色丝绒，霍霆双腿交叠着坐在沙发中间，目光冷清地看着正对面另一张沙发里的霍朗。

"你对巫阮阮半分感情都没有，是吗？"

霍朗面无表情，沉默半响，肯定道："对。"

"看得出来，同在一间公司，你身为副总，连起码的特殊对待都不给她，孕妇在你们公司累出好歹，公司不用负责吗？"

霍朗忽略了他的问题，反问道："你想找我谈的私事，只是巫阮阮吗？"

霍霆挑挑眉："有一半是巫阮阮，怎么说她都是我前妻，我两个孩子的妈，我对她未来到底跟了人还是渣，应该关心一下。"

霍朗勾了勾嘴角："你可以直接去关心她，难道她没告诉过你，她为什么和我在一起吗？"

霍霆的脸色变得不好看，新年那天的雨夜里，巫阮阮亲口告诉他，她和霍朗在一起，就是为了报复自己，那千万细针游走四肢百骸的痛感，他还记忆犹新。他交错的手指微微勾了勾，在霍朗的面前承认这件事，他绝对做不到，所以他沉默了。

"因为我比你看起来更像个男人，起码我知道什么叫拿得起，放得下。"霍朗的沉稳和坦然就如同一个阅历丰富的兄长在平和地对弟弟讲述普通的道理,"巫阮阮的话题就到这里,你天性柔软,难忘旧情,我不是……"

他不是?霍霆突然开口打断:"那只能说明你的旧情不真,你不爱她。"

"我什么时候告诉过你,我爱她?我从来没爱过她,以前不爱,以后也不爱。如果你还惦记她,就去与她复婚。摆不平你的女人,到别的男人这里来示威,你觉得很光荣?很威风?"

"我要怎么样对阮阮,不需要你教。"

"同样的话,还给你。"

霍霆咬了咬牙,两腮紧绷的肌肉显示了他的愤怒。他清俊的眉眼里满是警告的意味:"我和你的事,我们正面来谈,别再试图用那些冠冕堂皇的理由去靠近她和喃喃,不管你在美国有多大的势力,你记得这里是中国,是我生活了二十八年的地方!"

霍朗嘲讽一笑:"我和你有什么事可谈?谈谈你母亲怎么脚踏两只船抛夫弃子的,还是谈谈你父亲怎么让我父亲丧身车祸的吗?你父亲阖家欢乐、幸福安康,我的父亲和祖父却因为他先后离世,家庭支离破碎,你觉得,你有什么资格和理由来和我谈?怎么,嫌我们家人死得不够多,你要步你母亲的后尘,准备继续赶尽杀绝,是吗?"

霍霆的情绪变得不稳定,淡粉色的薄唇开始泛起淡淡的灰紫色,他强硬辩驳:"没有人欠你们家的人命,法律上也没有任何证据能证明我父亲是蓄意谋杀!"

"可以理解,如果是我父亲杀了人,我也不会在外面到处说,别人指责我也不会承认,人之常情。但这是事实,你的否定改变不了历史。"

"所以你现在回来,是觉得你积攒了足够让我家破人亡的力量,打算抢走属于我的东西?"

"你有什么?一间算不上国际尖端的电子公司,一个无情无义的母亲,一份从外公手里分到的未知的财产,一个前妻和一个未出生的孩子,你有什么是值得我动手去抢的?"

霍霆讶然,无言以对。

霍朗突然冷笑一声:"我不在乎那一点点钱,如果我和你谈,我会直接和你谈谈怎么样报复你,我会更有复仇的快感!"

"他留在中国我就不安心!死不瞑目!"推开总裁办公室的大门,霍霆泄愤般拍了一把立在门侧的落地工艺品,金属圆球飞速旋转起来,发出嗡嗡的声响,看得孟东头晕眼花,赶紧抬手按住。

"那怎么办,你是我祖宗,又不是全国人民的祖宗。"

"他恨我妈,恨我,恨我们家所有人!谁知道他在等什么时机?现在我还活着,如果我死了呢?就算他对巫阮阮不感兴趣,他如果和我妈相认了呢?他会善待一个抛弃他二十几年的女人吗?你没看到他那副阴狠的嘴脸,根本就不像个人!"他倒出一粒白色的药片,扔进嘴里,咬得嘎嘣作响,留下满嘴的苦味。

"谁说我没看到,我看到了,你说要和他单独谈谈的时候他就开始一副棺材脸。你消消火气,注意一下你的玻璃心。"

霍霆喘着粗气不说话。

"不苦吗?"孟东从西裤的口袋里摸出一块糖,嫩粉色的包装上面印着黄色的小鸡,"吃糖,就不苦了。"

霍霆皱眉,纳闷孟东什么时候变得这么幼稚,会随身揣着这么卡通的糖果。他别过头:"你当我三岁?不吃。"

孟东煞有介事地叹口气:"那算了,本来是阮阮给我的,说谢谢你给她这次机会,她无以为报,以糖相赠,看你这么嫌弃,我吃……"

霍霆不等他说完剩下的那个"吧"字,劈手便从他正欲收回的掌心中夺过糖果,紧紧握在掌心,脸上的阴霾在一瞬间就被明媚取代,真是风云变幻、人心难测。他微微弯起嘴角,难以置信道:"她真的这么说吗?"

"嗯。"

"她看起来很开心吗?"

"嗯,非常开心。"

霍霆又是一笑。

孟东嬉皮笑脸地看着他说:"你让我当副总的时候也没告诉我还

有义务和责任照看孕妇啊,你还别说,我要当保安,肯定比当副总干得好……"

霍霆眼里立马射出两把刀子。孟东正色,说:"Just a joke.事实上是阮阮只有一块糖,为了感谢你,她自己没舍得吃……"

// 第四章

我怕死，因为我有牵挂

霍朗在沙发上躺了好一会儿，办公桌上的电脑不断发出收到邮件的提示音，有人敲响办公室的门，他知道是童晏维，没回应，门被推开，又被关上。

有人走到他身边，在他肩膀上拍了拍，轻声叫他："霍总……"

霍朗手指微微屈起，露出半张面无表情的脸，冷冷地打量巫阮阮："我让你进来了吗？"

巫阮阮被他一句话噎得不知道该作何回答，捧着肚子站起来，辩解道："我敲门了，你也没说不让我进来……"

"出去。"霍朗闭上眼，不客气地下了命令。

这段时间，他的侧脸消瘦了很多，露出坚硬的线条。巫阮阮看着，心里很不是滋味。

童晏维说他不吃东西，不睡觉，把自己当作机器人一样忙碌，连停下来加油充电的时间都没有。

"你的早饭还在这里，一天没吃饭吗？"巫阮阮胸口还憋着气，提问的口气并不是那么动人。

霍朗置之不理，好像她是空气一样。

"霍朗！我在和你说话！"巫阮阮扳着他的肩膀让他转过身。霍朗有些不耐烦，猛地坐起来。巫阮阮飞快地向后退一步。

可她还是慢了半拍,二人嘴唇相触,她的唇柔软而富有弹性,夹杂着糖果的甜味。

霍朗扣在沙发边缘的手指猛地收紧,心口"怦"的一声,响彻他整个胸膛。

巫阮阮惊讶地瞪大着眼睛,终于完成了自己后退的动作,一屁股坐在了茶几的边缘上,两个咖啡杯被撞得哗哗作响。她捧着肚子,好半天才想起来吸进一口气,不可思议地看着对面的男人。

这个似曾相识的情景让两个人都不约而同地心动和心痛。

霍朗首先反应过来,飞快地直起身。

"我起来了。说,什么事?"霍朗语气冷淡。

巫阮阮的视线不自然地垂下,却不小心落在了他几乎半敞开的领口,那性感的肤色与线条烫得她眼睛好半天没眨一下。

霍朗一直冷冷地盯着她,修长的指尖落在胸口的纽扣上,缓缓系上了最靠下的一颗纽扣。

修身的衬衣再次在他的胸口紧绷,将他覆满肌肉的胸口包裹住,好身材一览无余。

"看够了吗?"

巫阮阮猛地回神,飞快地摇了摇头。见霍朗微微皱眉,她才反应过来自己做错了动作,于是又飞快地点了点头,卷曲的发梢在耳侧弹弹跳跳。

"看不够的话,你可以借着公务之便,直接到 Otai 去看你的前夫,我的办公室不是茶水间休闲区,出去。"他无情地用言语将她向门外推。

巫阮阮捧着肚子一动不动,一副耍无赖的样子,微微扬着下巴。她现在可是泼妇,是逮着谁就不放手的妇人,不是任人欺压的小绵羊:"你怎么不吃饭,你以为自己能靠光合作用存活吗?"

"和你有关吗?"

她词穷了,确实没什么关系,他们现在的关系不比路人甲好上多少,可是难道就要这样看着他把自己当植物,她却坐视不管吗?

他救过她那么多次,她怎么能忍心看他只吸收阳光雨露、天地精华?

"关系是不大……"她声音低低的,"但是我很善良,我见不得别人不好好照顾自己，就算不是你，别人我也会管。"

"你打算做救赎世人的耶稣和我无关，我信佛。"

巫阮阮眼睛突然一亮："你骗人，你吃肉，我佛都是戒荤戒色的。"

"已经戒了。"霍朗坦然道，"可以出去了吗？"

巫阮阮摇头，不达目的不罢休："看你吃了饭我就走。"

"饭是我的，嘴是我的，轮不到你威胁。"霍朗冷冷地回答，不知道巫阮阮这种纠缠究竟出自何种目的，不过他也不会傻到故作潇洒地说一句：你不走我走！

这是他的办公室，他的地盘，在他的地盘就要听他的！

"你的身体是全公司的！是螃蟹的！是……"巫阮阮继续勉强辩驳，差一点就脱口而出：还是我和我的宝宝的。

"不管是谁的，都不是你的。"霍朗淡淡地扔下一句话，起身准备去休息室躺一会儿。

"那你就当成是我的！坐下！吃饭！"巫阮阮摇身一变，好像一只拍着翅膀的严厉的小母鸡，更像正在教育逃避正餐的小宝贝的妈妈，她按住霍朗的肩膀将他一把按下，气愤地叉着腰，"吃饭！"

霍朗嘲讽地勾了勾嘴角，这么可爱的巫阮阮，现在于他而言就像一个笑话，他还是打算去睡觉，谁料——

巫阮阮急了！

她直接整个人扑了上去，将他硬生生地按倒在了沙发上。

霍朗惊讶地看着一个肚子挺得像身前揣着一个热气球一样的孕妇，平时老实得好像一棵沉默的白萝卜，爆发起来竟然有如此的力量。

要说这力道是他无法招架的，那太不现实，她再有爆发力也不可能在一瞬间由小绵羊变成金刚狼，是他让着她。

他一直在让她。

他用不了多大的力气，就可以直接将她掀翻在地，可她的后面是茶几，有棱有角有玻璃，一旦他的力道没有控制好或者她的重心没有把握好，就会有意想不到的闪失。

巫阮阮的肚子贴在他的腰上，一本正经地看着他："看看你，连推开一个孕妇的力气都没有，还说不吃，还不让我管，你再不听话不吃东西，小心哪天刮阵大风把你刮走！"

霍朗直直地看着她的眼睛，她细若无骨的小手紧紧扣住他的肩膀，她的体温隔着薄薄的衣衫传来。

她的眉眼干净清澈，透着一股势在必得，好像她这样的威胁，当真会令他害怕。

霍朗不自然地吞咽着口水，发觉自己鼻息间的温度已然升高了，他的眉头轻轻拧了起来，冷淡地开口："你这样，我就会吃东西了吗？"

"嗯！"巫阮阮点头，"我不能看着你再堕落下去了！"

霍朗想推开她坐起来，可是她根本不给他机会，他稍稍一起身，她就直接用自己的肚皮顶住。霍朗无奈地躺回沙发上，几不可察地叹了口气。巫阮阮见他不再挣扎，警惕着慢慢松开按着他的手指，一个灵巧转身，一屁股坐在了他的腰腹上，在他投来一记狠戾的目光时还摆出更强硬的态度："你敢动孕妇你就完蛋了，我会讹你，讹得你这个小气鬼痛哭流涕！"

"巫阮阮！"

"风太大，我听不见！"巫阮阮淡定地回应，"小孩老不吃饭，多半是欠揍，揍一顿，一口气吃好几天的！"

她的声音很柔软，发起狠来更像撒娇。自顾自地朝他嘟囔完，她扭头伸手去拿茶几上的吃的，结果脸色当即不好看了。

她刚才进来的时候看到茶几上放着一袋小面包，还有一份中餐，距离午饭时间过了这么久，这饭菜凉了，吃完胃也不会舒服，她只打算逼着他把面包吃完，然后去给他买一盒牛奶，没想到啊……

人算不如天算，好巧不巧，她刚刚那一屁股坐到了面包上，现在的小面包全成了一个个小圆饼，安静地躺在透明包装袋里。

她刚才一定是太在意那个阴错阳差的吻，才会没有注意到自己坐在了面包上。她尴尬地拿起扁扁的面包袋，在手里捏了捏，不好意思地朝霍朗笑了笑："压扁了……"

霍朗冷冷地瞥了她一眼，转过脸面对着沙发靠背，任她折腾，她总不能在这里折腾一晚，折腾够了，自讨没趣，自然就会走。

巫阮阮把视线转回自己手里的面包上，若有所思，然后轻轻拍了拍，企图360度全方位无死角地去还原小面包们的形状,手指捏得塑料包装"哗啦啦"直响:"压一下不要紧,不耽误吃。"

她自顾自地说话,霍朗却觉得分外难受,不是因为有多不想看见她,而是她的两只小手在身前不断忙活,她圆滚滚的身子还坐在他的腰上。

巫阮阮打开包装,拿出一个面包,一只手撑着他的胸口,一只手将面包递到他嘴边:"吃吧,吃完就让你起来。"

霍朗不为所动。

巫阮阮揪住他衬衣的领口晃了晃,声音突然软下来,好像哄劝小孩子一样,软绵绵的,听得人心里发软:"霍朗,你要吃东西,你再瘦下去就成干尸了……"

霍朗的眼眶阵阵发烫,他将于臂搭在白己的眉眼之上,稍稍平复了一下情绪,声音低哑:"离我远一点。"

"你吃了东西,我就离你远远的,但是现在不行。"她走了,他又要扑到电脑前。

霍朗现在可没有办法心平气和地吃下任何东西,他推开巫阮阮,从沙发上站起来,面无表情地转过身,朝休息室走去。

巫阮阮捏着面包袋紧随其后,他突然一个转身,她的肚子便顶在他身上,讶然地退后了大半步。

"你跟着我做什么?"

"我让你吃东西……"

"巫阮阮,你这样胡搅蛮缠,只是为了让我吃东西是吗?还是你想让我养好了身体,继续充当你报复前夫的冲锋枪呢?"

巫阮阮望着霍朗,他强大的气场下,眼里竟然有一抹莫名的落寞,不知道是不是她看错了。她抿了抿唇,语气温柔得快要融化:"嗯,我胡搅蛮缠,就是想你吃一点点东西,那你吃吗?"

霍朗劈手抓过她手里的面包袋,塑料包装发出"哗啦啦"的声响,他吃相不算粗鲁,却吃得很快。

不到一分钟,他就吃完了,将空荡荡的塑料包装揉成了团,扔到她的胸口:"满意了?可以离我远一点了吗?"

巫阮阮稳稳接住:"你吃这么快,胃会不舒服,我去给你倒水。"

她离开办公室后,霍朗皱着眉头,摘掉了眼镜扔到桌子上,眼前模糊一片。他慢慢走进到休息室的洗手间,扶着流理台站了几秒,突然掀开马桶盖,弯腰呕吐起来。

巫阮阮用纸杯端着热水走进来,看到的就是他这副痛苦的样子。

他抽了几张纸抹了抹嘴,侧目冷冷地看着巫阮阮,在她紧张地奔向自己的一瞬间,抬手摔上了洗手间的门,力道过大,门框被震得嗡嗡作响。

十几分钟之后,霍朗打开了门,看起来并无异样,也没有对她说上一句抱怨的话。巫阮阮捧着热水杯递过去,轻声道歉:"对不起……"

"没关系。"霍朗没有接过水杯,只是淡淡地回应了一句,然后与她擦肩而过。

回到电脑前,他戴好眼镜忙着回复邮件。巫阮阮将水杯放在他的手边,他仿佛没有看到,抬手去拿资料的时候还不小心将水杯打翻。

巫阮阮惊讶地去茶几上找来纸巾,转身的时候,霍朗已经十分淡定地从抽屉里取出纸巾,将桌上的水渍吸干,连同纸杯一起扔到了垃圾桶里。

巫阮阮的本意是想他好,结果却越帮越忙,内疚至极地站在一旁,又不知该做些什么才能弥补回来。

霍朗按下回车键将邮件发送,抬头看向正在别扭着的她,语气全然公式化:"Otai的项目很大,现在助理的人手不够,如果你需要用人可以去韩总监那儿申请,或者直接和韩总沟通,我会和她谈一下让她辅助你完成项目。客户的联系方式韩总那里有,具体的要求你和客户直接沟通。还有一点注意一下,他们的广告片也传了过来,代言人是白湛,据说是得罪不起的当红一线明星。你的设计做得太不堪入目,明星也会甩脸,最好别像上次一样,给公司带来官司麻烦。"

巫阮阮点点头:"我记住了,谢谢你,霍总……"

霍朗一侧嘴角迅速勾了一下:"不用谢,我没打算让你做。"这种级别的客户,按理说是无论如何也不可能由巫阮阮来做设计,哪怕她不是一个普通的设计助理,而是一名真正的设计师,但她是从空间组调入平面组,她在平面设计上的资历,和公司其他从事设计工作七八年的人比,太过浅薄。

巫阮阮被他的话说得一怔："那也要谢谢你，你不同意，我怎么可能会接 Otai 这种大公司的设计。"

"我确实不同意，但是你前夫威胁我，如果设计师不是你，他不会和 SI 签约，你亲眼所见，如果你不升职，他一样会拒绝和我签约。如果你真的想要感谢谁，就去感谢他。"

这答案，确实足够让巫阮阮惊讶，她还记得霍朗当初到底是怎么为自己争取机会，在泄稿事件发生后为自己挡住风雨，就算他现在真的不喜欢自己，以他的为人，最多是冷漠对待，也不会将机会故意从她身上推走。

霍朗的视线落到自己的电脑屏幕上，不经意道："他还喜欢你，你有在我身上胡搅蛮缠的时间，不如去挽回他。我虽然和霍霆长得很像，本性还是有区别，我霍朗不会吃回头草，尤其是，这根草不见得有多好。"

又一个黎明来临时，霍朗还端坐在办公座椅里，他眨了眨酸涩一整夜的双眼，在手机上输入一行小字——请长假。

一件简单的黑色 T 恤，一条军绿色的工装裤，一双黑色的军用靴，一个巨大的行军包，一脸英气和不羁，他来的时候是这样，离开的时候亦是。

巫阮阮将安燃做给她的早餐用饭盒装好，带到霍朗家，在走廊里看到的就是这样的情景。

巫阮阮手指没出息地发软，手里的饭盒应声落地，漂亮的鸡蛋饭卷摔得乱七八糟，在大理石地面滚出老远，未见他离开，她心里就已经开始空了起来。

"你要走了？"

听到她的声音，霍朗的脊背不由得发僵，他沉默地转身，在她以为他是向自己靠近时，沉默地与她擦肩而过。

"霍朗！"她转身去抓他挽起袖口露出文身的手臂，"你要去哪儿？回美国吗？"

他的沉默不是在装傻，是分明就不想回答。巫阮阮的手掌从他的文身上滑过，直接钻进了他的掌心，然后反手握住，他的手指修长温暖，还带着一层薄茧，只是现在，不肯对她做出半点回应。

他也没反抗，就这样任她一路跟着，被紧紧地牵着。

"霍总，你为什么不说话，你要去哪里？"

"霍总，你还回来吗？"

"霍总……"

出了小区，霍朗坐上停在路边的奔驰越野。巫阮阮也紧紧地拉着他，和他一起挤进了车后座。

"晏维，霍总要去哪儿？"她语气里的慌张和难过如此明显，童晏维眉心微蹙，有些心疼地从后视镜里看了她一眼，结巴着回答："我……我也不……不……不知道。"

"你不知道？你不是他的助理吗？机票不是你订的吗？你现在送他去机场，你一定知道他要去哪里才对啊……"她紧张地在两个男人之间来回审视，"是故意不告诉我，不想让我知道是吗？"

"阮……阮阮姐，我……我真不知知道，机票……票不是我……我订的。"童晏维见她那样，有些着急了，不满地朝霍朗抱怨道，"霍……霍总，你到到底要去哪儿，你倒……倒是告诉阮……阮阮姐一声，你……你看把她……急得！"

霍朗的一再沉默，让巫阮阮变得手足无措。她紧紧捏着霍朗的手，好像下一秒他就要从车上跳下去一样："不告诉我去哪里也可以，至少告诉我你还回不回来，如果你不回来的话公司怎么办？还有小螃蟹，它在家有人喂吗？有人照顾它吗？"

童晏维突然在前面很积极地插了句话："我！我……我是……是饲养员。"

"你没有把螃蟹送人的意思，是你还会回来，是吗？那你要走多久？"她这次干脆挺着肚子直接贴到他的身上，伸手挡住了他眼前的视线，扳回他的脸，"我在问你话，你为什么都不说？"

她的眼睛温暖明亮，他的却黑得像一潭深水，他背对着窗外明媚的阳光。这样的霍朗，让巫阮阮很害怕，不是因为他周身所渗透的危险气息，而是那赤裸裸的疏离，这陌生感强大到令她无法招架。

"嗯？"巫阮阮晃了晃他，"你说话呀！"

他看了巫阮阮半响，冷眼转头，淡漠地说道："说什么？"

无论巫阮阮再怎么问，也无法从他的嘴里问出只言片语。

她能做的，只有等他，而等他的时间，她全部用来投入在Otai的设计案上。

自从和巫阮阮签下合约，霍霆的手机就再也没关过机，手机一响，整个人就像羑毛的元宝一样正襟危坐，挺胸抬头，可每一次都不是巫阮阮。

孟东和姚昱是大人，接受能力算好，可怜的呢呢一直抱着姚昱的大腿哭，说她爸爸疯了。

为了安抚女儿，霍霆在家的时候尽量收敛，当陌生来电再一次响起时，他将语调调整得十分绅士："哪位？"

"巫阮阮……"

霍霆脸上的笑容再也掩饰不住，高兴得像个小孩，朝孟东挑起嘴角。

再进SI时，他见巫阮阮还坐在办公大厅里工作，脸色当即难看起来。

孟东瞥了他一眼，立刻发作起来："我们Otai的主笔设计，能坐大厅吗？必须是单独办公室！为什么我们Otai的主笔设计师没有助理！必须配两个！这什么手绘板啊，怎么这么臭，符合我们Otai高端奢华的气质吗？换掉！"

巫阮阮握着水写笔，有些不太高兴："你们两个不要每次来都闹得鸡飞狗跳。"

气氛突然变得尴尬，霍霆不自然地垂下目光，不敢去面对她那双充满质问的双眼。

孟东在一旁打圆场："那个，我们这次来是想听听你的思路，我还有事，就先走了，你们去会议室谈吧。"

"我看过了产品外观和一些概念特点，还有白湛的气质，在平面这一块……"霍霆就坐在巫阮阮的旁边，她抬起屁股悄悄往左挪了两寸，"我设想了两个方案，一个是以科技为主题，暂定名叫《科·焕》，是Otai一向的科技奢侈风；另外一个，不如逆普通的家电广告而行之，让看的人自己主动去拨开云雾寻找明月，用足够的唯美来吸引人，最后让他们看到是全新的意料之外的电器新星——Otai，暂定名叫《入·镜》。"

霍霆蹙着眉头，静静地思考一番，点点头，指尖在她的本子上一下一下地轻点："白湛是个噱头，请他很难得。"

"我知道。"

"你喜欢白湛吗？呢呢很喜欢，每次在杂志上看见都会去亲。"他笑着问，俯下身，"你喜欢的话，我请他出来大家一起吃个饭？"

巫阮阮没想到他会突然靠近，猛地向一边躲去，却没有看到身侧已经没了椅子可坐，惊呼一声，坐了个空，她本能地向他伸手，被他牢牢抓住，猛地拉到怀里。

心脏在胸口好似要挣脱身体一样，"扑通扑通"跳个不停，霍霆觉得自己搂住巫阮阮身体的手臂紧绷到自己的肌肉都隐隐生疼。

心脏太难受，他将巫阮阮稳稳放在椅子上，淡粉色的薄唇渐渐覆上一层浅浅的灰紫，他能感觉到自己的指尖、自己的唇都在迅速散失热度。

他抬起手腕，在巫阮阮的鬓角轻柔地摩挲，她两只手连打带拍地反抗，企图将他推得远远的。

霍霆的脖颈被她挠了两下，不算疼。可是这样带着一点点娇气的巫阮阮，让他难以自控，他毫不费力地拨开了她挥舞着的小手，扣住她的后脑，猛地拉至眼前，却在距离她0.1厘米的地方忽然收住，随即他的唇试探般地轻点在她的唇畔。

巫阮阮还瞪着大眼睛，处于不可思议中，她手指纠结地卷着他的淡蓝色西服领口，紧张得不知作何反应，直到他慢慢地将这个吻加深，再加深。

霍霆也不知道自己怎么了，原本只是想靠近一点，却失了控。

她嘴里有淡淡的香甜，霍霆感觉得到她在害怕，她的手指使了狠劲去拧他手臂上的肉，疼得他冷汗涔涔。

她甚至开始发抖，发出小兽一样细微的呜咽声。

霍霆的身体突然僵硬起来，他缓缓睁开眼，因为隔得太近，他看不清巫阮阮的模样，却能清晰感觉到，面前的巫阮阮已然是泪流满面……

他如大梦初醒一般，双手松开对她的桎梏，端坐起身体，满面歉意地看着她："阮……"

她一边抹着嘴一边委屈地哭，狠狠地打断了他的话："你为什么一定要欺负我？你有家了，我也有喜欢的人了，我要好好过自己的日子，你偏偏不让。你要怎么样才能放过我？难道你还想吃着自己碗里的，看着别人碗里的吗？"

霍霆抿了抿唇，心疼地看着哭得像个孩子的巫阮阮。

"我没欺负你……对不起……"

霍霆想摸摸她的头顶，她气愤地一把挥开："不要碰我！"

"我要走了。"他突然蹦出这么一句。巫阮阮迟疑地看了他半响，点点头："那你走吧，你要是没有空的话，孟东不是也可以做主吗？如果孟东也没有空的话，你可以发邮件给我，等我出了方案就发到你邮箱里，你可以直接在电脑上审核，有什么问题直接在邮件里回复。"

"不是现在，是我要离开中国了。"

"离开中国！"巫阮阮惊讶地看着他，"去哪儿？带于笑走？移民吗？Otai 这个家电项目不是刚刚启动吗？刚启动你就撒手不管了吗？你要带呢呢一起走吗？"

霍霆见她手足无措，安慰地在她手上捏了捏："暂时不移民，如果呢呢适应那里，可能就不回来了；如果不适应，可能会换个国家。"所谓的呢呢适应那里，就是他没能从手术台上醒过来。

"那怎么行！"她激动地站了起来，身后的椅子被掀倒在地，"你想去德国、日本、阿拉伯甚至外太空都可以，但你不能把呢呢带走，就算你是她爸爸也不可以，我也是她的妈妈！"

"早就定好了，我不是告诉过你，我会带她离开，也会在离开之前多给你们相处的时间吗？从年前到现在，你们每周都会见面，我也同意她留在你家里和你睡，是她自己不愿意。"

巫阮阮急得不行："你带着于笑和你儿子走，你们一家三口和和美美，我不会让呢呢打扰你们的，把她留给我！霍霆，你把呢呢留给我！"

霍霆坚定地摇头："不行。"

巫阮阮眼睛瞪得圆圆的，说："那我上诉，我要和你打官司，我要拿回我女儿的抚养权！我要把官司打到底！"

霍霆也站了起来："没有用的，阮阮，法院不会把一个残疾小孩的抚养权交给一个单身的孕妇，你连自己的住所都没有，只有一份设计师的工作,没人会认为你能比我更好地抚养她,你做这些只会是徒劳无功……"

"别说借口,我不听任何借口,你要带走她,你就是十恶不赦的坏人!是浑蛋!"巫阮阮激动地尖声喊道,抓起霍霆的手臂狠狠地咬了上去。

霍霆抿着唇强忍着,等到她咬够松开,额头已经出了一层细密的汗珠:"阮阮?"

"疼吗?"巫阮阮红着眼睛反问。

"疼。"他如实回答。

"我生她的时候,比这疼一万倍,可我是妈妈,我能忍!你要带走呢呢,你有没有想过我!"

他想了很久,终究是忍不下心:"阮阮,我答应你,我们会回来,你也要答应我一件事。"

"什么?"

"离霍朗远一点,谁都可以,除了他。你当我自私也好,嫉妒也罢,我不允许我的女人和他在一起,不许他碰你一下。你想想你和他的关系,于情于理,都不可能。"

叙利亚,Aca 难民营。

远处的白色帐篷联排而立,空气中弥漫着一股浓重的硝烟味,废墟之上,蓬头垢面的女孩裹着一件破烂单薄的外套躺在乱石堆上,棕色的卷发变得枯黄无光,她痛苦地看着距离她不远处的自己的半只血肉模糊的手掌,小兽一样呜咽哀鸣。

远远地,霍朗便看到那边一个小小的残破的身影在移动,他放下手里的医疗箱,狂奔而去,黑色的T恤早被忙碌的汗水浸湿,袖口高高挽起,小臂上的夹板乱糟糟地捆绑着,看起来并不能起到保护他的作用,浓绿的工装裤与黑色的短靴上满是泥浆。当他高大的身躯半跪在小女孩的面前时,女孩哀求道:"救救我,求你带上我的手,也许它还能接上!我还要弹钢琴!"

霍朗看了一眼那只血肉模糊的手掌,环顾四周,找到一块破碎的塑料布，心一横，卷起那半只手，放到自己的口袋里，然后转身抱起女孩，飞快地跑向救助帐篷。

这个千人的难民营里只有两名无国界医生，一个来自葡萄牙，一个来自日本，他们说着一口令人难懂的英语，更多的时候只能听到剪刀与镊子撞击金属托盘的声音。

医护人员不够用，只能用霍朗来凑数。

难民营里一水的地铺，伤患一个挨着一个，最小不过两三岁。霍朗将怀里的小女孩放在地铺上，掏出口袋里包裹着的半只支离破碎的手掌，放到女孩身边，问医生："她想把手接上，她会弹钢琴，能接上吗？"

医生并不惊讶，只是很惋惜地看着女孩身上的伤，冷静地陈述道："这不可能了，小姑娘，你已经永远失去了你的手掌。虽然不能继续弹钢琴，但是你可以更坚强，你学会别人学不会的本领，你仍然可以快乐地勇敢地生活下去……"

这句换汤不换药的话，在这几日里，霍朗已经不知道听了多少遍，就像老电影里的台词，他在心里可以倒背如流。

医生开始为女孩清理伤口准备缝合包扎，将抗生素推到霍朗手里。霍朗端着托盘向一个年轻的妇女走过去，动作娴熟得如同真正的医生一样，为她消毒，打针。

午夜，霍朗蜷缩在帐篷的一角沉睡着，只有这样夜以继日的辛苦，他才能无梦到天亮。

天还未亮，外面传来吉普车的行进声，他隐约听到身边的医生都起身跑出去，在帐篷外大喊："这里不是医院，她的身份更应该送到医院！"

"医院太远，根本就来不及！"

霍朗忽地睁开眼，将身上单薄的毛毯一掀，飞奔出去，几名当地人抬着一个重伤的女人朝他所在的帐篷快步走来。他走上前试图帮忙，看到那张被乱发缠绕的脸时，他如遭雷劈，神情一僵，愣在了原地。

你的生命里是否曾有过这样一个人，她是你知慕少艾时入眼的第一个有缘人，她像北极星一样在深幽浩瀚的天幕里为你指引前进的方向，她让你体验唯有爱情能为心脏带来的莫名悸动，你为她的离开而迷失方向，你为她的远走买醉，你为她做过无数的荒唐事，包括在这兵荒马乱的世界里徘徊流浪。因为有这样一个角色的渲染,你的流年才变得绚烂,那些关于青春的回忆,每一帧,都有这个人。

周围的人群忙忙碌碌,霍朗看着简易手术台上的女人,直到她在伤痛中缓缓转醒,轻轻一咳便扯得伤口不断涌出鲜红的血液。

她微眯着双眼一一扫过眼前的人,最后视线停留在霍朗的身上:"阿朗……"

霍朗深深地吸了一口气。

忽然之间,霍朗很想念巫阮阮,想念有她时的那份现世安稳。他这一生从来没这么窝囊过,窝囊到发现自己原来做不到对一个人了无牵挂。

女人的左肩膀中了两枪,送她来的那些人都是五大三粗的老爷们,正不知如何是好。

霍朗主动接过照顾她的任务,他说:"我是她的前夫,我可以照顾她。"

是夜,他抱着膝盖坐在她的身旁,缓缓地闭上眼睛,扪心自问:你为什么要来这里?

睡梦里,他看到巫阮阮挺着圆滚滚的肚子走到他的面前,将他轻轻拍醒。她穿着明黄色的衣服,真漂亮,就像一轮发着暖光的小太阳。她半跪在他身边,笑着说:"霍总,这里真是太危险了,我来救你回家。"

第二天,女人已经能下床了。

"姓霍的。"女人轻轻一挑眉,眉宇间尽是一股飒爽的英气。

霍朗抬起她的腿扔到一边:"金木谣!"

"身手不错啊,阿朗。"金木谣潇洒地微微一笑,向他靠近半分,凑到他的面前,"你怎么不敢抬头看我?"

霍朗转头直视她的眼睛,距离近到彼此可以感受到对方温热的呼吸,他冷静得好像面对的根本不是一个女人。可金木谣一直在笑,笑得狡黠,还有一点点的骄傲。她突然倾身,在霍朗猝不及防的时刻,吻向他的唇。

霍朗的身体笔直地向后躲去,他侧开脸,她的唇落到他的脸颊。

金木谣单臂支撑起身体,霍朗移开目光那一瞬间,她清清楚楚看到他眼里一闪而过的情绪,分明是嫌弃。

"你躲？你一个三十岁的大老爷们给我在这儿装什么初恋的羞涩！你敢说你不想我？"

霍朗猛地坐起身，将她从身上掀了下去。金木谣不小心牵动了伤口，眉头几不可察地皱了一下，心里却因为霍朗的冷漠凉了半截。

"金木谣，你年纪也不小了，难道不明白感情这种事是相互的，你不想我，我凭什么想你？"他翻出在这里临时买的手机，面无表情地放在手心里摆弄。

金木谣弯弯的刘海垂下一缕，她轻轻一笑，反问："你怎么知道我不想你？"

霍朗挑了一下眉，嘴角噙起一抹嘲讽："呵呵。"

他起身背上自己的行军包，准备离开。

金木谣大概没想到霍朗会动真格的。他们一起走过很多艰难的时日，他曾为她许下誓言，一转眼才几年的工夫，那个带她穿越贫瘠的非洲草原，在战火之下的废墟里给予她无限温暖的男人，此刻怎么远得如在天边。

金木谣起身大步迈开，几步追了上去。她拦人的方式一如既往的不客气，绕至他的面前，长腿高抬，直抵他的胸口："我给你发过信息。"

"没收到。"

"那我念给你听！"她掏出自己的手机，翻出信息，扫了一眼便举到霍朗的面前，"我会跟你走，如果我们还能遇见。"

他只粗略地看了一眼，极其平淡地"嗯"了一声，回应道："如果我知道在这里会遇见你，我不会来的。"

"那这个呢？"她摊开手指，无名指上的指环已经不再闪闪发亮，可还是看得人心微荡。

"扔掉了。"他淡淡地回答。

"你确定吗？你扔得掉？"

你确定吗？霍朗？他在心里重复着她的话，可在她问出这句话的一刻，他想到的却是另一个女人。

巫阮阮……

他以为自己走得够远，就会忘得够快，可是不承想，路途够远，思念却被这距离拉得千万里长。

"我放不下的人,已经不是你了。"

就在他准备离开的时候,远处开过来三辆武装越野。

霍朗和金木谣几乎是同时怔住,金木谣的两个白人同事听到声响也跑了出来,霍朗弯腰在两个趴在地上玩耍的小孩背上拍了一把:"快回去!"

金木谣一个箭步就要冲出去,被霍朗一把拉回来:"你做什么?你是不是忘了你受伤了!"

金木谣转头看了一眼越发靠近的车辆,猛地从他手里挣脱,朝那些武装分子做出友好谈判的手势:"请你们离开这里,这里只有妇女和小孩!她们是弱者,需要被照顾!"

武装越野车里突然站起几名武装分子,示威性地扛起他们的武器。霍朗追向金木谣的步伐顿住,恐惧如同一张细密的黑色大网将他密不透风地罩个结实。

他站在原地朝着她的方向喊道:"金木谣你给我回来,我们管不了,后面有军队!"

车上的人挥出手臂,那骇人的炸弹在空中划出一道弧度,他转身狂奔。

一声巨响,他重重摔落在地,眼前变得忽明忽暗,忽而清晰,忽而散成点点光斑。

他想起那个士兵的话——"我怕死,因为我有牵挂"。

霍朗从来不认输,从来都不。可是下一秒等来的是死亡,那么这一秒,他什么都认了。可是如果看清自己的真心与本意,需要用死亡来做代价,那他真如梦里的巫阮阮所说,是个傻瓜。

他满心都是巫阮阮,是她眉眼弯弯、温婉清浅地叫他名字那一瞬间:"霍总……"

他咬着牙,忍着令人作呕的晕眩感,试图爬起来,却被一个慌乱中逃走的中年男人撞倒,视野里的黑暗多于光明,让他不断努力地睁大眼睛,唯恐一闭上,就再也睁不开。

他极缓慢又极费力地从工装裤的口袋里掏出手机,在微弱的信号支撑下,拨通了早已熟记于心的号码。

"外国的外国的!你看是外国的,别说话,嘘……"巫阮阮特有的软绵声音从电话那边传来,"霍总?"

霍朗深吸一口气,轻轻闭上眼,轻声道:"我想你……想见你。"

屏幕上的号码很陌生,声音却十分令人熟悉,巫阮阮握着电话的手指节都泛着淡淡的青白,她紧张地屏住呼吸。他说:"阮阮,我想你,想见你。"

巫阮阮足足愣了好几秒,一口气没来得及吐出来,就听到他用沉重无比的声音问道:"阮阮,我现在回去,还来得及吗?"

"来得及!"巫阮阮猛地从椅子上站起来,没掌握好力度,盘子、筷子稀里哗啦响了一阵,身后的椅子也哐当翻倒在地,"你回来了吗?你在哪儿?哪个国家?我买机票,我有护照,我可以出国!"

霍朗的沉默开始让巫阮阮变得不安:"霍总?霍朗?"

她急匆匆地朝门口小跑着过去,蹬上鞋子,安燃在身后拉着她:"阮阮!你去哪儿?他在哪儿都不知道,你就往外跑,你先问清楚行不行!"

听筒那边,突然传来一声巨大的类似于爆破的声音,而后只剩持续不断的忙音。

巫阮阮动作一顿,随即加快了脚步,老旧楼道狭窄逼仄,加上身体笨重无法加快速度,让她急得有些冒汗。一不留神脚下踏空,她本能地去抓栏杆,可身体的惯性太大,手掌最终还是在栏杆上脱离,整个人从楼梯上滚了下去。

"阮阮!"赶来的安燃看到这一幕目眦欲裂,他大吼了一声,声音里盛满惊恐。

安燃几步飞奔下楼梯,巫阮阮还清醒着,可是这个天字一号的大傻蛋还在念叨着:"安燃,我们去找沈茂……"

"找个屁沈茂!"安燃吼了她一句,蹲到她身边,两人都没注意到,手机摔落在了她的身边,屏幕闪了那么两下,又暗下去。

巫阮阮浑身上下无处不疼,好像拆过重新组装起来的一般。她抓住安燃的衣袖,刚要起来,表情忽然扭曲,急促地深呼吸着,惶恐地望着安燃:"安燃!"

"啊?"安燃被她吓得头发都快竖起来了,"肚子疼?"

"嗯……疼……"巫阮阮咬着牙看着他。

"我的天……"安燃半跪在地将她打横抱起,"我们去医院!"

他手臂穿过巫阮阮的膝盖弯抱住她的大腿时,触到了微温的黏腻。巫阮阮紧紧咬着下嘴唇,额上冒出密密的汗珠,手指无意识收拢,捏得安燃手臂生疼。

"阮阮,别怕,去医院,没事的,没事啊,没事……"

安燃小心翼翼地抱着她下了楼,到了楼下又一路疾奔,一路闯着红灯冲向医院。

闪烁的电话屏幕另一端,刚刚准备去绮云山接走阿青一起去机场的霍霆握着电话,整个人如同刚被五雷轰顶,愣愣地看着孟东。

"怎么了?看着怪吓人的……"孟东被他看得心里毛毛的,推了他一把,"霍霆?"

霍霆眨了眨眼睛,孟东这一推好像给他解穴一般,他揣起电话转身就朝玄关跑去,在鞋柜上抓起孟东的车钥匙便要开门离开。

孟东几步追上去,猛地拉住他的手臂拦住他的去路:"干吗呢你!马上要去机场了!你以为天天都有飞机给你去德国啊!"

"你让开!阮阮出意外了!她的电话不小心打过来,我听到她尖叫了!我要去看看!"霍霆语无伦次。

孟东抬手看了一眼腕表,严肃地看着他:"会有人救她,但是我们必须走了,你要给医生留出做详细检查的时间,所有的时间都已经为你延伸到最大,就算那些顶尖的医生可以等你,心脏也是不等人的。霍霆,你冷静一下想一想,阮阮一定会没事,但是你去晚了,会有什么事谁都不能保证。"

"计划总要随着变化走!你不知道吗!"他用力地掰开孟东的手腕,试图从对方的钳制下挣脱出来。

孟东分毫不让,愤怒与不甘一齐涌上来,霍霆快被逼疯了:"我一定要见巫阮阮,看不到她是平安的,我死都不瞑目!"

孟东咬着牙皱了皱眉,随即一把夺过霍霆手里的车钥匙,沉声道:"好!我陪你去!"

一路上霍霆不断给巫阮阮打电话，给安燃打电话，都是无人接听。他指挥着孟东专挑近路走："这个时间她应该是在家或者家的附近发生的意外，去离她最近的三院，绕开伍家东路和下沙路，现在那里一定塞车。"

最令人焦心的大概就是各大十字路口的红绿灯，霍霆左右张望过后命令道："闯红灯！"

孟东难以置信地皱眉看他："你疯了，两侧有直行车辆！"

"你开过去他们会让！走啊！"他拍了一把仪表台，孟东放在上面的一个来回摇摆的小小招财猫被他一把挥掉。

孟东把心一横，反正大不了就跟霍霆死一块，一踩油门冲了出去。

两侧的鸣笛声此起彼伏，好在除了响喇叭和被人打开车窗骂了两句，他们没有出任何意外，就这样有惊无险地飙车到了医院。

霍霆按着指示牌疯了一样穿梭在走廊，他从走廊的另一端狂奔而至时，正好看见巫阮阮被推进手术室。

安燃在签手术同意书，他米色的休闲裤染上了大片的水迹和点点血迹。安燃与霍霆擦肩之际，手臂突然被他拉住。霍霆喘得厉害，质问道："她怎么回事？我问你呢！她怎么了？！人在你身边,怎么出的问题！"

"我又不是她老公，不是她亲爸，我怎么知道！我也不想出问题，你吼我有什么用！"安燃提着一口气厉声吼回去，"我要去交费！不能帮忙就别帮倒忙行不行！"

"你喊什么！我们不是来帮忙是来看热闹的怎么着！谁生过孩子！帮忙也得让我们知道怎么帮啊！"孟东呼哧呼哧地喘着气，叉着腰朝安燃喊道。

"我也没生过！"安燃的急脾气也上来了，不甘示弱，"医生让交钱那就交钱去啊！手术室里面的事谁帮得上忙！"

不等安燃的话说完，孟东一把抢过安燃手里的单据，转身大步离开。

霍霆抚着额头，直直地看着手术室的大门，调整着自己的呼吸，每呼出一口气，都似一声叹息，他尽量让自己的声音听起来是沉稳的："安燃，阮阮她……"

"摔了，从楼梯上摔下去，从大概四五级台阶那么高的地方摔下去的，幸好她自己拉了一把栏杆，不然不知道会有多严重。"安燃看一眼自己沾着鲜血的黏腻的左手，轻叹了口气。

霍霆点点头，沉默了片刻，轻声道："她……太不小心了。"

安燃回想整个过程，这惊心动魄的场景，始作俑者都是他们姓霍的干的。他狠瞪了霍霆一眼："你跟我这儿当什么好人？早干吗去了！孩子不是你不认的吗？现在想起来关心她的死活了？你们姓霍的还有没个好人了，一个说离婚就离婚，一个说出走就出走，你们家人都没长心吗？可劲地折腾一个大着肚子的女人！"

面对安燃的指责，霍霆无话可说。

霍霆靠着走廊冰凉的墙壁，对着手术室出神："他走了才好，最好永远都别回来。"

安燃一屁股坐在长椅上："对，最好你们都走，谁都别回来，三番五次的，再好的人也让你们折腾坏了。"

霍霆吸了吸鼻子，摸出手机，准备给童瞳打个电话。他抬头问安燃："医生怎么说？要生了吗？"

"生！憋不住了！"安燃的口气仍不算友好。

霍霆又问："你照顾过产妇吗？"

安燃挺直了腰板，一脸的莫名其妙："我上哪儿找个产妇照顾去？"

"等她出来我就要走，我有急事，我叫童瞳来吧，你一个人顾不来了。"他低下头，手指飞快地打着字，发送出去。

安燃忽然嘲讽地笑了一声，这样的笑容让霍霆极不舒服。

两个人一直沉默着等到孟东回来。

童瞳和童晏维风风火火赶到的时候，已经距离巫阮阮进手术室半个小时。

信息里，霍霆只说了阮阮摔倒，大概是要生了，在三院。

童瞳尖利的指甲几乎要戳到他脸上，义愤填膺的指责劈头盖脸而来："怎么又是你！怎么总是你！你非要弄死阮阮你才安生是吗！"

霍霆靠着墙，好像焦距都对不准一样，淡淡地看着眼前的漂亮女人。

孟东站到霍霆的面前挡了挡："你够了啊童瞳，别不分青红皂白就骂人，巫阮阮摔倒了和霍霆没有任何关系，我们是只来看人的，不是来挨骂的。"

"算了,孟东。"霍霆揉了揉眉心,推开了他。

童瞳斜睨孟东一眼,视线再次落在霍霆身上:"我说两句怎么了?我说两句还能把人说死不成吗?不是你,阮阮现在会这么糟糕吗?你见过几个女人是怀着二胎给撵出家门的,听说过几个女人被前夫害得差一点怀着孩子就没命的?你最好祈祷阮阮和喃喃没事,别老惦记弄死那小孩,真有个三长两短,老娘就跟你拼命,你能站着走出三院,我和你姓霍!"

霍霆偏了偏头,无奈地扯了扯嘴角。

孟东深吸口气,刚要开口,霍霆便打断:"别吵了行不行?我们安安静静地等阮阮平安出来行不行?"

孟东咬了咬牙,强咽下这口气,可他刚转身,就听见童瞳那脆生生的小嗓门跟训孙子一样:"你有提要求的权力吗!我说什么你都得老老实实听着!这是你欠我们娘家人的!"

"欠你个屁欠你!"孟东再也控制不住,所有压抑着的那一点点愤怒的小火星在这一个瞬间凝聚,在他原本就不怎么冷静的脑袋里燃起一把熊熊大火,"巫阮阮摔个跟头就把你们吓得要死要活!可霍霆要死了你知道吗!要死了!"

一瞬间,所有人都仿佛定格在这个焦虑的空间里。

空前的安静,交谈着的安燃和童晏维,趾高气扬的童瞳,怒气勃发的孟东,几个人都不说话了。

霍霆的脸上写满了难以置信,薄唇轻轻开启,睫毛不可抑制地发着颤,后腰贴在墙面,上身微微前倾,侧着头。霍霆面上的血色褪得干干净净,将他的眉眼衬得越发墨黑。

"谁要死了?"安燃警觉地在霍霆和孟东之间来回扫视。

"那个……嗯……"孟东最先反应过来,试着找一个蹩脚的理由来打圆场,霍霆的脸色已经由震惊转为难堪,甚至有那么一点受伤和失望,霍霆眼里对真相暴露的恐惧清晰得就像两个楷体的汉字,印在孟东的眼前,"那什么,紧……紧张得要死了!再怎么说喃喃也是霍霆的孩子是吧,不紧张是假的,不让生归不让生,既然到生的月份,关心一下也正常,正常……"他摸了摸鼻子,拍了霍霆肩膀一把,"你别紧张,她们会母女平安的。"

而霍霆眼里的苦涩,还有孟东停留在霍霆脸上的目光,心疼之意呼之欲出,全被安燃捕捉到了。

他刚要开口询问,手术室的灯忽然暗了下来,紧接着装着婴儿的小车被推出来:"巫阮阮家属,女孩,七斤八两。"

所有人立刻围上去,霍霆却没有拨开人群走上前,他直接推开手术外面的大门,有护士拦住他,他焦急地问道:"产妇还好吗?"

"好,很顺利,只是孩子有点大,太消耗体能。"

他紧紧盯着里边那扇门,巫阮阮的床刚被推出来,他便挣开护士,扑到床前:"阮阮?"

巫阮阮的脸色有些苍白,她迷迷糊糊地睁开眼看了看眼前的人,也不知道有没有看清,接着又轻轻闭上眼。

霍霆跟着病床一路走回到病房的门口,孟东拦住他,有些焦急地看了眼腕表:"霍霆,我们真得走了,阿青和呢呢他们已经到了,都在等着你。阮阮现在很好,她只是需要休息,你回来她一定健健康康、活蹦乱跳,弄不好还有力气给你两巴掌,所以,我们走吧……啊?"

霍霆委屈得像个小孩,他不想走,可是再也找不到留下的理由,巫阮阮的身边,不缺他这个人。

病房里只有童家姐弟,安燃负责跟着小孩,霍霆脸上的脆弱只闪现了那么几秒,便恢复了他平日的冷静淡然,随着孟东一起离开。

童瞳的声音从他的背后悠悠传来:"她们母女平安,你好像很失望?多一眼都不想再看了吗?"

霍霆的步子突然在走廊上顿住,他转过身,冷冷地瞥了童瞳一眼:"既然母女平安,我还留在这里做什么?"

童瞳冷笑一声,进入了病房,没有心的男人,留下来也只能当个高档花瓶。

孟东弯腰仔仔细细地看了看小喃喃,不得不说基因的强大,小喃喃虽然连眼睛都没张开,但五官清晰,跟霍霆像极了。

安燃眉头微皱,站到霍霆的面前,刻意压低声音,问:"你……是不是有什么难言之隐？有什么不能告诉阮阮的？"

霍霆挑着眉梢："如果我不能告诉阮阮，你现在问我，我会告诉你吗？"

"你可以不告诉我的，但是我会把你和你朋友今天的异常告诉她。阮阮应该很了解你，她能想到你到底是为什么变成现在这样。"安燃无所谓地点了点头，准备推着喃喃回到巫阮阮身边。

霍霆的手臂却突然挡住了他的去路。

孟东在霍霆的背上拍了一把："别说了，我们走吧。"

霍霆说："我可以告诉你，但如果你真心为阮阮好，就对她保守秘密。"

"那你得先说出来让我听听，我要知道你是不是真的为她好。"

霍霆看向推车里的小婴儿，喃喃抻着小脖子扭了扭，露出了小手，那么小小的一个，却是胖乎乎的，他将手指递过去放在她的手心，她不会握，就这样和爸爸轻轻贴在一起。霍霆的目光一下子软了下来，好像笼上了一层细细的暖光，他瞥了安燃一眼："我是病了，可能随时都会死掉。"

"什么病？"

霍霆正视安燃，漠然道："不管什么病你也不是医生，治不了，这个病会遗传，我的呢呢和喃喃一样会有，这就是我不许她要喃喃的原因。我很喜欢喃喃，和喜欢我的大女儿一样。我也很喜欢阮阮，就像我昨天才把她娶回家一样。"

安燃有些不敢相信自己听到的事实。

"你看起来很惊讶，不过希望你能保守秘密，如果你想劝我不如让阮阮陪我走完最后一段路，我劝你死了这条心。"霍霆忽然自嘲地笑了笑，"我比你更了解阮阮是怎么样一个女人，明天你让她回到我身边，是暂时为我们好。可一旦我死了，她永远走不出来，刁蛮的婆婆，随时可能死去的孩子，还有……"他眼里一闪而过淡淡的厌恶，"还有一个私生子，女方刁蛮，如果你让阮阮知道，她回到我的身边，就要一个人面对这些。"

"那，你怎么办？"安燃忍不住问道。

霍霆微微眯起眼，视线从很远的地方收回来："等死。"

安燃愣在原地，手掌搭在喃喃的身旁，好半天都回不过神。

等死。

霍霆弯下身体，嘴角弯起柔和的弧度，目光里盛着父爱的光芒，指尖轻轻在她的小鼻尖上点了点，一个温柔的吻落在了她的额头上，他说："小宝贝，我是爸爸。"

孟东别过脸看向窗外，安燃心里一酸，喉结也跟着不自然地上下滚动。

霍霆在自己的衬衣口袋里拿出一个小小的三角护身符，打开包裹着喃喃的被子，放在她贴身的腰侧，眯着眼睛笑得像个小孩，抓起她的小手在嘴里轻轻啃了一口："护身符给你，等爸爸回来，还有……"

孟东再一次提醒霍霆，他们真的一点时间都没有了，现在离开，还要一路飙车才能赶得上飞机。

霍霆的身体微微僵硬着，对小女儿说了最后一句话："爸爸很爱你。"

巫阮阮醒来的时候是深夜，房间里没有开灯，窗边坐着一个人，那熟悉的背影让她心颤了一下："霍总……"男人闻声走过来，她终于看清他，果然是霍朗！

他看起来疲惫至极，眉宇之间的倦意清晰可见。

巫阮阮有些难以置信，想起之前电话里的爆炸声，她不禁抬手，试探性地靠近他，在他的胸肌上戳了一下，这个人是真的吗？

霍朗神色未动地看着她。

巫阮阮的手指缓缓向上移动，刚触及霍朗脸颊的皮肤，还未来得及用力捏，便被霍朗不着痕迹地躲开，而后他以迅雷不及掩耳之势一把捏住了她的脸蛋。

"你捏我？造反吗？"他亲昵的语气好似一块巨石，击碎了他们之间的陌生。

巫阮阮的脸被扯得变了形，她牢牢握住霍朗的手腕，那一句含混不清的"霍总"只说了一个字，便已融化在他的唇齿之间。

她的个子太小，霍朗干脆搂住她的腰将她提到自己的脚面上。

有人说，不经历分道扬镳和别后重逢，不会知道自己爱得有多深。

"我不想失去"与"我再也不想失去"，是两种截然不同的感情。

安燃端着煲好的鸡汤从厨房走出来，看到眼前的一幕，不由得怔了一下，直到觉得手指有些发烫才回过神，他将砂锅放到了餐桌上，然后离开。

巫阮阮踮着脚有些累了，身体慢慢下滑，霍朗在她唇上咬了一口，低声道："往哪儿跑？"

"脚酸。"

他右手恢复得不太好，还不太能用力，只好搂住她的腰肢，然后微微弯腰，左手大掌托住她的臀部，在她惊讶的低呼声中将她抱起。

巫阮阮慌张地搂住他的脖颈，双腿本能地盘上他的腰，生怕单手扶自己的他支撑不住自己的体重。

"这样累吗？"抵着她的鼻尖，霍朗低哑着声音问。

巫阮阮轻轻摇头，鼻尖与他磨蹭着："不累，我们去看看喃喃吧。"

巫阮阮拉他往安燃的房间走，霍朗出奇顺从，乖乖地被她拉着进了房。

那胖胖的小婴儿，脸蛋圆圆的，正在偌大的双人床正中间睡得酣畅。

霍朗坐到床上，用他的大手去握喃喃的小手掌，好像轻轻一用力就会碎掉。他想亲一口，喃喃突然动了一下，慢悠悠地醒过来，黑亮亮的大眼睛好似刚洗过的葡萄一样，圆溜溜的眼珠子转了转。她紧紧握住了霍朗的手指，紧紧盯着他，再没有半点哭闹的迹象，他的心一下软了。

他在叙利亚睁开眼睛的第一秒钟，脑子里便只有两个字——阮阮，他想回来，从来没有任何时候，他会如此迫切地渴望去一个地方。

所有的过往都可以既往不咎，所有的错误都可以被原谅，他曾为一个女人赴汤蹈火，不畏生死，他以为那已经是这一生最深的爱恋，可是现在他突然发现，原来还有这么一个人，让他变得对生命如此吝啬，她让他想活着，想回到她身边活着。

小家伙的手很有力，霍朗轻轻勾住，温情地低声道："宝宝，我是爸爸……"

巫阮阮既感动又心酸，她深深吸了口气，调整了自己的情绪，爬到喃喃身边，凑热闹一样抓住小家伙的另一只小手，轻声道："我是妈妈。"

巫阮阮的身体恢复得很好，安燃在家里装了无线网，她有空的时候就会和韩总监沟通一下Otai的设计稿子，版式设计与插画部分她都已经准备好，发给韩总监之后便没了下文，每次她去韩总监那里追进度，得到的答案都只有一个——自己现在手头有重要工作，要她稍等。

一等再等，等得巫阮阮头发都白了，只好自己抽空一点点去做后期设计。

霍朗端着小盆走出来想看看巫阮阮在做什么，见她一只手抱孩子，另一只手在按鼠标，眉头不自觉地皱起来："你还在做Otai的设计？"

"嗯，在做，不做没人做，快交方案了，还是半成品。"

"你还没有助理吗？"

巫阮阮扭头朝他微微一笑："瞧你说的，好像我本来应该有助理一样，现在本来就缺助理啊，我之前就是两个老师的助理，我升职了，助理的位置更加空缺。韩总的助理一直都没有到位，她手上的工作应该也很重要。要是再有两只手就好了……"她兀自开怀地笑了两声，继续说道，"那样我可以用两只手抱喃喃，另外两只手操作电脑！"

"傻笑什么？"霍朗迎头对她泼了一盆冷水，"你当我是死的吗？"

巫阮阮扭头盯着笔记本电脑的屏幕："我知道你生龙活虎……"

"电话拿来。"他接过巫阮阮的手机，拨通了韩裴裴的电话。

"巫阮阮，现在已经下班了，这是我的私人时间，我不会利用私人时间帮你做后期，你要么就等我上班，要么就自己动手可以吗？我是你的总监，不是你的助理，麻烦你尊重一下我，OK？"韩裴裴那边背景声音嘈杂，连个说"喂"的时间都没给，连珠炮一样对霍朗说了一大串。

"韩裴裴，是我。"霍朗沉声道。

巫阮阮惊讶地看向他，现在是私人时间，他找韩总监做什么？

"霍总？霍总那个……"

霍朗没有耐心听她说下去，直接打断："四天之后我要看到Otai的完稿，我会让巫阮阮把她已经完成的部分发到你的邮箱，你自己做也好，让其他设计师加班也好，上班时间也好，私人时间也好，这就是你的工作。如果你觉得没有能力协调，我们就暂时先放一放设计稿，来谈谈你的工作能力。"

"霍总，四天时间……"

"三天。"

"三天？霍总，我想说四天也赶不出来，三天的话……"

"两天。"

"OK！"韩裴裴立刻答应，以免由四天变成一天甚至明早就要看到完稿。

挂掉电话，霍朗看着巫阮阮扬了扬手机："这就叫作不见棺材不落泪。"

沈茂把和童瞳的结婚证拍了照发送到霍朗的手机上时，霍朗的脸色极度不好看，但介于他们二十几年的友谊以及沈茂现在所处的复杂状况，他格外仁慈，没有说出那句毒舌的话：秀恩爱，死得快。

巫阮阮倒是很开心，拿着霍朗的手机一直笑个不停："他们家双喜临门啊，刚刚领了证，童瞳又怀了孕，这样的话，童瞳的小宝宝就不是私生子了。不过，你和沈茂不是一起长大的吗？你是美国籍，他是？"

"他又不是我生的，他是哪里的国籍和我有什么必然的联系吗？"霍朗笨拙地为喃喃换上尿不湿，抬头瞥了眼巫阮阮，为她解惑道，"沈茂和他妈都是中国籍，他现在也不怎么回美国了，留在这儿陪他妈，更近点。"

"他妈妈在中国？那他怎么不带童瞳去见见他妈妈，没准他妈妈喜欢童瞳，可以当个说客呢？"

霍朗拎着给喃喃换下来的尿不湿走出房间，留下一句："带童瞳去坟地，让死人去当说客吗？"

第五章
一人死亡，一人轻伤

"我发誓我不吃辣椒，真的！"巫阮阮信誓旦旦地对面前的两个男人保证。

安燃从包里翻出她的水杯，拧开盖子放到她面前："喝吧，别发誓了。"

霍朗单手扶着座位旁边的婴儿车，面无表情地盯着对面的巫阮阮："待会儿面来了，要是没你吹嘘得那么好吃，你就再也别想出来吃饭了。"

巫阮阮胸有成竹地点头："那你大可放心，这面馆都开了几十年了，吃过的都说好吃，面汤都是老火汤，这就是我们中国的民间美食，保证你一吃就爱不释口，天天惦记着来。"

霍朗挑起一侧的嘴角，笑得十分狡黠："开了几十年，这几十年，他们家刷过锅吗？"

安燃正在研究那个满是油渍的陈醋壶，听了霍朗的话不由得一愣，马上掏出烟来："说得怪恶心的，抽根烟压压惊。"

巫阮阮倒是一副无所谓的样子，继续一脸期待地看着后厨的方向："眼不见为净，我们就当它是从水晶锅里盛出来的不就好了吗？"

自从巫阮阮可以出门吃饭，她的馋嘴毛病就犯得厉害，看见别人牵着荷兰猪上街遛弯，她就立马说要吃猪排。

这些胡同小巷里的小餐馆也不知道她是怎么找到的，常常指挥着不认路的霍朗带她出来吃美食,后来他们干脆去哪里都带上安燃。

安燃说,此向导终身免费,只要求提供免费工作餐。

自从巫阮阮和霍朗搬走之后,安燃便开始喜欢上了玩手机。

每次巫阮阮问安燃在玩什么,她也想看看的时候,他总是避开笑而不语。突然有一天,安燃说:"我有女朋友了。"

牛肉面端上来的时候,巫阮阮笑得眼睛都快眯成一条缝。

吃货的本质就是见着东西,先把最好吃的送到嘴里。

霍朗和安燃在挑起面条准备开吃的时候,就见巫阮阮边嚼着嘴里的牛肉,边眼巴巴地看着他们俩碗里的牛肉。

霍朗招手叫服务员,打算给她单独要一碟牛肉。安燃赶紧直起腰板告诉老板不用了。他把自己碗里的牛肉夹到了巫阮阮的碗里,对霍朗说:"好吃的东西不能一次吃够,吃够就不好吃了,每次只给她尝一点,她能记着好多年,什么时候想起来都是好吃的。"

心里一直有一个挂念,才会渴望有下一次。

"对吧?懒懒?"安燃笑着问。

巫阮阮笑了笑,说:"你以后不要和霍朗一起玩了,你现在都跟他一样小气了。"

霍朗眉头一拧,筷子一下下敲在碗边:"我就是这么小气,也没饿着你。"然后,他在巫阮阮渴望的目光下,十分惬意地把自己的牛肉吃掉了。

午饭时间的小餐馆人满为患,收银台上放着一台小电视,电视机和这家店一样很有年代感。

以前安燃带巫阮阮来过,说这电视机白给他,他都嫌搬着费劲,巫阮阮却说这叫复古。

这复古的电视机放出的画面整体泛绿,霍朗见巫阮阮很认真地盯着那台只有画面没有声音的电视,也不禁回头看了一眼:"画面发绿,显像管坏了。"

巫阮阮惊讶:"你还会修电视?"

"猜的。"

巫阮阮刚想说他分明是和自己没话找话,忽然站起来,身后的椅子

"哐当"倒地,面碗也被她不小心掀翻,一碗热汤急速蔓延向坐在对面的霍朗和安燃。巫阮阮在一屋子人的诧异当中扑到了电视前,惊讶地看着画面里出现的人,还有那一行行令人震惊的字幕。

"巫阮阮,吃个面你抽什么风?"霍朗用纸巾擦干面汤,扔掉手里的卫生纸,扭头看向站在他身侧的巫阮阮。

"是他们吧,我没看错,是吧?"巫阮阮紧张地看向同样在看着电视的安燃,"刚才那个人是孟东吧,他们说的Otai总裁是霍霆,是吧?"

霍朗身体微微一僵,站起来转身看向古董电视机,他不知道这种国际新闻里怎么会出现霍霆和孟东的名字。在安燃试图伸出手臂拍向巫阮阮肩膀的时候,霍朗将巫阮阮揽进了怀里,发觉她的颤抖,更是心疼地在她额头上吻了吻:"怎么了,阮阮?"

巫阮阮没回答他,而是从自己的连衣裙口袋里摸出手机,从电话号码本里找到霍霆的电话,霍霆二字在屏幕上放大的一刻,霍朗一巴掌拍在她的手机上,劈手夺走了她的手机,顺便在触摸屏上按下挂断。

他原本该是疑问的声音里突然有了明显的醋意,透着一股强大的冷静和沉着:"先说发生了什么事。"

巫阮阮伸手去抢,霍朗利落地抬高手臂,在她面前做了一个还给她的假动作之后顺利揣进了自己的休闲裤口袋。

安燃叫来老板,扔下三十块钱,一只手推着婴儿车,另一只手在霍朗的臂膀上拍了一把:"我们出去说。"

"中国名企Otai总裁及友人在德遭到非法分子的劫持,一人死亡一人轻伤。"安燃平静地向他陈述了一遍刚刚他看到的新闻。

霍朗并没有安燃想象中那么惊讶,只是眯了眯眼睛,偏了一下头:"一人死亡?谁死亡了?霍霆吗?"

巫阮阮忽然抬起头,一脸的难以置信:"霍总,你怎么……能盼着是霍霆?就算你们之间有天大的仇恨,霍霆也是你的亲弟弟呀,这世界上你就一个弟弟啊!"

"用你提醒?闭嘴!"霍朗冷冷地瞪着她,他只是问问是不是霍霆,又没说非得是霍霆,他怎么就那么受不了她只要一提到霍霆就变了脸色的样子!

巫阮阮也不管他高兴不高兴，直接从他的口袋里掏自己的手机。这次霍朗没再拦着她，可霍霆的手机一直处于关机状态。

巫阮阮的额头上冒了细密的汗珠，她不仅仅想知道受伤的和死亡的到底是谁，还要知道呢呢的安危，呢呢那么小，连遇到危险时尖叫声都无法发出来，没有妈妈的陪伴会不会被吓坏，就算呢呢没有卷入劫持事件，那么霍霆的安危又会给呢呢造成怎样的伤害？

她又找孟东的手机，倒是能打通，可一直处于通话中。

"我想去趟绮云山，不知道霍家人有没有他们的消息。"巫阮阮抓住霍朗的手臂，有些为难地要求道。

"我……"霍朗抿着唇，眉心重重地皱着，那川字眉心中好似有天大的不痛快，"不想去……"

巫阮阮有些失望地放弃，霍朗却在她垂下手腕的瞬间牢牢牵住："我可以在门外等你。"

安燃开车，霍朗抱着喃喃和巫阮阮坐在后座，一路上除了安燃说了几句安慰的话，霍朗只字不言。

霍家的大门是镂空的雕花铁艺，镶嵌着金色琉璃的木门，敞开着一扇，站在外面可以清清楚楚地看见里面的一切，司机正在里面擦车，还有园丁在修理经过一整个冬日之后，变得有些张牙舞爪的矮树枝蔓。

巫阮阮转头看向抱着孩子的霍朗："我进去了，几分钟就出来。"

霍朗低下头，用手指轻轻弹着喃喃圆圆的脸蛋，听到巫阮阮的话时，也只是稍稍抬了下眼皮，淡淡地应了一声："嗯。"

巫阮阮都不记得自己有多少日子没回到过这里，这座漂亮的洋楼曾经载满了自己往后这一生都无法超越的美好，第一个爱人，第一段婚姻，第一个宝宝，第一次拥有完整的家，一切的一切都看似坚不可摧，可危险的浪潮真正汹涌而来时，她才明白，这小楼里的一切不过是美丽的沙雕，被海浪一拍即碎。

霍家的老司机出来给她迎门，还恭敬地叫了一声少奶奶。巫阮阮委婉地更正道："叫我阮阮就行，更亲切一点。"

"阿青呢？"她问司机。

"阿青和少爷去德国了，少爷说，带着阿青能照看呢呢。"

巫阮阮点头，霍霆的想法是对的，就是不知道电视里所谓的与他同行的友人是不是阿青。

"新闻里的事，你知道了吗？"她又问。

"新闻？"司机不解。巫阮阮摇摇头，进了霍家的大门。

产后的于笑又恢复了她曾经的漂亮模样，身上的连衣裙色彩艳丽至极，好似一只翩翩的蝴蝶停在枝头，黑色的长发被轻轻撩到身后。

她下巴微微扬起，骄傲得像一只孔雀从楼梯走下来："好久不见呀，阮阮姐！"

巫阮阮面无表情地扫她一眼，随即向楼上看去："阿姨在吗？"

"在，在看她的大孙子。"于笑笑着回答，转身对正在厨房的用人说道，"阿云，上次那个锡兰红茶，泡给这个你没见过面的'前少奶奶'尝尝。"

于笑亲昵地在巫阮阮的手臂上握了握："这红茶味道很好，除了霍家你还上哪儿去喝味道这么好的茶，这是我老公的好朋友去斯里兰卡度假的时候特地为我们带回来的。"

"我不是来喝茶的。新闻你看了吗？霍霆他们在国外出了意外你总该知道吧？霍霆或者大使馆有联络过你们吗？"

"哦。"于笑脸上的笑意立马收起，就像翻牌一样迅速，连个过渡的嘴脸都没有，"你女儿还活着，不用着急。"

"那霍霆呢？他们去了几个人？听说阿青也去了德国。新闻上说有人受伤有人死亡，谁受伤，谁死亡？他们现在安全了吗？为什么要劫持他们？是劫财还是别有目的？如果只是劫财为什么会受伤死亡？"巫阮阮一股脑儿地扔出大堆的问题，她心里的疑问远远不止这些，多到不能一下子从她嘴里挤出来。

于笑好似听到多么可笑的笑话一样，眼梢挑得高高的，看着她："阮阮姐，你难道没有听过'事不关己，高高挂起'这八个字吗？"她按住巫阮阮的肩膀将对方推到客厅的沙发上，"你听我说，在德国的那个男人，他是我老公，我的老公，对你来说，那就是别人家的老公。再说你不是有男朋友吗？何必吃着碗里的还看着锅里的呢？"

巫阮阮刚要说话，于笑忽然轻轻捂住自己的嘴，一脸惊讶地看着巫阮阮的脚下："你看，我都忘记让你换鞋了，茶几下面这块地毯可是霍霆专门为我换的，弄脏了我会心疼，你稍等一下啊，阮阮姐。"她快走了几步，在门口的鞋柜里拿出一双粉色的印花棉布拖鞋，放到了巫阮阮的脚边，"换上吧，要我帮忙吗？"

可巫阮阮今天来不是听于笑揶揄嘲讽的，她要知道霍霆与呢呢到底怎么样了。

"不换了，我问完话就要走了。"

于笑靠进沙发里，面带微笑道："住了好几年的别墅也没把你乡下人的习惯改过来，没有用人伺候，进门连鞋都不想换了，不换就不换，来者皆是客。你有什么问题就尽管问，也不急着走，来一趟又是地铁又是公交车还要爬山，应该很累，晚上就留在这里，晚餐我让人做得丰盛一点，出了霍家，再想吃这么好的，就要自己花钱了。我知道你们拿薪水的，很辛苦。"

巫阮阮笑问："你有霍霆的联系方式吗？还是，霍霆的联系方式他连你也没告诉？"她觉得自己该离开了，再待下去，指不定于笑一个心血来潮又要甩她耳光。她不想吵架，至少她得到了霍霆平安的消息："既然你也不知道，我还是回去等到孟东的电话可以拨通吧。"

她正打算离开，于笑冷着脸伸出手臂挡住了她的去路。巫阮阮的眉头几不可察地蹙了一下，看着她的眼睛："怎么了？忽然伸手吓我一跳，以为又要挨揍。"

于笑不怒反笑，那么漂亮的脸蛋，笑起来居然令人毛骨悚然："我在你眼里就是那种不分青红皂白打人的野蛮人吗？"

"不是⋯⋯"巫阮阮否定，双目闪亮，"你在我眼里是我高攀不起的千金大小姐和美丽富太太。"

于笑勾着嘴角在她手臂上搭了一把："刚刚这半边地毯都踩脏了，你还是从这边走吧。"

"霍霆安全就好，他安全，至少人能平安回来，你和阿姨就不用太担心。你现在还在哺乳期，着急上火对小孩子也不好⋯⋯"她正要迈步离开，脚下忽然一绊，向前扑倒。于笑惊讶地尖叫一声，十分敷衍地拉了一把她的手臂又松开。巫阮阮再用手去撑茶几时便已经来不及，一杯热茶被她推出老远,茶杯落地摔碎,另一杯被她掀翻,热茶泼在她的领口,她的脖颈迅速红起来,格外显眼。

"哎呀,你有没有摔坏呀阮阮姐?怎么这么不小心?"

巫阮阮闪了一下腰,她爬起来,鼻尖上出了一小层细汗珠:"既然能下脚绊我,就别怕我摔坏,我要是摔不坏,你更怕。"

茶杯落地的声音很清脆,霍老太太在二楼隐约听到了,便抱着霍江夜从房间里走出来,站在二楼的平台看了一眼,见到巫阮阮的时候还颇为惊讶:"哟,阮阮来了!"

霍老太太从二楼下来,看见这一地狼藉,多少有些不高兴,换了谁也不愿意别人在自己家里闹个鸡飞狗跳。

巫阮阮尴尬地叫了一声:"阿姨。"

巫阮阮蹲下身,将地上的几个大块的碎片捡起来:"您别踩到了再摔着,还抱着小孩。"

于笑两步走到巫阮阮身边,一把握住她的手掌:"阮阮姐,你怎么能用手捡这些碎片,割伤了怎么办,这是粗活,你都干了,我不如请你来家里给我们当用人好了。"

巫阮阮的肩膀忽然瑟缩了一下,迅速甩开了于笑的手。

"你这肚子……"霍老太太不住地对她打量,虽然她穿着宽松的娃娃裙,但还是能看得出她不再是孕妇,"是生了,还是没了?"

巫阮阮轻轻攥住自己的手心,淡淡微笑道:"生了。对了阿姨,您有没有霍霆的联系方式,我想问问他和呢呢怎么样了,我看了新闻,好像有人受伤了,看你们这样子,出了事故的应该不是霍霆,不知道和他同行的朋友我认不认识,如果也是我的朋友……"

霍老太太一脸顿悟:"这事啊,我刚才还以为你到这儿来是要看呢呢,正想告诉你他们去德国了。霍霆在德国也没有个电话号码,每次打电话的号码都不一样,估计都是在酒店,反正打过去说的都是德语,谁听得懂。新闻你看了?"

"就是看了新闻才知道他们出了意外。霍霆和你联系了吗?"巫阮阮点头。

"联系了!"霍老太太一副理所当然的模样,"新闻没出来就跟我们联系了,告诉我和笑笑看见新闻不要吓到,他在酒店门口和另一个男人被劫持了,他只是轻伤,那男人为了帮助他逃跑挨了一刀,没抢救过来。呢呢一直和阿青在酒店,没赶上这事。霍霆说那边还得再调查一阵子,调查完了就回来了。你就先回去等着,他回来我让他联系你,到时候你再来看呢呢。"

"那好吧,我等他联系我。"巫阮阮轻声应着,正要离开,霍老太太突然笑眯眯地问:"你生的是丫头吗?"

巫阮阮很满足地微笑:"是女儿,七斤八两。"

于笑漂亮的脸蛋又在一瞬间笼上了一层阴霾,好像别人家孩子的肉,都是抢她儿子的肉贴上去的。

霍老太太笑了笑:"那还挺胖。"

"妈,我就说阮阮姐不是一般女人,现在还有几个女人挺着肚子离婚,还能把自己照顾得这么好,心得多宽啊,心宽可是福气。"于笑在身后插上一句。

巫阮阮嘴角轻轻弯着,不打算和于笑争辩下去,她生的宝宝白白胖胖,已经是她最大的胜利。

门口传来两声敲门声,三个人一起看过去,安燃一脸担忧地看着巫阮阮,想说"你怎么还不出来,你家领导在外面急得都快跳车了"。

于笑是个眼尖的人,安燃虽然长得也算眉目疏朗,穿得也很潮流,可那一身,没哪件是名牌。

巫阮阮不等其他人开口,便立马转身朝安燃走过去,其间回头和霍老太太打招呼:"我先走了,等霍霆回来,我再来看呢呢。"

于笑心里觉得可笑,敢情巫阮阮一直是在硬撑,她男朋友也不过如此啊。

霍老太太也说不上来哪不对劲,看着巫阮阮和别人走了就是别扭。她站在门口,看着巫阮阮和安燃离开,大门外,停着一辆橄榄绿的悍马。

那悍马的门突然打开,一个高大而年轻的男人抱着一个胖乎乎的婴儿下了车,孩子哭得很凶,他低着头和小婴儿讲话,有些焦灼的英俊眉宇在抬起的一瞬,好像一道带着雷鸣的闪电,从霍老太太的眼前闪过。

她连拖鞋都没来得及换,匆忙追了出去。于笑莫名其妙地走到庭院

126

里，愣愣地看着身手突然敏捷起来的婆婆，嘲讽地笑了一声："跑起来真难看，老母鸡似的……"

巫阮阮一到了安燃身边，他便迫不及待地问："怎么样？霍霆和呢呢怎么样？"

"他们现在都很好，霍霆受了轻伤，呢呢没被劫持，还好。"巫阮阮轻声安慰。

"那就好，人没事就好，劫钱就劫了，钱没了还能赚……"他突然皱眉抱怨着，"你不说就几分钟吗？你都进去快二十分钟了，喃喃好像饿了，一直在哭，车顶都要被掀翻了。你又不是不知道你生的小活驴，一哭起来震天撼地的。"

"我没事，多说了两句。"巫阮阮用手捂住自己被烫红的脖颈。

"你捂着脖子干什么？"安燃去拉她的手腕，她不松手，反倒捂得更紧。

安燃手一用力，猛地拉下她的手，脚步忽然一顿，瞠目结舌道："怎么了这是？"

"你倒是说话啊？你怎么比包子还软！谁都能踩上一脚！"安燃怒其不争，低声训了她一顿，打算回去找霍家人问清楚到底怎么回事，所谓豪门的待客之道，就这么低级吗？一个好好的女人进去，出来时怎么就成了这模样？

"算了算了，我又不是来吵架的，再说我们也吵不过她们，走吧安燃。"巫阮阮拉住了正要转身的安燃，两人同时看到了悄无声息疾步而来的霍老太太，不过显然，她的目标不是他们俩，而是别墅的大门。

"阿姨！"巫阮阮松开安燃追上去，"出什么事了，走得这么急？"

霍老太太在离大门不远的地方停下来，扭头看了一眼巫阮阮，有些迟疑。

大门外婴儿的哭声清晰无比，巫阮阮也看到了正在车旁抱着喃喃来回踱步的霍朗，他低头轻声哄着小宝宝的模样，比天上的太阳还明亮温暖。

可巫阮阮不能让霍老太太和霍朗相见，只要提到霍家人的名字，霍朗都会不自觉地变得阴沉起来。

霍老太太推开拦住她去路的巫阮阮，径直走到大门口，按下电子门锁。"咔嗒"一声，镂空的雕花铁门被她缓缓拉开。

霍朗转身，抬头的刹那间，清俊的眉眼里闪过明显的错愕，紧接着变成冷到极致的沉默。

对视，变成了对峙。

原本被埋在土里的回忆好像突然活了过来，喃喃的哭声让霍朗回到了他四岁那年离开的那个下午，细雨沥沥，他红着双眼叫妈妈，可是除了一个美丽的背影和婴儿的哭啼声，什么都没有。

"你，叫什么？"那个本该是最亲密的，把他带到这世界上的人，在时隔二十七年重新出现在自己的面前时，问的竟然是他的名字。

时光到底是一味良药，还是一味毒药？

如果你不记得我是谁，那你就永远都不要想起来我是谁。

霍朗说："阮阮，我们回家。"

巫阮阮点头，正要走过去，霍老太太一把拉住了她，一脸的难以置信："巫阮阮，这男的是谁？"

"阿姨，你先回去吧，连鞋子都没穿，万一着凉了怎么办？看你气色也不好，天天围着小孩子转也被折腾得休息不好，回去吧。"巫阮阮轻声劝道。

霍老太太好像听不见她的话一样，紧紧抓着她的手臂，把轻薄的衣袖拉扯得快要碎掉："我问你呢！这男的是谁？！"

巫阮阮想要抬手挡开，手心的那几个小伤口恰好被霍朗看见，还有她脖颈上的红印以及染上茶渍的白裙，他当即不悦："巫阮阮，你身上这乱七八糟的伤口是怎么回事？你就问个话的工夫，也能被欺负？给我上车！"

被霍老太太一搅和，安燃差点忘了这一茬，一想起巫阮阮又被欺负，气不打一处来，上来就要拉开霍老太太："老太太，您没事就回去吧，多吃吃斋饭念念佛，你们霍家好歹也是大户人家，老盯着一个被撵出门的儿媳妇欺负有什么意思，说出去也不怕人家笑话。"

霍老太太紧紧拉着巫阮阮不放："我问你们话，你们都哑巴了？！抱孩子的男人是谁？"

"放开她。"霍朗冷漠地看着她,"巫阮阮是我的妻子,是我关东霍家的儿媳妇,你以什么身份和立场,在这里质问别人家的儿媳?"

霍老太太缓缓回过头,双目失神,脸色难看至极。她愣了好半天,才颤抖着深吸了口气,扭头质问巫阮阮:"你丈夫?你带着喃喃嫁给他了?巫阮阮,你真有本事!你知不知道他是谁!"她不给巫阮阮任何的解释机会,一个耳光扇了过去。

"喂!"两个男人同时大喊了一声,安燃赶紧将巫阮阮护在了身后,"你这老太太怎么回事!敬你是老人,你可别倚老卖老!"

别墅里的人听到外面的争吵声,都跟着跑出来。

"他是霍朗!是霍霆的亲哥!你干的这叫人事吗?!"霍老太太继续痛骂着巫阮阮。

霍朗的嘴唇抿得极紧,目光冷如冰锥,直直地扎在这个近乎歇斯底里的妇人身上。

"嚄!"霍朗嘲讽地冷笑一声,"霍霆当初能干一点人事,不逼着怀有身孕的阮阮离婚,会有今天吗?你听过'自作孽,不可活'这个词吗?你有教育你儿子霍霆怎样履行一个男人对妻子的义务,担负对女儿的责任吗?"

他这样一说,霍老太太更觉得他和巫阮阮在一起的目的不单纯,好像他接受巫阮阮和巫阮阮的小孩,就是为了报复她和霍霆。

于笑从霍老太太的身后轻轻揽住她的肩膀:"妈,这是怎么了?把你气成这样?"

霍老太太没回答于笑,而是用一种命令的口吻对霍朗说:"你和巫阮阮必须分开,必须分开!你们要丢人就滚回美国去!我儿子丢不起这个人!我也丢不起!"

巫阮阮眉心微蹙:"霍老夫人,我和您儿子霍霆已经离婚了,您忘记了吗?"

"你和你爸一样。"霍老太太看着霍朗的眼睛,竟有一丝憎恨的意味,"都是讨债的冤家!"

正准备和巫阮阮一起转身的霍朗忽然顿住了,身体僵硬得如同石化一般,他用近乎蔑视的目光斜视她:"那是你们霍家人活该。"

"你说谁活该！你个畜生！"霍老太太突然提高嗓门，"你滚！我再也不想看见你！"她的理智已经全盘崩塌，说出来的话一句比一句难听，转头还啐了巫阮阮一口，"还有你！你就那么喜欢我儿子！离了婚还得找一个长得一模一样的！不找姓霍的男人你活不下去是不是？！"

安燃狠狠地推了霍老太太一把，将她推到身后的于笑和冲上前的用人怀里："赶快把人弄走！你们家老夫人脑子有病！"

他扭头推着巫阮阮和霍朗上车，自己几步跑到驾驶位，启动汽车，把霍家抛在身后。

喃喃还在号啕大哭，巫阮阮从霍朗的怀里抱过小家伙，开始喂奶，担忧的视线却一直不肯离开霍朗的脸。

回到家，螃蟹懒洋洋地从沙发靠背上扭过头，看着他们。巫阮阮把喃喃放回她的小婴儿床，去浴室拧了一条毛巾想要给霍朗敷脸。

她出来时，正巧看到霍朗提着医药箱从书房出来，声音沉着，对她命令道："过来。"

巫阮阮走到霍朗身边，轻轻靠进他的怀里。

霍朗的大掌在她的后脑上轻拍了拍，佛家说，有得必有失，有失必有得。每个小孩都注定只能得到一个母亲的爱，如果不是失去了与霍霆的这个共同的母亲，他大概也没有那么幸运会得到姑姑的爱。

巫阮阮见他不说话，又补充了一句："如果你不嫌弃的话，我来当你妈妈……"

霍朗眉头微蹙，松开了巫阮阮，修长的手指在她脑门狠狠一戳："少在这儿坑爹。"又问，"他们在德国怎么样？"

她摇摇头："呢呢没事。"

"霍霆呢？"他突然抬眸，手掌附上肩头的螃蟹，它已经重了很多，因为营养过剩，早就看不出捡回来时那副可怜的模样。霍朗一只手将它从肩膀抓下来，放到地板上，合上医药箱，打横将巫阮阮抱起，走向卧室。

霍朗的视线如同一双肆意的大手游走在她身上，最后毫无忌讳地落在她的胸口。巫阮阮低垂着脑袋，身体迅速泛起一层淡淡的粉红，她窝在他的怀里，声音小得快要听不见："他也没事……"

"嗯……"他低声应道，"以后，除了生死攸关的事情，我都不许你像刚刚那样紧张他的事,听到没有?"

巫阮阮刚要抬头说话,便被他用一个吻堵住。

她从霍朗的身上得到的一直是最好的东西。

比如他恰到好处的成熟,和恰到好处的稚气,他坚硬的臂弯和他毫无保留的袒护,可她呢?

离异的单亲妈妈,一个需要日夜照顾的婴儿,剪不断理还乱的人际关系,不够出色的背景,不够出色的能力,不够出色的长相,平庸加上不幸,让她的生活看起来满目疮痍,可他还是爱得全心全意。

那么从今以后,无论他要什么,只要她有,她亦会给他,毫无保留。纵然等在他们面前的是无数个今日那般的流言蜚语,她都要义无反顾地站在他身旁。

巫阮阮已然在内心给自己和霍朗编织了一场气势磅礴的爱情大戏,她睫毛微微发着颤,她闭上眼,嘟起嘴巴仰起头,向他的唇靠近。

霍朗有些意外,随即主动起来。

家里有个老太太,怎么都是碍事,于笑想要朋友来家里坐坐,还要考虑老太太的脸色。自从进了霍家的大门,她除了陪老太太打个无聊透顶的麻将,逛逛街,晒晒太阳,几乎就成了宅女。现在有了小江夜,她更是大门不出二门不迈,当起了沉默的贵妇,可那一身身漂亮的行头,总不能天天在家穿给司机保姆看吧?

她扫了一眼墙上的时钟,起身走进了厨房,让阿云把她的专用围裙围好,松松地绑起长发,对着她从自己娘家带回来的女用人说:"阿云啊,我这个婆婆虽然模样总是笑呵呵的,其实也挺挑剔,尤其是嘴巴,自从我来了,谁做的甜品她都不喜欢吃,只喜欢吃我亲手做的,你去楼上把江夜的奶瓶消消毒,这里交给我。"

阿云走后,宽敞的厨房就只剩于笑一人。于笑从冰箱里面拿了一点新鲜的食材,回头看了一眼空荡荡的客厅,手指伸到冰箱上面的遮尘布下摸了一把,然后从一个扁铁盒里捏起一粒米粒样的东西扔到汤锅里,又倒上一杯水,米粒急速融化,消失得一干二净。

于笑端着炖好的甜汤上了二楼,婴儿房里没有霍老太太的身影,只有阿云在整理江夜的东西,小家伙睡得正香。她又端着托盘往走廊尽头的房间走。

于笑敲了敲门便径直进去,把手里的东西往桌上一放,转身去安慰霍老太太:"妈,这都过去半天了,怎么还伤心呢?您就不怕我爸在那边笑话您,这么大的人了还动不动掉眼泪。"她用手背帮霍老太太擦干脸颊,"我给你做了甜品,您别哭了,歇口气,吃点东西,最近看你吃得也不多,这又瘦了一大圈,霍霆回来得找我麻烦。"

霍老太太眼睛一瞪:"他敢!"

于笑端起甜汤的碗用瓷勺轻轻搅着,小心试探:"妈,怎么没听您和霍霆提过还有个大哥呢?"

"他是我前夫的儿子。"

嫁的时候呢,她心不甘情不愿,怀孕的时候,也心不甘情不愿,最后生了霍朗。她要离婚,霍朗的爸爸死活不同意,说要让她后悔一辈子。明明是他对车动了手脚,想死却还要拉个人垫背,让梁宋背上杀人犯的罪名,甚至现在还被指责是杀人犯。

"妈,您看您不打算认霍朗,巫阮阮和霍霆也离婚了,按理说她和谁在一起,和咱们家也没多大关系,您何必和他们一般计较。"

"不行,霍霆是 Otai 总裁,万一哪天媒体传出消息说霍霆的前妻抱着霍霆的女儿嫁给了他大哥,他的脸还往哪儿放!"霍老太太好似突然开窍似的,一拍大腿,"笑笑,你说妈是不是得让霍霆把喃喃抱咱们家来?再怎么说那是霍霆的女儿,不生也就算了,这都生出来了,怎么也不能落在外边!"

于笑垂下睫毛:"这倒也是个问题,不过,妈,事情也不见得就会那么糟糕,这世上有几个男人愿意养别人的孩子?"于笑淡定地微笑,"何况霍霆和霍朗这么像,喃喃是谁的孩子也不好说,再说现在咱们家不还有我和江夜吗?"

霍老太太端着碗愣了一下:"你这是什么意思?再说你能做什么?大门不出二门不迈的。"

"我有福相啊妈,您看我来了咱们家,先给您怀了金孙,霍霆的公司又合并了两家小公司,启动了家电项目,这不都是好事吗!唯一欠缺的是……"她稍稍停顿一下，见霍老太太还是一脸茫然，轻声提醒道，"一场盛世婚礼。"

她继续在霍老太太的耳边吹着邪风："我来咱们家的时候，霍霆和阮阮还没离婚，这话怎么传都不会太好听，可如果是阮阮先做了什么对不起霍家的事……那是不是就不一样了？"她见霍老太太听得认真，马上补充道，"错爱前妻，后遇佳人，我爸那里正好有个项目想要和Otai合作，这在外人眼里，就是天赐良缘，理所应当，加上阮阮不守妇道，别人再骂，也骂不到霍霆头上了，你说呢，妈？"

霍老太太忍不住皱了皱眉，感叹一声："就这么办好了，我也替我们霍霆恶心，那大伯哥和前弟媳，算怎么回事。"

// 第六章 ～

我现在幸福得像一条鱼！

　　Otai 总裁在德遇袭事件在国内炒得沸沸扬扬，忽然之间，就成了一个效果最佳的免费宣传，公司官网的浏览量一夜之间翻了几倍，商品曝光度大幅增加。

　　还有早些时候霍霆抱着呢呢逛街的照片也被曝光，巨大的黑色墨镜，父女俩同款的酒红色大衣，就这样从年轻企业家变成了网络名人，起因却是一场突如其来的命案。

　　可劫持案件进行得并不顺利，很多天过去了，调查的结果和第一天没什么两样。

　　姚昱为了救霍霆不治身亡，他的墓立在德国，下葬那天，霍霆几人站在墓前静默无言。逝去的生命无论用什么话语都无法挽回，没有了就是没有了，只留下悲伤和痛苦如同一根刺一样刺在活着的人心里，想到就心口生疼，不能平息。

　　原本已经被划定好的轨道，一再被命运推得偏离，霍霆坐在三万英尺的高空里，静静地看着飞机下面的云层。

　　令霍霆没有想到的是，他抱着呢呢从到达口出来的时候，外面竟会有媒体等着。

　　他接过阿青递过来的他的薄外套，将呢呢罩在里面。

　　有几个声音同时大声问："霍先生，听说您受伤了，现在痊愈了吗？"

霍霆抿了抿嘴角，目光冷淡："谢谢大家的关心，我一切安好。"

"霍先生，听说有关您在德国被劫持事件，对方不是简单的求财，而是针对您有备而来，您朋友的死属于……"

记者的话还没问完，阿青立刻上前，轻轻挡开正试图向霍霆靠近的记者："请您体谅一下失去朋友的人的心情好吗？霍先生现在不方便回答这些问题。"

另一个记者挤到前面："霍先生，有传言说这是您在为 Otai 炒作，原因是近段时间 Otai 将有震世的概念家电系列问世……"

霍霆的脚步忽然顿了一下，冷冷地看向那个戴眼镜的记者，那人一僵，剩下的话卡在喉头，再也说不出来了。

汽车在机场高速上飞快行驶，窗外新楼旧屋高低错落，从他们的视线里飞快掠过，司机从后视镜里观察着霍霆的脸色，小心开口："少爷，前几天少奶奶来山上了，好像是联系不上你，也联系不上孟东少爷，有些着急你们的情况，所以来夫人这儿打听一下。"

霍霆的视线从窗外收回，没反应过来似的反问："嗯？"

司机再次提醒："少奶奶来别墅了。"

霍霆的嘴角微微勾了勾，露出了自从出事以来的第一个算是微笑的笑容："哦，她还好吗？"

司机犹豫了半天，正想怎么回答，霍霆脸色一冷："她看起来好不好这问题有什么难答的？你想了这么久，她不好吗？自己来的还是抱孩子来的？身边有没有个浓眉大眼的男人？"

这司机是霍家的老司机，不算看着霍霆长大，但是也来了七八年，自己少爷对少奶奶的感情，他看得清清楚楚，起初两人离婚的那些日子，天天夜里守在巫阮阮家楼下的司机就是他。

"好像……不太好。"司机犹犹豫豫地说，见霍霆的神色紧张起来，立刻接着说，"身边不只有个浓眉大眼的男人，还有另一个，夫人也看见了，还把少奶奶和那人给打了……"

霍霆靠在座椅里的身体突然绷直，眉心刻了个深深的川字："另一个男人？我妈打了他们？"

司机点头："嗯，听夫人骂他们的时候说是……大伯哥和弟媳……"

135

孟东坐在前座上一直假装低头玩着手机，这种事就算他瞒得了一时，霍霆也不能一世不知。

在路过水云居的时候，孟东提着自己的行李下车，潇洒地和霍霆一摆手："你现在时间大把，什么事都不急于一时，别想太多。"

霍霆想了想，点头。

霍家别墅的大门早早敞开，站在大门前的于笑一袭盛装，好似要接见邻国总理一样整齐精致，连小江夜也被她特意打扮过。

霍老太太一身孔雀蓝的现代旗袍，笑得满面春风。

看见儿子安然无恙地站在身前，霍老太太眼窝瞬间就湿润了，她揪着霍霆的衣襟，在他胸口不轻不重地砸了两拳："你说说你出国休个假都能休出命案来，我可让你吓死了，你要有个三长两短，回头我怎么和你爸交代啊！"

霍霆抱了抱自己母亲："由此可见，你儿子我命够大。"他轻轻拍着母亲的后背，视线落到于笑手边的婴儿车上时，无奈的笑容里多了一丝说不出的厌恶。

"贫！"霍老太太在他脸上捏了一把，"儿子瘦了。"

霍霆也捏捏她的脸："我目测你衣服至少小了两个码。"

霍老太太白了他一眼，他一转身，张开手臂抱起从汽车另一边跑过来的呢呢，狠狠地亲上两口。

于笑刚要上前和霍霆说话，霍霆却不经意地扭过头，和正往下搬行李的阿青交代几句，然后径直进了别墅。

她气得发抖，却也只能推着婴儿车跟进去。

霍霆进门第一眼便注意到了茶几下的地毯被换掉了，原来巫阮阮挑选的黄绿相间的温暖色变成了满眼的LV，他一边解开自己衬衣袖口，一边向楼上走去，对着刚进门的于笑冷冷地扔下一句："把地毯给我换回来，我洗完澡下来看不到我的地毯，你就和你的地毯一起滚。"

他回到自己的房间，推开门的一瞬，一股百合花的香气扑面而来，他几步跨过大床，拎起有些重量的花瓶出了卧室："阿青！"

阿青正准备帮他把行李提上楼，还没来得及穿上拖鞋，听到他的喊声，立刻把手头的东西一放，光着脚飞快地跑上楼："少爷！来啦！"

于笑抬头，看到阿青已经不是走时那平庸的用人模样，她穿得知性利落，长发随着步伐在背后轻轻摆动，果然是人靠衣装。

于笑更加不顺心了，沈暮青是什么东西，就算她来自沈家，那也是当过用人出过苦力的下等人。

"少爷，怎么了？"阿青大口喘着气站到霍霆的面前，看见他手里的玻璃花瓶还有大束百合，立刻会意，不等他发火，赶紧上前接过来，转身就往楼下跑，"我拿去丢掉，您别气，洗个澡休息一下。"

于笑抱着肩膀，看阿青匆忙跑进厨房，见到厨房站着一个新来的用人也并没有惊讶，冲对方微微一笑，嘱咐道："你好，我是阿青，一直跟着照顾少爷来着，你是新来的可能不太清楚，这些花以后不能拿进少爷的房间，什么花都不能，咱们家少爷不喜欢花粉的味道，他的房间只要把被子常晒一晒，多通通风，没有怪味道就可以。"

阿云点点头："可这是我们家小姐让放进去的。"

阿青的表情微微一僵，立刻懂得这个女孩什么来历："那没事儿，可能你们小姐也不知道，现在知道了也不晚。少爷不在家怎么都行，现在少爷回来了，咱们就得记住了，这房子的主人是谁。"

"这房子……"于笑抱着肩膀，扭着腰慢悠悠地走进厨房，脸上挂着挑衅的笑意看着阿青，捏起一支百合放在鼻下浅浅闻了闻，"这房子的主人不是我老公吗？是我儿子的爸。现在，你知道这房子的主人是谁了吗？"

阿青淡然地与之对视，沉默而诡异的几秒以后，她嘴角缓缓上扬，勾起一个极小的弧度，眼底却毫无笑意，放下手里的花瓶，没再多说一个字，转身离开，继续去做自己刚刚没有做完的事情。

她在这里是为了照顾霍霆，霍霆深爱的女人嫁进来不会改变她的想法，霍霆深恶痛绝的女人，一样改变不了她的计划。

霍霆反锁了门之后才脱掉上衣，站在落地窗前，胸口那道丑陋的长疤虽然已经做了淡疤处理，可仍旧难看。

阿青在外面敲门，霍霆下意识地遮了一下胸口的疤痕，问道："谁？"

"少爷，是我，阿青。"

霍霆给她开门，让她进来。阿青拖着两个皮箱进来，余光瞥见霍霆光着的上身后，就没再抬头："我帮您把行李整理出来了，呢呢还有两件衣服要干洗，你们的大衣也要封起来，咱们这边天气暖，穿不上了。"

霍霆又随手将门反锁好，指着陌生的崭新粉色床品说："顺便把那个给我换了。"

"好！"

阿青怕霍霆洗完澡看到这些东西都堆在衣柜门前不舒服，用人的衣服也没换，直接蹲下来打开皮箱开始整理，听到霍霆的话又站起来，从裤子口袋里掏出一根橡皮筋，迅速将长发绾成一个利落的发髻，拉开白色的衣柜门，看着一摞床上用品，转头问："少爷，您想铺哪一套？"

霍霆走到她身边，她的神经立刻紧绷起来，微微向一边侧了侧。霍霆感觉得到她在躲，没理会，手指在那些手感极好的布料上来回抚摸了一圈，指尖停在一套纯白色的床上用品上："就这套吧，樱花的花期也不远了。"

阿青抽出那套纯白的床上用品，它的展开面是一树盛放的樱花。

霍霆穿着一身居家服从二楼下来时，正看到呢呢趴在于笑的旁边眼巴巴地看着小江夜，想要伸着小手去摸一把，却被于笑握住她的手掌，面无表情地推了回去。

阿青帮他收拾好东西后从他身后走过来，他还站在楼梯口，下巴朝着呢呢的方向轻点了一下："给她洗个澡，换身衣服，一会儿煮一点鸡肉粥，她在飞机上没吃什么东西。"

阿青点头，快步下楼，招呼着把呢呢抱起来，再抱上来洗澡。

霍老太太端着一碗于笑煮给她的银耳羹从厨房出来，没有见到呢呢便四处找了一圈："呢呢？"

于笑回答了一句，霍老太太便抬头往二楼看，她把碗放在茶几上，若有所思地上了楼，在霍霆的手臂上拍了一把："你跟我来我房间。"

霍霆很少进母亲的房间，他总觉得母亲一个人住的地方，还放着父亲的遗照，看着有些不舒服。

"霍霆啊，妈怎么觉得你这次回来以后有点不对劲呢？"霍老太太坐在床尾，看着霍霆随手拿起房间里的装饰品在手心把玩着，试探地问。

霍霆"嗯"了一声，愣了一下："我才回来半个小时，哪里不对劲？"

"你和阿青啊，你以为我糊涂看不出来？"

霍霆挑起嘴角无奈地笑了笑，这不是她糊不糊涂的问题，只要她一挑明，他就知道是于笑在告状："阿青怎么了？您以前不是一直挺喜欢她的吗？说她冰雪聪明，手脚利落，勤快诚恳。"

霍老太太立马一翻白眼："以前是以前，现在是现在，以前她是用人，现在是吗？"

霍霆挑眉，满脸的疑惑："现在？现在怎么不是用人了？从进门到现在一分钟也没闲下来，这不都在做用人的工作？她不过是陪我出趟国照顾孩子，又不是出国留学，回来还要提升一下地位。"

"得了，你甭在这儿给她说好话了，我都知道了，她不就是沈江南的孙女吗？你说她家里条件又不差，书香门第的大小姐不当，潜伏在我们家里当长工，弄得像个特务似的，我怎么想怎么不舒服。这人你也别留了，于笑从她娘家带来的小姑娘也挺机灵的，就解雇阿青吧。"

"于笑……"霍霆眉头轻轻皱起，"她带来的人再机灵，也不如阿青了解我们家人的起居饮食习惯，肯定也不如阿青对你和呢呢诚心实意。阿青回来，我就不会留那个小女孩了。"

霍老太太一脸的恨铁不成钢，眼睛鼻子都快皱成一团，十分嫌弃地说："你让狐狸精下药了你？你留她干什么啊？她哪好啊？你就没想过，你在德国出了意外是不是沈家人做的？你匿藏人家女儿九年，还不光明正大地给名分，被沈江南发现了，一怒之下就要打击报复你，不合情合理吗？"

霍霆不想在这件事上和霍老太太争辩太多，他走到霍老太太面前蹲下，在她手背上拍了拍："妈，阿青的事你不要再操心，孟东已经派人私下联系过阿青的母亲，除了她没有人知道阿青在我这里，这件事根本就不会发生。况且，沈老的为人是大家有目共睹的，他们就算想把我怎么样，也不会做得这么明显，让我第一个怀疑到他的头上。"

霍老太太反手捏了他一把，压抑着声音，表情却极夸张："那你说，你留在身边的是不是个炸弹？"

霍霆无奈地笑了,他觉得他身边只有一个炸弹,就是深得霍老太太宠爱的于笑:"那就让她爆炸吧,看她能炸走谁。除了她,谁照顾你和呢呢,我都不放心。"

霍霆平时是个很温和的人,但是拗得很,一旦下定决心做的事情,几乎没人能动摇。

霍老太太觉得这事还得和于笑从长计议。

吃饭的时候霍霆提到了阿青回来便让阿云回于家的事,于笑脸色当即难看起来,趁着两个用人都不在,直接把话对他说开:"老公,不是我防着阿青,你不在的时候,阿青根本就不听我的话,处处和我唱反调,我可以理解你在外面有时需要应酬,和女人们逢场作戏,但是阿青真不是你该逢场作戏的对象,就是上次⋯⋯"她悄悄地瞥了一眼霍老太太,"你们接了吻之后,阿青就半点用人的模样没有了,动不动还拿她的家庭背景来压我。"

霍霆抱着呢呢,把一勺勺鸡肉粥喂进她的嘴里,她手里抓着一块软乎乎的玉米饼,咬了一口之后掉了几粒玉米在自己的围嘴上,她自己低着头捡起一粒吃掉,霍霆也伸手捡了两粒吃掉:"你故事编得再精彩一些都可以去当编剧了,我认识阿青九年,你说的这些事,她做梦都不会去做。"

"我哪有编故事,老公,你不要被她平凡的外表给欺骗了,她内心可不简单,你让她留在霍家,我怎么能相信她哪天会不会陷害江夜。咱们家就这一个男孩,又这么小,不会告状,不会喊疼,万一她给小孩子的奶粉里掺点什么不干不净的东西⋯⋯单是想,都够让人不寒而栗了。"

呢呢吃饱了,从霍霆的腿上跳到地上转身跑开,霍霆慢条斯理地把呢呢剩下的半碗粥喝掉,用一旁的餐巾擦了擦嘴,缓声开口:"你听没听过一句话,'有我之境,以我观物,故物皆着著我之色彩',意思就是说,佛看众生都是佛,贼观众生都是贼,你是什么样的人,在你眼里,别人都会化身为你的同类,你会苛待不是自己生的小孩,阿青就一定会吗?摸着你的良心问问你自己,你和阿青,谁对我的女儿更好一些?"

"我啊，再怎么说呢呢也算我半个女儿，我虽然是后妈，但也是尽职尽责的后妈。"她说得理所当然。

霍霆嘲讽地微微一笑："正确的答案不用你这么急于从自己的嘴里说出来，小孩子自有她的判断，呢呢和谁更亲近，一目了然。"

霍老太太觉得自己的儿子太偏心阿青了，开始帮着于笑说话："你别这么说啊霍霆，你们不在家，于笑还给呢呢买了两套新衣服放在柜子里，她要是对呢呢不好，还能想着这个吗？呢呢和阿青亲近，那是因为她认识阿青的时间更长。"

霍霆搭在桌面的手腕轻抖，扔掉了手里的餐巾，推了一把架在鼻梁上的眼镜，站了起来，显然是失去了谈论这个话题的耐性，他的目光里带着一抹憎恨的意味，冷冷地盯着于笑："我现在就可以告诉你，阿青对你的孩子，一定好不到哪里去。"

于笑立马看向霍老太太："妈，你看，霍霆自己都这么说。"

霍霆不理会，自顾自地说："但是她一定会对我的孩子好，视如己出的好，只要你敢保证，霍江夜是我的种。"

霍霆转身离开餐桌时，听到自己的母亲在身后埋怨道："哎呀你个没良心的，怎么和自己老婆说话呢？怎么就不是你的孩子了？笑笑和你在一起之前可是小姑娘……"

霍老太太忽然一拍理石餐桌，震得自己碗筷嗡嗡作响："对了！霍霆，你给我回来，我还有件事要问你，那个巫阮阮现在和谁在一起，你知道吗？"

霍霆在玄关处正准备穿鞋的动作突然顿住，扭头看向自己母亲："怎么？"

"你知道了？"霍老太太起身跟过去，一脸的惊讶，"你都知道了？你都知道你怎么什么都不跟我说啊！我要被你气死了！你赶紧去给我做检查去，看看喃喃是不是你亲生的，是亲生的就给我抱回来！要不是亲生的，看我不弄死巫阮阮这个吃里爬外的东西！"

明明夏天已经这么近，入夜之后的绮云山，风里仍有一股沁骨的凉意。

霍霆升上车窗玻璃，只留了天窗一点点缝隙，一路不紧不慢地开到了安燃的小区楼下。敲响安燃家的大门时，他还在为能看见巫阮阮却也会看见霍朗而忐忑不安。

安燃叼着已经抽了一半的烟来开门，见到霍霆时还有些惊讶："回来了？你怎么样？我看到新闻了。"

"就你看到的这样子，完好无损。"他回答得一派轻松。

除了安燃自己的家居摆设，客厅里没有和婴儿有关的东西，也没有女人的味道，只有安燃那台蠢笨的台式电脑屏幕亮着，音响里传出纠结的情歌。

"阮阮呢？"他换上拖鞋绕过安燃，直接走向巫阮阮的房间，房间门打开，室内一片明亮，但是十分空荡，"她搬走了？"

安燃夹着烟挠了挠头："嗯，搬走了。"

霍霆手掌扶在衣柜上，有些失落道："哦，她搬去哪儿了？"

"她和霍朗住在一起。"

霍霆开车回到霍家时，小江夜正哭得厉害，他在客厅听得清清楚楚。阿青从厨房出来，在口袋里摸出一个透明的小塑封袋，将里面两根用过的棉签交给了霍霆："少爷，这是在江夜嘴里抹擦过的。"

霍霆点点头，随手揣进休闲裤口袋。

第二天下午，霍霆回到公司，直接进了孟东的办公室。孟东端着咖啡杯，站在落地窗前，秘书拿着文件袋敲门进来，见到霍霆时恭恭敬敬打了招呼，把文件放在孟东的桌上，便转身离开。

"是鉴定结果？"霍霆问。

孟东一边打开文件袋，一边皱眉："不是吧，我让人查了查那些有可能威胁你性命的人，鉴定结果说是晚点才能……"他话未说完，却愣在那里。

这确确实实就是霍霆急于知道的鉴定结果，他低声骂了一句，将手里的报告递给霍霆。

"不是我的？"他狐疑地接过来，一串令人震惊的数字跳跃在眼前，瞬间被放大了一万倍，他捏着纸张的手指关节泛青，猛地起身，将报告狠狠摔了出去,一页页纸张飘零落下。

他是霍江夜的亲生父亲,千真万确,他注定与于笑纠缠不清了。

孟东的办公室门再次被人敲响,进来的人是他们的一个生产加工商,进门的第一句话就是:"孟总,上回咱们说合同有个地方要修改,我就带来了,您现在有空吗?"

孟东微微一怔,眼里闪过一瞬慌乱,胡乱应了一声,带着那人离开自己的办公室,留下霍霆一个人在办公室冷静。

孟东出去了一个多小时,回来时满面春风,他拿着两张邀请函,放到霍霆的面前:"云笔风尚设计大赛邀请你做今年的评委。"

"云笔风尚?不去。"

"一定要去。"

"为什么?要去法国,太累了,不想折腾。"

"霍霆,我看过其他受邀的评委名单了,有白湛,我觉得……"

"那去。"他果断点头,带着邀请函大步离开。

有白湛的地方,在中国就有疯狂的曝光率以及无限的话题,加上从未为任何产品代言的白湛的广告处女作就献给了Otai,霍霆不会放过这个提高品牌人气的好机会。

邮件里的参赛名单密密麻麻接近万个,霍霆越过所有类别直接跳到平面创意类,全球1700个参赛公司以及个人工作室,其中不乏已经很有名气的设计师。

在中国区的124家公司里,并没有SI的名字。

沈茂的精力不用在这小公司的运营上,霍朗刚刚接触设计行业,对这些比赛信息不会太敏感,没有强大的名气和资质,自己又不主动递交申请,谁会注意到如此低调的设计公司?

他让孟东把巫阮阮为他们这次做的主题设计《入·镜》发过来,连同一封友情要求直接用邮件发送给主委会。

两个小时后,他的邮箱提示有新邮件,他打开邮件,看到了肯定的回复,弯起嘴角微微一笑。

霍朗在自己的公司邮箱里收到了一封来自云笔风尚的参赛确认邮

件,才知道这件事被耽搁。

他当即顶着一脸厚达三寸的冰霜冲进了设计部,一个拿着设计稿正准备出设计部的小助理险些撞在他身上,吓得眼睛睁得老圆,倒吸了一口冷气。

设计总监办公室大门几乎是被他一掌劈开,那沉重的木门撞在墙上后又重重弹回来,他又一巴掌推开,走到韩裴裴的办公桌前。正在韩裴裴以为他会一记铁砂掌把自己劈成一朵肉花时,他极冷静地说了一句:"韩裴裴,谁给你的勇气,让你来考验我霍朗的耐性?"

韩裴裴握着鼠标,不明所以地看着霍朗,大脑飞速运转着回忆又有什么地方得罪了霍朗,怎么想也想不通,巫阮阮不在,童瞳不在,连童晏维都不在,她是怎么踩到霍朗的雷区的?

"那个……霍总,您对我的工作是不是有什么不满意?"她紧张地站起来,走到办公室门口狠狠地瞪了一眼外面抻着脖子等着看热闹的一群人,随后关上了门,为霍朗拉开一把椅子,"这样,霍总,您有什么指示直接告诉我就可以,或者让助理来叫我一声,我去您办公室听您指示就可以,还麻烦您生着气跑来一趟。"

霍朗冷眼看着她围着自己忙来忙去,然后坐回她的总监位子,他没坐下,反而是双手插进了西装裤的口袋,居高临下地看着她:"如果你认为你是沈茂高薪聘来的人才就可以不把我这个副总放在眼里,那你真是想得太天真了,任何一个设计师,不管他多优秀多资深,在这间公司都要服从我的安排,你没有任何权力来替我决定公司的命运,以及 SI 任何一个员工的命运。"

韩裴裴一脸的莫名其妙,尴尬地笑了笑:"霍总,您这话的意思我不太懂,您对我是不是有什么误会?我没有越过您和沈总为公司做任何决定啊……"

"参赛邀请。"他冷声道。

韩裴裴眨了眨眼,更加迷惑:"参赛?邀请?"

"你做设计九年,我来 SI 半年,还需要我给你解释一下什么是云笔风尚吗?"他眼里的肃杀看得她不寒而栗。

韩裴裴忽然一拍额头:"你说的是这个吗?"她在一堆凌乱的手

稿和打印稿中间抽出一个信封,"云笔风尚我知道,不过我没收到过参赛邀请,我以为只是普通的邮件,还等着阮阮来上班再给她,不好意思啊霍总,我英文不太好,一见是英文我都没仔细看看是什么,我如果知道这是云笔风尚的参赛邀请,怎么会让她错过这么好的机会……"

霍朗瞥了一眼国际速递的专用文件袋,劈手抓过来:"就凭你这句英文不好,我足够怀疑你的硕士学历是伪造。韩裴裴小姐,你不符合我们SI对设计总监一职的英语水平要求,不能再留在这里,两天之内,我要看到你的工作进度报告,不需要工作交接,希望未来我们还有合作的机会。"

他转身离开,开门的动作仍是旋风一般,沉重的木门再一次撞在墙上,然后弹回。

刚刚还有些嘈杂的设计部瞬间变得鸦雀无声。他向巫阮阮的空位扫过去时,注意到了一直正在看自己的阿宽,对视的时候,对方却突然避开了他的目光,故意装作很忙的样子。

他拿着快递文件出了设计部,走了没几步突然停住,侧身回头看了一眼设计部的大门,随即大步流星地离开了。

上一次巫阮阮的设计稿泄露事件,一直查不到什么证据,IP的排查也显示也是巫阮阮的电脑,他打开公司的考勤表,对那段时间的上下班打卡时间进行了统计,每天在巫阮阮之后下班的人通常只有空间组的设计师,平面组的通常任务量不高,除非特殊情况。

是谁会在加班同事的眼皮下面,明目张胆地用巫阮阮的电脑注册邮箱账号,泄露稿件,并且不会被人怀疑?并且,这个人要十分了解巫阮阮的保存习惯,能迅速在她的电脑里找到那张最原始的底稿,而不用长时间在她的电脑前作业,而被人怀疑,甚至他不会最后一个离开公司,给自己制造一个嫌疑犯的身份……

他刚要叫童晏维,想起来童晏维请了长假去矫正口吃,于是要新来的助理去把阿宽叫来。

几分钟后,人来了。

霍朗抱着肩膀对阿宽扬了扬下巴,示意他坐到自己对面。阿宽老实地坐下,直勾勾地盯着他的裤脚,好似那布料上正呈现某种惊心动魄的画面一样。

"我听说,巫阮阮给你做了一年的助理,对你一直很敬重,SI 也没有苛待过你,你做这件事的目的是什么?"霍朗紧紧盯着他,侵略意味十足。

阿宽憨憨地笑了笑:"霍总,您这是什么意思?"

霍朗嘴角勾起一抹若有若无的微笑:"你的拖延战术只能让我们来耗费更多的时间来解决这件事。"

"霍总,这次您真冤枉好人了,我一点都不明白您在说什么,您要下结论至少先说清楚事情,我是公司第一批来的设计师,说句矫情的话,我和我的青春都卖给 SI 了,您不能冤枉忠臣啊……"

"是忠是奸,自有答案,不用和我争辩。"霍朗笃定地望着阿宽的眼睛,寸步不让,"泄露 KUTA 原稿的始作俑者,就是你。"

阿宽一脸的无奈,重重地叹了口气:"唉,霍总,真不……"

不等他开始狡辩,霍朗便当机立断拦截住他的话:"如果只是凭借感觉来判定泄露者,你早就是公司第一个怀疑对象。就我和巫阮阮的关系而言,不管你是不是那个真正的幕后操作者,我都会把你推出去,成为她的替罪羔羊。当时巫阮阮告诉我,你不是做这种事情的人,我不是相信你,只是相信了她,可事实是,你却陷害了这个原本可以成为你很好的朋友的人。"

他收回长腿,起身走到自己的办公桌前,拿起一个灰色的文件夹,在手中微微晃动两下:"几个月以前如果我只是凭感觉认为你是泄露者,那现在,我是手握足够将你送上法庭的证据来质问你,为什么要这么做?是嫉妒?还是你背后的策划另有其人?"

阿宽的笑容已经褪得干干净净,脸上是毫无血色的惨白。

阿宽颓败地沉默了片刻,忽然一拍大腿站了起来:"是我干的!"

"像个爷们。"霍朗反手将文件夹扔回桌面,冷眼看着他。

"我在 SI 工作六年,韩总没来前,原来的陈副总就打算提升我做设计总监,结果沈总半路挖来这么个人,KUTA 新品的设计,原本也是该我来接,除了韩总,SI 的平面组没有人比我更有这个资历,你说这对巫阮阮来说是难得的机遇,这对谁来说不是机遇?再说,霍总您和巫阮阮什么关系我们不知道,但您偏袒她我们全设计部都看得出来,如果巫阮阮没有这么一个黑点备在她的人事档案里,那韩总走了,总监的位置不就是巫阮阮这个名不见经传的小助理的了吗?我在 SI 熬了六年,最后要被自己的助理踩在下面,这是公司不公平!是你不公平!"这个憨憨的白皮胖子好似突然变了一个人,变得犀利起来。

他的话,霍朗不置可否,却也不能完全苟同:"职场规则如此。巫阮阮接下工作是因为她的作品被对方公司看上,而不是由公司指定。你作为上司对手下不提点不帮助,反而妒忌陷害,巫阮阮的资历确实做不了领导,但是你,也没有这个资格!"

"嗬!"阿宽笑了一声,没有接话。

霍朗将对警方提供这段录音,这是阿宽泄露商业机密的证据,让他接受法律的制裁,至于他的前途,霍朗只能在内心替他惋惜。

阿宽离开后不久,霍朗带着那封参赛邀请匆忙赶回了家里。

霍朗把自己手机里的录音放给巫阮阮听时,巫阮阮一直不说话,很多人来到自己的生命里,似乎就是为了以伤害的方式来给自己上一课。

霍朗从口袋里摸出一个信封,扔到巫阮阮的面前。她疑惑地打开,粗略地扫了一眼,密密麻麻的英文字,她只注意到了两行字——"云笔风尚设计大赛""巫阮阮",郁郁寡欢的情绪一扫而空,两眼放光,激动得说不出话来。

她在自己的名字上狠狠亲了一口,上前主动抱着霍朗在他的脸颊上啵了一个响:"我现在幸福得像一条鱼!"

霍朗笑着问:"为什么?"

"因为我要冒泡了!"

她高兴得快要拿着那页单薄的信纸跳舞了。

"谢谢你,你简直就是我的幸运男神。"她笑着说,"听说云笔风尚的参赛邀请函只会发给一些国际性的知名品牌或公司,还有那些著名的设计师,我上辈子一定救了宇宙,才能这么幸运,你是怎么做到的?你怎么拿到这个参赛邀请的?你是怎么把我这个名不见经传的小设计推荐给大赛的?"

霍朗笑而不语。

巫阮阮开始仔细地看着邀请卡上的小字内容,中间一句话吸引了她全部的注意力——我们通过霍霆先生的推荐,有幸欣赏到了您的佳作《入·镜》……

霍霆先生,《入·镜》。

巫阮阮小跑着回到卧室,站在正在解衬衫纽扣的霍朗面前,疑惑地开口:"是因为霍霆,我才能拿到这份参赛邀请?"

霍朗淡淡地瞥了她一眼,"嗯"了一声:"信上写着,我的邮箱里也有,需要确认的话去用我的名字登录公司邮箱,密码是wuruanruan250。"

巫阮阮皱了皱眉,这是什么密码?巫阮阮二百五?

抽出腰带,霍朗把西裤也扔到了洗衣篮。

"我不是要确认,我是想说,霍霆不是在德国吗?还有空给我做这种比赛的推荐吗?"她拉开另一扇衣柜的门,拿出一条棉质的休闲长裤递给他。

霍朗用审视的神情盯着她看了半晌:"你只管准备好你的参赛作品就好,知道他推荐的又能怎么样,去感谢他吗?以身相许吗?"

"不是要以身相许,我只是有些好奇而已……"

霍朗套上裤子,嘲讽地笑了一声:"他把你推荐给云笔风尚,确实值得说一声感谢。"

霍朗不是巫阮阮,他不相信霍霆是无条件帮她。

霍朗查到这几年的评委名单里有当红明星白湛,所有人都知道,有白湛的地方就有强大的关注度,白湛的首支广告代言就是 Otai 的,这一届的云笔风尚在国内肯定会得到更多人的关注,如果巫阮阮可以有幸拿下其中任何一个奖项,那她为 Otai 设计的《入·镜》,也将二次曝光。

这一切看起来是在为巫阮阮做一个爬向高处的阶梯,可隐藏于背后的,不过是霍霆脚下的一块砖,说是一步登天那不现实,但是至少可以为一向以设计感博出位的 Otai,披上一层高端大气上档次的华丽外衣——看，Otai 果真不一般，代言人是白湛，连包装和平面广告都是出自国际名家之手，连细节都值得被品位的产品，才具有真正的美感。

而就算巫阮阮不获奖，霍霆也可以通过这件事小小扭转一下自己抛弃妻子不仁不义的反面形象，而他又损失了什么呢？顺水推舟罢了。

"霍霆……不会已经回来了吧？"她狐疑地看向霍朗，"我这两天没看新闻，可是我给孟东发了信息，告诉他回国联系我，他一直没联系……"见他整理裤腰的动作有明显的停顿，她顿时睁大眼睛惊讶道，"真的？他回来了？他们回国了？"

霍朗的脸色已经开始变得不好看，他面无表情地绕开巫阮阮，在厨房的冰箱里拿出一块小鱼干，塞进小螃蟹的嘴里。

// 第七章

幼稚至极的挑拨

巫阮阮在房间里找了半天手机却没有找到,急匆匆地小跑出来,想要去沙发附近找手机,结果一脚踹在了无辜的小螃蟹屁股上,小螃蟹喵呜一声蹿了出去。巫阮阮则因为力道的收放没掌控好,"扑通"一声趴在了沙发扶手上。

巫阮阮飞快地爬起来:"对不起啦螃蟹,我不是故意的……霍总?霍总,你看见我电话了吗?我要打电话。"

"给谁?"

"给霍霆,或者孟东。"她还在继续翻。

"砰"的一声,霍朗把玻璃杯狠狠地放在桌上:"没看见!"

巫阮阮被他的举动吓了一跳,走到他身边握住他的小臂轻轻晃了晃:"霍总,你生气了?"

霍朗回她一记白眼。

巫阮阮继续晃:"那你要生气,我就不给他们打电话了……"

霍朗刚心平气和一点,就听到巫阮阮说:"我直接去他家里找吧!"

霍朗猛地转身,巫阮阮下意识地退了半步:"你……你要咬我啊……"

他的嘴角抿成了刚毅的直线,目光危险而火辣,下一秒,竟用他有力的手臂直接把巫阮阮拦腰夹了起来,在她的惊呼声中,一屁股坐在了沙发上,给她屁股赏了一记不轻不重的巴掌。

"啊!"巫阮阮大头朝下,头发倒立,还要伸手护住自己的屁股,"你家暴我,我要上妇联告你……"

霍朗根本不理会她的抗议,"啪"的一声,在她臀部的另一边也打了一巴掌。

巫阮阮放弃挣扎了,委委屈屈地说道:"你打死我吧……我不会还手的,反正我还手也打不过你……"

惩罚完了,霍朗放开她,声色俱厉道:"我警告你巫阮阮,再让我发现你一听到与霍霆有关的事就表现出诡异、紧张、亢奋、手脚无措等一系列反常的状态,我把你吊我们家吸顶灯上打,皮鞭沾凉水来伺候你。"

"我只是想知道他回没回来,我想呢呢,我好久没看到她了……"

霍朗用两根手指捏住她的下巴:"借口不少。惹我吃醋,后果自负。"

他从自己休闲裤的口袋掏出巫阮阮的手机,扔到她怀里:"注意谈话内容,时间不宜过长。"

巫阮阮皱了下鼻子,拨通了霍霆的号码。

没响几声,霍霆便接起来,巫阮阮立即开口:"霍霆?你回来了吗?你和呢呢还好吗?"她还有一连串的问题没来得及问出口,霍朗突然从身后将她搂进了怀里,两只手同时从她的腰间滑进内衣里,惩罚似的捏了一把。

"啊!"她惊叫一声,那边的声音顿时消失了。

"你打不打,不打就挂了。"霍朗在她的耳朵尖上狠狠咬了一口,疼得她半边脸都跟着痒了一下。

他十分确定霍霆可以听到自己的声音,说完这句话,他心满意足地松开了巫阮阮,懒洋洋地坐回沙发上。

霍霆突然开口:"你们住在一起……"

巫阮阮也沉默了,几秒之后,轻轻地应了一声:"是呀……"

霍霆站在办公室的落地窗前,俯瞰着半个繁华街区的景象,眼底铺了满满一层细碎的光:"你们住哪里?我带呢呢过去。"

霍霆回到家里,给呢呢换了一身白色的公主裙。

他们约在麦当劳见面,因为呢呢还没有吃晚饭。

巫阮阮推着婴儿车出现在门口四处张望时,霍霆已经带着孩子到了,看着她张望寻找的模样,他没有出声提醒,这种被她寻找被她在意的感觉已经很久没有过了。

没过几秒,霍朗便从外面进来,他一眼看到了霍霆父女俩,便带着巫阮阮走过去。

霍霆拿起餐巾纸给呢呢擦了手,将她抱起来。巫阮阮见到呢呢,激动得也像个小孩子,热泪盈眶地朝他们跑过来,一把从霍霆的手里抱走呢呢。

"呢呢,你想妈妈了吗?妈妈好想你……"

呢呢趴在她的肩头,像她抱紧自己一样紧紧搂着她。

"我可以带她回家住一晚吗?"巫阮阮哀求地看着霍霆,希望他能同意。

霍霆点头:"如果她自己想去,可以,现在先让她把饭吃完。"

霍朗推着喃喃的婴儿车坐到一边,不和他们交流,也不离开。

"阮阮,你一定要和他在一起吗?"霍霆问。

巫阮阮正在喂呢呢吃东西,听到他的话不由得一怔,点了点头:"已经在一起了,就不会分开了。"

霍霆紧紧盯着她的眼睛:"阮阮,你和霍朗走在一起的时候,想过我吗?"

巫阮阮抬起头,睫毛微微颤了颤。

"你想过我的身份吗?我的前妻,要和我同母异父的哥哥在一起。"他声音平缓。

巫阮阮反问:"你说这些话的时候,有没有考虑过我的感受?如果你曾经对我的感情是真的,至少你不会三番五次要喃喃的性命。如果你考虑我,为什么已经和我分开了,还不让我过自己的生活?"

霍霆转头看着她,嘴角噙着一抹自嘲的笑:"你可以过自己的生活,但,不是和他。"

自从霍霆知道霍朗来过绮云山顶,他就更不相信霍朗是一个心思单纯的男人,他觉得霍朗所做的一切都是在报复,霍朗故意和巫阮阮一起出现在自己母亲的眼前,故意让她不安宁,因为霍朗意外死亡的父亲,也因为抛弃霍朗的母亲。

呢呢牵着巫阮阮的手,有些害羞地指着喃喃的婴儿车:妈妈,那里面的是你肚子里的宝宝吗?

巫阮阮点头,笑着捏她的小脸蛋:"对啊,你和她都是从妈妈肚子里出来的小宝宝。"

呢呢笑得眼睛成一条小缝:我可以看看她吗?我悄悄地看,不碰到她。

巫阮阮把她抱到喃喃的婴儿车旁,温柔地说:"为什么不碰她?你是姐姐,她是妹妹,你们两个是这世界上最亲密的人。"

呢呢一脸天真:那我弟弟呢?我弟弟也是我的亲人吗?为什么于笑妈妈不让我碰弟弟,她说我一碰,弟弟就坏掉了。

巫阮阮笑了:"因为你弟弟是早产儿啊,妈妈告诉你,早出生的小婴儿身体不好,你每天到处摸来摸去,手上有细菌,就不能去碰弟弟,不然他那么小,生病了怎么办呢?不过小妹妹不怕,你妹妹长得壮!"

霍朗刚刚正低头认真地用手机玩着斗地主,他看着巫阮阮像模像样地做着大力士的动作,不自觉地笑了一下。他收起手机,打开婴儿车的顶棚,一把抱过呢呢,让她坐在自己的腿上,拉着她的小手去握正在熟睡的喃喃的小手。

霍霆坐在距离他们几米的位置上,皱起眉头。

饭后,巫阮阮本想接呢呢回家睡一晚,呢呢却哭闹着不肯离开霍霆,她只好失望地放弃,让呢呢跟着霍霆回了霍家。

几天后的慈善晚宴,霍朗携巫阮阮出席,在宴会上遇到霍霆时双方都是一惊,只有于笑讽刺了巫阮阮几句,之后彼此都心照不宣地躲避着走,谁也不想见到谁。但世界本就小,酒店也不大,互相躲避的双方在晚宴结束离开酒店时依然遇上了。

酒店的大门非旋转式,而是两扇非常巨大的玻璃门,四个英俊的门童两两负责一扇,每每有客人通行,便微笑着拉开大门。

霍朗带着巫阮阮和霍霆他们分别从两扇门中走出来,少了宴会中各种缭绕的香水味道,外面的空气显得很好,可也就是一吸气的工夫,门口两边呼啦一下拥上来一群人，个个长枪短炮，在四人均是措手不及的时刻，眼前已经闪烁一片。

去路被堵得水泄不通，生生将四个人逼近。

"您就是今晚千万美金拍得善品的霍朗先生对吗？有传言说您并不是中国籍，是来自美国的隐形富豪，金域通用集团的接班人，传言是真的吗，霍先生？"

霍霆脸色微僵，嘴唇紧紧抿着，眼前看到的东西都像放烟花似的，一朵白一朵红，让他很不舒服。巫阮阮突然轻推开他的手臂，毫不畏惧地站到了他的前面："请大家不要拍照好吗？或者关掉你们的闪光灯，霍先生的眼睛受过外伤，闪光灯会刺激双眼，让他不舒服，好吗？谢谢你们。"

见她如此明显的保护姿态，不知霍朗心里作何感想。霍霆不期待霍朗的回答，试图从人群另一侧离开，却被一个戴着眼镜的记者挡住了去路："霍先生，据说您和这位来自金域通用的霍朗先生是亲兄弟对吗？据我们所知 Otai 是独立企业，并非金域通用旗下，家族背景如此雄厚，您又为何自立门户坎坷创业呢？"

"霍朗先生，霍朗先生在德遭遇绑架一事您有关注吗？"

"霍朗先生和您一同出席慈善活动，在媒体面前曝光，是不是说金域通用现在打算插手 Otai，Otai 接下来会有什么惊人的大动作吗？"

霍朗并没有回答他们的打算，这一大批记者出现得太过诡异，他不为自己母亲的集团效力，很少随她出席交际活动，他所结交的朋友也无非是普通的同学或者沈茂介绍的，很多朋友并不知道他真正的身家，而且看起来，霍霆也并不知道自己的真正背景。

所以，在现在的中国，除了沈茂，还有谁知道他的母亲操控着北美地区最具影响力的金域通用？

然而让他相信沈茂会对媒体说这些，还不如让他相信沈茂会裸奔。

疑点重重，却又如此让人措手不及。

霍霆不是第一次见到这种被追问的场面，他的诧异很快被压抑："谢谢大家的关心，Otai 最近唯一的动作就是主推由白湛代言的家电系列，如果有其他动作，我会通过记者会和大家沟通。"

突然间,一个气喘吁吁的胖子将录音笔伸到霍朗的面前,险些直接扎进他的脖颈上。出于对危险的本能反应,霍朗的小臂猛地挥出,一把将他的手腕打翻,录音笔飞出老远。巫阮阮吓得一愣,这是打记者了吗?这肯定算了!果然,虽然关闭了闪光灯,但此刻酒店明亮的门外并不影响相机的使用,咔嚓声非常有节奏地在他们周围各个角度响起。

出人意料的是,那个胖子并没有反口咬人,而是非常敬业地拿出第二支录音笔:"霍先生,听说您身边这位女士是Otai总裁霍霆先生的前妻,这位小姐在怀有第二胎时和您弟弟离婚,您弟弟坚持离婚的原因就是因为怀疑二胎非亲生,可能是您的小孩,霍朗先生,你们兄弟之间会因为这件事而不和吗?"

原本紧张的氛围,好像被扔了个炸弹,炸出一个大坑之后,陷入死一般的沉寂。

霍朗侧目,冷冷地看着他。

一瞬的沉寂过后是疯狂的咔嚓声,这一次,闪光灯对准了巫阮阮。

霍朗在闪光灯亮起的一瞬间,将巫阮阮拉进怀里,把她的头扣在自己的肩膀上,继续突围。

霍霆和于笑也不比他们好。

各种奇葩而费解的问题接踵而来,那个胖子简直要做奇葩中的战斗机,语不惊人死不休,他又将矛头指向了霍霆:"霍先生,传言说你在德国遇袭是因为前妻导致兄弟反目成仇,请问你们现在化干戈为玉帛了吗?"

霍霆推开他的手腕,拒绝回答,那记者却不依不饶:"您身边这位是您现在的太太对吗?长兴电子的千金于小姐,有消息称于小姐已经为您生下一个男孩,但外界一直没有你们结婚的消息,没有正名是因为前妻,还是因为商业联姻不被您所满意?"

霍霆的嘴角紧抿,一直在他身后沉默的于笑却在此时开口:"这完全是无稽之谈!"

霍霆皱着眉头,拉起她的手腕,想要尽快离开。

"希望大家把视线多放在Otai本身,给我完整的私人空间。"他再一次推开了胖子的手。

于笑却十分镇定地扫视了身前的众人，落落大方地说："我和霍霆已经是合法夫妻，我们会有一场盛大的婚礼，只是时间尚未确定，到时会通知大家，我们属于自由恋爱，和商业联姻没有任何关系，谢谢大家的关心，我们夫妻关系非常和谐。"

霍霆有些不客气地拨开眼前的记者，不想再陪于笑演这场恩爱夫妻的情景剧。

记者将矛头又一起指向了于笑："于小姐，我听说你们夫妻关系并不好，您与霍先生的前妻还当众起过争执，因为前妻纠缠导致你们夫妻关系紧张，这个属实吗？这会不会是Otai一直不肯和长星合作的原因？是因为长星总裁不满您先生对您家暴吗？"

霍霆忽然冷笑一声，看向那个不知天高地厚也不知死活的记者："你哪个报社的？"

胖子咽了咽口水，霍霆拍了拍他的手臂："我不起诉你，你们的问题故事性和技术性非常棒，但是莫须有的事情我们不要反复谈了，好吗？"

霍朗与巫阮阮距他几步之遥，也被围得水泄不通。

第一个开口的女记者开始了新一轮的轰炸，她直接向巫阮阮提问："这位小姐，如果传闻属实，那有没有可能是因为你影响了霍家兄弟的感情，所以金域通用才一直未参与Otai的发展，而Otai在国际上的孤军奋战导致了品牌发展缓慢？"

这个问题似乎也很有看头，霍朗和巫阮阮的身边忽然又蜂拥至更多人，摄像机砸到了巫阮阮的肩头，疼得她肩膀一缩，闷哼了一声。

她不是明星名媛，没有见过这种场面，说不慌张是假话，被人砸了这一下她就更慌了，紧紧抓住了霍朗的衣襟。

如果说刚刚的一切霍朗还能忍受，那么此刻，他们已将他的怒火彻底点燃，他扬起手臂直接将那来不及收回的摄像机掀翻在地，声响巨大，一片哗然。

"不管你是哪里来的记者，是什么目的，我管不住你的嘴，但你最好控制自己的行为，和我妻子保持距离，这不是协商，是警告！"霍朗声色俱厉，如同一只发怒的野兽，带着血腥的肃杀之气看着那个记者。

霍霆拨开眼前的几名记者，走到巫阮阮的身边，看她被霍朗紧紧拥在怀里，心脏处莫名酸痛，这种疼，是无论他换多少颗健康的心脏都无法避免的。

他护在巫阮阮另一侧，正打算带着他们离开。新婚旧爱一起将巫阮阮维护起来，这更加让那些不明所以的记者兴奋起来，传言果然不是胡传。

那个被摔了摄像机的记者不依不饶："你为什么摔我机器？你是打算动手打人吗？我只是不小心磕到这位小姐又没磕坏她，你就动手吗？名企继承人就这样子吗？"

这一次，不用霍朗出手，在外界看来一直温润有礼的霍霆直接劈手夺过那部单反相机，狠狠摔回那名记者的怀里，他的一言不发已经是对所有人最严厉的指责与警告。

前夫与现任同时维护这个女人，看看，她多么不简单。

霍霆根本没有顾及身后的于笑，有记者问于笑："霍太太，霍先生维护前妻与记者发生冲突，对您置之不理，这件事报道出去的话会不会更加影响 Otai 与长星的合作？"

于笑心口窝着一大把火，双手却气得冰凉，微微发着抖，紧接着她双腿一软，两眼一闭，晕了过去。

"霍夫人晕倒啦！"

这兵荒马乱的时刻，她两眼一黑，落个清静。

正如所有人所想的一样，第二天一早，昨夜绮云四季门外的前妻风波就已经荣登各大经济八卦版面的头条。

要说整件事里有那么一件是不糟心的，就是没有出现巫阮阮正面的照片，当然其实出现了也没有什么，毕竟巫阮阮不是什么响当当的大人物，今儿上报纸，也许明儿就被遗忘。

可霍霆仍不想她生活在周围人的流言蜚语中，孟东拿着报纸在那儿一个劲儿地傻笑："哎，我说祖宗，咱费劲巴拉地找白湛代言干什么劲儿呢？我看你长得不比他差，你看你这镜头感，这迷茫的小眼神，还有这张，哎哟这俊俏的，白衣美少年啊……"

霍霆一把扯下他手里的两份报纸，一则标题为：Otai 总裁前妻情陷大哥,新夫人当众晕倒。

另一则,更瞎扯——金域通用霍姓兄弟情迷平民女子,一女侍二夫。

此刻的 SI 市场总监办公室里,霍朗也正好看到了这两个标题,媒体是聪明的,选这几张照片倒是不赖,正好加剧了这花边新闻的传奇色彩。

他没有看具体的内容,随手将报纸扔进了垃圾箱,准备给自己倒杯咖啡,刚打开办公室的大门,就见一群人像受惊的小耗子似的四散开。一个女组长的桌子上悠悠飘下一张报纸,斜躺在办公区的三层小台阶上,正好是印着他英俊的大脸那一页。

霍朗的助理看他端着咖啡杯,赶紧小跑到身边,恭敬地说:"霍总,我给您泡咖啡吧。"

霍朗斜着眼看了看,把杯子往那助理手心一放:"我不从那个房间出来,今天是不是就喝不上这杯咖啡了?"

人和人到底是不一样的,至少童晏维在的时候,他进办公室的十分钟之内,就会有一杯咖啡放到面前。

设计部因为群龙无首,最近气氛一直相当的好,天花板上沾两个气球再开两瓶香槟基本就是一个大 party。

因为霍朗不在设计部办公,这里的花边报纸种类也比较丰富,同事们的电脑屏幕上清一色全是八卦新闻,看得不亦乐乎。

设计部这一派盛世祥和蒙蔽了大家的视听,以至于霍朗出现在门口好几秒钟,也没人发现他的存在

"霍总!"最先发现他的同事从座位上跳起来,声音洪亮。

霍朗朝设计大厅的台阶上迈了一步:"我不聋。"

他对着一群慌乱至极的人冷硬地命令道:"不许动!谁动辞谁!"顿时整间办公室鸦雀无声,没有人敢动。

霍朗在设计大厅转了一圈,收走了印有自己和霍霆照片的报纸二十几份,各种不着边际的题目看起来足够人倒吸一口冷气,如此的标新立异简直是神话,他已然无法正确分辨这绘声绘色的故事说的到底是不是自己的了。

他握着一卷报纸,站在设计大厅的最前方,在空中点了两下:"可

以动了。"

魔咒解除。

设计部的员工们一个个犹如败战之士似的眼观鼻鼻观心,等着接受大 Boss 的爆发。

离他最近的一个设计师给他推过来一把转椅:"霍总,开会吗?坐着说。"

霍朗瞥了他一眼:"谢谢。本来只想说个早安,既然你强烈要求我开会,那我就顺便开一个。"他拉过转椅,大方落座。

"我没收你们的报纸,不是因为不想你们看到我的绯闻,只是我好几年没拍过照了,觉得这照片拍得不错,准备私藏一下,你们有什么可紧张的?"他的声音不疾不徐,晶亮的眼镜片后面,是一双极犀利的双眼。

"现在是……"他抬手看了一眼腕表,"上午 9 点 37 分,据我手上的数据显示,全设计部门共有 104 个大小不一的设计案例未完稿,去掉一个总监一个阿宽还有一个巫阮阮,剩余 58 人,平均每人手里有 1.8 个方案需要设计跟进处理,八卦这种东西……"他晃了晃手里的报纸,"午休的时间再谈,愉悦心情,有助增长食欲。"

他停顿了两秒,思考了一下,接着说:"原本这周有几个职位变动,总监一职还一直空缺,现在临时取消了,下个月再说。"他站起来,用报纸拍拍自己的腿,忽然笑了笑,"背后议论领导,总要付出点代价。"

霍朗看了一眼报纸上的霍霆,到底是谁在制造这种在他看来幼稚至极的挑拨?

霍朗到底爱不爱阮阮呢?

霍霆想,大概是爱的。

记者提出那么刻薄的问题,他都不予理会,可是真伤了阮阮,他可以背负着金域通用的名声摔掉记者的摄像机。

还有他为阮阮一掷千金买下的那块腕表。

虽然人们常说,一个不肯为女人花钱的男人,一定是不爱她,而一个肯为女人花钱的男人,也不一定是真的爱她。可是,一个开着公司配车的男人,如果肯为一个女人一掷千金,那无疑是真爱。

霍霆坐回自己的办公桌，疲惫地靠在座椅里，拉开抽屉拿出自己的药，就着桌面的一杯温水吃下去。

他揉了揉发红的眼睛，随手翻开一本企划书，看了两眼，直到自己心底这点小惆怅彻底被这乱七八糟的报告绕得烟消云散，才合上文件夹，起身离开了自己的办公室。

孟东办公室里没有人，秘书在外面敲了敲门，拿着一个黑色的文件夹进来，见到霍霆时，点头打了声招呼："霍总。"

霍霆应了一声，朝她伸出手："他在打电话，给我吧。"

秘书犹豫了一下："不是紧急文件，等孟总腾出时间看就可以。孟总说了，您最近身体不好，小事尽量少麻烦您，大事就更不能麻烦您。"

霍霆勾了勾嘴角，朝她微微一笑："没事。"

就在霍霆即将打开文件的时候，孟东进来了，看见文件夹后眉头一皱，大步走过来抽走文件夹，翻开黑色的文件夹，只是粗略地扫了一眼，便将它随手扔进一堆看过的报告上。

霍霆皱了皱眉，直接自己弯腰去够。

孟东一把将文件夹按住，两个人的距离极近，相互讶异地瞪视着，霍霆甚至能听到听筒里客户在用粤语和孟东讲话。

"松手。"霍霆不愠不火地命令道。

孟东直直地看着他，手上的力气却一点没有松懈。

他越是这样遮掩，霍霆就越好奇有什么东西是孟东能看而自己不能看的。

霍霆抬手推了他一把，迅速从他手下抽走文件夹，还没来得及打开，便又被他抢了回去，他仓促地对客户说了一句抱歉，挂断电话。

他朝霍霆笑："你干吗？这是我私人的东西，你别看，弄脏了你眼睛怎么办？"

霍朗不为所动："拿过来，你有什么私人的东西是我不能看的，秘书却能看？"

孟东摆手："绝对隐私，你又不是小姑娘，怎么那么八卦？"

霍霆心里更加不安："不给我看？那你就从我眼前消失一年，我一天也不想看见你。"

孟东的眼神有一瞬的错愕，可还是摆出一副没心没肺的样子朝他笑着："没事，你不见我，我可以偷窥你。"

霍霆知道孟东一定是在故意对他隐藏什么，绝不会是所谓的个人隐私那么简单。他上前一步，揪住孟东的领口，带着微微的怒意将孟东拉到自己面前："拿过来！"

两人推搡之间，孟东的手肘不小心撞到了霍霆的胸口，霍霆捂着胸口吸了一口冷气，孟东立马吓得僵硬了："对对……对不起，霍霆……"

霍霆抬腿猛地在孟东的腿弯处勾了一脚，手肘大力撞击向他的肋骨，将他掀翻在办公椅里。

孟东因为无防备也不能还手，结结实实挨了这一下，手腕一阵酸麻，被霍霆劈手夺走了文件夹。

"这是什么？"霍霆举着摊开的文件夹，难以置信地问道，"孟东……这是什么东西？"

"霍……"

"我问你这是什么！你叫我干什么！"霍霆愤怒地挥出手里的文件夹，劈头盖脸地摔了过去，手腕在不可抑制地发着抖。

"你别生气，别激动，有话好好说，我给你解释。"

霍霆咬着牙，强压下心中的一团怒火："行，你给我解释！"

孟东张了张嘴，顿时感受到了什么叫作百口莫辩和哑口无言，他解释个屁啊！他脑子里现在只有五个大字像苍蝇似的不断盘旋——霍霆要疯了。

"那个……是这样的，霍霆……"他支支吾吾。

"哪个？"霍霆的胸口不断起伏着，他一把推开孟东，把角落里的一整摞不起眼的文件散花一样摔在办公桌上，一本一本打开查看，动作迅速而略显慌乱，最后是孟东的抽屉，最下面一层被锁住，他扭头在孟东的裤腰上摸了两把，怒吼道："钥匙！"

孟东抓住他的手，打算把他拉起来："霍霆，我错了，你揍我吧，我脑子犯浑。"

"你以为我会留着你吗！"霍霆真的快要气疯了，他都不记得自己有多久没有被气成这个德行，明知道自己的身体不该经受这样大起大落的情绪,可他实在控制不住。

　　霍霆挥手便是一记勾拳,打得孟东一个趔趄。孟东闷哼一声捂住鼻子,不知道是不是鼻梁断了,鲜血从他指缝里争先恐后地流出来,他看到了霍霆眼里闪过的痛苦,也不管什么东西,随手从左面抓起一块白色的丝光衬布捂在自己的鼻子上。

　　"钥匙!钥匙!"霍霆狂躁地踢着抽屉,身体开始发麻,想到孟东在做的事,想到孟东在隐藏的东西,想到这种被至亲之人背叛的难以置信和沉痛,就好像有人在拿着银针一针针地往他的皮肤上戳,这种绵密成片的疼,让他连骨头都跟着阵阵发麻。

　　孟东垂着眼睑捂着鼻子,白色的衬布已经染上了触目惊心的血色,他却只是默不作声地站在那里。

　　霍霆咬着牙,将他的真皮转椅踹出老远,撞到右侧的装饰柜上,发出一声玻璃碎裂的巨响,弹回了半米。

　　孟东扔下手里的衬布,弯腰去拉正要强行打开抽屉的霍霆:"你别看了行不行!有什么可看的!你不是已经知道了吗!看了只会对我更失望不是吗?"

　　霍霆挣脱出来:"我要看!我要看看你这个畜生到底是怎么对我的!"

　　"我是为了你好!"

　　"为了我好?"霍霆揪起衣领反问,"你说为了我好?孟东!你就是个狼心狗肺的东西!我霍霆这辈子就没后悔过几件事,最悔的就是救了你这只白眼狼!"

　　"我不是!我……"孟东双目猩红,大吼了一句,他的鼻子还在流血,鲜血糊了半张脸。

　　"那你就给我解释!"

　　孟东直直地看着霍霆,霍霆粗重的呼吸喷在他的脸上,所有的对峙都因为霍霆不住颤抖的双手而暂停下来。孟东握住他的手臂,认命地说:"对不起……"

　　"对不起!"霍霆的身体仿佛要爆炸一般,一脚踹在孟东的腹部,将毫无防备的他踹倒在地,让他摔在了那一地碎玻璃片上。

他强忍着伤口的疼痛，从地上爬了起来。

这叫什么啊？自作孽不可活！

霍霆粗暴地又是踹又是拽，最后拿起孟东桌上造型夸张的铜质烟灰缸，跪在地上狠狠地砸向锁孔，那青铜烟灰缸雕刻着荷叶，有不少突出的棱角，霍霆如此用力地用它砸锁，自己的手掌难免会受伤，荷叶的边缘扎进他的虎口，鲜血流进他的掌心，烟灰缸变得有些抓不住，可是锁芯已经发出松动的声音，他扔掉手里的东西，鲜血已经和着烟灰将他白净的手掌弄得脏乱不堪，他用力向外一拉，打开了最下面也是最深的一个抽屉。

只是看了一眼，他的心酸和难过便如海潮一般扑面而来。

这里面确实是有一摞各色文件，用半透明的文件袋装着，文件袋的最上面还放着一个很朴素的原木玻璃相框，而照片上的人，是十几岁的他和孟东。

因为看到这张照片，而让霍霆的难过变得无以复加，他六岁时认识了孟东，而如今他二十九岁，孟东三十岁，距离他们成为朋友的第一天，过去了二十三年，这时光说短也短，说漫长也漫长。

他拿起那个相框，抓在手心里感知它的滚烫，是重如二十三年的兄弟情义，或是轻如二十三年泛黄的时光。

他们之间拥有的，是过命的交情。

霍霆不知道该怎么形容自己此刻的心情，这比巫阮阮爱上霍朗更让他无法接受和相信。

孟东的胃部在隐隐作痛，他扶着办公桌角，跪在霍霆面前，比霍霆更难过地看着那张照片："霍霆，不看了，行不行？我知道错了，抽屉里的东西，别看了……"

霍霆双眼干涩得好像一眨眼就可以挤出沙来，摩擦得他满目通红，他的手腕还在失控地发着抖，睫毛微微颤了颤，他没有看向孟东，而是直接去拿下面的文件袋。

"霍霆……"孟东再次祈求道。

霍霆却置若罔闻，自顾自地打开了文件袋，抽出里面的东西，那单薄的纸张在他手里似乎有千斤重，他冷笑了一声："企业法人，孟东？"

"所以,你才能在没有我签字的情况下,随意拨动上亿资金?所以现在我的办公室,只能收到一切无关紧要的报告和数据?"他的尾音有些发颤,"孟东啊……"

他扔掉手里的所有文件,捡起刚刚那个封闭的相框,伸手去抠出那张老照片的时候,孟东伸了一下手,想要制止,却没敢碰:"这是我的东西,你不能拿。"

霍霆自嘲着笑了笑,晃荡着身体站起来:"是你的,都是你的,连Otai都是你的了!还有什么不是你的!"

孟东抓住他的袖口,试图说些什么,可到底说些什么才能挽回此时的局面呢?恐怕将Otai还给霍霆也于事无补。

霍霆带着孟东的手腕抬了抬手臂,讥讽道:"还想从我这儿得到什么?我没什么能给你的了,你现在才是Otai的老板!"

孟东从来没觉得自己像现在一样窝囊过,他平时那么贫,那么伶牙俐齿,怎么这会儿就笨成这个德行,吭哧了半天,也只是说:"我现在有点乱,脑子不好使了,本来我就怕你,你一发火我就更怕了。你让我缓缓,我好好给你说,你别激动,别走,行不行?"他焦急地站起来,像小孩子一样固执地挡住霍霆的去路,脸上的血迹看起来有些骇人。

"你要和我说什么?你觉得我还想听你说什么?这么多年你给我惹了多少祸,全是我一人给你兜着!我和一只养不熟的白眼狼当了二十几年兄弟,不是你禽兽不如!是我霍霆自己眼瞎!二十几年我霍霆就是在动物园也能养熟一大批畜生,唯独你,因为你根本就喂不饱!"

"霍霆,你身体不好,不应该这么激动,我让你打让你出气,你慢慢打,我不躲,你别把自己气出毛病,我该心疼……"他话音未落,霍霆扬起巴掌就给了他个大耳光,声音清脆又响亮,瞬间在他原本就被血迹模糊了的脸颊上印上一道暗红色的手掌印,是霍霆手上混着烟灰的血迹。

霍霆推开被他这一耳光扇得呆若木鸡的孟东,背脊笔挺,大步离开。

秘书抱着两摞数据报表从走廊尽头的办公室走出来,看到霍霆的时候愣了一下,叫了一声:"霍总。"

霍霆斜睨着她,冷笑一声,擦肩而过。

呕心沥血一手创立的企业，就这样莫名其妙地易主，霍霆每走一步都觉得像踩在云上那样虚无缥缈，再也没有脚踏实地的真实感。

这件事，换了任何一个人来做，他大概都不会这么难过，只会有愤怒。

而现在的悲愤交加是为什么呢？因为那个人是孟东啊……

他比任何人都懂自己，懂Otai这四个字母对自己来说的重大意义，为母亲挽回尊严，为自己不再被人低看，也是为了巫阮阮，还有自己的呢呢和喃喃，所有的一切都被寄予在这里，可现在，唯剩一场荒唐。

他攥着照片的那只手沾上了鲜血，不知道是谁的，他拿起照片看都没看一眼，撕成碎片，扔进了走廊的垃圾桶。

他回到自己的办公室，拿上车钥匙和手机，乘着电梯直奔地下停车场。

司机正在整理后座，呢呢的蒙奇奇已经快没有地方堆放了，他挑了几个有些发旧的放到后备厢，见着霍霆走过来，立刻打开后座门："少爷，孟东少爷早上送下来两个大个的蒙奇奇，这都快没地方了，我就挑了几个小的放后备厢。"

霍霆低着头，喉结上下滚动着，有些颓然地挥了挥手："随便，我自己出去一趟。"

霍霆不知不觉就把车开到了巫阮阮家楼下，孟东的背叛让他心力交瘁，此刻他已无法克制自己用理智思考。霍霆给巫阮阮打了电话，巫阮阮本来不想去，但电话里他的疲惫与祈求还是让她放心不下。巫阮阮带着喃喃下去见霍霆，之后她离开，霍霆也回到自己的车上，谁都没有想到，这一场单纯的会面情景，落在他人之眼，会掀起一场滔天风浪。

巫阮阮回到家里时，所有的灯光都大亮，这房子的装修还是以前童瞳亲自设计的，巫阮阮在家里很少打开所有灯，此时灯光全开，晃得人睁不开眼，好像掉进金子堆里了一样，颇符合童瞳那种土豪女神的气质。

小螃蟹嗖嗖地从厨房蹿出来，在她面前踩了一个急刹车，一副"你完蛋了"的表情，十分傲娇。

紧接着，比它更傲娇的男主人出场。

霍朗手里捏着小鱼干的包装袋，瞪着她："巫阮阮，你去哪儿了？"

巫阮阮把喃喃抱出来，走到沙发边坐下："遛遛弯呀。"

霍朗走到她面前，一把捏住她的脸狠狠地往外扯："你脑残病又犯了？说过多少次出门要带电话，带钱包，我还以为你这个智商负238的蠢蛋带着我闺女去改嫁了呢！晚饭时间不在家守着老公，你想造反吗？"

巫阮阮全然豁出去的表情，十分不服气地看着他，口齿含糊道："有能耐你拽死我吧！"

霍朗倏地松开手，看她滑稽的样子赶紧活动嘴角，因为兴高采烈地回家却扑了个空的阴霾心情一扫而空："吃饱了再弄死你。"

巫阮阮果然是个吃货，看到霍朗从厨房拿出从酒店带回来的帝王蟹，当即激动得一点当妈的样子都没有了，一直踮着脚在原地踏步。

霍朗把喃喃抱过来，将给巫阮阮准备好的那一小份螃蟹腿推到她面前："就这么多，吃多了对喃喃不好。"

"那剩下的怎么办？该浪费了。"巫阮阮吃着小盘里的，看着大盘里的。

霍朗霸气十足地回答："我吃。"

临睡前，巫阮阮去洗澡，霍朗把刚刚睡着的小喃喃放回她的小床，拎起衣柜角落里的脏衣篮往阳台走，打算都塞到洗衣机里，他蹲在洗衣机旁，拎起巫阮阮白天穿的裙子，不由得一愣。

这后背蹭了什么东西，像血又像泥，脏兮兮的。他本想问巫阮阮，转念一想还是算了，没准是在电梯还是哪里蹭到的，自己根本没留意，他一提醒，她别再以为自己蹭到了什么不干净的东西。

他倒上洗衣液，把洗衣机设置好，回了主卧。

// 第八章

霍总的前妻

第二天早上,在通往 SI 的电梯里,霍朗正低着头十分认真地钻研着 QQ 麻将的游戏规则,只听站在他前面的女孩子不断吸着已经空了的豆浆杯,他皱了皱眉,抬头瞄了一眼,不经意看到了她手里的报纸,那骇然的巨幅标题和下面的照片,当即令他大惊失色!

——Otai 总裁不顾新妻入院,与旧爱上演马路激情。

霍朗夺过报纸,报纸刊登的图片上,高贵豪华的宾利慕尚旁,一对衣着光鲜的男女紧紧相拥,旁边还有一辆小小的婴儿车,这镜头拉得足够远,看不清两人的脸,可并不妨碍霍朗一眼便确认这就是霍霆和巫阮阮。

难怪她连衣裙的背部黏上了脏东西,可那像血一样的东西究竟是什么?

霍朗觉得自己需要平复一下此刻内心的怒气再继续看下去。他扔下报纸,一口气喝掉已经半凉的咖啡,等电梯门一开就冲了出去。

他解开领口的纽扣,站在办公桌后的落地窗前,不断地深呼气,深吸气,几个深呼吸下来,胸口还是发烫。

他粗鲁地扯下自己的领带,甩掉皮鞋,在办公室的空地上做起了俯卧撑。五十个俯卧撑之后,他身上出了一层薄汗,怒火随着体能消散了一半,这才戴上眼镜,重新克制着自己的情绪,再次拿起那张报纸,仔仔细细地将上面的内容全部看完。

什么与前妻拥抱时长五分钟,在广场当中摸手,解衣扣,曾尝试接吻,什么霍霆与婴儿车里的婴儿只在最后进行交流,疑似非亲生,而是"兄弟门"另一主角的亲生女儿。

总之,整个报道看下来,基本就是一部蕴含无数新欢旧爱、恩怨情仇桥段的狗血言情小说。

故事可能是杜撰,那么照片呢?

就算后面这几张看起来疑似要接吻、疑似亲密无间的照片是角度问题,那么这张占了半张报纸的大照片呢?

这可不是简单的抱一抱,这两人之间好似有块巨大的吸铁石一般!

他反反复复、仔仔细细把这件事琢磨了一遍,生怕因为自己误会而冤枉了巫阮阮。可长达两个小时的深思熟虑之后,霍朗十分遗憾且羞愤地判定:自己被戴绿帽子了!

这个结论足以令他怒发冲冠,以及痛心疾首。

先前来的那个倒霉助理,总是无法在正确的时间出现,他很不合事宜地敲门进来:"霍总。"

"说!"

小助理吓了一跳,说:"合作的施工单位和您预约中午一起用餐,您还去吗?"

霍朗冷眼看着他:"你觉得我现在看起来是想去的样子?取消!"

"没没没,霍总别动怒,我这就去通……"最后一个"知"字随着他的身影一起消失在门后。

霍朗拿起电话,滑开屏幕,关上屏幕,如此反复,最后抓起车钥匙大步走向停车场。

车一启动,他便猛轰油门,没想到突然走出一个女人,他赶紧踩刹车,车子虽然停住了,但还是撞到了那个女人。

他迅速跳下车,跑到车前,看到已经爬起来满地拼凑自己相机零件的长发女人,稍稍松了一口气。

"你当你开的是火箭吗?连个缓冲都没有就冲出来,哎,我这相机还是借的，你可真是……"

霍朗瞬间僵硬在原地，愣愣地听着她的抱怨，她穿着长袖运动衫和热裤，身材高挑，此时她垂着头拼装手里的相机，长发挡住了半边脸，大概是衣袖有些长，卡在手上不方便，女人向上拽了一把自己的衣袖，露出一小片鲜艳而繁杂的文身……

她的左手少了半个手掌，手指也只剩拇指和食指，在正常人看来，有些触目惊心。

霍朗难以置信地朝她伸出手，用手指轻轻挑开她垂在额前的长发。女人突然抬起头，双眸深幽明亮。

"木谣……"

金木瑶愣了两秒，猛地从地上跳起来，给了他一个熊抱。

霍朗抱着她倒退了一大步，才稳住身体。

他在叙利亚那场暴乱中晕倒之后，就再也没见过金木瑶。

他刻意不去打听她的消息，尽管他们已经分开，可他仍是不想听到有关她的任何噩耗，哪怕无从联系，也可以当作她正安好。

"哎，我的天，我正在找你啊！这附近的大厦没有一个和妈妈给我的照片一样，居然被你撞到了！我们真是有缘！"她兴奋地在霍朗的背上用力拍了拍。

霍朗将她从自己身上扒下来，皱着眉问："你找我干什么？"

"找你嫁人啊！你说等我不想满世界跑了，就到你身边，你就是我的另一个全世界。"

霍朗虽然嘴上没反驳什么，可脸上已然露出一副戒备的表情。

金木瑶突然狂笑起来，等笑够了，她摇了摇头，感叹："你胆子越来越小了，我吓吓你，看你那一脸茄子色，至于吗？"

霍朗点了下头："至于。"

视线落在她残缺的左手，霍朗几不可察地皱了下眉："手怎么弄的？"

"就上次啊，你不也在吗，炸飞了。"她毫不忌讳地把左手翻来覆去欣赏一番，"这也不错，算工伤，能混个劳模，还能得两个奖，顺便解决了后半生的温饱，至少国家不会抛弃我，不管怎么样也算英雄了，哈哈！"

见他沉默不语,木谣无所谓地叹了口气,脸颊上嵌着两个深深的酒窝:"嘿!军人嘛!"

"我说,霍小狼。"她手臂搭到霍朗的肩上,感觉到霍朗要挣脱,她便用了点蛮力,硬生生地勾住他的脖子,及腰的拉链运动衫有些短,露出她一小节平坦健美的腰腹,"你想我没?"

"不想,你给我放……"他正要伸手拉开金木谣紧紧勾住他的手臂,便顺着她的方向,看到一抹熟悉的身影。

巫阮阮站在沿街的一棵木棉树下看着他们,神色落寞。

霍朗的手腕突然使出一股蛮力,将金木谣的手腕往反向折去,顺利挣脱。

对视几秒,巫阮阮抬腿走了过去。

霍朗盯了她半天,带着一股狠劲儿质问道:"你来干什么!"

巫阮阮觉得自己本来挺有理的,愣是被他这一吼给吼蒙住了,脸上憋出一层淡粉色,吭哧着:"我……我来捉……捉……"

那个"奸"字她再三掂量,都没敢轻易说出口。

"捉个屁!"他嘴上喷着火,猛一抬手,巫阮阮下意识地用小绿兜挡住自己的脸,他抬在半空的手就这么顿住了,难道阮阮觉得自己会出手打她耳光?

荒谬!

他脸色难看至极,动作也不怎么温柔,粗鲁地在她跑乱了的发丝上捋了两把。

巫阮阮放下小绿兜,想了想,抬起头,十分没头脑地说了一个字:"对!"

"脑残!"他用手指狠狠地点了一下她的额头。

巫阮阮委委屈屈地看了他一眼,又看向停在路边的悍马:"那女的是谁?"

霍朗随着她的视线转头,看向车里的人,金木谣一直在看着他们,见到霍朗看向她,立刻行了一个严肃而标致的军礼。

他沉默半响,转过头,一脸磊落地看着巫阮阮:"我前妻。"

他前妻……怎么这么凶悍呢?

"那她找你干什么？又搂又抱欢呼雀跃的……"

"不知道，反正是来找我的，她是美籍韩裔，在中国也就只认识我，刚才说是找我复合，后来又说开玩笑，再后来我看到你的时候她正问我想没想她……"

"Stop！"巫阮阮及时出声打断，将手里的小绿兜往霍朗怀里一塞，昂首阔步朝悍马走去。金木谣似笑非笑地看着她，目光毫不退让。

巫阮阮一巴掌拍在车头，"砰"的一声，震得自己手心发麻，用她自以为震慑力十足的软绵声音叫道："你出来！"

金木谣撩开额前的长发，懒散地迈下车，绕过车头站到巫阮阮的面前，刚要说话，巫阮阮便抢先了一步："霍朗是我老公，你不要……"

"不要怎样？"金木谣打断她的话，向她迈了一步。

这身高，这气势……

巫阮阮一转身，藏到了霍朗的后面，都吓成这样了，还不忘伸出脑袋，补充一句："你不要打我的人的主意！我不会让你得逞的！"

金木谣不急不慌地开口反问："你的人？"

霍朗把手里的小绿兜放在引擎盖上，冷漠地开口："对，她的人，怎么着？有本事你把她弄死，我就跟你走，弄不死，你就站一边看着。"

金木谣倏地一笑，风情万种地靠在了引擎盖上，侧着身将巫阮阮上下打量了一番，又看向霍朗："就算她的人怎么着？那也是我金木谣吃剩下的。"

霍朗刚要开口，巫阮阮立刻又探出头来："没关系，我吃得少，一口就够。"

金木谣往前迈了一步，霍朗立刻伸出手来抵住她的肩膀："离她远点，不然我会翻脸。"

金木谣一把打开他的手，握着拳头活动着自己的手腕，关节发出两声清脆的声响，她不屑道："翻脸怎么着？你能打过我？"

这个前妻，怎么这么难缠！

巫阮阮一咬牙，从霍朗背后钻出来，也十分有气势地活动着自己的关节，虽然没发出什么声，但眼神还是很到位的："霍朗不会打女人，你要敢打他，别怪我不客气！我也学过跆拳道的！"

她确实跟着童瞳学过,被童瞳一脚踹趴下之后,这项技能在她的世界里就永垂不朽了。

"谁告诉你我不打女人?"霍朗在她头顶幽幽开口,"我只是不打我自己的女人,别人家的照打不误。"他伸手在巫阮阮的屁股上拍了一巴掌,"去安燃车里等我。"

这小动作太过亲昵,金木谣嫌弃地翻了个白眼,扭头看向一边。

虽然巫阮阮总被霍朗称作智商负值的脑残代表,可这不能说明她真的脑残,她点了点头,径直走向了安燃的车。

金木谣还扭头跟着看了一会儿,笑着问霍朗:"你现在喜欢这种款?"

"嗯。"霍朗的回答极简练,他皱着眉打开那个小绿兜,看到了两个长方形的小饭盒,隔着透明的盖子可以看到是两盒寿司,一盒卖相整齐精美,另一盒有些惨不忍睹,他直接判断出这盒惨不忍睹的寿司才是出自他家巫阮阮那双鬼斧神工的上帝之手。

他从巫阮阮那一盒里直接用手指捏起一块,放到嘴里,味道还可以,材料肯定不是她自己准备的。他眯着眼睛看着远处的车流:"你什么时候回去?"

"不回去了。"金木谣也想尝尝,伸手要拿。霍朗一把拍掉她的手,把安燃那一盒推给她:"你吃这个,我老婆从来不做饭,好不容易卷回寿司,我还没吃够,有你份吗?"

"你老婆?我以前也是你老婆!"金木谣对巫阮阮的手艺也没有十分强烈的向往,这盒更好一点。

两个人就一人捧着一盒寿司,一个靠着引擎盖,一个靠着车门,就着人来人往的街景,把寿司杀了个片甲不留。

霍朗把两个空饭盒收好,装回小绿兜,拍了拍:"难得来中国一趟,这就当我请你吃饭了,你吃那盒是我朋友做的,饭店有价,我朋友的手艺无价,回美国也不用去我妈那里告状,说我不给你饭吃,别人来,这待遇都没有。"

"你从铁公鸡变成钢化鸡了?"

"吃了别人东西还不道谢的人,真没品。"

金木谣笑了笑,不再和他辩论下去,话锋一转:"小狼,我真不回美国了。"

霍朗抱着手臂靠在车门上，沉默了好一会儿，决定不再以问答形式和她对话下去，一次性将自己所有要说的话都在脑子里备好稿子，然后郑重地开口："我知道你在想什么，我在想什么，你也应该能猜到七八分，这世界上大概没几个人会像我们这样了解彼此，可是，木谣，你要明白，除了血缘不可逆转，无法摒弃，这世上没有一种感情会一成不变，我没有义务也没有必要等一个不知道什么时候来或者什么时候走的女人，我们都不年轻了，我需要的不仅仅是一个女人和一段爱情，还有一个家。"

金木谣笑笑："可你家里这位，这手艺可真算不上贤妻良母。"

霍朗想到巫阮阮那一团团惨不忍睹的寿司，温柔地勾了勾嘴角："她确实不是贤妻良母的典范，不会做饭，不会哄孩子，连只猫都伺候不好，作为一个家庭主妇，实在没有任何可拿得出手的技能，可是不管我怎么毒舌她是个笨蛋，她都毫无怨言地、不厌其烦地去为我做。"他手掌轻拍自己心脏的位置，语气变得柔和，"她笨手笨脚的，把我这里扑腾满了，她让我变得不想浪迹四方，不想再为了与我无干的人赴汤蹈火，她让我得到了久违了三十年的东西，我爱她，也感激她。"

金木谣沉默了两秒，问："你们有孩子了？"

"嗯，两个女儿。"

想到喃喃和呢呢，霍朗目光温柔，可听了金木谣的话，他的目光倏然冷却。

"我问你，你那么看中你和那个小包子的孩子，那我们的孩子呢？"

"如果你能把我的孩子还给我，我们就复合，我愿意为了我的小孩和小孩的妈妈组成一个没有感情的家庭，你能还给我吗？"他不怒反笑，郑重地问道。

金木谣卷起两缕自己的长发放在手上缠绕着："我又没不孕，你又没不育，孩子还可以再生。但是我们之间曾经有过两个小孩，是事实。"

霍朗嘴角勾起一抹嘲讽的笑容："他们连来到这个世界上喘口气的机会都没有，也是事实。"

他毫不怜香惜玉地抬起她挡在自己腰间的腿，扔下去，交代一句："车是沈茂的，别当坦克开。"然后，拎着巫阮阮的小绿兜大步离开，朝着安燃停车的位置走去。

金木谣并不生气,踮着脚轻快地跟在他后面。霍朗走了一半便停下来转身,冷漠地看着她:"别跟着我,第一我不会收留你;第二我不会借钱或者白送钱给你;第三我不想和你纠缠,我有老婆,不需要女性朋友。"

"原来男人所谓的一往情深,这么的短暂易变和不值钱。"金木谣插着口袋耸了耸肩。

她没有再跟上来,不过她看起来也并不像失恋的模样,在原地来回点着脚尖,看着霍朗决然离开的背影。

安燃正好抽完烟,站在防护栏这边胳膊抻得老长,把烟头掐灭在垃圾桶上面的烟灰缸里,转头看见站在自己身边的霍朗,笑着哼唱道:"春天里那个百花开啊!"

"唱歌跑调!"霍朗毫不留情地点评。

安燃笑了笑,清了清嗓子,继续唱:"春天里那个百花鲜,我和那妹妹啊把手牵,又到了山顶我走一遍啊,看到了满山的红牡鹃,我嘴里头笑的是呦啊呦啊呦,我心里头美的是哪个里个哪,妹妹她不说话只看着我来笑啊,我知道她等我的大花轿!"

"你下午上班吗?"霍朗没再纠结这个问题。

"不上,怎么了?"安燃如实回答,"我辞职了,自己弄个B2B网站,效益还行,不想公司家里两边跑,没那精力。"

"改天再听你的创业史,我借你车用用。"他把安燃留在车外,一脚油门蹿出去,飞驰着消失。车影都没了,安燃才回过神来:"哎!我钱包和手机还在车里呢!"

霍朗找到一处车来人往比较稀少的路边把车停下,打开后车门,把喃喃从巫阮阮怀里抱过来。

巫阮阮也跟着下了车,看着霍朗抱着喃喃坐到路边的绿化带台阶上,低着头温柔地轻哄着。

等喃喃睡着了,他抬头看一眼巫阮阮又看看自己身边的位置,命令道:"过来。"

巫阮阮坐到他身边。

"坦白吧。"

"我坦白？"巫阮阮瞪着眼睛反问，"不是该你坦白吗？你坦白，坦白从宽。"

霍朗冷笑一声："我一会儿坦。"

巫阮阮双手交叠放在腿上，坐得规规矩矩："那我没什么可坦的。"

霍朗低头看看已经睡着的小喃喃，打开后备厢，拎出折叠婴儿车，把她放了进去。

他的手指紧紧捏住巫阮阮的下巴，强迫她抬起头："没有我的允许，谁让你单独见霍霆的？不仅见了，还抱了，抱得还挺紧的。巫阮阮，你真令我刮目相看啊，你是典型的三天不打，上房揭瓦。"

巫阮阮没想到霍朗会知道这件事，她眨了眨眼，没来得及解释，问题便已先脱口而出："你监视我？"

"监视你？我现在恨不得监禁你。"

"你不监视我你怎么知道我见过谁？"

霍朗一听这话就来气了，猛地戳了一下她的额头。巫阮阮毫无防备，眼看就要仰头倒进绿化带的花丛里，伸手本能地在空中抓了一把，霍朗稳稳地将她拉住："转一转你的榆木脑袋，如果我监视你，会现在才来收拾你吗？"

巫阮阮腾地一下从台阶上站起来，瞪着一双发红的眼睛，怒声道："你才榆木脑袋！你什么都不知道就骂我是笨蛋！"

他也较真起来，脸色严肃至极："我什么都不知道？是什么都不知道吗？全中国都知道你和霍霆旧情复燃拥抱得难舍难分了！我不用监视你，有的是人想要监视你！"

他的话让巫阮阮似懂非懂，全中国的人都知道？难道是她又悲剧地上了报？可她不过就是一个普通人，哪有那么高的价值让别人去关注？

那个拥抱非她所愿，霍朗不分青红皂白的质问让她不高兴。

"你没资格说我。"她低下头，不服气地撇着嘴。

"我没资格？"他冷冷地盯着她，"巫阮阮，你敢再把这话说一遍吗？"

巫阮阮一咬牙，痛快地抬起头，坚定地望进他的眼底："是，你没

175

资格说我！"

"你吃了熊心豹子胆了是不是！"他又抬手，狠狠地戳了一下巫阮阮，在她脑门留下一个红红的小圆印记，"我让你说你就说！我让你离霍霆远点你怎么不听！"

巫阮阮揉了揉自己的脑门，委屈得眼睛越发红了，倔强地瞪着他。

"谁准你瞪我了？看一边去！"

巫阮阮咬着牙，把脸别到楠楠那一边，眼底满是泪光。

"憋回去，你敢哭我就敢在大马路上揍你屁股，不信你试试！"他郑重地警告道。

"你家暴，我可以去妇联告你！你……"

她还没说完，霍朗便一把捏住她的脸，扯着来回晃了晃："巫阮阮，你这点出息都使在我身上了是不是？别人欺负你的时候，怎么没见你吹胡子瞪眼睛的？"

巫阮阮握着他的手腕干着急，气得小脸通红。

"你给我解释，我没有资格这句话是什么意思，如果我没资格，谁才有这个资格？"

巫阮阮揉了揉自己的脸颊，豁出去似的一仰头："我不解释，你刚刚就和别的女人在马路上搂搂抱抱，你还和她吃了我带给你的寿司，你和她有说有笑，你让我离开，不让我听也不让我打扰你们的谈话，你这样还有资格说我吗？"

"你看不出来我不情愿吗！"他指尖霸道地挑着她尖尖的下巴，怒斥道。

"我是脑残！我看不出！我什么都看不出！你那么聪明！你怎么没有看出来我是不情愿的！"她气得大喊。

胸口剧烈地起伏着，身体也在发着颤，这还是她第一对霍朗发火，可话一出口，她便开始后悔了，她是个软柿子，谁逮着都要踩一脚，可面对一个真正在意的家人时，她却变成一只讨人厌的刺猬。

她还没有忘记当初霍朗是怎么教给她，每个女人都有成为泼妇的潜力，教给她，面对坏人时要收起自己的脖颈，要露出自己的獠牙。

如今她亮出獠牙，面对的却是最不该的那个人。

冲动并不是魔鬼，嫉妒才是。

她不想再一次，被一个莫名出现的女人，拆散她好不容易堆砌起来的爱情，她不想无理取闹，不想胡搅蛮缠，可不代表她会再一次选择退步，一退再退，直到被人完全取代了自己的生活。

霍朗勾在她下巴上的手指微微一颤，明晃晃的日光下，他的双眸深到不见底。

"谁告诉你我没看出来？你以为谁都像你那么蠢？"

"我不蠢！"巫阮阮辩解道。

"你不蠢？那为什么我被金木谣不情愿地拥抱之后，立刻就能想到你和霍霆的拥抱一定是你不情愿的，而你却想不到，你自己经历了不情愿的拥抱，我和别人的纠缠也可能会是不情愿的？这就足以说明你蠢，又蠢又笨！"他说这话，完全是一副嫌弃的语气。

巫阮阮的眼泪还在眼眶里来回滚动，摇摇欲坠，只要轻轻一眨，便能一连串落下，水光让她无法看清眼前的人，身体却能清晰地感知到他目光的灼热。

"你就这么嫌弃我？"

"对，嫌弃。"他坚定、肯定以及十分确定地回答。

巫阮阮的眼泪噼里啪啦地掉下来，沿着她尖尖的下巴流向他挑着她的手指。

看着她的眼泪，霍朗的眉头不由自主地拧了起来，他抬手揽住了她的后颈，用力将她带进自己的怀里。

这拥抱紧得令人窒息，紧得巫阮阮因为哭泣而不住颤抖的肩膀都失去了抖动的空间。

他温热的大掌胡乱地在她后脑上揉了揉，声音低沉动听，在她耳边叹着气，轻声说："你确实笨，可我愿意将就，这也毋庸置疑。"

巫阮阮垂在身侧的双手忽然环上了他的腰，用力地回抱他，好像她松开一点点，他就会被哪个漂亮姑娘带走。

她哽咽着抱怨："既然知道我是不情愿的，为什么还质问我，还要家暴我，明知道我胆子小，你还吓我……"

霍朗理直气壮地回答："我吃醋啊，不管你是不是情愿，不管你们的见面是不是一场意外,我都吃醋,你看他一眼我都吃醋,更别说拥抱。你还敢说我没资格,如果不是在大马路,我一定打到你屁股开花。我是你老公,我没资格过问你,那还有谁有这个资格?我比这世上任何人都有资格过问你的事,所有事,任何事,上到你的过去未来,下到你的吃喝拉撒、你的'大姨妈'。夫妻是什么?是住在两个身体里的一个灵魂,我那一半的魂到到底在想什么干什么,我怎么就无权过问?"

巫阮阮想要抬头和他说话,可他坚决不许,把她的脑袋当作了创可贴牢牢按在胸口,下巴抵在她的头顶。

巫阮阮在他怀里开口时变得瓮声瓮气:"你这个人,只许自己放火,不许百姓点灯,你吃醋可以,我就不能吃醋吗?我一定是缺心眼的那个,不能是小心眼的那个吗?"

"你吃醋吗?你是担心我被人勾走了,还是担心,你好不容易拼凑的一个家又散了?"

巫阮阮张嘴在他胸口咬了一口,不疼,却能让人感觉到她是在发威:"你笨得像一只猪!"

"你有种再说一遍吗?巫阮阮。"他的声音突然冷下来。

巫阮阮立刻怂了,老老实实地回答:"没种。"

霍朗说:"如果是担心我被勾走,我的心都不在自己这里了,别人勾什么?怎么勾?你不放开,谁能勾走?如果是担心这个家……"

巫阮阮突然挣脱他的怀抱,在霍朗错愕的目光里挂着一脸未干的泪痕,目光熠熠地盯着他,说:"你不就是我的家吗?"

霍朗勾了勾嘴角,用手背帮她擦掉脸上的泪痕:"虽然我很不满你和霍霆的关系,可我们不会分开,我保证。"

一阵风吹过,头顶的绿荫在日光下微微晃动,一缕缕光斑透过树叶的缝隙照下来,在巫阮阮的头顶明晃晃地闪烁,她的笑容在湿润的眼角温柔绽开,她伸出小手指在他的面前摇晃:"拉勾吧,一百年不许变,谁变谁是王八蛋。"

霍朗推开她的手,笑着揉了揉她的脑袋:"幼稚……"

第九章

我连男人都可以喜欢,偏偏就不喜欢你

霍霆离开公司之后,孟东就没有给他打过一个电话,连一条信息都没发过。

几十年兄弟情也不过如此,霍霆从楼上下来,呢呢哭着撞到他腿上,问清楚之后他冲进厨房,从刀口下抢下瑟瑟发抖的兔子,这是他买来陪呢呢玩的宠物,没想到于笑有这个胆子敢示意用人处理了做菜。一气之下,他扇了于笑一巴掌,带着哭闹不止的呢呢去外面散心。

回到霍家别墅时,呢呢已经睡着了,出了一额头汗的她被霍霆抱着进了家门,霍老太太和于笑正坐在客厅聊天。

霍老太太端着一杯红茶,瞥了他一眼:"你把呢呢送回房间然后下来一趟,有事和你谈。"

"少爷,我抱呢呢上去吧。"阿青上前从他手里接过小孩,上了二楼。

霍霆走进厨房,从冰箱里拿了一瓶矿泉水,表情漠然,问:"说吧,什么事?"

"你和笑笑要结婚的事,报纸都大肆报道了,你打算就这么过去了?还有这几天的花边新闻,什么新欢什么旧爱?我霍家的儿媳妇就于笑一个!"

霍霆自嘲地笑了笑:"结婚?"他觉得自己听到了一个天大的笑话,

"我不可能跟于笑结婚。"

"嘿,你看你这孩子,我孙子转眼都能蹭能爬了,一晃眼就能开口叫爸妈,你俩还不办婚礼,将来外面的人怎么看咱们家?于家也是有头有脸的人家,你们俩孩子都有了,不结婚不是让人看笑话吗?"她放下手里的茶杯,越想越觉得不是那么回事,一拍大腿站了起来,"当初我就不同意巫阮阮进门,你看看现在,老霍家让她一丫头片子给折腾得鸡飞狗跳,再折腾下去,你爸都得让你们给气活喽。"

霍霆笑了笑,在沙发上坐下:"那不挺好吗?你都多少年没见我爸了,正好也让您二老叙叙旧。"

"你少和我贫,我白天和笑笑妈都看好日子了,还找先生看了,就夏至那天,日子特好,什么都不用你安排,妈全都包了。还剩一个多月的时间,你就把你自己的工作压缩整理一下,到时候空出时间就行。"

霍霆毫不在意地挑了下眉头:"别白费工夫了,除非你把我绑着进教堂,否则我不会结这个婚。"

霍老太太一听这话,眼睛立时瞪起来:"笑笑怎么就不行,怎么就不好了?怎么随便来个不着四六的女的都行,这么好一姑娘放你面前你就非要说不行,你就非得和我对着干是不是?连阿青都行!"

阿青刚安顿好呢呢,正从楼上下来,就听到了这句话,她抱着两件呢呢的脏衣服,低着头走进洗衣房。

"我不会结婚,不管新娘是谁。"

霍老太太急了,一拍茶几,震得茶几上的茶杯嗡嗡作响:"你结不结?!"

霍霆不疾不徐地回答:"不结。"

他气定神闲地起身,刚走到楼梯口,就听身后"扑通"一声,于笑失声尖叫起来:"妈!"

霍霆一回头,就看见霍老太太晕倒了,茶杯打翻,水还在滴答滴答地往她身上淌着。

"妈!"霍霆神色慌张地大步跑过去,一脚踹开茶几,用力地按着她的人中,可是她半点清醒的迹象都没有。

"怎么样?妈这是怎么了啊?"于笑也急得直冒汗。

阿青从洗衣房跑出来，吓了一跳："叫救护车，我现在打电话。"

"阿青，叫司机出来，快！"他打横将霍老太太抱起，于笑小跑着去帮他打开车门，将霍母放到后座。

午夜的病房里，霍老太太一边输液一边睡，霍霆坐在病房外的椅子上，看着输液瓶发呆。

值班医生也是熟人，他给霍霆送来两杯热牛奶，拍拍他的肩膀，安慰道："我刚才问过了，伯母没什么大事，这个年纪一着急一上火都容易这样，除了血压有点高，没有别的问题。"又提醒，"知道她身体不好，你们在家就少和她置气，老人家年纪大了，经不起几回折腾了。"

霍霆朝他笑笑："我会的，大半夜的，麻烦你了。"

"跟我瞎客套什么，一句话的事，我刚给孟东打了电话，你的身体熬不了，让护士陪你也不放心，不行就让他在这儿陪着，反正他天天都精神得跟磕了药似的。"

霍霆皱了皱眉。

半个多小时后，孟东来了。

他一身颓败，胡子拉碴，满眼血丝，脸上还有点没褪尽的青紫瘀痕，看起来这段日子他也过得不好。

"霍霆……"

"滚。"他的声音不大，却掷地有声。

于笑的视线在两人身上来回扫视，翻了个白眼，扭着腰到病房的休息套间里坐下歇着。

"那什么，你熬夜不好，我替你守着，伯母醒了我告诉你，你去休息一会儿，睡一会儿是一会儿。"孟东低声和他商量。

"你从我眼前消失，我能活得更好。"

孟东吸了吸鼻子："那我在外面坐着，有事你叫我。"说完便转身出了病房。

霍霆跟了出去，孟东正打开走廊的窗户，准备掏出烟来抽一根，看见霍霆，赶紧把烟从嘴里拿下来，低着头不敢看他的眼睛。

"门外也不需要你守着，你敢动Otai那一天就该想好了，我不可能原谅你，我们也不可能再做朋友，是狼是狗，被咬了才知道，养不熟的狼崽子，我霍霆不会再要了。"

孟东抹了一把脸，看起来有些憔悴："那……"

"怕我起诉你吗？"他看着窗外树影重重的暗夜，冷笑一声，"我不会。我愿意赌一次大的，因为我不相信你有那个头脑和能力把Otai支撑起来，因为黑色家电系列的启动，Otai负债高达十个亿，稍有差池，就是全军覆没。这个时候拿走Otai，要么风生水起，要么彻底垮掉，我还得谢谢你让我知道什么叫作无债一身轻。"

孟东抿着唇，微微眯了下眼："Otai不会死在我手里。"

"嚯，口气不小，那我们就拭目以待。"他淡漠地微笑，"知道我不会起诉你，可以放心地滚了吗？我妈嫌你恶心，我不想她醒了就在病房看见你。"

孟东夹着烟的手指微微发着抖，抬头的瞬间双眼红得吓人，犹豫地看了霍霆半晌，沉声道："那我去车里等着，有什么事我可以马上来。"

霍霆压抑的一股怒火突然爆发，怒声道："没有！什么事都没有！少诅咒我妈！她还不到六十岁能有什么事！赶快滚！"

孟东张了张嘴，最后还是沉默着转身离开。

霍霆回到病房，于笑已经坐回沙发上，他的怒气散尽，可难过还是十分明显地挂在脸上，眼睛是不会撒谎的东西，它若悲伤，那便是真悲伤。

"霍霆，其实你不和我结婚，也需要我存在的是吧？"

霍霆别过头，淡漠地看着她："异想天开。"

"你一直不想和我结婚，是因为孟东？你在德国出了事他第一个赶到，亲自把你接过来，你晚上不回家，也一直住在孟东那里，对吧？"她越发觉得自己冰雪聪明，原来问题不是出在女人身上，而是男人。

霍霆在椅子上坐下，沉思了许久，就在于笑准备追问的时候，他突然开了口："对。"

于笑反倒愣了一下："嗯？"

他转头，眼含报复的笑意，慢条斯理道："我连男人都可以喜欢，偏偏就不喜欢你。"

霍老太太醒来后，死活闹着让霍霆和于笑正式办婚礼，霍霆虽然满心不愿，但想到医生之前的话，最终妥协了。

而霍霆，在向媒体曝出即将和长兴电子的继承人举办婚礼的消息后，单刀直入目的明确地和于长星进行了一场别开生面的会谈，订婚消息放出的第二天，霍霆便正式接手长星电子的运营。

在外人看来，这叫天赐良缘，强强联合，一朝之间，没有人再去纠结霍家一团乱麻的感情故事。

巫阮阮和霍朗也听说了这个消息。

霍朗觉得，他似乎也欠巫阮阮一个像样的婚礼，说到底，他给阮阮的只有一场失败的求婚仪式。

霍朗把那个价值一千万美金的钻表戴在巫阮阮的手上时，对她说："巫阮阮，我们再等一等，我霍朗一定让你风光大嫁，我要给你一场霍霆永远也给不起的婚礼，我们不叫盛世联姻，是我许你一个盛世婚礼。"

巫阮阮当机立断，打断了他的美好畅想："风什么光，大什么嫁，风光大嫁就能保证相守一生，白头偕老了吗？怎么嫁并不重要，重要的是嫁给谁，将来能和这个人走多久，那么风光地出嫁，要是离婚，多丢人啊。"

霍朗妥协了。

在熟悉和调整长星的内部管理之余，霍霆抽空回了一趟Otai，办公室里还有很多他的私人物品是他不舍得丢掉的，有些和巫阮阮有关，有些和呢呢有关。他大步在走廊穿梭而过时，迎面而来的员工和高管，还会对他恭敬地叫上一声"霍总"。

他正在自己的办公室门前按着密码锁，便看到孟东的办公室大门被人推开，一个西装革履的中年男人站到走廊上接了个电话，他声音有点大，霍霆隐隐约约听到"调查核实""涉案金额"等字眼。

他略有迟疑地朝孟东的办公室走去，刚要推门的时候，便被那个中年男人拦截住："干什么的？"

霍霆皱了下眉："这话该我问你才对。"

"找你们总裁是吧？他现在不方便接待任何人，回去吧。"

霍霆不动声色地看着他，一种不好的预感油然而生。

霍霆打算推门进去看看到底是怎么回事，中年男人却强硬地阻止他。

霍霆一把推开他的手臂，猛地推门而入！

入眼的情景，令他骇然。

"你怎么回事，赶快出去，不知道公家办事吗？"中年男人狠拽了他一把。

一眼扫去，办公室里大概有七八个人，除了两个在和孟东面对面聊着天，剩下的都在抱着大摞的文件查看，就连孟东的电脑前都坐着一个陌生的青年。

孟东眼尖，立刻喊道："嘿，你干吗呢这是！我是犯人还是他是犯人啊？还没确定逮捕我呢，我朋友更没犯法，你干吗动手动脚的？"

他把霍霆拉到自己身边，背对着其他人，朝霍霆做了一个噤声的动作。

"你又干什么蠢事了？"霍霆压低着声音说。

孟东笑了笑，没回答。

"整理好了。"两个男青年迅速将孟东的笔记本电脑和二十几本文件夹装进一个纸箱。

"孟总，咱们该换个地方喝茶了。"

"换个地方是哪儿？"霍霆侧过头，扫了一眼已经狼藉一片的办公室，显然他是明知故问。

"不归你管。"

孟东一把握住霍霆的手，一切都来得太快了，他什么都没来得及准备，甚至没有时间去告诉霍霆该怎么做，现在能说的，只有三个字："找律师。"

孟东被带走后，霍霆坐在孟东凌乱的办公桌前，点燃了一支烟。

或许保护他才是孟东易主 Otai 的真正原因，孟东知道他在背后做的事情之后，就替他找好了退路，一旦事发，孟东就以 Otai 总裁的身份替他担下所有的罪责。

做这件事时霍霆没有想过会被发现，这件事只有他知道，况且这也不是他第一次干，只要公司运行正常，黑色家电项目运行正常，还款活动也正常，就不会出现问题。

所以，现在问题出在哪里？

霍霆和律师简单说了一下自己的情况，律师建议尽快在最短的时间内把钱全部还上。

霍霆揉了揉太阳穴，喉咙里面顿时火辣辣地疼。

他马上找来财务，核算公司可流动资金和可套现资产，数据出来以后，他再次捏了捏自己的眉心，还钱，简直是在开玩笑。

黑色家电的项目启动资金已经全部投入，单是广告费用就耗资几亿，想要马上收回成本，简直是天方夜谭。

如果时间再向后推上半年，就不会如此棘手，举报他的这个人，真可谓机关算尽，举报得早，不如举报得巧。

就在这火烧眉睫一筹莫展的时刻，他伟大的亲妈还不忘记惦记他的终身大事。

霍霆又连着三天没有回家，霍老太太的追魂电话立刻巡航导弹似的打到了他的办公室，劈头盖脸地一通数落，直截了当地问他："霍霆你是不是又要给我起幺蛾子？你是不是又不想结婚？我告诉你我这请帖都发了，笑笑家那边请帖也都发了，万事俱备只欠东风，你要不把这股风给我刮回来，天天在外面和孟东混，我打折那小子的腿！"

霍霆捏着眉心耐心地听她唠叨完，不知道是不是到了这个年纪的老太太都这个样子，他觉得自己母亲越来越聒噪了，可能是以前整日打牌，没时间聒噪，现在有了时间，想把前几年的都补回来。

"我答应你的事什么时候反悔过？反倒是你，总这么情绪亢奋，我真会按着你去医院做检查，到时候不是你说自己硬朗就可以解决问题的。"

霍老太太别的事不关心，就要他那句不反悔。

霍霆问了两句呢呢的状况，便匆忙挂了电话，公司里这些事，他不敢和霍老太太说，生怕她又不小心晕了过去。

生老病死乃世间最大的轮回，谁能逃脱得了呢，对于现在的霍老太太来说，每一天时光的流逝，都伴随着她身体的多一分衰竭。

霍老太太挂了电话，回头拍着胸脯和于笑保证："你看妈说得准不准，他就是工作忙，你别忧心忡忡了啊。母子连心，你天天抱着江夜在怀里，你不高兴，孩子也不高兴，你也要多担待一些，他现在要两边忙活,还要顾及你爸爸的公司。"

于笑把手边的小瓷碗往她面前一推,立马眉开眼笑地说:"知道了妈,你快尝尝,这是我新学的甜品,试试喜欢不喜欢,好吃的话我明儿还做这个。"

霍老太太笑眯眯地端起碗,感叹着:"你说霍霆要是不娶你,我命都得短十几年,我就爱喝你做的甜汤,一天喝不到啊,就浑身上下说不出来哪儿不舒服。你要嫁到别人家,我还得天天登别人家门让你给我做碗甜品,哎哟,我这老脸可没地方放了……"

于笑的笑声清脆至极,银铃似的,直勾勾地盯着连碗里到底有什么都不知道就直接喝个底朝天的霍老太太:"那怎么会?我自己也不爱吃甜品,这手艺就是为您学的,不给您做给谁做?"

霍老太太笑了两声,犹豫着问:"笑笑啊,上回你替妈还的那些钱,我这一时半会儿还没和霍霆提,单忙着你们婚礼的事都要把我转晕了,你看你要是不着急,妈等过了这段时间再和他说。"

于笑眼角眉梢轻轻一挑,亲昵地在她手臂上拍了拍:"妈,要不是你这么偏爱我,我也进不了这个家门,既然现在咱们是一家人,你还和我说什么还钱不还钱的问题呀?你不想想,那可不是三五万的小数目,你那一阵子可输掉了四百多万,本来霍霆就见不得你天天出去打牌,这要是让他知道了,他得发多大的火啊?妈你没发现吗?咱们家,只要霍霆不生气,还挺太平的。"

霍老太太听了这话,扯得半张脸连带嘴角都跟着抽了抽:"我这不就怕他发火吗?他朝我发火倒不要紧,我就怕你和我大孙子被殃及啊,这孩子现在脾气大得很,我看除了你谁能跟他过日子。也不知道怎么回事,那段时间就是手气背。"

于笑有些内疚地看着她:"您那几个牌友还是我介绍的呢,您说运气不好,我心里内疚死了,谁想到我那几个同学的妈妈牌打得这么好,我还觉得您牌技天下无敌,没想到人外有人。算了妈,别想那些了,钱我都替您还了,以后这事我们谁都不提,你不说我不说,天知地知霍霆不知,保管不会出事。"

霍老太太还全心全意地相信着自己的儿媳妇对自己是多么孝顺,对自己儿子爱得多么深沉,就算她在这个家里耍了点小聪明,那也是情有可原的,这只能证明这个儿媳妇不是个天然呆。

可她怎么也想不到,自己那一笔又一笔的巨额赌债到底是怎么来的。

没有于笑给她下这么大一个套,她想输这么多,还真是件难事。

不过于笑也没有四百万,她自己恐怕连一百万都凑不出来,不过花钱雇几个擅出千的演员,她还是出得起。

晚上霍霆正躺着想事情,卧室的大门被打开了一条小小的缝隙,呢呢猫在门缝里瞄着他,他侧身枕着自己的手臂,朝呢呢勾手:"过来宝贝儿。"

呢呢欢欢喜喜地扑到他面前,拉着霍霆的手臂顺势爬上床,霍霆顺手脱了她的小凉鞋。

呢呢坐在霍霆的身上,扭捏了半天,揪着他胸口的扣子:爸爸,你要结婚了吗?

霍霆捏着她圆润的小脸蛋,无奈地笑了笑:"谁说的?"

奶奶呀!妈妈呀!她认真地伸出一根手指指着门外。

"妈妈?"霍霆不解,"你妈妈来过了?"

呢呢摇头:不是我旧妈妈,是我新妈妈,弟弟的妈妈,奶奶说,你和于笑妈妈要结婚了,以后我就不能叫她于笑妈妈,要叫妈妈。

霍霆把她搂进怀里,吻住她的额头:"爸爸和谁在一起,都爱你。"

呢呢迷惑不解:爸爸,那我旧妈妈还会回来吗?等我们种的樱花开了,新妈妈就走了吗?

霍霆长长地叹了一口气:"嗯……旧妈妈啊……会回来的,只要樱树可以长大开花,她就一定会回来。"

他手指轻柔地整理着女儿软绵绵的发丝,这世上有另一个女人,和他怀里的小女孩子有着一样的发质,曾像栗色的藤蔓盘绕在他的身上、心上,而现在,却成了永远的咫尺天涯。

他说:"呢呢,其实我们在哪里都是一样的,就像你会想着我们一样,哪怕爸爸妈妈不能每时每刻和你在一起,但是爱从不会离开。"

房间外有人敲门,霍霆说了声:"进来。"

阿青背着右手，左手拎着一套黑色的正装礼服，有些局促地站在门口："少爷，夫人让您试试这礼服合不合身，还有于小姐定的婚戒到了，也要您试试。"

呢呢撅着屁股从床上爬起来，指着阿青手里的礼服兴奋极了：新衣服！爸爸你穿新衣服给我看？

霍霆面无表情地下了床，走到阿青面前用手勾起衣服，大致瞄了一眼："合身，不用试了。"

阿青又递出了一个宝蓝色的绒布首饰盒："戒指。"

倒是够华丽，男戒还镶了整整一圈钻，他拿出来随意地套在无名指上，很显然是有些大，阿青看见了，嘀咕着："大了一个号。"

"合适。"霍霆毫不在意，能套进去就算合适，就不用调整，反正他只会在婚礼上戴那么一下。

他眉头忽然一皱，拉过阿青的右手，作势要撸开她的衣袖。阿青瑟缩着躲开，霍霆瞪了她一眼，一把撸了上去，从手肘下方到手背一道长长的烫伤伤痕狰狞地烙在她的皮肤上，不是新伤，看起来有几天了，还抹着药膏："怎么弄的？"

阿青赶紧放下自己的袖子，瞥了一眼呢呢，生怕吓着小孩："不小心打翻了开水。"

"呢呢整天围着你的大腿转，你是会不小心打翻开水的人？"

阿青轻轻垂下眉眼，不敢直视他的眼睛："少爷，阿青也有疏忽的时候，烫伤了就烫伤了，怎么烫伤的，它都不会好了，您心里既然能想通事情的缘由，就别再问阿青了。老夫人现在身体不好，也就看着您现在婚礼将近才这么高兴，人一高兴身体也跟着好，阿青不知道您为什么答应和于小姐的婚事，但总归是希望老夫人开心，您希望老夫人开心，我也希望。您知道我不敢骗您，可我也不希望您因为护着自己家的用人和新少奶奶吵架，我们一折腾，最后再把老夫人气个好歹……"

霍霆眼底的戾气慢慢收敛，他半开着玩笑抬手揉了揉阿青的头顶，像摸自己的女儿一样："嘴倒是挺甜，可我怎么听着，你这话里话外有委屈呢？说着不想告状却煞有击鼓鸣冤的气势。"

阿青立马紧张地抬起头，窘迫地否认："我没有少爷，您误会了，我真的就是这么想的！"

霍霆笑着把戒指塞回阿青的手里："逗逗你而已，你哪有和我耍心机的胆子？"

呢呢拎着自己的两只鞋从霍霆身后走过来，举着给阿青：阿青阿姨，给我穿鞋鞋。

霍霆低头唬了她一句："自己穿，看把你懒得，胖成馒头了，还举着鞋让别人穿。"

呢呢笑嘻嘻地抱住他的大腿，把鞋子塞给他，耍着赖撒着娇地让爸爸给她穿。

他蹲下身给呢呢穿鞋的时候，抬头瞥了一眼阿青："她折腾人的精神头足着呢，你自己小心点，惹不起还躲不起吗？脑子不灵光，腿总灵光吧？打不过她就跑吧……"

阿青差点憋不住笑，抱着礼服和戒指出了他的卧室。

霍霆微微眯起眼睛，眼里酝酿起一道骇人的风暴，却转瞬即逝，抬头看向自家宝贝时，眼神里仍是无尽的温柔。

时间已经过去一周，霍霆为了孟东的事情四处奔走，而与此同时已经在有关部门喝了八天茶的孟东被带到会面室，他还以为是霍霆带着律师来，可是当他看到端坐在那里的男人时，瞠目结舌，仿如石化。

四十分钟之后，孟东跟着这个男人走出了关押了他八天的大楼。

上午的日光一如既往明晃晃的，晃得孟东情不自禁用手背挡了挡，没有如释重负与欢呼雀跃，他接过保镖递给他的香烟，抽出一根叼在嘴上点燃，久违的烟丝渗入肺部，他不适应地咳了两声。

孟东随着男人上了一辆奢华的落日金色劳斯莱斯幻影，一个人霸占了整个后座。

副驾驶的男人微微偏着头，气息平缓而沉稳："给你七天的时间，答应我的事你可要做到，君子一言，驷马难追。"

孟东手里夹着的香烟猛地按到了副驾驶座的椅背上，烟灰熄灭的瞬间，真皮座椅上也留下一个丑陋的黑色印记。

"跟我谈君子？你配吗？！"

司机在后视镜里看着一脸怒气的孟东，低声提醒道："三少爷……"

"少爷你大爷！"孟东狠瞪他一眼，"我和你们家主人说话什么时候轮到你叫唤！"

司机不说话了。

面对这么暴躁的孟东，副驾驶座的男人仍旧岿然不动。

"送你回水云居，还是去公司？"

"送我去长青墓园！"他劈着大腿靠坐在座椅里，"去看姚昱！"

司机看了一眼副驾驶座的人。

男人淡定地开口："去长青墓园。"

当孟东以一身干净利落的清新形象出现在霍霆的办公室门口时，已经是下午两点半，他闻到了一股饭菜的味道。

霍霆以为是秘书进来，头也没抬，外卖的木耳炒肉和白米饭就摆在一边，他还在快速浏览着电脑屏幕上的数据。

"霍霆。"

霍霆愣了一下，扭过头，诧异地瞪大眼睛，猛地从椅子上弹起来，几步冲到孟东的面前，力道极重地抱住了他，眼眶瞬间发热："你怎么回来的？怎么不给我打电话，还有工夫换身新衣服？你心怎么这么大？"

孟东在他背上拍了拍："你能不能先把你那饭给我吃一口，我饿得快成面片了，吃完饭我再给你讲故事。"

霍霆松开他，惊讶道："你饿？我找了人托了关系要照顾你，你又不是坐牢，不过是调查，还能吃不饱吗？"

"木耳炒肉啊？"孟东绕开霍霆直奔他的办公桌，也不嫌弃霍霆吃了一半的饭菜，直接用他的筷子吃起来，"你说给我托关系，也得看看要置咱们于死地的那人让不让你这关系生成。唉，我不想喝你这咖啡，一看就苦，给我倒杯水，温的。"

霍霆接过孟东递过来的马克杯，鬼使神差地出了办公室，水都接了一半，才缓过神来，为了把孟东弄出来，他愁得眉毛都快白了，结果这人怎么竟然穿越了似的，忽然就在自己办公室出现了？

那钱呢？案子呢？谁把他弄出来的？他越狱了？

孟东几口扒光了他的饭，喝了一大杯水，抽出纸巾擦擦嘴，捂着肚子靠在椅子里，默默地和他对视了一会儿，兀自摸着耳朵傻笑："有点没出息了，不好意思和你说。"

"说不说！"

"说说说。"孟东立刻点头，又是好一番琢磨，慢慢开口，"我吧……和那调查员提了个人。"

"提谁？"霍霆皱眉。

"我爸……"他摸了摸鼻梁，半眯着眼，"我是没想过这辈子还能和孟家人打交道，我妈都让我气死了，我还有什么脸回去啊。再说我也不待见他们，我这也是没办法中的办法了，咱们都知道，只要我和孟家开这个口，这关就不算难关，顶多算被人绊得一趔趄。但是你从来没和我提过让我去找孟家，宁可自己为难着，我知道你不想我在他们面前抬不起头，可我也不愿意看着你为我遭罪啊……"

"是我为你遭罪吗？没有你，进去的人就是我。"霍霆横插一句，睫毛微微发着颤。

孟东一挥手，摸出一包烟来开始抽烟："哥们儿之间不说谁为谁，我在里面不容易，你在外面也不容易……"他深深地吸了一口烟，目光深远，"细节我也不太清楚，反正是我爸把我弄出来的，银行的贷款和公司的经营都没问题，我爸这点能耐还是有的，就是……我答应他个事儿，唉，也不算大事，他也没什么能为难我的大事。"

霍霆也不问，一直盯着他，等他自己接着说。

一根烟抽完了，孟东无所谓地笑了笑："可能是人老了想儿子了吧，对我态度也挺和蔼的，事儿呢，就是让我回去结个婚，生个儿子……"

霍霆忽然低声笑了笑。

他将信将疑地重复着孟东的话："结婚？"

孟东点点头："嗯，结婚。"

一夕之间，Otai 的危机全部解除，仿佛还没开始就结束了，干净利落得有些诡异。

霍朗和巫阮阮搬家那一天，巫阮阮怀里抱着自己的一摞设计稿，站在抱着喃喃顶着螃蟹的霍朗身旁,眼看着搬家工人一趟一趟地拎走客厅里的物品。

只是霍朗一个人的衣物,就有八个超大号的收纳箱。

这是多么令人叹为观止的数量。

开走悍马的金木谣至今没有归还车辆,霍朗借了沈茂的另一辆奥迪,开往新家的方向。

巫阮阮怎么也不会料到,霍朗处心积虑,哦不对,是行针步线策划的新家,会是这个地方。

高档小区的联排别墅,白色的二层洋房,有草坪、车库,还有宽阔的露台,出门就能遛弯,抬头就见邻居,真的不错。

霍朗刚刚把喃喃从她手里接过去,她便听到隔壁邻居的门被一脚踢开:"晒什么太阳啊晒太阳,有本事你把太阳给我弄屋里来晒啊,我困得要死还要出来晒这狗屁太阳⋯⋯"

巫阮阮当即愣在那儿,无比惊讶:"童瞳!"

童瞳正噘着嘴和她身后的沈茂抱怨着,一扭头就看见了巫阮阮。

"阮阮!"因为怀孕总是懒洋洋的童瞳顿时眼睛一亮,"我说这房子隔三岔五来一大拨人往里抬东西就是不见人住,原来是你!"

巫阮阮眉开眼笑地点头,感激地瞄了一眼霍朗。

原来这才是他口中所指的惊喜。

沈茂走到童瞳的身后,亲昵地搂着她,下巴抵在她的耳侧,轻声巫阮阮说:"阮阮,你知道这房子霍朗是怎么弄到手的?"他瞟了一眼正在解放小螃蟹的霍朗,"右边那家房主联系不上,他就逮着左边这家,差点把人逼疯了,无所不用其极,各种不要脸胡搅蛮缠的招数都使尽了,呕心沥血外加大出血,才买下来,你们家霍朗,你了解吧?一毛不拔的,为了你特别舍得,一掷千金,是不是特别感动?"

童瞳扭头瞪了他一眼,抬起手肘朝他胸口撞了一下:"本来应该是感动的,你把人家的事都说了,还感动个屁呀?"

"宝贝儿别弄,怪疼的。"他给自己揉了揉,朝巫阮阮温和地笑着,"他不会说的,这人有时候挺深沉的,俗称——傻。"

"得了吧,你看谁都傻!"童瞳嫌弃地揶揄着。

巫阮阮抬手挡住刺眼的阳光，笑道："沈总看谁都傻这毛病被谁传染呀？是你呀！近朱者赤，近墨者黑！"

"我呸！"她抬手戳了一下巫阮阮的额头。

"说话就可以，少给我动手。"霍朗抱着喃喃走进庭院，正要掏出钥匙开门，看到这一幕便十分不客气地警告。

童瞳较真似的又在巫阮阮的额头戳了一下，一脸的不服气："戳了怎么着，你打我？"她看着正在无辜揉着额头的巫阮阮撇嘴，脚上蹬着软乎乎的棉布拖鞋，大刀阔斧地奔巫阮阮他们家来了。

巫阮阮也拨开霍朗，张着嘴在玄关处不停地感叹着。

极简却足够人性化的装修，大片的原木色，在斜射进来的太阳光下散发着一股慵懒的安逸感，舒适的布艺沙发和地毯，放着杂志的小木几，再给她一杯咖啡，等到秋来叶落的时节坐在小藤椅上看着窗外……

童瞳坐在沙发上和沈茂一起逗着表情严肃的小喃喃，巫阮阮则踮着脚欢快地跑上二楼。

白色的门上贴着 Baby 字样的是婴儿房，推开的一瞬间，巫阮阮顿时热泪盈眶，这房间的空间很大，除了属于喃喃的小片天地，还有另一个属于蒙奇奇的世界，她眼中闪着泪光回头，对着霍朗指着这些："这是给我的呢呢准备的……"

霍朗从后面环住她的腰身，贴着她的耳侧，声音性感低沉："是我们的呢呢……"

"真可惜，不知道呢呢会不会有机会住进这里，她看到这些一定会高兴得疯掉，连我都快高兴得疯掉了！"她在霍朗的下巴上印了一个响吻，"今天我和喃喃睡这里，我要替呢呢感受一下新的公主床！"

"你太重了，床会塌。"

"我才不重，我明明是偏瘦的……"

接着她推开了书房的白色木门，惊喜之色溢于言表："我的？这些都是我的？"

霍朗点了点头："你的。"

正面的书柜直至天花板，摆放着满满的设计相关书籍，还有一些限量的插画画册，这些书相当大一部分是国内根本买不到的。

为了方便她拿书，旁边还有一把木梯。为了方便她读书，书房里还放了一张舒适的懒人椅。

"我今天还是睡书房吧……"她随手抽出一本拿在手里快速地翻阅着。

"早知道你看哪睡哪，我应该先带你看看洗手间。"

霍朗把书随手扔到写字台上，拉着她出了书房，直奔主卧，看了主卧她就不会逮着哪都想睡了。

卧房采光极好，有延伸的大露台，而房间内只有一张看起来就想躺上去睡个三天三夜的舒适大床，床头两侧放着两盏现代感十足的落地台灯，除此之外，别无他物。

巫阮阮呈一个大字形摔到床上，来回滚了两圈："太棒了！"

枕头里一股阳光晒过的味道，她把脸埋到枕头里，身上一重，霍朗把她压得快陷进被子里，下巴抵着她的颈窝，低声道："用起来应该也很棒……"

// 第十章

不是一家人不进一家门

霍朗前脚离开，童瞳后脚便扯过巫阮阮怀里的袋子扔到一边："你们家这猫不用减肥了，放任自流地吃吧，这都已经超脱人类的控制范围了，它自个儿不着急减肥，你们着什么急？"

"我不给它减肥，当一个吃货多快乐，只有霍朗要给它减肥，他说螃蟹站在他脑袋上面的时候脖子要断了。"

螃蟹摇摆着肥胖的身躯坐在童瞳的面前，喵呜一声。

童瞳开怀大笑："看你这副蠢样！"她瞅了瞅巫阮阮，接着说，"长得太像你主人了，不是一家人不进一家门啊！"

巫阮阮："……"

两个女人足够撑起一台戏，家里不再安静得好像森林深处，沈茂突然变成了职业奶爸，一边伺候着没出生的自家宝贝，一边伺候着小喃喃。

男人到了这个年纪，大抵都会喜欢小孩，玩世不恭的心性收敛得差不多，总觉得小孩子才能让家变得更完整，看到别人家的小宝宝，也会发自内心地喜欢。

生活从一场虚惊过度到另一场虚惊，最终会走向平凡和平静。

别墅外有汽车连续鸣笛，沈茂站在窗边瞄了一眼，当即一愣，惊喜道："宝贝儿，你猜是谁？"

"你爸?"童瞳正四仰八叉地占着大半个沙发,吃着巫阮阮手捧着的托盘里的葡萄。

"你爸!"他说完自己笑了一声,"你弟弟,小结巴回来了。"

童晏维就这样悄无声息地从首都回到这里,两个大皮箱在他脚边落地,看起来好像归国的远游学子。他脸上的微笑,在日光的照耀下显得格外明亮。

巫阮阮一听是童晏维,"嗖"地从沙发上跳起来。童瞳也要跳,被眼明手快的沈茂一把按住肩膀:"宝贝儿你肚里还怀着咱家小宝贝儿呢,你慢点,听话。"

"晏维!"巫阮阮拖鞋都来不及换,兴高采烈地朝他跑过去,她和童家姐弟一起长大,童晏维算她半个亲弟弟,这还是长这么大第一次这么久不见他。童晏维为了保持自己的神秘,矫正期间一直不肯和他们通话,最多发两条信息,汇报自己没有迷失在纸醉金迷的大城市。

童晏维也很惊讶,没想到自己回来见到的第一个人就是笑得跟花似的巫阮阮,他咧开嘴,露着一口整齐的小白牙,嘴边还带两个小酒窝,张开手臂一把抱住巫阮阮,甚至抱起她转了两圈。

"我想死你啦!想死你啦!"巫阮阮兴奋极了。

巫阮阮抬头看着童晏维,期待他开口说话,直到童瞳和沈茂也出来时,他才害羞地憋出一句:"我……我也……也想你。"

三个人顿时傻了。

怎么还结巴?

童瞳本来也很想他,一看他这个没出息的样子,立马连珠炮似的开轰:"你怎么还结巴!姑奶奶花这么大价钱供你在帝都吃喝玩乐逍遥自在地过日子,你好意思还顶着小结巴舌头回来吗你!我真是……"她怒其不争,狠狠捶了他一把,被巫阮阮一巴掌打掉,护在身后,"气得我孩子都快生出来了!"

童晏维没心没肺地笑了起来:"我那不叫结巴!我是情难自控!正常人在特别激动的时候也会结巴的好吗?"

巫阮阮难以置信地瞪着眼睛,就连沈茂都十分惊讶,童瞳更甚,捂着嘴巴,眼眶瞬间变红,紧接着狠狠地在他肩膀上给了他一拳头:"死崽子，骗你姐！"

童晏维伸手揉了揉她的眼角，倾身抱住她："我想你了，姐。"

沈茂拍拍他的肩膀，他客气地叫了一声"姐夫"。

"是有一点点不习惯，我听人说话的耐性都是从你身上锻炼出来的，以后再也没人慢悠悠地给我讲故事了。"巫阮阮不禁唏嘘，"不过这样更好，妈妈再也不用担心你找对象了！哈哈……"

童晏维搂着两个女人一起往别墅里走，沈茂十分自觉地讨好小舅子，拖起两个大皮箱跟在后面。

童晏维说："我也可以结巴着给你讲，我以后用正常版和结巴版一起给你讲，中间还可以自由切换，组合方式十分灵活……"

"别切换了，万一再结巴回去，得不偿失。"童瞳偏头看了一眼身后两个大箱子，"去的时候就背一书包，回来这么多行李，那两箱子都是什么啊？这儿什么没有买的，犯得着在北京买吗？"

童晏维笑得灿烂："弟媳妇啊！"

童晏维看到喃喃的时候明显吓了一跳，赶紧抱起来："哎哟，这么重了，喃喃宝贝，你妈妈都给你喂了什么好吃的，催熟剂是吗？你怎么长这么快，你姐姐像你这么大时候，我一只手就可以把她托起来了……"

"这算什么啊？你要看见他们家猫你才知道什么叫催熟的。"童瞳冷嘲热讽着，踹了一脚他的两个皮箱，"我弟媳妇？"

巫阮阮端着一盘切好的水果从厨房出来，放到茶几上，也好奇地去晃了晃他的皮箱："弟媳妇怎么在这里面？"

童晏维不以为然地笑笑，打开自己的两个皮箱，哪有什么弟媳妇，就是两箱子礼物，包装一丝不苟，没有为了节省空间而委屈礼物。

"你看你，回来还买什么东西，这里什么东西没有啊？大老远拖着皮箱多麻烦，首都的和这里不一样吗？"巫阮阮一边客套着，一边翘首以盼，摩拳擦掌地等着接自己那份礼物，童瞳和沈茂到手的是衣服、香水和包，当然数量最多的就是婴儿用品，自己到手的那个，是一盒进口饼干。

作为一个资深吃货，巫阮阮对自己的礼物表示出了极大的满意和满足,刻不容缓地先尝尝味道,发觉十分可口之后,坚决声称这东西一定添加剂超标,孕妇禁食。

"哟哟哟,瞧你那德行,我稀罕你个破饼干啊,出息。"童瞳不住地翻着白眼,最后实在忍不住了,直接扑到沈茂的身上,"大叔,你打飞的给我买呗,闻着香,我也想吃……"

沈茂连哄带骗地从巫阮阮那儿弄了半盒,还倒赔二十盒马卡龙。

"治疗过程怎么样?会不会很无聊?"沈茂问道。

晏维抓起一颗葡萄放到嘴里,眯着眼睛想了想:"不无聊,医生特别和蔼可亲,很有耐心,感觉像重新上了一次幼儿园,特别幸福的是,那园子里没有我姐欺负我。"

"在北京没转转吗?我那两个朋友说带你去转转,你又不去,跟着他们玩玩也好,你姐说你没去过北京。我们计划等你回来让霍朗带你做市场,慢慢接手 SI。"

"哇……"巫阮阮惊奇道,"我要换老总了?我下一任老总居然是我弟弟!野百合的春天来了,以后我在公司要横着走路!"

"你现在也可以横着走,你觉得方便倒立走都行。"童瞳插话。

童晏维拨开一颗葡萄的皮捏在手里,让小喃喃舔着,若有所思道:"再说吧,我先和霍总多学习学习,接手公司的事情再议。我现在年纪这么小,接手了也不能服众,团队的领头人还是很重要的。"

沈茂点头:"也好,现在不急着回去工作,先玩够了再说,不然你跟着霍朗那种工作狂,再想要大段的休假可能很难了。"

正聊得开心的时候,门铃被按响。

大家一起看向门口,这个房子的地址,沈茂没有告诉过任何人,他微微皱眉。

巫阮阮刚要起身去开门,他便抬手示意不用:"我去。"

他端着水杯,光脚走到玄关,回头朝童瞳温和地一笑,拧动门把手。

或许沈茂想到了门外是意外的不速之客,但是他绝对没有想到,自己精挑细选的一处住处,自己随手打开的自家大门,会扭转几个人的人生。

霍筱的每一次出场,言简意赅总结起来,都是两个字:惊艳。

一身复古花纹的刺绣长裙，将霍筱衬得典雅大气，她礼貌地微微一笑："好久不见，冒昧造访。"

沈茂尴尬地微笑，后背僵硬，手掌不自觉地在居家休闲长裤上蹭了一把，顺便深吸一口气，来消散一下后背嗖嗖冒起的凉气。

外人只道霍家是做煤炭生意，现在又发展了其他一些产业，不能让人理解的是，霍筱身边总是跟着两个五大三粗、魁梧至极的保镖，好像出门不开个三五百万的车，后面不跟辆奔驰，奔驰里不坐三五个穿黑衣戴黑墨镜的保镖，就显示不出他们家财大气粗一样。

两个保镖的手里拎着几个纸袋，在霍筱的眼色下，把手里的东西放到了沈茂的脚边，短毛地毯上就这样凭空多了几样礼物。

童瞳刚要站起来，便被巫阮阮拉着手臂坐回沙发，严肃道："沈茂不是在吗，你冲动什么？"

"这是什么？"沈茂扫了一眼地上的东西。

霍筱说话的时候始终面带微笑，似乎是在等他邀请自己进门。就这样僵持了十几秒，沈茂侧了侧身："进来说，保镖站外面吧，我们家有小孩子，凶神恶煞的，容易吓着人。"

霍筱嘴角轻弯，进了门。

"薄礼，给童小姐买了一点孕妇的补品。"

沈茂沉默不语，霍筱不是无理取闹的小女子，她来一定别有目的，而沈茂也在等她切入正题。

巫阮阮从沙发上站起来，主动笑着朝她走来，招呼道："霍筱姐。"

霍筱微笑的幅度增加半分："哦，阮阮也在，和霍朗在一起还习惯吗？"

巫阮阮微微一怔，笑着点了点头："嗯……挺好的。"

霍筱有一项本领，自动过滤无关人等，童晏维就在她的自动过滤范围内。她直奔童瞳，坐在沙发转角，一副母仪天下，好似皇后探望小妃子似的，十分体贴温柔地在童瞳手臂上轻抚一把："还记得我吗？"

童瞳不动声色地看着她。

"天气越来越热，你要辛苦了。"她再次轻拍童瞳的手臂，转头又朝巫阮阮微笑，"阮阮是两个宝宝的妈妈，你可以向她取经，多少有些帮助。"

童瞳冷笑一声:"怀孕肯定会辛苦,比没怀孕的……"她瞟了一眼霍筱平坦的腹部,接着说,"肯定辛苦多了。"

沈茂手臂撑着沙发,站在童瞳背后,一副保护的姿态,戒备地看着霍筱:"你来我家,只是为了和我妻子聊天吗?"

霍筱笑道:"嗯,只是来看看你们过得怎么样,顺便有个消息要告诉你,婚期已经定下在九月,考虑到你要照顾童小姐和小宝宝,不会有太多时间,我已经帮你在意大利定制了礼服,还有你的……"

童瞳不屑地笑了笑,打断她的话:"天都亮了,您还在这儿做梦呢?我和沈茂已经领证了,我们是合法夫妻,我是受法律保护的那一个,您在这儿瞎热乎什么劲儿啊?"

霍筱淡定地微笑:"我知道。"

"既然你知道,其他的话就不用说了。"沈茂不客气地下了逐客令。

霍筱非常识大体地礼貌起身:"沈茂和谁领了结婚证,其实……没那么重要,好好养胎,童小姐。"

领了证生了孩子,又怎么样?被公众认知的那个妻子,终归是她霍筱,童瞳再受宠爱,在外人眼里,也是第三者,童瞳的儿子,也注定是个私生子。

一直沉默的童晏维好似大梦初醒,追随出去。

接近正午,烈日当头,童晏维不得不微微眯起眼睛:"等一下!"

霍筱转身,仍旧面带微笑:"怎么了?"

"我记得你,你叫霍筱。"他眯着眼睛笑了笑,露出两个小酒窝,"你今天的妆特别漂亮。"

"谢谢……我今天没化妆。"

童晏维上前一步靠近她,仔细地看了看她的睫毛和眼线:"哦……是没有,那你不化妆才漂亮,今天的裙子也很衬你,很特别。"他的笑容看起来真诚至极,"我能留你的电话吗?"

霍筱不动声色地看了他半晌,打开手袋,抽出一张自己的名片。

"我叫晏维!童晏维!"他朝着已经转身离开的霍筱喊道,"我上次就想和你说话了,但是我有口吃,怕你笑我,现在我矫正好了!"

他朝庭院外走了几步,"我可以给你打电话吗?你会接陌生人电话吗?没关系,你不接我可以打你公司,公司也不接,我可以给你发信息。"

霍筱在车门前身形微顿:"童晏维?你今年多大?"

"不大,二十四岁。"童晏维认真地回答。

霍筱笑笑没说话,弯下身坐进车里。保镖给她关上门,她打开车窗,朝童晏维做了一个再见的手势,就像古老的英国贵族那般优雅。童晏维挥了挥手里的名片,笑着宣布:"我就是喜欢姐姐。"

他收起名片,回到别墅里。

童瞳问他干吗去了,他也只是笑着摇了摇头:"秘密。"

周六的时候,霍霆约了巫阮阮见面,正好可以带呢呢去游乐场,小姑娘好久没有出来好好玩一次,整天坐在那个不长苗的樱花坑旁边发呆,大概是想妈妈,也大概快要闷坏了。

于笑一听霍霆要带呢呢出去,立刻抱着小江夜出来:"那我带儿子和你一起去,出生到现在他还没出过几回门。"

霍霆仿佛没听见,慢条斯理地给呢呢梳头,这项技能除了专业的造型师几乎没有几个父亲具备,他曾连续几个晚上都在看编小辫子的图册。

阿青在一旁递过来袖珍的小梨花发卡,忍不住赞美道:"少爷,你这和专业的差不多了,这么复杂的编法你也会,我看了好几次都没学会,呢呢让我给她梳,我总梳得不伦不类。"

霍霆勾着嘴角,得意地笑了笑:"漂亮?"

"嗯,漂亮。"阿青点头。

"我帮你梳一个?"他笑问。

阿青刚要摇头,一不小心瞥到于笑恶狠狠的嘴脸,她立刻展开一个极度舒展的笑颜:"好,不过今天你得快点了,你和人约好的时间快到了。"

霍霆笑着看了她一眼,整理好呢呢的纱裙,抱着出了门,全然把于笑当成空气。

节假日的游乐场永远不会萧条。

巫阮阮站在游乐园门口四处张望，霍朗坐在她身后的长椅上，他大大咧咧地跷着腿，露出爬满文身的胳膊把小喃喃搂在胸前。

霍霆抱着呢呢走过去，清俊的眉眼隐藏在太阳镜下，直直地盯着她，不舍得移开目光。

巫阮阮一把抱过呢呢，在她小脸蛋上来回亲，亲到后来呢呢都直伸手去挡，异常正经道："妈妈，不要亲了哦，我有抹爸爸的香香，你把我香香亲走了。"

"后果这么严重啊……"她非常配合，"妈妈再闻闻，你的香香还在不在？"

霍朗冷酷地朝霍霆摆了摆手，算是打过招呼。

巫阮阮抱着呢呢，弯腰从霍朗手边的挎包里拿出一把袖珍的欧式宫廷伞，撑起来让她自己拿着："宝贝，这是晏维叔叔给你带的礼物，下次要记得谢谢他哟。"

她把视线转向霍霆，带着一抹清淡的微笑："她还小，你的保湿乳不能给她用。"

霍霆笑得极温柔，做了一个噤声的动作，不想引来呢呢的注意，干脆给巫阮阮做起了示范：把保湿乳挤在食指上，伸到她的面前，却用中指和无名指在她脸上擦了一下。

所言之意：我一直在骗这蠢妞抹了香香，其实抹的是她爹地的手指。

"咯咯——"霍朗在后面十分明显地咳了一声，所咳之意：你总动手动脚的什么毛病？

呢呢能玩的项目不多，少数没有危险的可以自行玩耍，更多的项目需要父母陪同。

巫阮阮带着小丫头到处疯癫的时候，霍霆和霍朗就站在一边等着，一个总是温柔地微笑，一个总是冷酷地面瘫。

霍霆看向霍朗怀里的胖丫头，斟酌了半天，说："她看起来有些超重，我替你抱一会儿？"

"我不累。"霍朗面无表情地拒绝，"婚礼筹备得怎么样了？"

没抱到喃喃，霍霆只能伸手在她脸上捏了捏："很顺利。抱歉，不能邀请你，我母亲……"

"明白,结婚的日子是不该有什么不愉快,不打算和我要点结婚礼物吗?"

"礼物?"

"对,礼物,头婚我没关注,二婚我就在你身边,不送点什么似乎没有兄长的样子。你可以自己挑,但是别太贵,赚钱很难的。"

游戏结束,巫阮阮带着呢呢跑过来,只听了一半的话,稀里糊涂地接上一句:"我来赚钱!"

两个男人的两只手同时抬起来要揉她的头顶,三个人不约而同地愣住了。霍霆收回手,插进口袋,尴尬地微笑,眼看着霍朗粗鲁地在巫阮阮头上搓了搓。

空气里好像莫名多了一股滚烫的热气,直奔他的眼底,灼得发疼。

"你就会吃。"霍朗言简意赅地替她总结。

"你不会吃啊?"巫阮阮不服气地扫了他一眼,"长嘴的都会吃,我就是比较能吃而已,这是天赋,就像有的人天生腿长,有的人天生高智商,我就是天生能吃,上帝对每一个人都是公平的,你不能因为我的技能不够高大上而瞧不起它。"说着,她还剥了两块糖,一颗塞进呢呢嘴里,一颗放进自己嘴里。

"嗯,只有这一项,你天赋异禀。"

"能吃的女孩子有福气。"霍霆突然插了一句,随即掏出呢呢的卡通小手帕,弯腰给她擦汗,用她手里的小扇子给她扇风。

巫阮阮拿糖果的时候没有注意什么口味,呢呢嘴里这块是柠檬的,小丫头酸得眼睛都快睁不开了,见爸爸蹲下来,立马噘着嘴要把糖渡给他。霍霆毫不嫌弃地从自家宝贝嘴里接过糖果。

"嗯……酸。"他皱着眉头感叹一声。

呢呢张开小嘴,无声地笑了。

几个人找了一处人少的草坪坐下来休息,巫阮阮从包里掏出一条小薄毯子,摊开在草坪,把喃喃从霍朗的怀里解放出来,小喃喃的胳膊腿得到舒展,顿时风火轮似的狂蹬起来,呢呢跪在妹妹的身边,抬头讨好地问霍朗:我亲亲可以吗?

霍朗指了指自己的脸颊:"先过了我这关。"

呢呢乖巧地站起来,抱着霍朗的肩膀在他英俊的面颊上亲了个响,然后不等他说同意,扑到喃喃的旁边,美滋滋贼兮兮地亲了一口,亲完了还回头朝霍霆得逞地笑了笑。

如果没有这两个小孩,他们三个人的相处应该会十分尴尬。

霍朗背后是园区的玩具店,外面放着很多风车,呢呢发现之后便一直盯着看,她拉着霍霆的手,指着远处的风车:爸爸,我想要那个转转。

霍霆摘下太阳镜,看了风车半晌,故作为难道:"那很贵。"

呢呢十分沮丧地皱起眉头,巫阮阮抱着膝盖拄着下巴,笑吟吟地看着她,小孩子的情绪全部写在脸上,直白却很生动,能让人一眼捕捉到他们的真实想法。

"爸爸出门辛苦工作一天,只能买得起一个风车。"霍霆继续假装生活艰辛无比。

呢呢的视线在风车和霍霆之间流连,更加沮丧了,她有点小激动,比画着说:爸爸,我们家快没钱了吗?买不起风车,也吃不起鸡腿,吃不起比萨和冰激凌了吗?

霍霆露出一个比她还要哀伤的表情:"嗯……我们家的钱很快就被你浪费光了,你再把早餐奶倒在种樱树的那个坑,以后我们连米饭和青菜都吃不起,我的钱都给你花了,以后我没钱养老的。"

呢呢眼泪汪汪,信誓旦旦:爸爸,你放心大胆地给我花吧,我以后会养你的!

霍霆笑了笑:"你养爸爸?"

呢呢郑重地点头。

"你打算赚多少钱养爸爸?"

呢呢掰了掰手指,一咬牙:一百吧!

"这么多啊……"霍霆很配合地做思考状,"那好吧,你一定要赚到一百块,撒谎的小孩会长长鼻子。"他刮了一下呢呢的小鼻子,准备站起来去买风车。

"我给她买。"巫阮阮拍拍裙子飞快地站起来,伸手去翻找自己的钱包。

"不用，不给她买，我怕她不养我。"霍霆朝玩具店走去。

呢呢眼巴巴地看着，突然像想起来什么似的，巫阮阮一个没抓住，她小小一个人就蹿了出去，跟在霍霆后面，手舞足蹈地大喊，当然是无声的，所以自己分明已经急得一脑门子汗，可她温柔体贴的爸爸却毫无知觉。

巫阮阮几步追了上去，一把拉住呢呢的肩膀："呢呢，在游乐园里不可以乱跑，找不到爸爸妈妈你会哭鼻子。"她抱起呢呢，朝着霍霆的背影喊了两声他的名字，可无奈她天生小嗓门，一出声立刻淹没在周围一群小崽子们的尖叫里。

她只好抱着呢呢去到霍霆身边。

感到肩膀被人戳了一下，他转头就看到呢呢伸着一根小手指，在巫阮阮的怀里可怜巴巴地看着他，他不着痕迹地看了看还在草坪上的霍朗，温柔地笑了笑："怎么了，呢呢？"

呢呢表示：爸爸，要两个，买两个吧……将来我赚两个一百给你养老！

霍霆这次没有难为她，直接付了钱。

玩具店的店员觉得呢呢比一般小孩好看，特别招人喜欢，故意逗她："你好贪心呀，风车也要两个。"

呢呢无声地咧嘴一笑：给我妹妹。

店员摘下来两个风车递给霍霆，这么帅的爸爸她在这地方也不多见，脸色有些发红，赞美道："你女儿长得像妈妈多一点。"

霍霆弯起嘴角笑笑，把风车递给呢呢，从巫阮阮的怀里接过孩子，干净的嗓音好似一道清凉的风从巫阮阮面前吹过，声音极轻柔地回应："像妈妈更好，她妈妈比我好看。"

巫阮阮抿了抿唇，目光自然地瞥向别处，她只能当作这是霍霆无心的客套话。

两人往回走到时候，巫阮阮觉得有些尴尬，于是问："德国那边有没有抓到人？"

"还没消息。"

"已经过去好久了，坏人还在逍遥法外。"

"案件有些复杂，应该不会在短时间内有太大进展，好在现在我是安全的。本来想带呢呢移民，出了这件事，我觉得还是在国内安全一些。"

巫阮阮点头附和："就是，不要移民了，国外有什么好？"

前面走过一个旅游团，浩浩荡荡的队伍挡住了他们的去路，两人不得已一起停下脚步。

一阵轻风拂过，巫阮阮耳边的发丝被拂到她的眼前，挂在她卷翘的睫毛上，在她头顶上方的高处，茂盛的绿荫枝丫伸得很长，两朵深粉色的小花落在她的头顶和肩膀。

这一幕，霍霆怔怔地看着，近乎痴迷。想到很久很久以前，巫阮阮还是及腰的长发，有时披散在背后，有时束成长长的马尾，他们一起坐在校园里那棵盛开的樱花树下，微风一过，便会有花瓣洋洋洒洒地落下来，巫阮阮把落地的花瓣捡起一小捧，一股脑地扬在他的头顶，还不许他拂掉。

那时他以为，那就是他的一生，直到苍老，直到死亡，他们都不会分开的一生，却戏剧化地转折了。

霍霆轻松地笑笑："你在担心我吗？"

"换作是谁我都会担心。"

霍霆耸耸肩不再说话。两人一起往草坪走去，呢呢鼓着腮帮努力吹动风车，临近草坪的时候从霍霆怀里挣扎下去，跑到喃喃的身边，把风车分出来一个，放在喃喃的手边，想了想，又拿起来塞到喃喃的手里。

霍燕喃完全不领情，一掌拍开。

"呢呢，妹妹太小了，还玩不了这个东西。"霍霆提醒她。

呢呢看看爸爸，又看看妹妹，拿起风车递给霍朗：你转，给她看。

"我为什么要听你的？"霍朗的脾气比喃喃还大，一点也不买呢呢的账。

呢呢原地琢磨了一会儿，两步上前，笨拙地搂住霍朗的脖子亲了他一口。

"叫爸爸。"霍朗笑得像只狐狸，"叫爸爸我告诉你风车怎么玩。"

巫阮阮坐到霍朗的身边，用手臂捅他："你怎么对小孩子也来这一套？"

霍霆坐在他们对面，招呼道："呢呢过来，爸爸教你玩。"

"妈妈教你。"巫阮阮笑眯眯地跪下，伸手要抱她。

霍朗长臂一揽，把小丫头搂进怀里，变魔术似的从手指缝里拿出一块包装可爱的软糖："叫爸爸。"

经过一番艰难的抉择，呢呢决定先放下身段，为糖果屈尊，小嘴巴一张一合，非常清晰地对着霍朗示意：爸爸！

巫阮阮觉得呢呢这种为了吃的大无畏精神太可爱了，也扑到霍朗的怀里，狠狠亲了呢呢一口。

霍霆有些无奈地扶了一把额头，虽然有些时候他会故意刁难一下女儿，但那只是玩笑，他对呢呢可是有求必应，别人家孩子有的没的，吃过没吃过的，他都会买回来给她，可她这种给块儿糖就能换爸爸的性格到底是怎么养成的呢？

巫阮阮指着小呢呢，笑着说："都说爸爸带女儿不靠谱吧，你小心将来她男朋友给个烧饼就把她拐跑了。"

"应该……不会的。"霍霆的回答显然不够肯定。

巫阮阮握了握呢呢的小胳膊："呢呢啊，妈妈问你，将来你男朋友给你一个烧饼，你还给他当新娘吗？和他结婚吗？"

呢呢嘴里含着软糖，懵懂地偏了一下头，大眼睛黑溜溜的，刚一张嘴，软糖就掉了出来。霍朗大掌一摊，软糖掉进他的掌心："完了，掉我手心就归我了。"

他将糖果向空中一抛，稳稳掉进他的嘴里。

呢呢忘记了刚才的问题，震惊地看着这个无耻的爸爸，居然抢了她的糖，薄薄的鼻翼快速鼓动着，好像要哭了。

霍朗揉了揉呢呢的耳朵，呢呢不高兴地一巴掌打开。

霍朗按住她的小手，又在她耳朵上抓了一把，再摊开手心，有一块包装崭新的糖果。

所有不开心立刻被抛诸脑后，这爸爸可真神奇，随便一摸就有糖。

"呢呢，妈妈问你话呢？"巫阮阮把刚才的话重复了一遍。

小燕呢吃一堑长一智,这次先把糖果从嘴里拿出来,瞪着大眼睛:妈妈,啥是烧饼?

"烧饼就是一种饼……"巫阮阮非常艰难地和一个三岁小孩解释烧饼的定义,伸手比画着,"就这么大,圆圆的,很多口味,有咸的,有甜的……"

呢呢吸了一口口水,慎重地点头,说:那结婚吧。

霍霆:"……"

漂亮的小孩总是被人喜欢的,霍朗尤其喜欢小孩。

他抱着呢呢站起来,让她握住风车:"抓稳了,风车要转起来了!"紧接着把她放低,又忽然拉高,好似用自己的身高和臂膀给她造就了一个蹦极的环境,小风车朝着太阳和天空,呼啦啦地转着……

"云笔大赛的设计作品你准备得怎么样了?准备设计什么?"霍霆的视线从呢呢身上收回。

"海报,公益海报。"

"环保主题?这一类的每年都会收到很多,很多大师也喜欢做这一类的设计,你有把握吗?"

巫阮阮摇头:"说真的,没什么把握,能入围,能得到一个边边角角的优秀奖,我也知足,不过我做的不是环保主题的。"她思考了一下,"我的设计偏人性和情感那一边,还没定稿,我要再慎重地思考一下,我要代表 SI 呢。虽然只要能参加都是一种荣誉,但如果成绩很差,有很多人会不满意,会觉得也许让他们参加,结果会更好,毕竟我的资历不高。"

"你比你想象中的要优秀很多,应该再自信一些。"

巫阮阮笑笑,她不是不自信,只是在正确地衡量自己的创作水平:"嗯,总之还是要谢谢你做我的推荐人,不然我也没这个机会。"

这种过于礼貌而生出的陌生感让霍霆心里不舒服,巫阮阮要对他说谢谢,不应该是这么远的距离,这么拘谨的微笑,而是扑在他怀里,以吻报恩。

巫阮阮好像忽然想起来什么似的,"哦"了一声:"对了霍霆,离婚的时候我没和你去民政局,我们是不是还没领离婚证,等你有空了我和你一起去一趟……"

"没有离婚证我怎么和于笑结婚？很早就办好了，在我家里，你急着要吗？"

"不，我不需要，下次带呢呢出来的时候顺便给我就好，我要那个也没有用，只是问一问，你要结婚了，别忽略这些程序。"

"你和霍朗……做打算了吗？"

巫阮阮莞尔一笑，垂下眸子："能不能白头偕老，不在于那一张纸，有那一张纸，也阻止不了不相爱的人分道扬镳。"

霍霆沉默了，没再说话。

因为呢呢要坐夜晚的摩天轮，所以直到晚上九点才结束一天的行程，小呢呢困得口水直流，还不舍得合眼。

巫阮阮抱着她，和她商量着："宝贝，和妈妈一起住吧，我家里有小妹妹和小猫咪哟！"

一听这话，霍燕呢眼睛立马瞪得像个灯泡，伸着胳膊拼命地要霍霆抱。

霍霆接过呢呢，让她和妈妈再见，她那叫一个痛快，特别敷衍地摆摆手，然后放心地在霍霆肩膀上合眼，口水蹭了他一肩头。

司机已经把车停到了游乐场的正门，霍霆抱着呢呢离开，临走之前没有和任何人商量，又毫无征兆地抓起喃喃的小手，迅速且温柔地亲了一口，轻声道："真胖。"

婚礼当天早上，霍老太太不到五点就开始起来忙活，霍霆被她左一句阿青右一句阿青吵醒，躺在床上看着还没亮透的天空，想不明白她有什么可忙的，穿上衣服等着去酒店就好了。

没一会儿，他虚掩的房门就被人悄悄打开，他翻了身，呢呢穿着吊带背心和小三角内裤，光着脚丫站在他的地毯上，他拍拍床铺，温柔道："上来，宝贝。"

呢呢的情绪不太高，霍霆有些心疼，小孩子不懂大人的世界，但总是会很敏感地捕捉到周围的风吹草动。

她拉着霍霆的手，放在自己的肚子上揉啊揉。

"肚子痛吗？"

呢呢摇头，转头扎进霍霆的怀里，用脸蛋蹭着他的颈窝，小手紧紧搂着他的脖颈。

婚礼的一切霍霆都没有参与，只有呢呢的小礼裙是他亲自挑选的，藕荷色的蓬蓬裙，穿在身上好像她坐在花朵中央。霍霆亲自给她梳了复古发包，还绑上了和裙子同色系的发带，美得无可挑剔。

婚礼的举办地点是在马可酒店的户外草坪，白色的鲜花拱门和纱幔衬着大片的绿色草坪，白色的地毯上铺满淡粉色的花瓣。

霍老太太穿着一身改良过的刺绣旗袍，欣喜之情溢于言表，婚礼现场的两侧，还有记者们的长枪短炮。

霍霆一身白色的礼服，剪裁利落合体，将他的干净清俊完美展现出来。

这婚礼好像和他没什么关系，连伴郎他都不认识，他邀请来的，也只有部分生意场上有合作关系的朋友。

至于一些关系不错的朋友，都知道他这是二婚，并且似乎不太情愿到场，何况还有媒体在场，大家更是毫无兴致，便提前送了一些新婚礼物。

霍朗送了他两本书，有些令人无奈，一本叫作《如何应对一个泼辣的女人》，另一本叫《老婆的心思我们猜一猜》。

阿青敲了敲休息室的门，进来提醒道："少爷，时间到了，您该出去了，呢呢交给我吧。"

呢呢紧紧搂着霍霆的大腿，小嘴巴快速张合，手语也打得有些凌乱：爸爸，你要去哪儿呀？我肚肚疼、鼻子疼、嘴巴疼、脚脚疼，好疼，你给我揉揉呀！

霍霆心里酸酸的，弯腰把她抱起来，轻轻吻住她的额头："爸爸要去参加自己的婚礼。"他抬眼看向阿青，"等我两分钟。"

"好吧。"阿青关上门，休息室再次变成他们父女两人的小世界。

霍霆一边轻缓地帮呢呢揉捏着她故意喊疼的那些地方，一边低柔轻语："呢呢，爸爸一定要去参加这个婚礼，可是不管爸爸和谁结婚，爸爸都爱你，会一天比一天更爱你，给你的爱，是不会因为婚礼而分享给别人半点的。你在爸爸心里的地位,是没有人可以动摇的,你新妈妈不能,你弟弟不能,连你妹妹都不能,你懂吗?"

呢呢眨巴着泪光闪闪的眼睛,低头扯着自己身上的裙纱,委屈地摇头:我有妈妈。

他有些哽咽,呢呢的话令他心酸无比:"爸爸知道,你有妈妈,就像爸爸也有一个妻子,妈妈在你心里无可替代,爸爸的妻子也是一样的。如果爸爸不结这个婚,就没有办法真正地掌握长星电子……"

霍霆弯起嘴角笑笑,将呢呢搂进怀里,亲昵地吻着她柔软的发丝,眺望着窗外波光粼粼的江面:"我能为我妻子做的最后的事情,就是让那些伤害过她的人,变得一无所有……"

// 第十一章

他的小公主离开了!

  酒店的大门外,一辆白色的X6里,孟东嘴上叼着一根没点燃的烟,愁眉不展地趴在方向盘上,孟东的新婚妻子文君实在看不下去了:"老公,要不咱们进去吧,你要是忍不住拉着霍霆私奔,我会以死相逼让你留下来的。"

  孟东有气无力地扫了她一眼:"你带刀了吗?"

  "没有。"文君诚实地摇头。

  "没带刀你怎么以死相逼啊?下去买刀去。"

  文君对四周的环境巡视一圈,为难道"这儿没有卖刀的地方啊……"她灵机一动,拿起孟东的打火机紧紧握在手里,"我自焚。"

  "那你下去买汽油去,不然太没诚意了。"

  "我……你就不能克制一下吗?非要带他跑吗?"

  孟东猛地坐直身体:"我这不克制了吗,不克制早冲进去了。"

  文君没接话,从包里翻出一块士力架,默默地啃着:"老公,你吃吗?早上就没吃饭呢,这马可酒店可是出了名的味道好,不知道他们的婚礼菜品都有什么,咱们结婚那天听说有蜗牛,可我连壳都没看到,饿得婚纱都快从胸上掉下去了……"

  "你一饿扁胸啊?还是你婚纱绑在腰上?"

文君不以为意地瞪了他一眼："我这不是为了表达得更生动嘛……"
孟东趴着没动，抬手揉了揉她的短发。

文君是个好姑娘，这一点孟东不否认。他们见面的第一天，文君就告诉他："我知道你不喜欢我，我也有男朋友，不过因为要和你结婚，所以分手啦！出生在我们这样的家庭，没有办法谈纯粹的感情，有得必有失，得到奢华的生活就要失去放纵的自由。我们的婚姻没有爱情，可能也一直不会有爱情，但是我相信，我们会有感情的，比如日积月累的亲情。你要学会像我这样想哦，不然你以后一辈子都会觉得和敌人生活在一起，和亲人生活，总比和敌人生活好。"

就是这一番话，让孟东原本准备好的破口大骂迫不得已全部收回。

于是那天他说："我可能真的不会给你爱情，但是我可以给你一个家，至少我会让我们的房子看起来像一个家。"

孟东觉得自己的命不算坏，因为他遇到的人总是这么好。

孟东所在的位置正好是草坪一侧的栅栏外，可以看见远处来回走动寒暄的宾客，舒缓轻快的交响乐柔和地传来，新人还未登场。

片刻之后，乐队开始演奏一首全新的浪漫曲子，司仪登场。

"霍霆出来了！"文君趴在车窗上紧张地说。

孟东还是懒洋洋地看着，缓缓闭上眼睛："我知道他要干什么，我不敢，也不能带他走……"

于笑的一袭白纱看起来十分烦琐，好像陷入一个奶油堆，裙摆蓬松又是拖地长尾，霍霆觉得这世界上没有比这更难看的婚纱了。

当然这只是他一厢情愿的看法，除了他以外的人，还是会觉得这白纱美轮美奂，加上她精致的五官，完美的妆容，简直宛如一个中世纪的复古贵族。

于笑挽着于长星的手臂，笑得一脸甜蜜，朝着面若冰霜的霍霆走去，每一步都幸福得好似踩在云端。

"再去找！一个小孩能跑哪儿去！"霍老太太坐的地方距离霍霆极近，她面带微笑，声音却已经露出咬牙切齿般的恨意，瞪了阿青一眼。

阿青微微弯着腰，快速从婚礼现场离开。

阿青刚刚把呢呢送到霍老太太手边，小呢呢却吵着要霍霆的手机，那上面有为她专门下载的儿童游戏,就是阿青去拿手机的时间,再回来,便只剩霍老太太美滋滋地朝着新娘子傻笑。

阿青登时冒了一脑门汗珠,她问了两个在门口的记者有没有看到一个三岁穿浅紫色裙子的小女孩跑进酒店。

记者告诉她有,她前脚跑进酒店,后脚那小姑娘就跟着她跑了进去。

阿青吓坏了,进了迂回复杂的酒店,一个三岁小孩能跑的地方可太多了,况且呢呢不会说话,就算有人好心想送小孩子回来,都问不出个所以然。

霍霆的余光瞥见阿青再次跑开,忍不住侧目,几不可察地皱了一下眉头,霍江夜由于笑母亲带来的用人照看,他的呢呢本来就该被送到母亲这里,可是现在人呢?被阿青带走了吗?

于笑发现了他的心不在焉,小声提醒了一句:"老公……"

霍霆回神,在于笑挽上他的手臂之后走向洒满花瓣的舞台。

司仪千篇一律的主持内容冗长无趣,毫无创意,最关键的总在最后,牧师照例询问新人:"新娘于笑,你是否愿意嫁给霍霆,无论疾病健康,都爱他,照顾他,尊重他,接纳他,永远对他忠贞不渝直至生命尽头?"

于笑甜蜜地回答了一句:"我愿意。"

从婚礼开始到现在,足有二十分钟都没有看到呢呢,霍霆的心思已经不在这场婚礼上,他的视线越过于笑的娇颜,瞥向通往酒店后门的入口,阿青带着两个保安跑出来,面色凝重却有条不紊地交代着什么。

可在外人眼里,这不过是新郎对新娘爱慕的凝视。

霍霆敏感地发觉到哪里不对,思绪彻底从自己的婚礼上抽离,待阿青看向他时,他的眼里已经覆上一层凝重的疑问:呢呢哪儿去了?

呢呢不是其他任何东西和事物,阿青不敢对霍霆有任何隐瞒和拖延,她用手语告诉他:我找不到呢呢了。

"新郎霍霆……"司仪已经第二次念到他的名字,于笑脸上的笑容显然有些不好看了,生怕他会在这种场合反悔。

霍霆的视线收回,看了看于笑,又看了看于笑,睫毛微微发着颤,试图压抑自己焦急紧张的情绪,最终于事无补,他语速有些快,甚至声调都变得有些不稳,急促道:"我愿意。"

不等司仪说交换戒指,他直接拿起了戒指,慌乱地套上于笑的手指,然后拿起自己那一枚给自己戴上。所有人都很诧异,于笑也没想到他会这么着急。司仪故作镇定地解围道:"新郎已经迫不及待地……"

"对不起!"霍霆突然打断了他的话,扳过于笑的肩膀,捧着她的脸颊在面上印了一个仓促的吻,做完流程的最后一步,然后看向司仪,"我女儿走丢了,我现在必须马上去找她。"

司仪为大家做了简单的解释,现场一片嘈杂。

霍老太太也抱歉地朝客人笑着,还向众人解释到自己的小孙女有些淘气,霍霆太过担心,希望大家理解。

"找到人了吗?"霍霆跟着阿青跑到酒店前台,询问经理。

"还没有,霍先生,我们现在在给您调看监控录像,所有出口和走廊都有高清摄像,希望能尽快找到您的女儿。"

"少爷……"阿青颤颤巍巍地叫了霍霆一声。

"休息室没有吗?休息室有个小柜子,她早上要钻到里面去我没让,你找了吗?"

"我找了,所有能藏得住她身体的地方我都翻过了。"

"等监控。"他皱眉道。

"对不起,少爷,是我没看住呢呢,我刚才去给她拿手机,让她在夫人身边坐一会儿,没想到她会跟着我跑出来……"

霍霆摆摆手,示意不用解释,现在追究呢呢是怎么跑丢的没有任何意义,他也心知肚明,阿青不会擅自把呢呢一个人放下离开,一定是安排在他母亲身边才能放心地做事。

大堂经理的耳机传来监控室的消息,他面色凝重地看着霍霆,准确传达出保安观察到的信息:"三四岁左右小女孩,穿偏灰的紫色公主裙……"

"是我女儿!"霍霆极度紧张,"她就穿这一身衣服,人呢?"

"被一个扎马尾的长发女人从正门抱走了。"

"扎马尾?"霍霆怔了怔,会是巫阮阮吗?不会,巫阮阮那种人,就算跪下来求自己把孩子给她,也不会制造这种恐慌。

经理又和保安对讲了几句,对霍霆说:"正门,黑色大众宝来,无牌,向西行驶。"

"麻烦你帮我报警。"霍霆对经理交代道,转头面对阿青,"你去和我妈交代清楚,我可能不能马上回来。"

"好。"阿青点头,把他的手机递到他手中。

霍霆跑进休息间去拿自己的车钥匙。

酒店外面的孟东和文君也发现了婚礼的异常,文君咬着士力架,有些不明所以:"咦?新郎跑了……"

"对啊……尿急?不应该吧……"孟东也很纳闷,"不会,霍霆已经多久没跑着走路了,出事了,我们去前门。"

他迅速掉头围着酒店绕了半圈,一踩刹车停在酒店的正门,霍霆大步跑出来,险些撞在X6的车头上。他迟疑片刻,没再向停车场跑,拉开X6的后门跳上去,一切废话省略,他直入主题:"顺着这条路往西追,黑色无牌大众宝来,呢呢被开车的女人抱走了。"

白色X6如同一头发怒的庞大野兽,咆哮着冲出去。

巫阮阮做了一个梦。

她梦到她的父亲,一直问她和霍霆在一起过得好不好。他问着问着,巫阮阮就哭了。

霍朗一只手夹着喃喃,一只手抓着一个三明治,站在床边莫名其妙地看着巫阮阮,他把吃了一半的三明治放到巫阮阮鼻子下面,果不其然,她抽咽了两声,闻到了三明治的味道,迷迷糊糊地睁开眼,大概脑子还没反应过来是怎么回事,嘴巴已经一口咬住了他的三明治。

"你在哭什么?"

巫阮阮两三口把三明治一起塞到嘴里,鼓着个腮帮摇摇头:"没有啊,做梦而已……"

"我问你在哭什么?哭的内容是什么?"霍朗重新强调,他把力争从他怀里挣扎出去的喃喃放回她的小床里。

巫阮阮慢腾腾地吃完三明治,起身靠在床头:"就是做梦哭了,不记得了……"

霍朗坐到床边,带着一抹危险的醋意向她身体欺近:"今天霍霆结婚。"

巫阮阮眨了眨眼睛,点头:"我知道。"

"你很伤心吗?"

"不伤心。"

"不伤心你哭什么?哪天做梦都不哭只有今天做梦哭,还哭得这么悲痛欲绝,难道不是因为你曾经深爱的男人另娶新欢?"

巫阮阮没想到霍朗会把问题想到这么深的层次,她以为霍朗对他们之间的感情已经自信到无懈可击:"我……"

"你犹豫了,瞳孔瞬间紧缩并且目光游离,说明你在心虚,手指蜷缩抓紧被单,说明你面对我的质问产生了紧张情绪。"他笃定道,"你在撒谎,巫阮阮。"

巫阮阮胡乱抹干脸上的泪痕,不可思议道:"你懂行为心理学?"

霍朗没回答她的问题,而是继续向前倾身,几乎是鼻尖抵着鼻尖:"如果你想去看看霍霆是怎么迎娶美丽的新娘,我可以满足你,现在就带你去。"

巫阮阮伸手抵住他的胸口,把他从自己面前推开:"都说了不是,谁要看他美丽的新娘,那美丽的新娘要是看见我,指不定婚都不结了也要来折磨我,我找虐啊?"

"你在回避我的问题,我问的是霍霆,你故意回答于笑,顾左右而言他,巫阮阮,你在撒谎。"

巫阮阮哪里是霍朗的对手,除非霍朗闭嘴不想说话,不然她似乎没有可以赢的胜算,索性不辩解了。她一把掀开被子,坐直了一些,转头看向通透明亮的窗外:"啊……天气真好,万里无云,碧空如洗。"

霍朗顺着她的目光瞄了一眼那如洗碧空,不知她是怎么分析出来万里无云的,那天上那一大朵一大朵的难道是棉花吗?

"逃避问题,不想回答,因为心中有愧,是吧?"

"风和日……"

"不日。"他淡然拒绝,手掌扣住她纤细的腰肢,猛地将她拉回枕头上,然后一把掀起她的睡衣,耍起了流氓。

巫阮阮抵住他的肩膀,脸色泛红:"你羞不羞,大白天……"

他手臂一扬，高高掀起被子，轻飘飘的薄被在日光的穿透下仿佛一面巨大的纱幔慢慢扣在两人身上："现在黄昏了。"

要流氓这种事，一定要谨记三点：一是坚持要，二是不要脸地要，三是坚持不要脸地要，那么最后总会要成功。

自从他在叙利亚回来，就一直留着短短的头发，摸在手里有些扎手，痒痒的。巫阮阮抱着他的脑袋搓了搓，气息不稳道："你真的会行为心理学？"

"不会。"霍朗吐出一口气，来回答她的问题。

"那你刚才分析得头头是道……"

"我编的，反正你肯定也不会。"

巫阮阮有些无语，非常无情地把他推开："那你一直在那儿乱分析我是为了霍霆结婚才哭！"

"我故意的。"

巫阮阮干脆利落地整理好身上的衣服，从他臂弯下钻了出去，站在床边好整以暇地看着欲求不满的霍朗："幼稚！"

霍朗伸手拉她："过来。"

"傻子才过去！"说完她挣脱他的手腕，一溜烟跑出房间。

安燃打电话来的时候，霍朗正在给喃喃换尿布，他把沉甸甸的尿不湿扔到垃圾袋里，抽出湿巾，温柔地擦着胖墩墩的小屁股。巫阮阮在一旁喝着牛奶吃着三明治，顺带指手画脚。

"你们在家吗？"安燃问。

"在家呢。"巫阮阮答。

安燃笑笑："一会儿我去你们家，昨天夜里和朋友去钓鱼了，我今天休假，中午去给你做鱼吃啊？可以红烧一个，再做个汤，再清蒸一个……"

巫阮阮咽了咽口水："那你快来啊，还在等什么呀！"

"我在菜市场，你还想吃什么，我买过去。"

巫阮阮刚想说"那再炒个香菇吧"，就听安燃那边有一个女人的声音："安燃，这是什么？"

"番薯叶。"

女人又问:"好吃吗?"

安燃回答:"不好吃,很多地方这是喂猪的。"

"我没吃过,你做给我尝尝?"

"我没空,一会儿我要去霍朗家。"

女人好像来了兴致:"我也去,鱼是我钓的,为什么吃没我的份儿?"

巫阮阮和霍朗对视一眼,心照不宣,安燃这种万年独行侠身边怎么会有女人呢,显然关系匪浅啊!

紧接着,他们就听见安燃十分公式化地拒绝道:"不行。"

电话发出刺啦的信号声,那个女人抢过了电话:"喂,是小包子吗?"

"小包子?"巫阮阮反问一句,不解地看向霍朗,"是你还是我?"

霍朗鄙夷地看着她,用目光回答:我哪儿像包子?

他想起来好像是有那么一个人管巫阮阮叫小包子,他拿过巫阮阮的手机:"金木谣?"

"我要去你家吃鱼!鱼是我钓的!我有权利享受我的劳动果实!"

那边又传来一阵抢电话的声音,霍朗直接挂了电话,扯开自己的领带:"我不去上班了。"

巫阮阮的目光四处游移,不自然道:"因为你前妻要来吗?"

金木谣怎么和安燃产生了交集呢?这世界真是无处不巧合,巧合得毫无章法。

"嗯。"霍朗坦然回答。

"哦……"巫阮阮刚一转身,后背便感觉到一股坚硬的力量,霍朗抱住了她,声音沉着而华丽,在她耳边蛊惑道:"你吃醋了。"

"我没有,我还在为霍霆结婚的事情难过呢,没空吃醋,我——嗷!"

霍朗在她小肚子上狠狠捏了一把:"想死吗你?"

巫阮阮不说话了,低眉顺眼地等着他说话。

"她要真想找到我,谁能挡住她?我只是怕你害怕。"

大概半个小时后,安燃心不甘情不愿地载着金木谣来了。安燃在厨房里做饭,金木谣也跟了进去,这时巫阮阮放在茶几上的手机突然响了一声，然后自动挂断，两人以为是骚扰电话，谁都没理会。

可紧接着，电话又打了进来，屏幕上的名字让霍朗和巫阮阮同时皱起眉头。

霍朗正要伸手去拿，巫阮阮便一把抓起来，接通电话："你又有什么事？我不会借钱给你，不要再打电话来了！"

"巫阮阮！"安茜尖叫一声，听起来情绪十分不稳定，"我不是和你借钱！是你必须！必须给我钱！你的小哑巴就在我车上，我要去新市码头，下午三点之前，你不带着八十万，不对，我要两百万，你不带着两百万来，我就把小哑巴扔到江里！你敢报警，就永远别想见到她！"不给巫阮阮任何询问的机会，她当即挂了电话。

巫阮阮惊骇地看着手机，霍朗搂过她："别轻信他，我打电话给霍霆，问问孩子到底在哪里。"

安燃听见声音从厨房里冲出来，虽然没听清听安茜说了什么，可是直觉告诉他，出大事了。

霍朗拨通了霍霆的电话，片刻后，电话被接起，巫阮阮屏息凝神地等待着答案的确认，霍朗的问题毫不拖泥带水："呢呢在你身边吗？"

"不在。"霍霆的声音听起来怒气勃发，"我现在就在追，正举行婚礼的时候她被人抱走，监控显示是一个扎马尾的女人，开着一辆黑色的大众宝来，没有牌照。"

巫阮阮当即吓得整个人软了下去，手脚都没了力气，她抢过霍朗的电话，焦急道："报警了吗？你现在哪儿？"

巫阮阮颤抖的声音让霍霆心里更加发紧："报警了，我现在和孟东在追那辆车，从酒店向西的方向没有岔路可走，如果她一直向西就可以追上，如果她转向，我……"

"去新市码头！劫持呢呢的是安燃的妹妹，她给我打了电话要赎金，两百万，下午三点之前送到新市码头！还有，她说不可以报警！"

巫阮阮说这话的时候已经开始起身飞快地整理一切，抬手间撞翻了茶几的水杯，水流蜿蜒到地毯，此刻却无人顾及。

安燃更是震惊无比，他没想到安茜已经到了如此丧心病狂的地步，连一个无辜的小孩子都要利用！他迅速扯下围裙，到厨房对金木谣交代道:"我要和霍朗他们出去一趟,阮阮的大女儿在前夫那里被我妹妹劫持走了,你在这儿等吧。"

金木谣利落地关掉所有电器开关和煤气:"我和你们去。"

"不需要,木谣你陪我老婆在家,她带着小孩不方便和我们一起,我和安燃过去就可以。"霍朗统筹安排,打算留下巫阮阮。

巫阮阮眼泪瞬间崩落:"我要去!我怎么可能在家等!呢呢不会说话,她现在一定在喊爸爸妈妈!就算我什么都做不了,呢呢看到我,她也会没那么恐惧。"

这种时候,确实没有一个父母可以安静地等待下去,心脏揪得最紧的两个人,便是巫阮阮和霍霆。

"走吧,你平复一下小包子的情绪,安燃开车,不用争辩了,不知道歹徒有没有伤人的武器和其他同伙,我是军人出身,应急状况一定比你们处理得好。"金木谣率先穿上鞋出了别墅。

墨绿色的悍马内,巫阮阮和霍朗并肩坐在后座,她的身体不住地发抖,无论霍朗怎么拥抱她,亲吻她的头额,都无法缓解她这份焦虑。

安燃一直试图拨通安茜的电话,可是她根本不接。

面对过各种复杂的解救状况的金木谣显然是最冷静的一个,她开始和霍朗分析这件事,并且讨论他们的最佳解决方案。

从霍朗别墅这里出发去新市至少要一个半小时,并且是在不塞车的情况下,一旦塞车,时间可能被拉得更长。霍朗没有办法在短时间内预约取出两百万现金,他通知了沈茂,要对方去筹钱,然后来新市码头。他们要做的,就是去新市码头确认呢呢的存在和安危。

霍朗目光沉着,冷静地分析道:"霍霆现在一定已经通知警方赶去新市码头在暗处做布置,我们不可以带警察去,现金和我们也不可以在一个车上,一旦事情有变动,沈茂的现金,将是可以为我们延长警方救助时间的唯一途径。"

"对方是驾驶大众宝来?"金木谣问。

"是。"霍朗点头。

金木谣偏头瞥了一眼霍朗,他对巫阮阮的保护姿态直白而外露,不难看出,他在为了巫阮阮的紧张而紧张:"宝来的动力有限,如果像安燃说的,去新市最近一条路是高速,那么上了高速,半个小时以内的车程我们绝对可以看到那辆宝来。"

另一边,得到巫阮阮提供的消息之后,孟东已经驶入了最近的高速路口,挂断电话之后,孟东猛打方向盘,躲过一辆大型加长货车,声调陡变:"我去!前面上坡那辆黑车是不是宝来!"

同一时间驾驶墨绿悍马冲出来的安燃也注意到了。

夏季的高速公路上,太阳像一盏靠得极近的探照灯直射下来,炙烤着大地,这一段看似只有一指长的距离,却远得好像万里长。

巫阮阮的手机突然响了起来,她紧张得手腕一直在抖,霍朗温热的手掌稳稳地包裹住她,在屏幕上方滑动至接听,按下免提键。

巫阮阮怀里的小喃喃感受到了这种濒临崩溃的紧张情绪,变得有些不安分,在巫阮阮的怀里来回扭动身体。巫阮阮紧紧抱着小女儿,脸上带着从未有过的破釜沉舟般的决绝之意,哪怕声音在颤抖,气势却不容小觑:"安茜,你不要伤害我的女儿,你要多少钱我都给你,但你如果伤害我的女儿,你一分钱也拿不到!"

安茜的笑容有些瘆人,她不停地吸鼻子,说话的语速也近乎癫狂。

金木谣皱眉转头,十分严肃地沉默着和霍朗对视了一眼。

"钱!两百万!准备好了吗?"

"准备好了,一分不会差你的,但是你要保证呢呢的安全,她不能受到半点伤害。"

安茜冷笑:"巫阮阮,你说你,你是不是自找的?我找你借钱的时候你不理我,我说过你会后悔的,你一定会后悔的!"

这声音尖厉刺耳,安燃握着方向盘的手指渐渐收紧,青筋都暴出来了:"疯子……"

巫阮阮极力控制着自己的情绪,不想激怒安茜:"孩子呢?你把电话给她,让她听我说话……"

"不行!"安茜恶狠狠道,她忽然痛苦地倒吸了两口气,挂断了电话。众人眼见着那辆一直被他们紧追的黑色轿车在飞速行驶中摇晃了两下,心都是一揪。

安茜疯了一样踩下油门,她的身体颤抖得厉害,呼吸对她来是一种难忍的折磨,她用颤抖的手腕去推动睡在副驾驶座的呢呢的头,小呢呢的脑袋软绵绵地向车门靠去,发出轻微的撞击声。她突然失控地尖叫一声,失控地将手机摔在仪表台上,涕泪横流,狠狠至极地颤着声嘀咕:"我完了,我完了,我完了……"

前方的车开始慢慢减速,有提示前方道路正在施工,这正是靠近安茜的好机会,甚至有可能逼停她的车。

安燃和孟东都开始慢慢向她靠近!

经过一段狭窄的施工路段时,道路开始畅通,但是前方依旧有很多货车星罗棋布在高速路上,安茜的驾驶技术并不纯熟,加上毒瘾发作,她已经无法感知危险。

此起彼伏的鸣笛,巨型货车的气刹声和小型车的刹车声交织成恐怖的密林,险象环生,事故好似下一秒就会发生。

霍霆的一颗心已经紧紧揪起,没人理解这种焦灼和痛苦,他的双眼已经变成了瘆人的血红。

道路突然开阔,安茜准备从应急车道超越两辆并行的大巴车和一辆货车,当她驶入应急车道时,没有料到前方停有一辆巨大的油罐车,她狠狠踩住刹车,可时速如此之高,性能普通的宝来根本无法招架,千钧一发之际,安茜猛打一把方向盘,企图横停在路中央。

黑色的宝来失重侧翻,360度翻车之后,靠近油箱一侧重重地撞在坚硬无比的护栏上!

"砰——"浓黑的烟雾蹿起。

世界沉寂,时间静止,除了不止的长风和卷着黑色浓烟的焰火,这一幅巨大的画卷,就此停止。

胸口传来一阵阵的钝痛,霍霆无法顾及,他双眸猩红,不顾前方随时有二次爆炸的危险,飞快地跳下车,疯了一样向前方冲去:"呢呢……呢呢……"

孟东大步追上他,拼尽全力地拦截,最后的动作近乎撕扯。

"呢呢!你放开我!呢呢在车上!"

"会爆炸!霍霆!车还会爆炸!"孟东的表情也变得极度狰狞,文君跳下车,和孟东一起抱着他往安全的地方拖。

"爆炸又怎么样!我的呢呢在车里!"霍霆痛苦地嘶吼着,"我是她爸爸!我就在三十米不到的地方,你让我眼睁睁看着我女儿去死吗?!"

"你没有看到!我们没看到呢呢在车里!万一呢呢不在呢!你去了发生危险怎么办?!"

"如果她在怎么办!怎么办!如果她发生危险怎么办!她害怕的时候会喊爸爸,我听得到她在喊我!"霍霆头部青筋暴起,惨白的脸色没有因为他的挣扎而覆上半点血色,整个人陷入疯狂,大喊着,"放开我!呢呢!呢呢,等爸爸来!"

和他一样变得不再理智的还有巫阮阮,她怀里抱着小喃喃,知道自己不能靠近危险,可是脚步还是止不住地向事故地点靠近:"呢呢!呢呢!"她的眼泪已经决堤。

霍朗抱着她,把她控制在安全的距离内,在他说出要安燃和金木谣保护好巫阮阮的同时,安燃已经冒着死亡的风险,大步朝爆炸车辆跑去。

"安燃!"三个人同时大喊,可是安燃的脚步毫不犹豫。

无法确定呢呢那一侧的门窗是否完好,如果车窗没有碎裂,那么变形的车锁将会延长安燃的救人时间。金木谣飞快跑到悍马车尾,打开后备厢,找出备用扳手,追随着安燃跑过去。

霍朗猛地一个倾身,硬生生用臂力拦住了她:"你以为当过兵的就炸不死是不是!"他夺过金木谣手里的扳手,别在腰间,把颤抖个不停的巫阮阮推到她怀里,"看住她!"

两个女人一起抓住了他的手臂,金木谣怒斥:"你疯了!"

巫阮阮的嘴唇抿得紧紧的,眼睛里的光和她的眼泪一起碎得七零八落:"霍朗……"

她不想霍朗奔向那火光四起的地方,可她也想安安全全地抱回呢呢。

霍朗飞快地在巫阮阮脸上揉了一把,示意她无须担心自己,而后一记手刀劈在金木谣的手臂上,在她因为疼痛而松手时,大步向前跑去。

安燃的速度非常快,他徒手扯掉半截碎玻璃,当即被车里的景象震撼到了,呢呢已经昏迷,好在没有太严重的外伤,只有脸蛋被玻璃刮伤,而驾驶位的安茜已经血肉模糊。没有片刻迟疑,他打开呢呢的安全带,将她抱出来,至于安茜,他已经顾及不了。

安燃已经顺利抱出呢呢,只要三秒,他便可以带着呢呢逃离到一个安全位置,可就在这时,油箱上突然蹿起一股急剧的火焰,金木谣猛地向前一扑将霍朗扑倒。

"砰!"油箱爆炸了!

巫阮阮凄厉地尖叫,她怀里的小婴儿仿佛感受到了她的绝望和悲伤,也放声大哭。

将小呢呢护在身前的安燃,以一种对呢呢的全然保护的姿态被冲出几米远,落地之时,呢呢仍旧被他护在身前,他的手臂紧紧护着她的头,此刻却整个人压在她的身上,而安燃的左腿,已被炸得血肉横飞……

所有人一起跑向安燃和呢呢,连巫阮阮也抱着小喃喃跟跄着向前跑去,霍霆所有的感官都被冻结,只剩他的眼睛在看他的呢呢,只剩他的心脏在担心他的呢呢。

七八米的距离之外,宝来和那个曾经鲜活美丽的姑娘一起葬身火海。

霍霆跪在安燃的身边,他的手掌微微发颤,在孟东的帮助下搬开安燃的身体,孟东用手指探了探他的呼吸:"昏迷了。"

霍霆颤着的手指胡乱撩开呢呢脸上黏着鲜血的发丝,然后探向呢呢的鼻息,几秒之后,他的手指猛地蜷缩,好像患了失心疯的病人一般,难以置信地轻声唤道:"呢呢?"

他把呢呢抱到一旁,用力掐她的人中,整个人陷入一场无以名状的慌乱:"呢呢?呢呢,爸爸来了!呢呢,睁开眼睛看看爸爸!宝贝儿,呢呢宝贝儿……"他俯身捏住呢呢的鼻子,给她做人工呼吸,不停地拍她血淋淋的小脸蛋,"呢呢,不用怕了,爸爸来了……呢呢,呼吸啊呢呢,爸爸来带你回家,爸爸不结婚了,爸爸不放开你了,呢呢……"

霍朗横伸出一只手臂,握住呢呢的小手掌,对上孟东询问的视线之后,眉头皱得更深了,他轻轻地摆了一下头,呢呢的手心已经失去了该有的温热。

霍朗艰难地吞咽了一口唾沫,喉咙里好像被一块硬铁堵住。

"六公里以外就有一个高速出口,我们先带呢呢去医院,安燃这个情况只能等救护车。"孟东扶着霍霆的肩膀，为他争取最后一点点希望。

霍霆还在不停地去按呢呢的人中，给她进行人工呼吸，试图让她在此时此刻恢复呼吸，可一切都只是徒劳，他比谁都更清楚更明白，只是比谁都更不愿意接受，他可爱的呢呢宝贝，会缠着他撒娇耍赖的小公主，已经离开了。

他抬起头，那强烈的隐忍的悲痛将他的双目逼得血红，任谁看上一眼，都会看得出，它承载着汪洋一般的悲哀。

他晃荡着身体，抱起宛如一片碎落的树叶的女儿，朝着车的方向走去。巫阮阮早已在霍霆一遍又一遍给呢呢做着人工呼吸时哭得跪倒在发烫的高速路上，她再也无法招架这种惨烈，抱着小喃喃软绵绵地向后倒去。

世界彻底乱了套，文君和霍朗一起奔向巫阮阮，而抱着呢呢的霍霆，明明和巫阮阮只隔着十几米的距离，却无法用脚步将它变成触手可及，他们之间好像隔着一扇巨大的透明玻璃，他走不过去，她走不进来，这一扇透明的玻璃，生生地隔开了两颗心。

呢呢好像睡着了，好像下一刻，她就会拱着屁股从霍霆的怀里醒过来，明亮的双眼闪烁着，无声地叫他：爸爸。

霍霆抱着呢呢上了车，孟东留下文君帮忙照顾巫阮阮，隔着半透明的车窗，霍霆别过头看向被霍朗抱在怀里的巫阮阮，滚烫而干涩的眼睛一眨，眼泪无声地落下，滴在小呢呢的脸上，混在鲜红的血液里。

孟东一直在后视镜里观察霍霆的动态，霍霆的沉默和冷静令他害怕，思忖片刻，他开口道："你先别想太多，我们到医院先给她做检查，我们不是医生，不要轻易下结论。"

霍霆一言不发，目不转睛地盯着小呢呢的脸颊，捏起她的小手放在唇边轻轻吻着，如果上天肯赐予他一场奇迹，那么他愿意付出任何代价。

因为得到了提前安排，将呢呢送往医院抢救的这一路畅通无阻，可结果是令人心寒的。

西服外套的血迹已经干涸，变成难看的褐色，霍霆脱下来扔掉，靠在病床上，将呢呢抱到自己的腿上，揽入怀中，他的吻断断续续地落在呢呢的额头，再也没从嘴里发出半个音节。

他抱着女儿的遗体,就像抱着这世界最珍贵的东西,他温柔的亲吻像一颗颗子弹,轻易击穿了旁观者的心。

孟东能给他的唯一的安慰,就是沉默的陪伴。

这所医院距离事发地点最近,安燃也理所当然地被送了过来,昏迷不醒的安燃被推进抢救室,巫阮阮则第一时间找到了他们的病房。

当巫阮阮风风火火地冲进病房时,霍霆的手掌正轻抚在呢呢的背后,就像一个体贴的爸爸,哄着自己爱撒娇的女儿入睡。

巫阮阮的脸上还挂着泪痕,她捂着嘴巴,小步挪到旁边,湿漉漉的睫毛再次挂起水雾,呼吸颤抖,鼻音喃喃,轻轻叫了一声女儿的名字:"呢呢?"

没有回应。

她拨开呢呢额前的碎发,抚摸她的脸颊再次叫道:"呢呢?我是妈妈……呢呢,妈妈来看你了呢呢,你不想妈妈吗?"

她想从霍霆的怀里抱过孩子,霍霆却将呢呢紧紧护在怀里,谁都动不得半分的样子。巫阮阮摇晃霍霆的肩膀,痛哭道:"她睡着了吗?你叫醒,你把我女儿叫醒!霍霆,你把呢呢给我叫醒!我要和她说话!我要带她离开!"

霍朗抱着小喃喃站在病房门口,不敢再踏进半步,他怕巫阮阮的情绪会再次感染到喃喃。

片刻的踌躇之后,孟东道出了残忍的事实:"阮阮啊……霍霆叫不醒呢呢了,呢呢不在了。"

巫阮阮回头看了看孟东,又看回霍霆:"抢救啊!不要停,一直抢救!换一个医院抢救,她都没受伤!"她混乱地在呢呢的手臂和小腿上捏着,"你看她没有受伤,哪里都很好,为什么不能抢救回来!"

霍霆的手臂紧了紧,垂下眼睑。

"不是在爆炸现场死亡的,安燃抱出来的时候,她就已经不在了,是窒息致死。"孟东安静地解释着。

"我不信!"巫阮阮哭着摇头,伸手去抢呢呢,"把孩子给我,你给我!"她用力地捶打霍霆的肩膀,低头撕咬他的手臂,哭喊道,"你把呢呢还给我!还给我!你明明没有能力照顾好她,还要抢走她!你还给我!把呢呢还给我!"

巫阮阮扑在呢呢身上,不管不顾地借着他的怀抱将女儿抱在怀里:"呢呢,不要离开妈妈,妈妈知道错了,妈妈没有因为喃喃不要你,你醒一醒,妈妈一定补偿你……别走,你还这么小,妈妈要看着你长大,妈妈要送你去上学,看你背书包的样子,还要上大学,结婚,看你穿婚纱,送你出嫁,呢呢……"

霍霆的睫毛轻颤了两下,他僵硬地抬起手腕,温热的手掌轻轻覆盖在巫阮阮的头顶,而后僵硬地抚摸,薄唇一动,反复说了两句话,却没发出半点声音。

巫阮阮看不见,听不见,孟东却看得一清二楚,霍霆说了两遍的话是:对不起。

一整个下午,所有人都在惶惶不安中度过。

警方带来的消息,黑色的宝来只剩框架和一具焦尸。霍老太太带着于笑赶到,听到了呢呢死亡的消息,哭都没来得及,两眼一黑,晕了过去。只剩半条腿的安燃被送进ICU重症监护室,安家的长辈、沈茂、童瞳、还有童晏维,都在最快的时间赶来……

夜里,哭了整整一天的巫阮阮虚脱一样地沉睡过去,霍朗把她抱到隔壁病房,让她侧身躺好,因为不喝奶粉而饥肠辘辘的小喃喃终于可以饱餐。

从出事到出殡,整整三天,霍霆没开口说过一个字,无论谁询问他什么,对他说什么,他一概选择漠视,甚至在霍老太太抱着他号啕大哭的时候,他也只是低着头漠然承受。

他喝很少的水,基本不吃东西,文君买来清粥小菜,孟东想要喂他吃饭,他只是淡漠地挥开。直到第二天夜里,孟东忽然想到了什么,让文君去霍霆常带呢呢去的比萨店买了一份儿童套餐,基本上每个周末,霍霆都会带呢呢去吃这种东西,触景生情固然令人难过,但无论霍霆的心境是怎样,至少他有可能吃下东西,也才有体力支撑。

同样不吃喝的人还有巫阮阮,谁的劝解都没有用,最后是霍朗强行掰着她的下巴,把一份份加了药膳的粥灌进她的嘴里。巫阮阮哭着挣扎,挥打着霍朗手里的碗,哭闹着:"我不要吃饭,我女儿死了,我不想活了，我活不下去……让我和她一起死了吧……我活不下去……"

"巫阮阮！"霍朗捧着她的脸，将她的头牢牢固定在自己的大掌之间，"你死了没有用，你死了呢呢也活不过来，你必须接受这个现实，你要吃东西，你不能只想到为了你死掉的人，你要去想为你活着的人！你给我坚强一点！"

"没有人为我活着！谁为我活着！"巫阮阮歇斯底里地抗拒。

"我！"他英俊的眉宇间透着无比的笃定，"我霍朗为你活着，还有喃喃，我们都为你活着，你是我们生命里的全部，没有你，我和她都活不下去。我需要妻子，我等了三十年。喃喃需要妈妈。"他的动作渐渐变得温柔，抹掉她嘴角以及脸颊的粥渍，用沉着的声音建立起她对自己的信任感，"你要比霍霆坚强，你也一定可以比他坚强，他是一个呢呢的爸爸，你是呢呢和喃喃的妈妈，他从此再也没有呢呢，但是我们还有喃喃，你可以不顾自己的身体，我也可以纵容你，但是喃喃不能等，你是她赖以生存的支柱，她吃不饱，喂了奶粉也会吐出来，整天整天地哭，阮阮，她需要妈妈。"

这情景太让人心酸，心酸到正怀着宝宝的童瞳不忍心看，别说是养了那么大的孩子，就算是她现在肚子里还未出世的小家伙，一旦有了意外，都是她无法承受的。

沈茂感觉到她的不舒服，把她带出了病房。

葬礼当天，灰蒙蒙的天空飘着一层薄薄的细雨，雨丝轻绵更似水雾，好像连天空都在为这一刻哀鸣。

所有人全部身着黑色素衣，霍老太太一边悲痛欲绝地大哭着，一边横眉冷对地对着霍朗，她让霍朗滚出自己孙女葬礼的礼堂，霍朗只是淡淡地回应了一句："我是霍燕呢的继父，理当送孩子最后一程，请节哀，霍夫人。"

呢呢的遗体被推进火化室时，巫阮阮失声痛哭，轻轻地对着呢呢的方向说道："再见，宝贝儿。"

霍霆仍旧是全程沉默，目光追随着呢呢的遗体，直到殡仪馆的工作人员将纯白色的雕花骨灰盒双手移交到他的手中。

去往墓地的路途上，巫阮阮恋恋不舍地将手掌放在霍霆怀里的骨灰盒上，霍霆淡淡垂眸，手掌无声地覆盖在她的手背上。

"呢呢一个人在墓地，会怕吗？"巫阮阮偏头，满眼的泪光轻晃，好像随时会碎落的钻石，"她害怕的时候会喊我们爸爸妈妈吗？我们怎么才能听到，赶来陪陪她……"

霍霆目光淡得好像春日清晨的薄雾，他深深凝视着巫阮阮，最终还是一个字都没有回答。

墓地里笼罩着一层流动的蔼蔼雨雾，偶尔有鸟叫虫鸣，刺破这一刻的宁静，黑压压的人群顶着一把把黑色的雨伞，好像没有太阳的黄昏，天色暗淡无光。

霍霆和巫阮阮一起将呢呢的骨灰放下，可爱的呢呢从此和他们彻底分离，想要简单触碰，都变成遥不可及。

霍老太太凄惨的号啕成了墓园里唯一动人心魄的声响。

黑白遗照上的呢呢笑得天真烂漫，大家纷纷上前留下一朵白色玫瑰，和她做最后的道别。

霍朗是最后一个，他说完的时候，顺便抱走了哭得近乎虚脱的巫阮阮，他大概也是唯一一个，在这样阴霾的雨天和冷清的墓园里，寄予小姑娘一个温暖微笑的人，他的指尖从呢呢的遗照上轻轻拂过，摊开的掌心里躺着一块小小的软糖，他说："呢呢，爸爸再贿赂你一次，别把我忘了，下辈子我们还有缘分成为一家人。"

墓区只剩霍霆和孟东了，周遭安静得仿佛他们这两个活人也是不存在的。

霍霆还像葬礼刚刚开始那样，站在墓碑的正前方，不撑伞，不说话，执意地孤独着和沉默着。

他感受到了这世界最大的恐惧，不是自己死亡，而是面对至亲之人的死亡。

他从口袋里掏出一把小东西，半跪在呢呢的碑前，动作温柔而认真，将小东西摆得整整齐齐，是四个只有手指大小的蒙奇奇，有爸爸、妈妈，还有姐姐和妹妹。

霍霆长久跪着，温情无限地望着自己的女儿，在心里陈述着无法言喻的痛苦与悲哀。

好好的一场婚礼,最后变成了葬礼。

从葬礼回来之后,霍老太太和霍霆都把自己关进了房间里,整个霍家一片低迷。于笑并没有什么感觉,照样出门逛街,纸醉金迷。

于笑走后,阿青进了霍霆的房间,霍霆仍旧睡着,甚至连身都没翻一个。她觉得有些不对劲,再困再累,睡了一天也该醒了,她走到霍霆的床边,静静地打量了他一会儿。

阿青轻轻叫了他一声:"少爷?"

霍霆没有反应。

"少爷,您要起来吃些东西吗?睡得太久了对身体不好……"

霍霆仍旧没有任何反应。

阿青觉得有些不对劲,她用指腹探向他的额头,惊讶之余把整只手都贴了上去,他在发烧,而且烧得很重!

她晃了晃霍霆的肩膀,想要叫醒他,可他连哼都未哼一声,司机不在,霍老太太还在悲伤里自顾不暇,连最中看不中用的于笑也不在,她一时间有些着急。

她拿出手机给孟东打了电话,告诉他带医生来,霍霆在发烧,然后自己跑去准备冰袋,用毛巾包住,给他降温。

半个小时不到,孟东就已经赶到。

孟东还带来了他的医生朋友,给霍霆进行了简单的检查之后,医生说:"他现在已经是半昏迷状态,马上带他去医院做一下检查,可能是先有低烧,导致抵抗力下降,排异反应加剧。"

这一句话,把孟东吓得差点跪下。

几个人扶着霍霆放到孟东的背上,匆忙往楼下走。霍老太太听到声音,从房间里走出来,见孟东背着睡着一样的霍霆,不由得怔住了,几步追上来,惊慌道:"霍霆怎么了?我儿子怎么了?"

"夫人,少爷高烧,可能是昨天淋雨了,得去医院,我在家陪着您,您别担心,只是发烧而已。"阿青安慰道。

"我不放心,我要跟着去。"

"夫人,您这两天也没吃什么东西,身体也不好,医院环境再好也不如家里,在医院你怎么休息?再把自己折腾病了,等少爷烧退了,人清醒了,看见您那么担心地守着他,他心里更难受。"阿青说话的工夫,孟东他们已经把人背上了车。

霍老太太没再坚持,默默转身回房。

到了医院,霍霆的初步检查结果并不是很乐观,如果他反复或者持续这样发烧,对他的身体和病情会很不利。

安燃醒过来的时候,距离他出事已经过去了五天,危险期过后,从重症病房转移到了普通病房,头上和腿上都缠着厚厚的绷带。

巫阮阮熬瘦了一圈,霍朗陪着她瘦了一圈。

巫阮阮本来是想对安燃笑一笑的,可她心里很难过,眼泪争先恐后地往外涌,这令她看起来好像因为安燃的苏醒喜极而泣。安燃的手被巫阮阮紧紧握着,他稍稍勾了勾手指,翕动着嘴唇,艰难地问:"呢呢……"

巫阮阮像小孩子一样笑着抹掉眼泪:"呢呢很好,很平安,谢谢你安燃。"她朝安燃竖起拇指,笑道,"你是世界上最勇敢的舅舅!如果你能快些好起来,就更了不起了,不能再了不起了。"

安燃直直地看着她,好半天才露出一个安慰的笑容,带着小小的得意。

巫阮阮背负着巨大的丧女之痛,却在每一次迈入安燃的病房都要强颜欢笑,这样的巫阮阮让霍朗心疼。

夜里下着小雨,敲在别墅的窗上,小喃喃在自己的婴儿床上安静地睡着了。落地窗上映着巫阮阮的身影,霍朗安顿好孩子推门进来的时候,看见她双手环抱站在落地窗前。

黑色的雨幕里除了外面街上的白色圆球路灯,什么景色都没有。

霍朗从身后环住她的腰,收紧手臂将她抱在自己的怀里,微微垂头吻了吻她的头顶。

巫阮阮用手指在窗上写了一个"安"字,轻声道:"今天安茜的父母想问安燃关于安茜的事情,安燃什么都不肯说,我怕他激动,把人请出去了,你说他是在恨安茜吗?"

霍朗眯起眼睛,在巫阮阮第二遍描绘那个"安"字的时候,握住她的手掌,用食指和她一起慢慢描着:"会恨,但是不会太多,毕竟安茜已经死了,更多不想提及的原因,应该是在逃避。"

"安燃会逃避吗?他很勇敢。"巫阮阮有些不信。

"会。每个人都会,安燃的逃避大概和愧疚有关,毕竟安茜是他的表妹,却做出了这样的事。"

"时间真的能治愈一切吗?"

霍朗沉思了片刻,"嗯"了一声:"前提是,你要勇敢地走出来,熬过这一段时间。"

天下所有无法承受的伤痛的结果有二,死在悲伤里或者站在悲伤上。

霍朗一度以为巫阮阮完了,她会彻底崩溃,甚至很长一段时间都没办法像正常人一样生活,可他的巫阮阮居然出乎意料的坚强。

"时间治愈不了安燃的腿,他永远都没办法像我们这样走路、跑步,还有他刚刚买了不到半年的新车,虽然不是很贵重,但是他很爱惜,以前他每天都会擦得干干净净,车里总是香香的……"

他打断了巫阮阮的话:"阮阮,你的内疚是没有意义的,在安燃的眼里,一条腿换一条人命,并非一件遗憾的事情。一个敢于牺牲的男人,是不会因为他所做的牺牲而怨天尤人的。"

霍朗的话没错,可巫阮阮不会就此安心:"断肢的不是我们,我们感受不到安燃的痛苦。"

"对,就因为断肢的不是我们,所以我们不要试图去感受他的痛苦。安燃也一定是这么想的,他冒险冲进危险里,就是不想你去承受那份危险。他承受了疼痛,就是不想你承受。如果你不懂他的用心良苦,那他的腿才是白白牺牲。"

雨下了一整夜,霍朗一直搂着她,在她睡得不安稳时,抚平她眉心的愁结。

第二天一早,喃喃的哭声吵醒了两人,巫阮阮喂奶的时候手机响了起来,是孟东打来的电话。

"阮阮,你能不能……带着喃喃来医院看看霍霆?"

"他怎么了?"

"他没怎么,就是在睡觉,好像睡不醒一样,每天只醒一两个小时,没什么精神,我就想,如果让他接触一下喃喃,他是不是会精神一些……"

"他现在没有妻子吗？没有儿子吗？还是你从来没听过，霍霆是多么讨厌我，想让我和喃喃滚出他生活里这件事？死的是我的女儿，我比他更难过，是他剥夺了我和孩子相处的最后那一点点时间，是他给了那些坏人机会让惨剧发生，我还要抱着喃喃去重蹈覆辙吗？"

"阮阮，没人知道意外会发生，如果知道会有意外，霍霆……"

"如果知道呢呢会有意外，他就不会和我离婚了是吗？于笑就不会住进我们的家里了，是吗？"

"阮阮，其实霍霆没你想的那么坏……"

"他是好是坏我看得清清楚楚，我不恨他，无论我怎么恨，我的呢呢都回不来。只是我需要时间来平复自己的情绪，但我现在不想看到他……"

她的话没说完，霍朗便劈手夺走她的电话，转身出了婴儿房，对孟东说："你觉得现在她适合去安慰别人吗？她失去了女儿，还有一个好朋友因为她的孩子躺在医院，永久残疾。她是一个女人，不是一个女战士，霍霆是个爷们，阮阮可以挺过去，他有什么不能？"

孟东没再坚持，挂断了电话。

霍霆已经这样在医院睡了五天了，整个人以肉眼可见的速度消瘦下去，他一直在做梦，梦到他以前的生活，和他没有想过的以后的生活。

明明是为了不让巫阮阮在和呢呢亲密无间的时候承受丧女之痛，偏偏令她承受了，他的计划不仅仅是乱了套，而是彻底崩了盘。

巫阮阮找到了比他更好的归宿，呢呢不再是他的束缚，那么他还需要醒过来吗？

可能不需要了。

他在睡梦里总是听到有人喊他的名字，和他聊天，是孟东的声音，不厌其烦的，像从前一样乐此不疲当着一个聒噪的话痨。

他不想醒来，但他还有母亲，还有一个企业，他没有资格长睡不起。

然后霍霆醒了，开始恢复正常的生活，吃饭工作，一个人开车去江边兜风，甚至还去医院看了安燃，和他聊天，告诉他自己联系了最轻便的碳纤维材料的假肢，装上以后步伐上看不出来和常人有异，还可以慢跑、骑车。

安燃拍拍他的肩膀:"霍朗也在帮我问,但是我觉得当务之急,还是送我一辆轮椅比较现实,医院这个太硬了。"他安慰着,"还有……霍霆,节哀吧,你还有其他的家人,生活也还是要继续。我看见你有白头发了,你还不到三十岁,未来都是无法预知的,会有好事等着你,看开一些。"

霍霆微微笑了一下,点了点头,忽然想起来什么似的,疑惑地看向安燃:"你知道呢呢不在了……"

安燃点头:"有人告诉你我不知道?"

"霍朗。"他询问霍朗安燃的住院地址,霍朗告诉他巫阮阮一直在给安燃制造一个呢呢还健康平安的假象,因为安燃的头部有外伤,颅内压一直非常高,当某种情绪被放大爆发,很容易导致脑内出血死亡。

"阮阮怕我出事,不敢告诉我,其实我知道得很早,在车里抱呢呢的时候我捏过她的手,手心没有温度,当时我就有预感她可能已经不在了。"他回忆着说,"我醒过来那天阮阮告诉我呢呢是平安的,可是她的眼睛红肿,是痛哭过的模样,如果只是为了我,她不至于哭成那样,我看得出来,她是在安慰我,她演得很辛苦,我不忍心揭穿。"

"她每天都会来看你吗?"霍霆问。

安燃扫了一眼对面墙上的时钟:"对啊,每天,再过半个小时她就来了。其实我比你们想象的要好很多,我不需要什么安慰,我已经接受现实了。"

"你要阮阮每天对着你演戏?"他眉头微微拧了起来,"每一天都在假装我们的呢呢还在?"

"嗯……每一天。"安燃说,"坚强和勇敢是一种习惯,等她习惯这两件事以后,就没那么难过了。"

霍霆沉默了片刻,视线扫过安燃露在外面包着纱布空荡荡的腿,低声道:"你也需要这个习惯。"

安燃笑了笑,伸手拍拍他的手臂:"老弟,这东西……每个人都需要的。"

天气已经越发炎热,哪怕刚刚下过一场暴雨,户外依旧热得像个巨大的蒸笼。

霍霆一身休闲短袖长裤，穿着跑鞋，戴着棒球帽，抱着一大束百合花从花店快步出来，打开副驾驶的门，让百合和蒙奇奇一起挤在副驾座上，因为怕刹车时掉下来，他还给蒙奇奇系上了安全带，把百合花束也紧紧夹在里面。

宾利一路平缓地驶向墓园，因为是在郊区，这里显然比城市的环境清新许多，放眼望去，除了墓碑就是绿地，没有那么多的高楼遮天蔽日，还有虫鸟蛙鸣响起。

他把带来的蒙奇奇放在呢呢的墓碑前，指腹温柔地擦过墓碑上的黑白照片，轻声道："爸爸已经很多天没有梦到过你了，呢呢，你怎么不来，是不是不想爸爸了？"

回答他的，是一阵带着热气的轻风。

霍霆微微轻笑。

"你的小爸爸到底给你灌了什么迷魂汤，让你把爸爸都忘了。"

太阳很烈，霍霆盘腿坐在墓碑前，对着墓碑上的照片发呆。起身时，他收走了呢呢面前的相框，半个巴掌大的一张水彩画，胖胖的小呢呢吹着蒲公英，嘴巴嘟着，腮帮鼓得圆圆的，很可爱。

"这个送我。"他微笑着和呢呢商量，然后把水彩画放进了自己的口袋，弯腰放下百合花。

一阵微风拂过，雪白得不掺一丝杂色的发丝随风扬起，露出霍霆整洁饱满的额头。

这一天距离呢呢离开他整整两个月零七天，那个曾经意气风发的英俊男人，用六十八天的日夜，白了头。

从墓园回到市区之后，他接到了舅舅的电话，让他晚上去一趟霍家，他的外公有事情要交代。

回到绮云山的别墅，霍霆没看见于笑和霍江夜，婴儿房里没有，于笑的房间也没有，霍老太太在午睡。他叫来阿青，问："江夜呢？"

"于小姐带着回于家吃午饭了，应该一会儿就能回来。"在霍霆的面前，阿青从来没有改过对于笑的称呼，她觉得"于小姐"这三个字总比"少奶奶"更能让霍霆宽心。

正在他准备午休的时候,于笑带着小江夜回来了。

阿青抱过于笑怀里的小江夜,去二楼给他洗澡。霍霆仿佛没看见于笑似的,跟着上了楼。

霍霆站在浴室门口看光溜溜的小江夜在水里扑腾,阿青已经把浴巾准备好,放在自己的手边。她刚要拿起浴巾准备包上小江夜的时候,霍霆快她一步,打开了浴巾,上臂绕过她的身侧,把小江夜从水里抱出来,裹上宽大的浴巾,连同他的小脑袋一起包住,只露着一张笑脸,然后一声不吭地抱回自己的房间,关上了门。

空调的温度对于刚洗过澡的小孩子有些低,他关掉空调,拉开落地阳台的门,让自然风吹散了凉气。

霍霆娴熟地给江夜擦拭身体,在他容易出汗的颈下、腋窝拍了一点香香的爽身粉,把他抱在腿上,给他穿衣服。

这是霍霆第一次主动照顾小江夜,可能还是不习惯一向冷眼相对的高冷爸爸,小江夜十分没出息地吓尿了。

霍霆只觉得大腿根一阵温热,低头一看,已经被哗哗地尿了一裤裆,乍一看就跟他尿了一样。

小江夜只是无辜地啃着手,表示:我什么都不知道,那一定不是我尿的。

霍霆微微蹙起眉头,和他对视了一会儿。小江夜把沾满了口水的手指从自己的嘴里抽出来,不知天高地厚地拍在霍霆的嘴边,顺便不知死活地在霍霆的嘴上抹了两把,把口水都抹在了霍霆的唇边。

一阵沉默之后,霍霆继续给小江夜换衣服。

于笑敲门进来,不明所以地看着霍霆,她搞不懂霍霆要干什么,霍霆摆明不喜欢这个小儿子。

"我抱他去午睡。"于笑说。

霍霆单手拖住小江夜的屁股,让他趴在自己的怀里,语气淡漠:"他和我午睡。"

于笑更不明白,在她看来,霍霆想要带着霍江夜睡觉这个要求几乎等同于霍霆打算掐死霍江夜。

她无端紧张起来,还是想把小江夜抱回来:"还是我带他睡吧,你睡觉浅，小孩子睡不稳，万一哭闹你也不好哄。"

霍霆没理会她的要求，他比巫阮阮都会哄孩子，怎么会没有于笑哄得好？

"我让你出去。"他又强调了一遍，"你别忘了，他姓霍，我想让他留在我这儿，谁都抱不走。"

于笑张了张嘴，什么都没说，转身出了霍霆的房间，直接去搬救兵。

霍老太太最近特别心疼霍霆，可她也知道，霍霆并不喜爱霍江夜，万一受了刺激想不开，对她的宝贝金孙做什么……

于笑挽着霍老太太的手臂，直接推开霍霆的房门，眼前的情景令两人不由得一怔——霍霆平躺在床上，小江夜趴在他的胸口，小脑袋瓜抵在他的颈窝，而他的手搭在江夜的小屁股上一下一下轻拍着。

任谁看来，这都是一幅让人不忍心打扰的温暖画面。

霍老太太坐到霍霆的身边，打算抱走小江夜："儿子啊，你最近一直休息不好，好不容易休息，你就好好睡一觉。小江夜这么大正是闹人的时候，你抱着他能睡好吗？"

霍霆翻了个身，躲开母亲的手，声音里竟有些说不出的淡漠疏离："我说不要他的时候你非要，我不想抱的时候你整天往我怀里塞，现在我想抱了，怎么又不给我抱了？"

"谁说不给你抱了，那不是怕你休息不好吗？得，咱娘仨一起睡，我和我儿子孙子一块儿睡。"她推了霍霆一把，"往里面点，给我让块地方。"

霍霆偏头看她，目光里尽是不解："妈，你都二十年没和我睡了，怎么今天就想起来和我睡了？怕我弄死他吗？虎毒尚不食子，霍江夜是我儿子，我大女儿没有了，抱抱小儿子，你们犯得着一个两个这么提防着我吗？"

霍老太太刚想开口反驳，霍霆便接着说："我照顾孩子比你们谁都照顾得好，没什么不放心的，你快出去吧，一会儿阿青冲好奶粉送来，我就要哄江夜睡觉了。"

霍老太太没再坚持，拉着站在门口的于笑离开，顺便反手带上了霍霆的房门。

阮阮不相离 2

[原城]

Ruan Ruan
Bu Xiang Li

"你别担心了，霍霆说得对，呢呢没有了，他的精神上是该有个寄托，想多和江夜亲近也无可厚非，你这么紧张干什么呢？咱们家就剩江夜一个宝贝了，谁舍得动他？"霍老太太揉揉太阳穴，总觉得自己老了十几岁，精神状态和动作都有些跟不上，"你一会儿给我弄点甜品吧，今天还没吃你做的东西，心里总像缺个事儿。"

"那我现在去给您弄，反正我也没事做。"于笑是个会看脸色的主，心里不舒服也不多表露，顺从乖巧地讨着霍老太太的欢心。

"我现在没胃口，晚饭一起吧。"

于笑点头："行，给您加些安神酸枣仁。"

霍霆搂着小江夜一觉睡到快五点，他看看时间该去霍家老宅了，答应了舅舅回去吃晚饭。

小江夜大概是饿了，又开始吃手，霍霆把江夜的小手拿出来，捏着江夜沾着口水的小手指在他的小脸蛋上戳了戳："爸爸带你出去玩吧，见识一下真正有钱人家是怎么过日子的。"

他叫来阿青，给江夜换了一身出门的衣服，自己穿得也随性，印花T恤加上墨点牛仔裤，配上他的白发，十分新潮的打扮。

霍老太太和于笑在一楼沙发上坐着，于笑给她翻看一家高级服装定制的介绍，一张巧嘴愣是把做旗袍的店说成了做凤袍的店。

霍霆单手拖着小江夜，从楼上下来："妈，我出去吃个饭，带着江夜。"

霍老太太先是一喜，觉得霍霆的心情不错，穿得似乎像要和朋友们见面，紧接着又一惊，和谁吃饭也犯不着带走江夜啊！

于笑可比老太太反应快，要不是还得装得像个人，她能像个拔地而起的火箭一样蹿起来，几乎是小跑着到了霍霆身边，不自然地笑了笑，打算抱回自己的儿子："出去散散心也好，孩子给我吧，开车小心，喝酒的话就让司机去接你，不过别多喝，伤身体。"

霍霆侧身挡开她的手臂，眉头微皱："我说了我要带他一起出去。"

于笑不依，绕到他面前去抢孩子："带他能玩好吗？他要是饿了怎么办？刚睡醒还没喝奶吧？我去冲奶喂他。"

"喝完了。"他言简意赅，抓住于笑的手腕把人推到一边，"你可以少做一点讨我嫌的事情吗？我抱我儿子去我舅舅家吃个饭，不是抱他去跳楼，少拿你的小人之心来揣摩我要对孩子做什么。我再说一遍，他姓霍，是我儿子，我带他睡觉带他吃饭，是理所应当的。"

霍老太太现在就怕家里起纷争，一点点的不安宁就能闹得人心烦意乱，她有些倦怠地打了个圆场：“是你舅找你啊，那就快去快回，上他们家少提我，别待久了，孩子容易饿。”

于笑眼巴巴地看着霍霆把自己的江夜抱上了宾利，司机已经提前准备好了儿童安全座椅，霍霆把孩子放进去，亲自驾车离开。

于笑一颗心七上八下，摸不准霍霆这葫芦里到底要卖什么药，不过既然是去霍家老宅，那也是算好事。

听说一手打下霍家黑金帝国煤炭江山的霍海东要不行了。

当然，只是听说。

// 第十二章

我们再要两个,好吗?

霍霆结婚,也就只有霍霆的舅舅和姐姐霍筱出席,霍海东连通电话都没有,至于呢呢的葬礼,霍海东仍旧未出面,可见不是一般的冷淡。

不过霍海东家大业大,真有两腿一蹬驾鹤西去那一天,不会对霍霆置之不理,多多少少会留下点东西给他,随便留下几个矿,那不是和地里挖钱一样。

霍霆的舅舅一直没有和他外公分家,就这么一起住着。

霍霆是最后一个到的,似乎所有人都在等他。

空气中隐隐飘动着一股茶香,霍朗站在霍筱的身旁,霍霆心下诧异。

迟疑不过半秒,他开口主动打招呼:"姐,大哥。"

显然霍霆也有些震惊,震惊于他的一头白发。

霍海东抿了一口茶,因为霍霆的到来,脸色稍稍有些冷淡:"霍霆啊,你快三十岁了,孩子好几个,婚都结了两回,还染个白头发,不像样子。"

霍霆笑了笑,坐到霍朗的旁边:"现在流行。"小江夜朝霍筱伸了伸手,霍筱没搭理他。他转头,朝另外一边的霍朗伸出小手。霍朗捏了捏他的小手,作势要把孩子抱过来,霍霆顺从地松开手。

"你最近身体还好吗?"

"不好也得好。"霍海东又提声道,"开饭。"路过霍朗时,在他肩上拍了拍。

一行人向餐厅走去，霍朗和霍霆落在最后。

"他们怎么找到你的？"霍霆问。

"不知道。"

"外公好像很喜欢你。"

霍朗莫名其妙地看了他一眼，立马转移了话题："你看你的头发，丑死了。"

霍霆不动声色地微微一笑，淡若清风："我觉得很好。"他顿了一下，看向霍朗抱着的小江夜，问，"我儿子怎么样？"

"瘦了点。"霍朗如实回答，"听说这孩子比喃喃的生日要大，可是抱过了喃喃再来抱这个小家伙，感觉轻得不像话。"

"送你了。"霍霆微微眯着眼，语态轻松。

霍朗十分大方地接受了："可以，你还有多少，我可以照单全收。"

"于笑就在那儿，你去让她给你生。"

霍朗几不可察地蹙了下眉头，对霍霆这种过分的玩笑有些不能苟同："说实在的？"

"嗯？"霍霆偏头看着他。

霍朗有些嫌弃地撇嘴："我看不上她。"

霍霆轻笑一声："说实在的。"

"嗯？"这次换成霍朗疑问。

"我也看不上她。"霍霆淡淡地说，在霍朗稍稍露出诧异的表情之后，露出一个戏谑的笑容。

老爷子吃得清淡，别人就得跟着吃得清淡，除了几道色泽清新的精致素菜，剩下的都是海鲜。霍霆倒是很习惯，就是在舅舅问及霍朗这菜色能不能吃习惯的时候，他很直白大方地说了一句："我是吃牛肉长大的，我爱吃牛肉。"

老爷子马上吩咐人去做。

"不用了。"霍朗礼貌地说，"我只是告诉你们我爱吃什么，并不是这一顿非要吃到，我家里也不缺牛肉吃，偶尔换换口味也不错。"

霍霆和他们没话说，每次来都只有闷头吃饭的份儿，况且也没人会关注他喜欢吃什么，他喝了口汤，又用勺子舀了一点用人特地给小江夜冲的米粉，喂进孩子嘴里。

说完那番话，霍朗直接看向身边的父子："霍霆。"

"啊？"霍霆抬头，不明所以地看着他。

"这些东西你吃得习惯吗？"他问得很自然，好像他们感情好到经常会如此泰然地聊着家长里短。

霍霆扫了一眼桌子上的东西，虽然有一半的蔬菜是自己不爱吃的，还有他过敏的贝壳类，但不过吃顿饭而已，吃自己喜欢吃的、能吃的就好了，比如他就着四菇汤也吃了一碗米饭。

他眨了眨眼，"嗯"了一声："还可以，汤不错。"

"这个你吃吗？"霍朗夹过一块贝肉。

霍霆几不可察地蹙了一下眉，用餐盘去接："可以试试。"

霍朗没有把贝肉给霍霆，而是放进自己的嘴里："有些人吃过敏的事物会休克，还是不要冒险好。"

饭桌上的气氛忽然有些尴尬，大家都看得出霍朗有些不满，但又不明白他不满在哪里。

霍朗挨着霍海东坐，老爷子给他布菜，他礼貌地笑了笑，转头给霍霆夹了一点蔬菜和霍霆刚刚吃过的菠萝虾仁。霍霆怔了怔，低着头没说话，直接把他夹过来的东西吃掉。

一直安静吃菜的霍筱忽然插嘴："霍霆好像喜欢口味偏甜的东西。"

霍霆正要开口说只是觉得部分甜食好吃而已，就听见霍朗自然而然地接过话："嗯，小孩儿都喜欢吃甜食，说明他还没长大。"他不顾霍霆突然发红的脸，自顾自地说着，"我小的时候班级里有一对华裔双胞胎，那个弟弟就很喜欢吃甜食，我们一起吃甜品，哥哥永远只能吃到一半，因为他弟弟会来抢走另一半。开始我很不能理解，为什么弟弟要，哥哥就要给，他们的生日只不过差两分钟，很多美国小孩都不能理解这种行为，认为弟弟是个霸王。可是那个哥哥说，这是老幺的特权，小孩儿都有这种特权，包括半夜偷吃甜食，霸道蛮横，占地盘，抢玩具，一个不满意就要对家长告状，大哭，甚至对哥哥动手。"

大家都屏息凝神，等待他故事的下文。

"我当时的想法是，那只是你弟弟，不是我弟弟，如果我弟弟敢对我这样，我一定会武力教育，纠正他幼稚讨人厌的行为。"他稍稍顿了一下，接着说，"但那时候我自己也是个孩子，现在，我反而觉得，如果我有一个可以和我一起肆无忌惮地相处的弟弟，处处和我争斗，从甜食到成绩，到长辈的喜爱，也很不错。"

他撇了撇嘴，有些惋惜："不懂事的年纪只有那么几年，可惜我和我弟弟没有生活在一起，这意味着什么呢？"霍朗忽然释然地笑了，目光扫过桌上的每一个人，自问自答，"这意味着，我弟弟他没有从我这里得到过属于小孩儿的特权，因为没有一个无限包容他的哥哥来承受他的任性，这多少让我觉得自己少给了他一点什么。"

霍霆若有所思地沉默着，很专心地喂着小孩。

霍朗侧身在小江夜的头顶揉了揉："也正是因为这样，所以他和一般的弟弟不一样，不霸道，不骄纵，也不会到处惹是生非。他聪明独立，成绩优秀，事业有成，待人随和礼貌，他长成了所有家长希望的那样一个小孩，这似乎是他除了身为最小的孩子以外的另一个可以得到长辈们认可和喜爱的原因，可结果并不理想，他仍是不讨人喜欢。和他哥哥坐在一起吃饭的时候，同样身为外孙，生于同一个女人，他甚至没有和他的哥哥受到同样的对待。"他夹起碗里的一块火腿，"一口菜都没有得到。"

霍筱缓缓开口："霍朗，你第一次回家，我们不说这……"

"我说话你不要插嘴。"

几个长辈大概没有想到霍朗和霍霆竟然关系如此好，按理来说，他们该是彼此敌对的。

霍海东放下筷子，显然有些不悦，嘴角向下沉着："你离开家太久了，和我们难免生分，常走动，多和霍筱以及你舅舅交流，熟悉了就好。一家人在一起，总有需要相互照应的时候。"

霍朗的左手搁在餐桌上，端着自己饭碗，没有搭话，若无其事地吃了两口饭，他手臂上的繁杂文身，还有霍霆那一头雪白的短发，似乎都与这个古朴的地界格格不入。

"您今天把我和霍霆都找回来，是简单的家庭聚会吗？"

"嗯。"霍海东声音略显苍老,"家庭聚会是一方面,另一方面,我想和你们谈谈财产分配的问题,人到了年纪,都得做这个打算。"

"这事您自己做主就行了,怎么安排我们都听着。"霍霆给小江夜抹干净嘴角,换了个姿势抱着。小家伙一直在不停地揪着他的领口,勒得他有些难受。

"我活着不和你们谈明白,等我两眼一闭,看着你们因为家产闹得不可开交,让外人看笑话吗?我霍家家大业大,后辈因为家产抢得头破血流,像话吗?"

霍朗笑了笑:"您和舅舅商量就行。"

霍海东自顾自地说下去:"会有律师和你们谈具体的细节,我全部财产的百分之五十分配给你们舅舅,你和霍筱各百分之十九,霍霆因为他母亲,他拿最后的百分之十,霍霆的一双儿女各自占百分之一。我大致算了一下,霍霆的两个小孩都可以在成年以后继承到一两个煤矿和一些股票,他不吃亏,你也甭在我面前挑我的理,说我不公平。"如果不是霍霆不像他妈那么执拗,一句话不肯和霍家说,彻底拒绝和霍家的来往,他压根也没这继承权,就如霍朗所说的,他确实按着长辈们喜欢的方向修整着自己的成长方向,让人挑不出什么毛病。

年轻人野心大,霍海东也担心如果现在不给霍霆,将来霍筱一个女孩子怎么能斗得过他?

"你们有什么意见,或者觉得不公平的,可以提出来,我们大家商榷一下。"他坐了太久,看似有些疲惫。

霍朗拿起餐巾擦嘴,当机立断地拒绝道:"谢谢您,我并不打算接受。"

所有人一起难以置信地看着他,一时间,餐桌的气氛变得诡异,暗流涌动。

霍朗却十分坦荡地说:"不要用这种眼神看我,你们可以觉得我无知骄傲,狂妄自大,但请不要忘记,我是金域通用创始人霍刚唯一的孙子,我姑姑未婚无子女,将来我就是金域通用的唯一继承人,或许你们认为拿到多少财产对你们的未来举足轻重,但在我霍朗看来,我姑姑给我留下的财富取之不尽用之不竭。钱对我来说只是一个数字,我也会找找律师发表声明，放弃我母亲家族的全部继承权。"

他的话不容置喙，言语间透着一股率性："我不愿意接受你们这百分之二十的财产和我攀亲戚。"

霍海东的脸色已经非常不好看，舅舅清了清嗓子，解释道："霍朗，你误会你外公了，是这么多年，他始终对你和你父亲有亏欠，一直没有机会弥补。"

霍霆突然打了一个喷嚏，看了看众人："抱歉，继续。"

霍朗对用人招了下手："空调温度调高，我弟弟身体不好。"

霍霆有些想不明白，霍朗一边扇着霍家人的耳光，一边和自己打着亲情牌，到底在想什么。

"外公，其实您不亏欠我和我父亲，您对我们没有任何责任和义务，如果说是因为霍霆妈妈的事情，让你觉得对我父亲的亏欠，那您其实亏欠的是两个女婿，哪一个都没落下好下场。"

"我承认的女婿，只有一个。"

霍霆垂着眼睑，一言不发，他和霍朗不一样，霍朗的不知天高地厚是有资本的，他有的，只是一个不被人承认的无能父亲。

霍朗忽然沉声笑了笑："如果您想真正地对我表示关爱，请尊重我的家人，和我家人的家人。"

霍海东乐了："这餐桌上谁是你家人，谁不是你家人？这桌上就没有两家人！"

"如果没有两家人，为什么我当初被我姑姑抱去美国的时候，没有人出来阻拦，又为什么，我在美国二十七年从来没有来自霍家的问候，为什么偏偏在我姑姑打算带着金域通用重返亚洲市场的时候，让我认祖归宗？"霍朗语气不疾不徐，不带任何冲动的情绪平缓质问，"如果没有两家人，为什么霍霆在德国出事，霍霆的企业出现危机，霍家人选择置之不理？想说服我和你们是一家人，很简单。"他缓缓起身，向后拉开紫檀木椅，"别做出两家人的事。我吃好了，妻子和女儿还在等我，要先走一步，抱歉了。"

霍海东猛一拍桌子，震得碗筷直响，吓了小江夜一跳，哇的一声哭了起来，霍霆轻声哄着。

"年纪不大,脾气不小,就因为我对霍霆不好,里里外外地给我扯这么一大堆,眼里没有个长幼尊卑了。"他转头看向自己儿子,"美国人都这么教育孩子的吗?"

舅舅劝他:"莫生气,气大伤身,霍朗年轻气盛,又被惯坏了,难免会有些刺头。"

霍霆也跟着安慰几句:"外公,您别气,霍朗说话一直这么直接,但是人不坏,以前他也是这么对我的,等他自己别扭够了就好了。"

霍朗像想起什么似的,又从玄关折回来,握着自己的车钥匙,不羁道:"霍霆,出息点,那百分之二十不如不要,你哥我照应得了你。"

霍霆沉默了两秒,嘟囔一句:"你才是惹是生非的主。"

霍朗在回家的路上给巫阮阮买了夜宵,经过一所大学的时候,看到两个女孩子拿着粉色的棉花糖,那糖在明亮鹅黄的路灯下好似黄昏时从天上偷摘下来的云朵,很漂亮,他在女孩子的身边停下车,打开车窗,手臂伸到车外扣了扣自己的车门,引起女孩子的注意,询问道:"同学,这个棉花糖在哪里买的?"

被开着豪车的英俊男人搭讪显然是件非常令人愉悦的事情,两个小姑娘眼睛瞬间亮了起来,开着玩笑说:"你想吃我送给你呗!不用买。"

霍朗的手臂慵懒地搭在车窗边上,满臂的文身令他看起来帅气而不羁,十分迷人,他微微一笑:"谢谢,我想给我老婆和女儿买。"

"哦……"小姑娘的玻璃心落地,"对面的奶茶店里有卖,有白的粉的蓝的黄的,白的是原味,粉的是……"

她的话还没说完,霍朗的车便已经打了转向,掉头离开。

他进家门时,巫阮阮正靠着沙发坐在地毯上,小喃喃和大螃蟹头对头趴着,中间一个软球,你推过来,我推过去,偶尔哪一下推偏了,巫阮阮就负责帮忙把球捡回来。

见他回来,巫阮阮转头温婉地笑了笑。

她的话少了,笑容也少了,不过也不会在夜深人静的时候坐在还未来得及给呢睡上一晚的婴儿房哭泣了。

"棉花糖?还是第一次见三种颜色的,以前在杂志上看过七彩的,一直以为是 PS 的杰作，这么漂亮，我都不忍心下口。"她用手指轻轻戳了戳霍朗递过来的棉花糖。

"我忍心。"霍朗不客气地撕下来一块蓝色的塞到嘴里，"再好看也只是糖而已，今天吃没了明天还有，又不是什么稀世珍宝。"

"甜吗？"

"甜到恶心。"他撕下一块粉色的，巫阮阮以为他要喂自己，张开嘴，他捏住她的嘴巴，把拉长的棉花糖挂在她的唇上，自顾自地笑着，"等你八十岁了就这样。"

"我一百八十岁也长不出胡子呀……"巫阮阮挥开他的手，把唇上的糖抿进嘴里，"好甜。"

霍朗又扯下两块，把剩下的大块放到巫阮阮手里，把其中一块呼在螃蟹的脸上，看它口爪并用地折腾着，又把另一块喂给喃喃。

"这东西不能给小孩吃，不要喂她。"巫阮阮拉他的手臂，不许他再喂喃喃。

"没那么娇气，吃这一口又不会吃出毛病。"他推开巫阮阮的手，嘴上说着无所谓，但还是把剩下的放进自己嘴里，感觉手指有些黏，便用喃喃的儿童湿巾擦了下。

巫阮阮安静得和螃蟹一样，一块块用手撕着棉花糖，最后也弄了一手黏黏的糖汁。霍朗拉过她的手腕，把她粘着糖的手指放进自己嘴里吸吮着，目光里攒着跃跃欲试的小火苗，缓缓燃烧。

他手臂勾住巫阮阮的腰肢，把她拉进怀里，柔软的如棉花糖一样的吻落下，落在她的额头、鼻尖，最后是唇，霸道得不容她有半分躲闪。片刻后，他意犹未尽地放开她："太甜，中看不中吃的东西，以后不会再给你买了。"

巫阮阮弯弯嘴角，没说话。

喃喃趴累了，自己翻了个身，平躺在地毯上。螃蟹慢悠悠地走过去，慢悠悠地趴在喃喃的肚子上。霍朗用脚轻轻把它掀到一边："你当自己身轻如燕吗？长得和猪一样，就老实在地上趴着吧。"

巫阮阮忽然倾身，像一只大猫一样趴在霍朗的腿上，温顺乖巧。霍朗轻轻拢起她半长的发。

"外公对你好吗？"巫阮阮问。

"很客气，但没有出现抱头痛哭、泪涕俱下的感人画面。"他说，"他们家人长得就一副不讨喜的模样，看着我的时候，脸上清清楚楚地写着'嘿，小朋友，我就看中了你们家有钱'，满口仁义道德，一肚子市侩虚伪。总之，我不喜欢他们，不打算深接触。"

巫阮阮安静地听着，等他说完时，偏过脸，轻柔地说："童瞳今天又做检查了，到底没忍住查了宝宝的性别，是一对龙凤胎。"

"嗯。"霍朗点头表示知道了，"沈茂已经对我显摆一整天了。"

"沈茂很厉害。"她云淡风轻地赞美道。

霍朗眉头一挑，低沉性感的声音带着一抹危险的气息，手掌探进她的腰间，缓缓地摩挲着："是吗？我也可以……"

"我不要。"她蹭了蹭他的大腿，轻声拒绝。

"Why？"

巫阮阮眨了眨眼，转过头来，没说话。

霍朗用手指梳理着她柔软的发丝，微微俯身："我知道你在担心什么，我可以向你保证，我会永远最偏爱喃喃，做她最称职的爸爸。"

感觉到巫阮阮的身体有些发僵，霍朗的手掌向上游走，用他独特的霸道式温柔对巫阮阮说："我不想输给沈茂，所以……我们再要两个，好吗？"

霍霆回到绮云山别墅时，已经是夜里十点多。

这个曾经温暖的家，现在看来格外冷清。家里很安静，只有月光透过巨大的落地窗在为他照明。

阿青从用人房里出来，准备接过已经睡着的小江夜，霍霆拒绝了："不用了，你睡吧，我抱他上去。"

霍老太太已经睡了，房门的缝隙没有透出光线。

于笑住的客房却还亮着灯。

他没敲门，一只手抱着江夜，一只手轻轻转动开她的门把手，无声地将房门推开一道缝隙。

这个角度，刚好可以看到于笑的身影。

床上放着一张木制的笔记本专用电脑桌,她靠在柔软厚重的一大堆抱枕上,穿着粉色的真丝睡袍,长发湿漉漉的,睡衣也只是松松系着,风情微敛。

她轻笑,手指卷着自己湿漉漉的长发,缓缓拉开自己的睡袍拉带,让视频那端的男人对她的美好一览无余。

男人低笑,说:"你说霍霆从不碰你?"

"嗯……他现在清心寡欲得很,我们也就只在一起过一次。"

"我该说他品位太与众不同,还是该说他没眼光?我在法国的时候就见过你,至今难忘,从不觉得哪个女孩子比你更性感迷人。"男人意味深长地笑着,"尤其是某些地方,只让我隔着视频看,不够清晰,好残忍。"

于笑娇羞地笑了笑:"那……韩柯哥哥你还想怎么看呢?"

"你说呢?"

于笑的动作更加大胆放肆了一些。

韩柯继续低声笑着:"我和霍霆有过一面之缘,他对女人确实有些挑,听说他前妻是他的大学同学,两个人在一起很多年,大概他前妻第一次也是和他在一起,你是怎么蒙混过关的?如果我没记错,在法国的时候,你和我的学长……"

"修复术喽,现在什么不能作假?"

韩柯笑出声来:"也是,不过是不是处女有什么关系,我反而更喜欢轻熟女,更有味道一些。"

"比如?"

"比如你啊……"

于笑娇羞地轻笑。

"既然霍霆对你不好,你还留在他身边做什么?"

"当初想嫁进来当然是为了爱情,现在留下来,多半是因为孩子,而且,我爸爸的企业将来需要Otai,霍霆的企业在这一行业的潜能无限,和我父亲的长星能合作的话,是强强联手。将来我父亲退休了,霍霆因为是于家的女婿,到时就只有合并,没有吞并,到时我父亲拿着股份就可以安度晚年了啊。再说霍霆的妈妈对我也好,现在啊,就算是门当户对,婆婆也都刁得狠,他妈妈很依我的。"

"如果是为了这几点,那你不如来我身边。"

于笑并没当真,笑了一声:"别开玩笑了。"

"我很认真。"韩柯郑重道,"你所担心的这些问题,在我这里根本不存在,我父母双亡,只有一个奶奶,吃斋念佛活得很安逸,不会刁难我的女人。而你想从霍霆那里得到的利益,从我这里争取会更容易,我们韩家的资产,比不上霍霆吗?况且……"他停顿了片刻,笑着说,"从哪方面来说,霍霆都不如我更能满足你。"

看起来,他的话很让于笑动心,她试探性地问:"我可是有儿子的,我要改嫁,我儿子也得跟着我啊,哪有男人愿意接受别人的小孩?"

"小孩子怎么了?别说是一个,就算百八十个我也不是养不起,我是真想和你在一起,也愿意包容你的一切,包括你的过去,还有你的儿子。"

于笑笑得甜蜜蜜的,换了一个更加讨男人喜欢的姿势,撒着娇说:"你送我那条粉钻项链的时候,我就猜你会是真心的,听说,那是韩氏最贵的一颗粉钻,当初是你爸爸买来送给你妈妈的?"

"嗯……是。"

"其实我留在这里也挺怕的,我最近经常做噩梦。"

"很抱歉,我现在不在国内,没有办法在你身边分忧。不过你可以说给我听听,也许我能安慰你呢?"韩柯的语气听起来是真正地心疼于笑。

"那个绑架了霍霆大女儿的人是个女人,你听说过了吧?"

"略有耳闻。"

"我只知道那个女人叫安茜,她绑架霍燕呢,霍燕呢就是霍霆的大女儿,她绑架霍燕呢其实是在朝着霍霆前妻来的,为钱还是为仇就不得而知了。"

韩柯认真听着,问道:"这事和你没什么关系,你因为这个做噩梦?"

"嗯……这事和我倒没什么关系,就是那个安茜,她之前找过我……"

韩柯好奇地"嗯"了一声。

一直在门外安静听着他们对话的霍霆忽然眉头紧蹙，目光警醒。

"那个女人找你做什么？"韩柯问。

"她和我说巫阮阮和霍霆在哪里见面，说我被蒙在鼓里什么都不知道，让我看好我老公。其实我也觉得，霍霆对他前妻有些不一样。她还说我和霍霆要结婚了，可她手里有霍霆的艳照，让我出钱买回来，照片不给我看，就想威胁我要钱，这分明就是讹诈嘛，我干吗相信她。我就说她要是和巫阮阮有仇就找巫阮阮去，要是有仇又缺钱，就去绑架巫阮阮的宝贝女儿去，巫阮阮老公有大把的钱赎人，就这样。谁想到这个疯女人还真照做了，只是绑架的不是巫阮阮的小女儿，而是大女儿……我嘴巴就不该这么欠。"

霍霆的嘴角渐渐抿成了一条直线，如果他眸子能射出刀子，这会儿于笑早已死了。

韩柯沉默片刻，安慰道："别想太多，小孩又不是你送到坏人手里的，只是意外。"

"我也知道是意外，可就是总做噩梦啊！"于笑努嘴，"那个小孩和我不是很亲近，不是自己生的很难亲近到一起，其实现在也好，如果不是那个小女孩没有了，霍霆怎么会把父爱投入给我儿子，就算她不死，总让她留在我们身边也碍事，现在想想，嫁一个有孩子的男人还真是麻烦。"

"所以劝你改嫁，至少我没小孩,没人考验你这个后妈是不是合格。"

于笑脆生生地笑出声来："你还真想我改嫁,你喜欢我什么啊……"

韩柯犹豫了片刻，说："漂亮或者性感，我找女朋友和老婆的标准很简单，就是让我每看她一次，都想睡她一次……"

霍霆不着痕迹地带上于笑的房门，把江夜送回了婴儿房。孩子在他怀里睡得有些热，软软的毛发服帖在头顶，他用毛巾给江夜擦了擦汗，转身回到自己的房间。

他草草冲了个澡，套上一件黑色的真丝睡袍，粗略地擦了擦头发，又从床头柜里拿出香烟，抽出一根放在唇间点燃，久违的烟草香味渗入肺部，他目光晦暗，喷出白色的烟雾，再次朝于笑的房间走去。

他没有敲门，就这么猝不及防地推门而入，入眼的一幕，和刚刚他在门缝处看到的已然大不相同，任哪一个男人看到这精彩的画面，都会忍不住惊艳。

倘若可以抛却所有主观情感，霍霆也会觉得这画面感不错。

霍霆突然闯入，于笑吓得差一点一脚把电脑踹翻，她羞愤地拉过被子把自己捂个严实，刚要去扣上电脑发现韩柯已经退出了视频："老……老公……"

霍霆从来不会来她的房间，路过她房间都恨不得贴着对面的墙边走过去，她怎么也没想到，霍霆会就这样破门而入，连门都没敲。

"你……你回来了，孩子呢……"她声音有些发抖，脸色通红，羞窘至极。

霍霆指间夹着香烟，慢条斯理地吸了一口，反手锁上门，慵懒地坐在大床对面的沙发上："你在和谁视频？"

她立即否认："我没视频，真没有……"

"那你对着电脑……"他问。

"不是，是那个……"她惊慌地想要找个借口开脱，可是霍霆已经什么都看到，什么样的借口都有些牵强，最后只好硬着头皮说，"是成人电影。"

霍霆挑了挑眉，直接把烟灰弹在她价值不菲的小圆几上："是吗？"

于笑在被子里哆嗦着调整了一下情绪，理直气壮地抬起头："是，就是这样，我也是成年人，我老公对我不管不问，我这样也不过分吧，至少我没有像巫阮阮一样耐不住寂寞就出去找男人，我只是……我……"

"你急什么？"他弯着嘴角轻柔地微笑，"我说你什么了？我只是问问你是不是在和别人视频，不是就算了，如果是的话……"他警告的话语停下来，在烟雾缭绕下半眯着眼睛看着她。

于笑的眼里闪过一丝惊骇。

霍霆弹了弹烟灰，慢条斯理道："如果是的话，我要看看是哪家的少爷，拈花惹草惹到我霍霆的家里，我要及时发现并制止，以防老婆被人拐走。"

于笑怔住了，有些难以置信。

"给我倒杯温水。"他声音温柔。

于笑不动声色地打量着他,半晌后,发现他的神态是十分柔和的,没有暴风雨前夕的恐怖,于是她捡起粉色的丝质睡袍套在身上,先去浴室洗过手,然后给他倒了一杯温白开。

"江夜在他的房间吗?我去看看他。"她找个理由准备开溜。

霍霆拉住她的手腕,温柔地命令道:"回床上。"

于笑的心脏"怦怦"乱跳,不明所以地看着他。

"去啊,回床上去。"他重复着,"江夜睡了,我们聊聊。"

于笑不明所以地看着他。

霍霆再次温柔地开口:"这段时间,是我冷落你了。"

于笑怔,拉住霍霆睡袍的带子,想要解开:"老公,只要你给我机会,我会成为一个好妻子,绝不让你失望。"

霍霆按住她的手腕,在掌心来回摩挲着:"那你也给我一个机会,成为一个好丈夫、好父亲。"

于笑笑意盈盈地应允了。

说完,霍霆温柔地将她抱到浴室,放好水,霍霆便弯下腰开始帮她洗澡,动作温柔至极,仿佛她是他手中易碎的无价之宝。

"我外公的身体越来越不好了,今天吃饭的时候提到了财产分配的问题。"

"哦……这么早就谈这个问题了?"于笑转头朝他笑了笑,在霍霆俯身的时候吻了一下他的嘴角。

霍霆手上的动作有片刻的迟疑,继而微笑道:"不许偷袭。"他捏了捏于笑的尖下巴,接着说,"霍朗放弃了他的继承权,我可以拿到他那一份,还有江夜,外公很喜欢他。"

于笑忽然眼前一亮,瞪大眼睛看着他:"真的很喜欢江夜吗?"

"嗯,喜欢。"他点头,"所以,如果我外公去世了,我可以拿到百分之二十的遗产,江夜一个人就得到了百分之十,这其中包括一些矿业、股份,还有房产等。江夜很幸运,你说呢?"

于笑的嘴角已经情不自禁地扬起来:"可这幸运是用你外公的健康换来的。"

霍霆笑了笑,手掌落在她的肩头轻轻揉着:"我儿子和我外公,孰轻孰重,我还是知道的。"

于笑洗完澡,霍霆给她包上浴袍,将她抱回床上,仔细擦干,在她额头印上一个温柔的吻:"我最近睡眠浅,等我调整过来,再让你回主卧,好吗?"

于笑甜蜜地点头:"好。"

// 第十三章

霍霆的转变

　　霍霆说到做到，第二天开始，他对于笑母子俩百般温柔，对于笑更是有求必应。
　　晚饭过后，于笑娇滴滴地挽住霍霆的手臂，一起沿着盘山路散步："老公啊，问你个问题，你不可以生气。"
　　霍霆抬手搂住她的肩膀："问吧。"
　　"你先答应我不能生气！"
　　"好，不生气。"
　　于笑反手去搂他的腰，两个人的姿态亲密无间："就是……你现在还喜欢沈阿青吗？"
　　霍霆轻笑一声，捏了捏她的鼻子："我还以为你要和我离婚，这算什么大事，需要你这么郑重其事地和我说。"他停下脚步，和于笑站成面对面，"笑笑，除了我们离婚这件事，以后其他的事情，你不需要这么谨慎和紧张地来询问我，我答应过你，会努力成为完美的丈夫，我会做到的。"
　　于笑感动得热泪盈眶："我也想当一个好老婆啊，所以我会担心自己的问题惹你不开心。"
　　"不会。"霍霆笑得比晚风还温柔，手指在她鼻尖上刮了一下，"还有，她不叫沈阿青，她叫沈暮青，你要给自己树立情敌，首先得把名字叫对，这才显得自己有气势。"

"对，我想起来了，是叫沈暮青，她告诉过我。"她满眼期待地望着他，"你还没回答我的问题，你还喜欢她吗？"

霍霆的目光忽然变得有些扑朔迷离，半眯着看向她身后的山涧，沉默良久。

于笑紧张得不行，摇他的手臂："要想这么久？想这么久不就是喜欢？是不是？"

霍霆收回视线，直直地看着于笑纠结的面孔，忽然勾起嘴角笑了："吓你的，不喜欢。"他握住于笑的手掌，和她十指相扣，继续往下走，"我从来没喜欢过阿青，以前没喜欢，以后也不会。"

"那你以前还当着我的面前亲过她，你还……"

霍霆的手指用了点力，把她捏疼了："不许旧事重提，哪个男人在年轻的时候没犯过错，我又不是神仙，不能有糊涂的时候吗？"

"过去的事情我也不想计较了，反正都过去了，以后你还会这样吗？"她偏头，问得认真。

霍霆感受到她的目光，却没有看过去，而是拉起她的手，指腹在她镶着水钻的漂亮指甲上摩挲着："不会，再也不会，我发誓，你一定是我最后一个女人，我也会是你最后一个男人，如果我做不到……"他顿了一下，笑了笑，"就让我不得善终。"

"呸！"于笑抽回手，对着空气呸了一口，"你快呸，快一点，什么不得善终，不吉利的，快呸。"

霍霆无奈地笑了笑："天真。"

"快呸！"于笑不依不饶。

"不要，太幼稚了。"霍霆笑着捂了下嘴巴，"你替我呸吧。"

于笑听话照做，又开始缠住霍霆："老公啊……既然你不喜欢阿青，那不如我们换一个用人好不好？随便换一个都可以啊，家里也没有什么工作是只有阿青才能做的，霍家不是非她不可啊……"

霍霆沉默地牵着她走了一会儿："也好，她在家里你会不舒服，我会安排的。"

于笑嘴角扬起一抹得意的笑容："老公你真好。"

霍霆宠溺地笑了笑,没说话。

阿青的离开,让于笑着实高兴好几天,走到哪儿都能听到她银铃似的笑声。

周末的时候,霍霆带着于笑还有霍老太太一起外出散心,全程由他一人抱着小江夜,时不时还会逗得小孩子咯咯大笑。

他在公园里一处雅致的中餐馆订了位置,有说有笑地吃了一顿午餐,过了中午,霍老太太有些发困,霍霆让司机送她回去,于笑还没逛够,他便陪着她。

太阳狠毒,好在公园里绿荫茂盛,遮天蔽日地盖在柏油马路上。

霍霆今天穿的是亲子装,于笑买回来的。这种衣服惹来人羡慕嫉妒恨的指数明显要高于情侣装。

霍霆用婴儿背带把江夜抱在怀里,和于笑十指相扣,朝着那一条宛如白色花海的小路走去。

"那是什么花啊?挺漂亮的,像樱花。"于笑问。

霍霆摇摇头:"不是樱花,樱花的花期早过了,管它是什么,漂亮就好。"

"是很漂亮。"

"嗯……漂亮……"他若有所思地应和着。

这里确实漂亮,他曾带着巫阮阮来过,但当时的甜蜜,现在只能从回忆和幻想里去回味。

眼前熟悉的美景,让霍霆一时失神。

"我要自拍一张,你亲我一下,我要和朋友秀一下恩爱。"于笑摇他的手臂,"要笑着亲啊,老公。"

"嗯。"霍霆微笑着将唇贴上于笑的额头,在相机快门响起的一瞬,他越过于笑的头顶,看到不远处小白花纷纷下落的花树下,巫阮阮正抱着喃喃淡漠地望着他。

有那么一刻,霍霆觉得自己看到的是幻觉,可是下一秒,霍朗的出现证实了这并不是他思念成疾的幻觉。

巫阮阮跟霍朗说了什么,霍朗偏头看过来,神情倨傲地朝他招了下手。

霍霆很快松开了于笑，惹来了于笑的侧目："那不是巫阮阮和你大哥吗？"

她语气里夹带着那一丝丝嫌弃让霍霆几不可察地皱了下眉："是，你又不高兴了吗？"

"没有不高兴，就是觉得巫阮阮怎么阴魂不散，在哪儿都能遇到她，什么事她都要掺和一脚。要不是因为她得罪了那个姓安的女人，呢呢也不会被抱走，婚礼也不会弄得那么糟，一辈子只有一次……"

回头间，她发现霍霆正直视着自己，以为说错了话，表情立刻由不屑转换为哀伤："好可怜的呢呢，要知道是因为自己妈妈才变成这样，肯定也会难过……"

霍霆揉了揉她的肩膀，轻声安慰："你和我想的一样，如果没有巫阮阮，呢呢不会有这个下场，婚礼也不会那么糟，毕竟我没有第二次机会和你举行仪式了，不过……"他稍稍停顿了一下，带着她朝霍朗和阮阮走过去，"她现在不是那个没有背景和身家的平民前妻了，你可以不喜欢她，我也不喜欢她，但是，她身边的男人我们惹不起，她是我大嫂。"

"大嫂"这两个字，霍霆在心里重复过无数遍，可当真的从嘴里说出来时，还是觉得好像嚼过锋利的刀片一样，割得嘴巴和心都生疼。

大嫂？于笑露出心满意足的笑脸，跟在他身后走过去。

霍朗拍拍霍霆的肩膀，又抬手揉揉小江夜的脑袋，只是无视了一脸殷勤的于笑："阮阮累了，我带她去那边坐会儿，一起吗？"

"不……"霍霆刚要开口拒绝，于笑突然笑意盈盈地挽住他的手臂："好啊，一起坐坐，反正难得遇到，你们兄弟俩二十多年没见面了，现在多聊聊也应该的。"她看向霍霆，娇滴滴地问，"你说呢？老公？要不要和大哥还有大嫂一起坐下聊聊？"

"我只是客气一下，你听不出来吗？"霍朗的话锋一转，指向于笑。

于笑当时就黑了脸，霍霆牵起她的手："我不想和他聊天，太痛苦了。"

他牵着于笑的手和巫阮阮擦肩而过的时候，竟然在这满是青草味道和花香的地方，清晰分辨出了独属于巫阮阮身上那股淡淡的奶香。

霍霆当即就想撒开和他十指相扣的人，放下他怀里的小孩，就这么冲上去把巫阮阮抢回来，带她离开，谁也别想追上和破坏，然后告诉她："我还爱你，我一直爱你，没有一分一秒放弃过爱你，我所有的一切，都有说不出的不得已。"

可他也怕，就算他现在解释了一切，他的阮阮也不愿意原谅他，或者，就算原谅了，阮阮的心里也没有了他。

这该多可怕。

当天晚上，于笑收到了一份礼物，霍霆问那送礼物的人是谁，可于笑自己也很意外，接着她的手机响了两声，是短信进来，她看了一眼马上删掉，解释说是她的表姐送给她的，至于到底是什么，短信上只有两个字：惊喜。

两人在沙发上一起将包裹拆开，眼前赫然出现一块近半臂长的玉如意，手感细腻莹润，一看便不是普通的玉料，做工精巧细致，蝙蝠祥云和铜钱灵芝栩栩如生，雕刻在上头，还有道贺童子两人，可爱喜人，一派祥和，景物疏密有度，精彩层出不穷，饶是两人对古董没什么研究，也看得出这是好东西。

"你表姐送你这么好的东西？是真品还是赝品？"霍霆目光流连在这块完美精湛的白玉如意上。

于笑既兴奋又慌张："我也不知道，我不认识，不过看起来这东西可真好，是不是真货……"她伸手摸了摸，"这也没法问她啊，老公，你看这是真还是假？"

"我哪儿认识这种东西，不过你要想知道真假，我可以找人来看看，还可以给它估个价值。"

于笑爽朗地应允了，她也想知道韩柯给自己的这个惊喜到底有多惊多喜，还有，韩柯信誓旦旦说要许她真心，到底是真心还是假意。

可于笑没想到，霍霆找来帮她鉴宝的人，居然是沈暮青。

"少奶奶，这玉如意是真品，没任何问题，我好多年没有关注过藏品市场，要是按着八九年前的估价，这块玉如意至少能拍到一千万左右，现在的话，肯定会升值不少。"

霍霆没说什么，只是对于笑说了一句："你表姐对你真不错。"

于笑的不快随着这句话一扫而空。

霍霆对她百般温柔，韩柯对她也呵护有加。白天霍霆陪着她哄着她，晚上她和远在美国出差的韩柯视频时，还要进行另一番隐秘、刺激的谈情说爱。

于长星催促着长星电子和 Otai 进行合并，强强联手抢占国内高中低端三条线路市场，霍霆却并不着急，他坚持一定要分开解决公司的经营问题，达到一个完美预期时再合并，因为工作忙碌抽不出太多时间陪于笑，他经常带着于笑去公司。

在午休的时候，他抱着于笑在床上小憩，顺便问一问于长星干过的那些蠢事，还有她所了解的关于长星的致命问题。

于笑这个很傻很天真的姑娘，对霍霆毫无保留到令霍霆本人都叹为观止，他说："你真是什么都告诉我，就不怕我把你爸爸送进去？"

于笑自信地笑了笑，反问："我爸爸要是进去了我得难过死，你舍得你老婆难过吗？"

霍霆惋惜，说："被你掌握了弱点，我还真是舍不得。"

而那个于笑所谓的表姐也是越来越大方，隔三岔五地往家里送些贵重礼物，从珠宝到古董，从服装到鞋帽，一眨眼的工夫，于笑的小客房都快装不下了。

某个阳光明媚的下午，霍霆接到了家里用人的电话，说是老夫人有点不对劲儿。

霍霆问她怎么不对劲儿，新来的用人嘴笨说不明白。

他给司机打电话，司机正在去接于笑的路上，在万金广场门口塞着车，他只好自己狠踩了几脚油门赶回绮云山。

一进门，就见霍老太太坐在沙发上，闭目合眼，在那儿嘀咕，霍霆紧张地走到她身边，握着她的手，关切地问她："怎么了，一个人在嘀咕什么？"

霍老太太眼皮都没抬一下，说："冥想。"

霍霆问她："冥想什么东西呢？"

她说："打麻将。"

霍霆绷着的一根神经这才放松下来，在她肩头揉了揉说："要想玩牌就去玩,在家里嘀咕什么,神神道道的,吓坏我了。"

霍老太太睁开眼,昔日漂亮的煤炭一枝花今日不复存在,总有说不出来的沧桑和病态,她拍拍霍霆的手背,神秘兮兮地说:"不能去。"

霍霆不解地问:"为什么?没钱吗?我会给你拿钱,只要你别豪赌,小赌怡情,我可以陪你一起去。总在家闷着,人都闷坏了。"

霍老太太的神秘感更甚,还朝他招了招手。霍霆很听话地弯腰靠近她,她趴在他耳边,悄悄地说:"不行,不能打牌了,以后都不能打了!我孙女死了,我儿子头发都白了,全白了,以前黑亮亮的一头短发,现在啊,全是白的!"

霍霆猛地偏过头,瞠目结舌,震惊无比,轻轻地叫了她一声:"妈?"

霍老太太被他这冷不丁的一个动作吓了一跳,照着他肩膀拍了一下,翻了个白眼后继续说:"你可不知道,霍霆可凶了,以前就因为我打牌,天天对我虎着一张脸,哎哟我一把年纪天天看儿子脸色,晦气,闹得我天天输天天输,幸好有于笑,不然我欠那好几百万的赌债,我这个当妈的还不得让儿子给我扒皮了!我可不敢去玩了,本来儿子头发就白了,我再惹他,万一气秃了可怎么办,年纪轻轻的……"说完她还特别惋惜地啧啧两声。

霍霆膝盖一软,跪在她面前的地毯上,他抓着她手腕的那只手明显在颤抖,小心翼翼地问道:"你儿子是谁啊?"

霍老太太眼睛一瞪,理直气壮地说道:"我儿子,Otai电子的总裁,霍霆啊!"

霍霆连说话的声音都颤了,问:"那我是谁啊?"

霍老太太一把将他推倒在茶几边上,撞得茶几上的茶杯叮当作响,她十分嫌弃地瞟了他一眼,不悦道:"你干什么的你都不知道了?这家里,除了姓霍的,和我儿媳妇,剩下的都是我儿子雇来伺候我的!都是。"

霍霆哄骗了好半天,霍老太太才答应和他去医院,开车的时候他频频从后视镜里看霍老太太,看起来很安详,坐得端庄安稳。

"你怎么那么讨厌去医院?你又不常生病,没怎么打过针,医院有什么好怕的,那是换取健康的地方,小孩子才会怕。"

霍老太太眼睛一翻,嫌弃地看着他:"那是带走健康的地方,我自己是没生过病,我这一辈子进医院净是送人走了。年轻的时候送走了老公,现在头发都白了一半,送走了孙女,前一阵儿子又发烧又昏迷,我也差点吓死在医院里,医院克我,我就不爱去,心里不好受。"

"我们今天谁都不送,也没有人生病,只是给你做常规的检查,你的那些富太太牌友不也都定期检查身体吗?"

霍老太太沉默了一会儿,说:"那你别告诉我儿子啊,他该着急了。"

"……"

神经内科的医生和霍老太太聊了几句,出来时神情有些凝重,拍拍霍霆的肩膀:"现在不好判断,就算是老年痴呆,也不会在她已经不认识你的时候才会被你发现,早期症状也是很明显的,不排除老太太存在心理问题或者精神问题。"

神经内科医生给霍老太太做检查的时候,霍霆的朋友站在他身边偏头低声告诉他:"不用太紧张,就算有什么事我师兄都会尽全力帮你解决,他是我们医院最年轻的主任医师,医学天才,很多疑难杂症别的医生百思不得其解,他都能一语道破天机,理论和临床都首屈一指,他是最靠谱的。"

霍霆对这种病并不了解,紧张难免,毕竟他只有一个妈,他也只剩一个妈,他还没来得及做几件真正意义上孝顺的哄她开心的事,她就要不记得自己了。

他的朋友见他脸色不太好看,便搂着他的肩膀轻轻拍了拍:"就算是老年痴呆也不可怕,都可以通过治疗延缓的,只要身体好,人糊涂一些也不算太糟,起码难过的事情不会被铭记太久。"

霍老太太从诊室出来的时候,霍霆的朋友问她:"怎么样阿姨?这个医生不恐怖吧?"

"人是挺帅,不过和我儿子比还差点。"

身为她儿子的霍霆,此刻就站在她的对面,她却不认得自己了,霍霆心里说不出的难受。

年轻的主任医师起身把钢笔往胸口的口袋一别:"初步诊断是老年痴呆症,还有一部分心理障碍,这个问题不大,我先带她去做核磁共振,然后验血。"他脚步突然一顿,"对了,你们平时一起用餐吗?"

霍霆愣了一下，点头："早餐和晚餐我们是一起吃的。"

医生低头"嗯"了一声："你也验个血。"

莫名其妙的，霍霆也成了被检查的对象，他还记得上一次，他抱着呢呢拿到确诊报告的时候，心情和现在一样沉重，而此时，更平添一份激怒。

霍老太太在和心理医生聊天的时候，霍霆往家里打了个电话，询问于笑回没回去，用人说刚进门，正在准备食材给夫人炖甜品。

霍霆挂了电话，把母亲交给自己的朋友，随后独自驱车回了绮云山别墅。

别墅内极安静，用人被于笑打发去照顾小孩，他没有穿拖鞋，光着脚走到厨房门口，看到于笑正刚刚打开炖盅的盖子往里添料。

"你在做什么？"他问得平稳清淡。

于笑却像被踩了尾巴一样突然蹿起来，慌张地盖上炖盅，关掉火，显然她没有想到霍霆会突然回来："老……老公，你回来了！我给妈做甜品，她在休息。"

"她在医院。"霍霆温和地纠正，"有些不太舒服，我送她去医院了，没人告诉你吗？"

"哦，我没问，以为她在房间，妈怎么不舒服了，等下我和你一起去看她。"

"年纪大了，总会有些不舒服，没什么大病。"他视线越过于笑看向她身后的炖盅，"你在炖什么？我饿了。"

"饿了我让人给你做吃的，马上就好，这甜品里有红豆，你不吃豆子。"

"我偶尔也吃。"霍霆径自绕过她，准备尝一尝她的甜品。

"不要吃！"于笑紧张得快跳起来，扑到霍霆的前面，她刚刚被霍霆吓到，手一哆嗦，那一整包药剂都被她扔到炖盅里了，这可是会要人命的，"我刚才尝过了，糖放得太多，甜死人，根本没有办法喝，这个倒了我再给你煲，很快的。"她急着把甜品倒掉，慌忙之间直接用手端起刚刚断火的炖盅，被烫得瞬间尖叫起来，"啪"的一声，没来得及倒掉的甜品摔到地面上，滚烫的汤汁和紫砂炖盅的瓷片溅在她光裸的小腿上,疼得她连退了好几步。

于笑顾不上疼,赶紧拿着抹布蹲到地上收拾。霍霆缓缓蹲下,抓住了她的手腕:"算了,别弄了,你太不小心了,让用人处理,小心割到手。"

"没关系,我来弄,弄你裤脚上了吧,等下换一条裤子,小心洗不掉。"

"算了。"他坚持着,"笑笑,你是霍家少奶奶,这些……"他话音一顿,视线落在地面,几颗红豆下压着一小块透明的东西,他不顾汤汁的高温热气,直接用手指捏了起来,"你把糖包都倒进去了,能不甜吗?"

霍霆扔掉手里的东西,把指尖的糖水抹在她手里的洁白抹布上,手指轻轻点了点她的小腿:"都烫出红印了,真不小心。"说着,把她从地面抱起来,直接上了二楼。

"很疼?"他轻轻柔柔的声音让于笑更加心虚,趴在他的胸口摇头:"不疼。"

"那就是吓到了,你在发抖。"

"嗯,吓到了,怕你第一次吃我做的甜品就被惊到,以后再也不会吃我做的东西了,我在紧张你啊……"

霍霆笑了笑,没说话。

他把于笑送到小江夜的房间,让用人找来烫伤膏和纱布,分外温柔地帮她处理伤口。

"对了,老公,你怎么突然回来了?"

霍霆手上的动作未停,抬头对她温和地笑了笑,眸如星辰:"想你了。"

"就这样?"于笑有些难以相信。

"嗯,就这样。"他回答得理所当然,"我去接妈回来,你老老实实在床上躺着,小心腿上落疤,到时候变丑了,我可是要离婚的。"

于笑甜甜一笑:"现在的你和以前不一样了,这种威胁我可不怕。"

霍霆意味深长地微微一笑,走了出去。

他在自己房间里找出一个分装药物的小号透明储物盒,再次来到厨房,他随便捏起一点刚刚被倒掉的甜品材料装进去,扣好后放进口袋里,马不停蹄地驱车赶往医院。

一个小时后,他的医生朋友凝重地将报告交给他,在他对面坐下来,严肃说道:"你提供的食物里面有一种十分罕见的致幻剂,具有一定的依赖性,这种东西没有成品,也不是一般的专业人士可以提炼配比,因为提纯非常烦琐和麻烦,你今天提供的食物里这种致幻剂的含量足够人当场死亡。你妈妈平时食物里的添加量应该在安全范围内,不过日积月累长期服用,对大脑一定有不可逆转的伤害,它会让人上瘾也会导致幻觉,但是区别于毒品,也就是说,如果你妈妈每天都吃这种东西,就是在吃一种不会致命的慢性毒药,这种毒药最终会导致她对提供这种食物的人产生依赖和信任,最后沦为痴呆。"

霍霆被震惊得许久说不出话,只是瞪着眼睛看着手里一串他看不懂的化学成分分析表,他从没想过,他自以为掌握了一切,实际上一直被愚弄。

"也就是说,我妈……本来不会变成这样?如果她没有每天吃这种东西,她现在还是健康的?"

朋友摇摇头:"这不一定,你母亲的心理问题和这种致幻剂没关系,就像心理医生说的那样,她的潜意识里对于欺骗你欠下巨额赌债是有非常大的心理负担的,她和你妻子共同欺瞒你,还有你女儿从她手里走失这两件事,她都有着强烈的负罪感,这是长期压抑的结果。而从她的头部核磁共振来看,她现在确实患有老年痴呆症,中期。可能因为她并不需要自己做一些家务也没有工作,所以对于她的记忆力变差,家人并没有注意。这种致幻剂在一定程度上,加速了她的病情,至于她到底是不是因为这种致幻剂而致病,没有办法判断。"

"可以治好吗?"

对方沉默了,安慰性地拍拍他的肩膀:"我师兄会想办法尽量帮她延缓或者维持病情,至于逆转,医学上还没有这种先例。"

回到别墅以后,霍霆交代于笑,以后不要再给霍老太太吃甜品,医生要她少吃甜食,如果她吵着要吃于笑做的东西,霍霆就会环着于笑的腰身，陪于笑一起在厨房忙碌。

这一日，于笑又收到了"表姐"的礼物，这一次，是一张飞往迪拜的头等舱机票，日期是九月一号。

霍霆陪于笑逛街，为她的迪拜之行做准备。

二人在珠宝店挑选战利品，但就在霍霆刷卡的时间，于笑不见了。

他拿好东西出了珠宝店的大门，在人来人往的商场寻找于笑的身影，最后在靠近安全出口的拐角处看到了正和一个高大男人交谈的于笑。

"笑笑？"

于笑和男人似乎在争辩什么，均是被吓了一跳，一起转过身来。

"好久不见，霍霆。"韩柯礼貌地和他握手。

霍霆面无表情地看着他，半晌道："你哪位？"

韩柯低声笑了笑，没有回答，信步离开，临走之前，撂下一句："你会记起我的。"

美好的一个下午就这样被韩柯打扰了，霍霆直接驱车回了别墅，一整晚都没和她说一句话。

第二天一早，于笑小心翼翼地潜进霍霆的房间，爬上他的床，他有些意外地推开她："你干吗？好困。"

"老公，别生气了，我和韩柯是在法国时的老朋友而已，我知道你生气是因为吃醋，你在意我才会吃醋，我是你的老婆，你儿子的妈，又不会和别人跑掉，别这样嘛……"

"那你知道错了吗？"霍霆把她放倒在自己身边，用薄被盖住她的肚子。

"知道了。"

"哦……"他漠然地看着天花上的椭圆水晶灯，淡声道，"那就结束吧。"

"什么？"于笑偏头，不解地问。

霍霆转头，四目相对时，他微微一笑："我是说，那就让这件事结束吧，我亲爱的老婆。"

如果你没有站在云端过，你永远不会知道，摔在泥里是多么难堪多么痛苦的一件事。

这天下午，于笑突然接到了母亲的电话，说于长星发生了车祸，现在人正在送往医院的途中。

霍霆和于笑一个从公司出发，一个从别墅出发，匆忙赶往医院。手术室外，霍霆一直抱着忧心忡忡的于笑，在她耳边温柔地安慰，所幸车祸并没有要了于长星的命，只是双腿骨折，暂时要依靠轮椅生活。

// 第十四章

一切都是你罪有应得

出院那天,霍霆提议带于长星去绮云山附近转转,于笑自然答应。

清晨的绮云山空气非常清新,呼吸间尽是山林的味道,有着城市中央无法感受到的美好。

霍霆让司机在半山腰等着,把于长星抱上轮椅,准备推着他从平坦的柏油马路上山。

"等一下……"他用两块白色的方巾垫在推手上,"手心容易出汗,打滑就不好了。"

于笑笑着说:"早说我们买一辆电动的轮椅就好了,这种传统的轮椅推起来多累。"

两个人走了半个小时,霍霆有些累了,衣襟都快湿透,就说:"下山吧,下山不用太大的力,你来推?"

"嗯,好。"于笑痛快答应。

"这毛巾还需要吗?"

"我不用,我手不打滑。"

霍霆笑着收起方巾,随意搭在轮椅上:"小心,这一块区域的山体两边最陡。"

于笑刚刚带着于长星的轮椅转了一圈,往山下走时,公路旁巨大的岩石背后便走出来一个人:"霍霆。"

三个人一起转头，于笑最为疑惑。

"我已经三天没有看到你了，你为什么不来找我？"

霍霆并没有表现得有多么吃惊，也可以说，现在的霍霆，已经不想再费力地演出了，这场戏，就在此刻落幕。

"我说过把家里的事情处理好才会去看你，才三天而已，你都等不了吗？"霍霆说。

于笑无比震惊："老公，你们在说什么？你和沈暮青在说什么？你不去看她，你处理好家里的事情，都是什么意思？"

此刻的沈暮青淡然而平和，褪去那一身朴实的用人服装，她穿着一条灰色的长款素裙，裙摆直落脚背，长发松松绾着，颈间带着一条光晕柔和的珍珠项链，不需刻意显露，骨子已经渗透出书香门第继承来的知性气质。

"意思就是……"阿青缓缓朝她走过来，"你身为霍家少奶奶的美好时代，马上就要结束了。"

"我在问我老公话，你一个长工有什么资格回答，现在从霍家滚出去的人是你，不是我！"她单手控制轮椅，另一手抓住了霍霆的衣袖，"霍霆，你给我解释清楚，到底是怎么回事，沈暮青算什么东西，凭什么这么说我！你们之间到底是怎么一回事？！"

于长星的脸色难看极了，他气得面色通红，不悦道："荒唐！"

"荒唐吗？"霍霆反问，挣脱开来，"笑笑，我荒唐吗？"

"你说呢？陪我爸爸散心还遇到这种事情，你说荒不荒唐？"

阿青轻轻上前主动挽住了霍霆的手臂："于小姐，你忘记你是怎么来到霍家的吗？你早该想到，既然有第一个你出现，早晚会有第二个。"

于笑难以置信地来来回回看着两人："你们到底什么时候又勾搭上的？从来没断开过？"

"下山下山！咱们下山！"于长星一巴掌拍在轮椅扶手上，"笑笑，不用和这个女人一般见识，大不了离婚，我于长星的女儿，不必受这种委屈！"

于笑气得整个人都在发抖，她愤恨道："我不走！我要问清楚这到底是怎么回事！"她的视线始终没有离开霍霆，"你对我百依百顺的目的就是为了在外面养女人，让我放松警惕是吗？霍霆你真是个孬种！既然有胆子出轨，何必还装得这么虚伪！"

霍霆不以为然："何来出轨一说，我从来没在你的轨上，我们的婚姻并不合法，你要和我打离婚官司，我随时恭候，看看你是否有机会从我手里拿走一毛钱，不，是一分。"他偏头看向于长星，淡淡笑着，"对了，爸，你肯定不知道你的宝贝女儿到底是个什么货色。"

他说着从休闲裤口袋里摸出自己的手机，打开一段视频，音量放到最大，她口里所叫着的名字，是韩柯哥哥。

于笑顿时爆炸了，扑上来打算来抢霍霆的手机，可她的力量和一个成年男人相比太过悬殊，霍霆抓住她的手腕猛地反剪，轻松将她控制。手机的声效画面还在不断播放，于长星一张脸已经憋成紫红色，想站起来无奈身体不便，只能愤怒地敲着轮椅："你放开笑笑！你个混账东西！给我放开！"

"好的，岳父。"他的微笑依旧礼貌客套，松手瞬间，将于笑从自己面前推了出去。

于笑尖叫一声，猝不及防地扑到了于长星的轮椅背后，停在柏油路面的轮椅就这样被她毫无防备地撞翻："爸！"

于长星连求救声都没来得及发出，整个人便顺着陡峭的山壁飞快滚下去，这斜坡陡且长，他一路滚到半山腰，撞到了一块突兀的大石上停下来，紧接着，和他一起顺势而下的轮椅重重地砸在了他的身上，他趴在那儿，生死不知。

于笑慌张得说不出话，再也无暇顾及霍霆和阿青，几次试图爬下半山腰去救于长星，可是这么陡的地方，根本没有办法下去，她嘴里大声喊着爸，却没有得到半点回应。

慌乱中她掏出手机叫救护车，抬头间却见霍霆默默向后退了两步。阿青捧着手机，对着电话那边慌慌张张地大喊："救命！死人了！有人杀人了！"

于笑仿佛石化一般定在原地。

阿青迅速向警方报告了地址，然后挂断了电话。于笑睁大了眼睛，近乎崩溃，问："霍霆，你是故意的？你是在报复我？我做了什么事要让你这样整我！"

"你的父亲是被你推下山的，笑笑，你刚刚……杀人了。"霍霆淡漠地提醒她。

"我杀人也是因为你！就是因为你！都是因为你！我才害死了我爸爸！"她崩溃地大哭，一边叫救护车一边沿着盘山路向下跑去，企图找到平缓的路赶到于长星的身边。

于长星身上多处骨折，骨刺扎进内脏，头部重创，当场死亡。

而霍霆和沈暮青的口供，将矛头指向了于笑。

最大的证据，无疑是阿青的手机里有一段十几秒的视频，画面里的于笑大喊着："我杀人也是因为你！就是因为你！都是因为你！我才害死了我爸爸！"

这一切都让于笑无从辩驳。

就在当下混乱的时刻，长星电子也陷入一场史无前例的危机，长星生产的锂电池不符合安全标准，需要召回涉及六个电子品牌使用该电池的产品，而已经死亡的于长星又卷入一场行贿案件，高层主管的电脑被黑，涉及商业机密的剽窃，知识版权侵权等违法内容全部被曝光。

风光一时的长星电子，现在已然乱作一锅粥，而霍霆的全力维护，让媒体大赞他的仁义之举。

于笑母亲以泪洗面，几近崩溃，霍霆登门看望。

于笑母亲当然不信自己的女儿会推自己老公下山，霍霆一进门，她就开始狂摔东西，但凡能抓起来的，全部朝霍霆摔过来，就像摔的不是自己家的东西一样："你给我滚！别来我们家！"

霍霆的额角被玻璃杯砸破，他用纸巾轻轻拭去鲜血，坦然地坐进宽大的真皮沙发："气急败坏能解决什么问题呢，妈？"

"我不是你妈！你这个杀人凶手！"

"你女儿才是杀人凶手！"霍霆怒声反驳，"她用下三烂的手段插足我的家庭，虐待我的女儿，三番五次对我前妻大打出手，不惜让我陷入桃色绯闻来达成她的目的，令我不得不和她举办婚礼。她还怂恿一个没有理智的瘾君子绑架我的女儿，给我母亲使用禁用的致幻剂，她联合外人在牌桌上出老千，假意帮助我母亲却用这个把柄一直牵着我母亲的鼻子走！至于于长星？于长星现在的下场是罪有应得，而我只是做了一个正义的公民该做的事情。"

"我才不信你的话！你才是杀人犯！"

霍霆的头发有些长了，白色的发丝遮住了他一半浓黑的眉毛，他忽然笑了一声，带着嘲讽的意味："你说得对，我就是那个杀人犯，你老公就是我推下山的，证据是假的，证人是假的，那又怎么样？"

于笑母亲扑过来，准备和霍霆拼个你死我活，却被霍霆带来的保镖架着臂膀拉开，她就像个彻彻底底的疯子。

"于笑让我尝到的每一种痛苦，我都会加倍还给她！"

霍霆又去了警局，他要把外面的事情全部告诉于笑，彻底将她击溃，这样才能报复她对他做的一切。

现在的于笑看起来糟糕至极，她披散着头发，双目无光，戴着手铐脚镣如同囚鸟被困在牢笼里。见到霍霆的一刻，她猛地扑过去，手铐撞在栅栏上发出刺耳的摩擦声。

审讯室里只有霍霆一个人，他目光淡淡的，看着栅栏后面的于笑。

"别激动，我不是来为你洗脱罪名的，我是来通知你，于长星已经火化了，长星电子已经倒闭，最后一点资源已经被 Otai 当作垃圾收了回来，还有你妈……"霍霆勾了勾嘴角，"笑笑，其实你很出乎我的意料，一直以来我只是以为你是个愚昧的笨蛋，在法国上学也是半调子，没想到，毕业于化学系的你，这辈子还真能学有所用。你的情商不高，智商却不低，你应该知道你给我妈吃的致幻剂最后会导致什么结果，对吗？我还要谢谢你，让她从此以后不会有任何烦恼。可惜你妈，好好一个人，从此以后只能住在精神病院，除了我，没有人能带她出来。"

于笑疯狂地用手铐砸面前的栅栏，发出震耳的声响，她失声痛哭尖叫，双目猩红，恶狠狠的模样好像要生吞了霍霆一样，好一会儿，突然带着眼泪诡异地冷笑："你做梦！霍霆，你做梦，我一定会出去，我爸不会就这么白死，我妈也不会永远留在疯人院，我于家还会东山再起！"

"凭你？"霍霆目光清远，不屑地轻笑。

"凭我另一个男人！我从来没有什么表姐，送我钻石送我古董的，是一个真正爱我的男人，是你抗衡不了的男人！他会带我离开这里！"

"韩柯是吗？"霍霆手里握着宾利的车钥匙，一下下在桌面敲着，似乎对于笑的话没有丝毫的意外。

他的话音刚落，审讯室的大门便被人从外面打开，韩柯的身影出现在门口，却不是只身一人，局里的领导面带微笑手握着手将他送进来，还没完没了地寒暄："不麻烦不麻烦，以后还会有事情麻烦你舅舅的，这是举手之劳，举手之劳。"

于笑挑衅地看了霍霆一眼。

韩柯关上门，站在门口远远看着狼狈的于笑，嘴角浮上一抹微笑，深不可测。

"韩柯，我是冤枉的，人不是我杀的，是霍霆推我的，你帮我找律师了吗？我要和他离婚，他不是人！"

韩柯一侧的眉头轻轻挑着，"哦"了一声："你没杀人？"

"是，你快点找律师来，让警察查清楚，我没有杀人，我是无辜的。霍霆是疯子，他疯了。"

韩柯双手插着口袋，慢悠悠地走到审讯台前靠在桌沿，抱着肩膀打量于笑："可是为什么我女朋友说亲眼看见你杀人了呢？"

"你女朋友？"于笑愣住了，手指死死地扒着栏杆，"你哪来的女朋友？你不是说我才是你的女朋友吗？如果我和霍霆离婚了，就是你的妻子吗？"

韩柯笑了笑："我女朋友叫沈暮青，你认识吗？"

于笑怔怔地看着眼前的两个男人，忽然间明白过来这一切都是霍霆给她布的局，用温柔做陷阱，用宠爱当诱饵，让她心甘情愿自动入局，她步步失守，他步步为营，现在回头去看，已成步步惊心。

韩柯转身绕过审讯台，坐到霍霆的身边，非常自然地从霍霆口袋里摸出香烟，给自己点上一根，脸上带着一点点肆虐的笑，这个亲密的小动作，足以说明了霍霆和韩柯的亲密。

"我很抱歉，于笑。"韩柯痞气地笑笑，"你的魅力对我而言，远远不及霍霆。"

"你……"于笑难以置信地睁大眼睛。

韩柯不置可否，手臂放松地揽在霍霆的肩膀上："你不知道吧，我和你老公可是大学室友，和阮阮也算是朋友。"

　　最后一根救命稻草折断，于笑面对霍霆时的嚣张气焰已经彻底熄灭，她额头抵在斑驳的铁栅栏上，面如死灰："你说谎的代价可真大，传家粉钻，稀世古董，就为了配合霍霆这个疯子说谎……"

　　"天真。"韩柯嘲讽地笑了笑，拍了拍霍霆的肩膀，打算离开这里，临走时对于笑说，"既然看清了事实，就别再试图联系我，你的死活和我没有关系，你今天的一切遭遇，都是罪有应得。"

　　霍霆也笑了："你确实很天真，你凭什么觉得韩柯这种人会喜欢一个不知道几手的货？至于那个白玉如意，不过是做过工艺的仿品，而那颗钻石，只要你舍得摔，它就舍得碎。梦做得太好，从现实醒来才会觉得疼，我就是让你疼。"

　　于笑在发抖，手铐随着她颤抖的频率在铁栅栏上磕出密集的声响，她没有了挣扎的余地，现在仿如一条失去了水的鱼，除了仅剩一口呼吸，没有任何游动的余地，她眼泪簌簌往下流，却冷笑着："鱼死网破，你让我家破人亡，你比我先家破人亡！"

　　霍霆不以为然，起身走到于笑面前，用手指弹了弹坚固的栏杆："归根结底，我才是赢家，我还在外面，你却永远都出不来了。至于你儿子，你们母子今生都不会再见面了。"

　　"你想对江夜怎么样？你到底是不是人！他是你亲生的儿子！你连自己的孩子都下得去手吗？！"

　　"你说错了，我不会动霍江夜，他是我的儿子，我要让他健健康康地长大，不过他永远都不会有机会知道你这个妈妈的存在，你最讨厌谁来着？巫阮阮还是沈暮青？"他眯着眼睛思考了一会儿，接着说，"现在看来应该是沈暮青吧，她不仅抢过你的老公，还霸占了你的另一个男人，最终作为目击证人手持证据把你送进监狱，嗯，那你的儿子，今后就管她叫妈。"

　　他笑容清冽，看起来纯净无害："对了，笑笑，还有一件事你可能不清楚，你千万不要以为自己得到过什么。"他缓缓解开胸口的三颗纽扣，拉开衬衣一侧，露出胸膛上一道狰狞的长疤，尽管它已经淡化不少，可在他白瓷般的皮肤上仍旧显得突兀。

"我和巫阮阮离婚,不是因为我爱你,而是我查出了遗传性心脏病,这就是我在德国手术时留下的疤。"他合上衬衣,优雅地系上纽扣,"我很爱阮阮,从前到现在,我最爱的人一直是巫阮阮,你只不过是我的一颗棋子。"

说完他转身离开,身后是于笑愤怒的尖叫声。

"你们两个注意看我,我要准备开始了,哎!回来!死肥猫!"

霍朗妈妈听说了呢呢的事情后,派李秘书的侄子祝小香来中国安慰巫阮阮。来中国整整一个月了,祝小香非常体贴地做到了三个基本:基本不逛街,基本不花钱,基本不捣乱。哦,不捣乱的意思就是在巫阮阮干活的时候他一定双脚离地,不当劳动人民的绊脚石。

"我们晚上吃什么?"祝小香趴在沙发上问巫阮阮,"金木谣今天会来吗?金木谣要是来,安燃是不是就不来了?安燃做的寿司真是不能更棒了,好想嫁给他!"

巫阮阮像个日本小媳妇似的跪坐在地上,抬头看着他:"他们俩都不会来,所以霍朗买什么我们俩吃什么,还是你想吃什么,我让他买回来?"

"我想吃那个鱼!"

"椒香瓜鱼?清蒸鳜鱼?滑香鲈鱼?干烧鲳鱼?孔雀开屏鱼?"巫阮阮开始报菜名。

"鱼翅鲍鱼鸡汤。"祝小香猛一拍巴掌,"就这个,想起来了。"

巫阮阮点点头,正掏出手机给霍朗发信息,便听到门外有争吵声。

"你们干什么?!"巫阮阮从自家大门跑出去,绕进童瞳的别墅内,"她是孕妇!你们要干吗!"

两个穿着黑色西服的男人站在童瞳家门口,一看便是来者不善。

童瞳双手扶着腰,显然是刚睡醒,头发还披散着:"赶快给我滚,有多远给我滚多远!童晏维根本就不住我这儿!你们家人是不是都有毛病!回去告诉霍筱那个脑残的爸,我弟弟不瞎,看不上你们家人老珠黄的大小姐!"

"童瞳,你别生气,你这样会吓坏宝宝的。"巫阮阮揽着她的肩膀。

"没事,我们家宝贝儿随我,天生胆大。"童瞳反过来安慰她,"多大点事,不用担心。"

"童小姐,如果您能联系到童晏维先生……"

"我联系你大爷!"童瞳手指往前一戳,险些直接戳进对方的眼睛里,巫阮阮赶紧将她拉了回来。

祝小香慢悠悠地搬来一把椅子,踩在椅子上从及胸高的篱笆那边跳过来,十分娘气地挥了挥手:"不要吵架,吵架算什么本事呢?有本事直接动手啊!"见他们不动弹,他推着两个陌生男人的肩膀往外走,"不动手?那就散了吧散了吧,各回各家,各找各妈,童大小姐是什么人啊,你们也敢惹?"

他刚把人推到门口,一辆贴着蓝色金属膜的法拉利便如猎豹似的冲过来,一脚刹车停在童瞳家的别墅外。

霍筱带着一股怒气旋风般下了车,巫阮阮见过霍筱很多次,只是从来没见她走得这么快过,简直是步履生风,她走到两名陌生男人面前,二话没说,"啪啪"两个耳光,言语间带着十足的震慑力:"滚回去。"

两个男人低着头,屁都不敢放一个,转身就走。霍筱隔着深色的墨镜看了一眼童瞳和巫阮阮,也转身离开。

"这姑娘谁啊?来给我们除暴安良的?"祝小香一头雾水,回头看向巫阮阮。

巫阮阮正想叫他回来,只觉得手臂一轻,童瞳已经健步如飞地蹿出去。巫阮阮吓坏了,小跑着跟上去:"童瞳!你干什么!回来!你老公呢,你老公哪儿去了?!"这个节骨眼上沈茂居然不在家。

"童晏维!你给我下来!"童瞳甩开巫阮阮的手,直奔法拉利而去。

祝小香不明所以,但是看巫阮阮着急也只好跟着一起拦,但是两个人拉童瞳都不敢用力,生怕伤了她。童瞳可不管三七二十一,就差一个背摔把两人放倒在地,她一巴掌拍在法拉利已经被太阳晒得滚烫滚烫的车顶上:"童晏维!你想活命就给老娘下来!以为我没看到你是不是!你有种再也别回家!"

"哪有晏维啊!你别瞎喊了!晏维怎么会在霍筱的车上!他不知……"巫阮阮的话未来得及说完,副驾驶的车门便被打开一条缝隙,巫阮阮不说话了，两秒之后，戴着棒球帽和霍筱穿着同款帆布鞋、同系列牛仔裤和T恤的童晏维从副驾驶走下来，长身玉立在巫阮阮和童瞳面前。

"姐——"他看着童瞳的神情有一些愧疚，紧接着又和巫阮阮打了招呼，"阮阮姐。"

"啊……"巫阮阮震惊得有些说不出话，现实怎么这么蹊跷古怪啊，童晏维和霍筱可不是女大三抱金砖的搭配，是抱了两块金砖……

"这怎么回事？你在她车上干吗？"童瞳敲了敲车，冷冷地看着童晏维。

"我……不能在筱筱的车上吗？"

"筱筱？"童瞳难以置信地重复一遍，"叫得怪亲热的啊？你怎么不叫小妈呢？"

"姐，其实筱筱人很好，她在她爸爸的助理那儿听说有人来你这儿找我，怕有人给你惹麻烦，马上就开车来了。"

"童晏维，你觉得霍筱这样就是好人了，是吧？那你想想我为什么会惹来这些麻烦？是因为你吧？你招惹的人是谁？是霍筱吧？和你姐姐抢老公的人是谁？是霍筱吧？信誓旦旦说沈茂一定会和她结婚的人，是霍筱吧？"她拍拍童晏维的脸颊，拍得啪啪直响，"你用你的狗脑袋给我想一想，你这事儿办得对吗？她大你七岁，比她年轻漂亮的姑娘你找到不到吗？比她柔情似水的女人你找不到吗？你看上她什么了？看上她有钱是吧？你要承认你看上她的钱，我今儿就同意你跟她走！"

霍筱也下了车，站在驾驶那边敲敲车顶："我替他承认，看上我的钱和看上我的人没有任何区别，我的钱注定是我人的一部分。晏维，上车。"

童瞳死死揪着童晏维的衣襟，童晏维一根一根掰开她的手指，留下一句"对不起"，上了霍筱的车。

"童晏维！你大爷的！"童瞳指着车屁股气冲冲地大吼，想要脱下脚上的拖鞋甩过去，无奈抬了好几回腿都没够到。

"别骂了，他大爷和你大爷不是一个人吗？你们大爷已经够倒霉的。"巫阮阮摸了摸童瞳圆滚滚的肚子，"你不要老是生气，你现在是两个宝宝的妈妈。"

童瞳咬牙切齿地看着法拉利消失的方向："他脑瘫！"

"哎呀，童瞳！"巫阮阮推着她往回走，"如果晏维真的喜欢霍筱，霍筱也喜欢他，霍筱争取到自由恋爱的机会，那你和沈茂的爱情不正好没有危机了吗？何乐不为呢？"

那天之后，童晏维再也没有来过童瞳和沈茂的别墅。

八月的最后一天，沈茂和童瞳正在午睡的时候，门铃大作，谁都没想到，沈家会直接来抢人。

一把刀抵在童瞳的脖子上，沈茂连挣扎一下都没有，便跟着他们走了。

门口停着一排车，巫阮阮看见了却不敢出门，怀里抱着小喃喃，马上打电话给霍朗，而等霍朗赶回来，似乎为时已晚。

霍朗一直没告诉巫阮阮，沈家给他定的伴郎西服一直被他挂在办公室，他没巫阮阮那么天真，他早就知道，沈家人总有办法制服沈茂。

软禁童瞳的人一直没有离开，霍朗不许巫阮阮和祝小香过去，他独自一人陪着童瞳在沙发坐着，身边有个熟人，就算什么都做不了，也能安心一些。

第二天一早，霍朗出去买来了早餐，给巫阮阮、祝小香送一份，给童瞳送了一份。

"我不知道这些人会不会伤人，所以我没办法让巫阮阮来陪你，祝小香本身是个刺头，只会助长你反抗的怒火。你现在是孕妇，不能和人随便发生冲突，懂吗？"

童瞳淡淡地看了他一眼，没接话。

"我要去参见婚礼，你一个人待着行吗？"

童瞳嗤之以鼻："参加个屁婚礼，我和沈茂已经领证了，他和那小三结哪门子婚？"

"所以我要去，万一他要逃婚，我至少能助他一臂之力，当个司机之类的。"

童瞳翻着白眼，慢悠悠地吃东西："你走吧，我不会和这些人闹，我还得把我俩孩子生出来,不气死沈茂他爸,枉我嫁一回豪门。"

霍朗赞许地拍拍她的肩膀,回到家里和巫阮阮交代了一声,并且千叮万嘱不许祝小香去隔壁,老老实实陪巫阮阮在家看孩子,然后去了公司拿礼服,一身正装、英气逼人地出现在沈家人下榻的酒店。

沈茂显然一夜没睡,情绪低落,精神倦怠,见到霍朗的第一句话就是:"她怎么样?有没有和人吵架?动手没有?生气没有?哭了没有?"

霍朗告诉他:"你担心的这些全部都没有。"

"你要逃婚吗?"霍朗侧身低声问沈茂,此时两人已经出门走向酒店富丽堂皇的大厅,等待沈茂的,是亲人与媒体们诚挚和不诚挚的全数祝福。

沈茂摇摇头,目光悠远,看向长长的走廊尽头:"不会,我老婆还在家等我,一会儿婚礼结束了我得赶快回去。"

婚礼的开场千篇一律,没有任何新意,霍筱一袭拖地白纱,美得不可方物。

霍筱父亲正要将霍筱的手交至沈茂手中时,红毯的另一端,出现了一个令人意外的身影。

他身姿挺拔,步履从容,剪裁合体的黑色西装将他衬得沉稳而大气。

周围一片哗然,连霍朗都不由得一怔,果然啊,面对爱情,每个男人都是一名不畏生死的勇士。

"我说过,只要你嫁给别人,我会来抢婚。你跟我走,我就牵着你走;你不跟我走,我就抱着你走。"童晏维朝她伸出手,那份笃定和自信让人觉得仿佛他才是这场万众瞩目的婚礼的新郎。

他笑着看向沈茂:"姐夫,她是我的。"

"哦……"沈茂愣了一下,将霍筱的手掌放进童晏维的手里。

在场亲朋众多,还有媒体,沈霍两家显然已经炸开了锅。坐在角落里的霍霆正了正身上的西服,淡笑着起身离开,他来的目的是参加婚礼,并非看一场闹剧。

两家的老爷子震怒,碍于场合,又不得发作,霍筱父亲立刻召集保全人员过来。

沈茂问:"需要戒指吗?"

"自备。"童晏维从西裤口袋里掏出两枚钻戒，不由分说地拉起霍筱的手便套了上去，"新娘霍筱小姐，你愿意嫁给童晏维先生，无论贫穷富贵，生老病死，都对我不离不弃，一生相依吗？"

霍筱眸子里的惊讶之色已经褪去，她张了张嘴，刚要说话，童晏维立刻自问自答："好的，你愿意。"

保安和保镖上前准备礼貌地请走童晏维，童晏维全然不予理会，他握紧霍筱的手掌，踩着红毯大步离开。

"霍筱，你想想自己什么身份！"霍筱的父亲在她身后沉声警告，此刻的一切都已经让他们两家颜面尽失，霍海东一张老脸气得通红。

霍筱选择了沉默，面对父亲的质疑她显然是无言以对。

霍朗单手插进口袋，推了一把鼻梁上的眼镜，沉声道："首先她要是个人，才有身份，是人就有人权，无论王者还是庶民，她都有权选择喜欢谁和谁在一起，而不是作为家族的利益工具！"

沈茂转头，低调地对他竖起拇指。

长长的红毯一直铺到金碧辉煌的大厅尽头，霍筱的拖地长尾婚纱就一直这样拖着地，这不算风光大嫁，但也算得上风光大逃。

走出公众的视线之后，童晏维立刻跑到霍筱的身后，挽起她的裙摆捧在手里："快，鞋子脱掉，我们得跑了，有媒体的地方他们不敢轻举妄动，出了酒店我很容易被杀人灭口。"

霍筱一把扯下头纱，甩开脚上的 Roger Vivier，先一步拉着童晏维狂奔起来。

那双精致的粉红色高跟鞋孤零零地被遗落在空旷的走廊。

当沈家人得知抢走新娘的男人是童瞳的弟弟时，更是怒上加怒，沈茂的爸爸留下一句话："沈茂必须结婚，但新娘绝不会姓童！"

闹剧结束后，霍朗载着沈茂一路飙车回到别墅所在的小区，沈茂进门二话没说就开始往外推人："滚滚滚，都给我滚，等我爸找好下个新娘子你们再来！"

巫阮阮和祝小香一直坐在窗边守着，一看他们俩回来，一个抱着孩子一个抱着猫，一起从门口挤了出去。

霍朗一把搂住巫阮阮，不顾一旁直翻白眼的祝小香，托起巫阮阮的腰肢,在她唇上颇为用力地吻了一口:"不用怕,我回来了。"

"结婚怎么这么快?"巫阮阮抱着喃喃太费劲,霍朗不得不顺势接过来抱在自己怀里。

"没结成,童晏维来抢婚了。"

"把新娘子抢走了?"

霍朗点点头:"嗯,新郎被我抢回来了,他只能抢新娘了。"

"我去看看童瞳。"巫阮阮也转身要走,霍朗长臂一身,勾住她的小腹将人拉回自己身边,视线落在仍旧不停和门较劲的祝小香身上:"回家,有什么事我和你们两个说,先让他们说说话。"

当天晚上,沈茂开了两瓶酒,叫来霍朗他们三个人,一起闲情月下。酒是三个男人的,果汁是两个女人的。

祝小香喝得开心了,一把扯下沈茂家的窗帘,拿出一把剪子,找来针线就开始裁衣服:"来吧宝贝儿们,让你们见识见识什么叫作天才。"

巫阮阮趴在沙发扶手上看着祝小香在发神经,用脚踢了踢童瞳的小腿:"你睡着了吗?"

"我刚睡醒!"

巫阮阮坐起来,看着她,非常认真地问:"沈茂还会再找一个门当户对的新娘子,再进一次结婚礼堂?"

童瞳端起果汁喝了一口,漫不经心地点点头:"是啊,结婚专业户。"

"那你怎么办?"巫阮阮面露担忧。

"不知道。"童瞳撇嘴,"老娘就一个脑瘫弟弟,再结婚我哪知道找谁替我抢婚去?"

那句话说得果然是对的,如果人生一帆风顺,恐怕也不会有那么多的故事。

"霍朗打算带你回美国了?"童瞳抓过一个靠垫放在自己腰后,问她。

巫阮阮点头,眉眼温柔。她傍晚洗过澡,此刻栗色柔软的头发垂在肩头,她用手指撩起脸侧的发丝别到耳后,露出白皙的脸颊,坐在窗边的霍朗目光不经意地扫过来,恰好看到了这一幕,不知是不是酒喝多了,胸口突然没来由地发热,有些挪不开视线,他没见过真正的天仙,但在他霍朗眼里，这世上只有一个天仙，她叫巫阮阮。

"想好了吗？他很久以前不就说要带你回美国，你迟迟不肯，现在答应了？早知道现在会答应，当初矫情个什么劲儿，浪费时间。"

巫阮阮下巴抵在自己的膝盖上，用手指勾着躺在旁边的小喃喃，带着她胖胖的小手臂来回晃。

她一直没有答应霍朗去美国的原因很简单，是为了呢呢，她不是一个狠心的女人，不会为了自己这一段婚姻的幸福而放弃上一段婚姻留下的宝贝，现在答应了，也是因为呢呢，因为呢呢已经不在了。

"要不然我们一起搬到美国去？"巫阮阮突然提议。

"得了吧，我没有你那个来去自如的潇洒劲儿，我爸妈还在这里，还有一个抢婚不知道逃到了哪个荒僻小村子的傻弟弟，我能把爸妈两人扔这儿不管吗？童晏维那个白痴，谈恋爱把脑子谈傻了，还学会了私奔，真想把他大脑返厂大修一回。"

其实这种负担也挺甜蜜的，巫阮阮想有这种负担，可已经没了机会。

就在几人醉生梦死聊八卦的时间里，祝小香用咖啡色的窗帘做了一件无扣的蝙蝠袖风衣，如果不说是窗帘布，还真有一种特立独行的大牌范。

他胸口抱着一瓶路易十三，跪在地上收拾那几块碎布，突然朝拜似的叩拜在地上，乍一看就像对着霍朗磕头一样。

"小香？"沈茂诧异地叫了他一声。

祝小香突然站起来扑到霍朗的身上，霍朗猝不及防地接住他，差一点连人带椅子一起翻过去。巫阮阮惊讶地捂住嘴巴，霍朗的表情已经十分难看："活不下去了也别拉上我，早死早托生，十八年后你又是一条好汉，大男人哭哭唧唧的干什么？"

祝小香坐在他的大腿上死死搂住他的脖子，童瞳突然狂笑："姓霍的怎么都这么招男人稀罕啊！"

霍朗推了他一把："滚下去。"

"我不要，我还没哭够。"语毕，他又开始新一轮的涕泗横流。

巫阮阮的表情无比惊讶。

"霍小狼我和你说，你一辈子都欠我的！"

童瞳再次狂笑。

沈茂目光温柔地看向她，低柔着嗓音说："别笑得肚子疼了，收敛一点。"

霍朗一巴掌将祝小香挥开："我欠你什么至于你像弃妇一样埋怨我？你最好给我说清楚了，不然你这个月就睡草坪。"

祝小香抱着路易十三趴在他的肩膀上，鼻音浓重地说："你只知道自己幸福地过日子，你妈妈结婚了，你知道吗？"

"你确定自己说的不是醉话？我妈结婚了？她结婚了为什么不告诉我？"

"告诉你有个屁用！告诉你，你能治好我舅舅吗？我舅舅守了你和狼妈妈半生，狼妈妈不嫁他，你也不肯叫他爸爸！他对你们多好啊！多好多好多好多好！"

"李叔叔怎么了？病了？"

祝小香似乎意识到自己说错话了，狠狠地搓了一把自己的脸："我喝多了，瞎编的。"

霍朗一把拎起祝小香扔到一边，祝小香摔在地板上发出重重的闷响，巫阮阮赶紧跑过去把他扶起来。

霍朗掏出手机要给远在美国的母亲打电话。

祝小香扔下酒瓶子，跳起来抢走他的手机，退出通讯录，揣到自己的休闲裤口袋里，紧张道："你别打，我告诉你，他们不让我说。"

"你说。"霍朗一口干了手里的半杯红酒。

祝小香鼻子酸酸的，开始解释起来。

呢呢出事第二天，大洋彼岸的李秘书也突发脑中风，幸好抢救及时，只留下了偏瘫后遗症，现在基本要靠轮椅活动。

霍朗妈妈的意思是，暂时不要告诉霍朗，如果让他赶回美国，他肯定放心不下巫阮阮，而巫阮阮的女儿刚刚去世，这种低落的情绪也免得再影响她，毕竟她还在哺乳期。

李秘书一辈子没求婚，现在人瘫了，却勇敢了，他问霍朗妈妈："以前我健康的时候，你急着结婚，我却不急，因为就算没有婚姻，我也会一直照顾你到老。现在我病了，没办法照顾你了，我很担心你会另找一个男朋友，你愿意嫁给这样的我吗？愿意像我曾经照顾你那样照顾我吗？"

于是，这个为了霍朗半生未嫁的女人穿上了圣洁的白纱。

那一天她格外漂亮，就像一个普通的待嫁姑娘，没有倦容，没有苍老，没有无奈，也没有不幸。

而她的新郎，却只能坐在轮椅里，为她戴上钻戒，等她主动弯腰他们才能互吻面颊。

婚礼的见证人只有李秘书的几位家人，这其中就包括了哭得稀里哗啦的祝小香。

这就是为什么本应该亲自出现在中国来安慰自己儿媳的狼妈妈始终没有露面。

巫阮阮抿了抿唇，说："其实我们不介意为他们分担痛苦，这就是家人的意义。"

祝小香直直地看着她："巫阮阮，这世界上总有一些人会为了自己爱的家人，做一个深藏不露的阴谋家。就像你对安燃说了呢呢还活着的谎言，虽然现在他已经知道呢呢不在了。"

祝小香最后喝得酩酊大醉，醉到舌头都打了结，就算说了什么不该说的话，别人也听不懂。

霍朗抱着喃喃回了家，巫阮阮一个人拖着祝小香跟在后面。

等霍朗把喃喃安顿好了下楼，巫阮阮也把祝小香折腾到了沙发上。事实证明，就算是个娘炮，他也具有男人坚硬的骨骼和强健的体魄，不是一般弱女子能折腾动的。

"你管他干什么？就该让他睡草坪。"霍朗走进厨房给自己倒了一杯凉白开，瞥向祝小香的神色不冷不热。

"这个天气睡在草坪上，蚊子非把他整个人咬肿一圈，你一上班可好了，耳根落个清静，他非要把我耳膜说穿不可。"巫阮阮调好空调的温度，给祝小香盖了一条薄毛毯。

"巫阮阮，你给我过来。"他声音低沉，带着一抹慵懒的性感。

巫阮阮最怕他这样说话，每次这样，都不会有好事发生。

"怎么了？我今天没犯错……"她折腾得有些热，手指扯着衣领起起伏伏地抖着，想要快点凉快下来。

霍朗没说话，面无表情地勾了勾手指。

巫阮阮乖乖走过去，捂着自己的屁股："你先说我到底怎么了，再动手，我又……"话未说完，她便被霍朗一把搂进了怀里，霸道强势的吻铺天盖地而来，带着浓浓的酒气。

他带着巫阮阮的身体一步步向后退，直到她的腰撞到了餐桌，他托起她的身体，将她放到桌上，手指撩开她细软的发丝，带着醉意的吻滑向她的耳侧："巫阮阮，谁允许你对祝小香这么好？你对每个人都那么好，你想让每个出现在你身边的男人都爱上你吗？你在到处给我树情敌吗？"

巫阮阮一边躲着一边反驳道："你会怕情敌吗？"

"你是不是傻？"他抬起头，突然问了一句，黑漆漆的眸子好像某种尖锐的武器，这样专注而霸道地看着一个人时，轻而易举地让人溃不成军。

"我傻不傻你还不知道吗？"

"知道，我再确认一遍而已。"霍朗没有犹豫地回答，"我不怕情敌，我只是不想你对别人好，我这个人锱铢必较的不仅仅是金钱，还有感情。你休想从我这里分出一点点给别人，安燃不行，童晏维不行，祝小香一样不行。"

"对待感情我也很小气啊！你昨晚还和童瞳待了一整晚，今天又抱着痛哭的小香。"她抬手拍掉霍朗不安分的手，食指在他坚硬的胸肌上戳了戳，"你休想从我这里分出一点点给别人，螃蟹都不不行！"

醉意涌上来，霍朗眯起一只眼睛，沉默了半晌，打横抱起她上了二楼。

巫阮阮被他吻得面红耳赤，这人却突然停了下来，耳边的呼吸沉重而绵长，该不会……是睡了？

"你睡啦？"巫阮阮的手指轻轻点在霍朗的喉结上，"你真睡啦？"

霍朗的手臂大腿压在她身上，呼吸越来越沉稳。

"你不是很厉害吗？不是牛气冲天吗？英明神武的霍总怎么不省人事了呢？"趁着他听不见，巫阮阮过了一把嘴瘾。

她抬腿踹了霍朗一脚，霍朗突然毫无预兆地睁开了眼睛，双眼通红地瞪着她:"不作死不会死,指的就是你这种白痴。"

"……"

霍朗闭上眼睛,把巫阮阮推翻过去,从背后搂着她。在她颈间蹭了蹭,他闷闷道:"心情有点不太好。"

这话让巫阮阮很意外,她纤细的手指尖落在他手背的骨骼上,稍稍转动了一下脖颈,霍朗也跟着亲昵地往前蹭了蹭,在她散发着柔和洗发露香味的发间深吸了一口气。

"为什么心情不太好呢?因为我没有把祝小香扔到草坪上睡吗?还是因为妈妈和李秘书的事?"

"嗯……"他没确切回答,有些模棱两可。

"如果是因为祝小香,我现在就下去把他扔出去。如果是因为妈妈,我们总要朝好的一方面看,至少她现在很幸福。她这么多年来一直很幸福,李秘书从来没有离开过她,这才叫真正的相守一生。"

"有些遗憾。"他声音低声,更像是自言自语,"从我明白结婚到底是怎么一回事的时候,我就开始幻想我妈穿上婚纱的样子,我要穿得英俊无比站到她面前,狠狠嘲笑她一把年纪还学人风光大嫁,笑她穿上白纱也不像个高贵典雅的新娘子。我看见她就能想起炸鸡腿、炸鸡翅,还有炸鸡排,然后要恶作剧和她唱反调,拿出一沓合同让她签字,告诉她既然嫁出去,就去老公家里过吧,从此以后霍家就是我的,她会穿着婚纱跳脚……"他的鼻音渐浓,巫阮阮看不到他的表情,只能猜测他现在情绪到底有多低落。

"等她打开那沓合同,她会看到这么多年来我跟她的合影,在我们的家里,在她的办公室里,在纽约街头,在红枫满地的温哥华,在浪漫秀美的马赛……每一张照片下面我都会写上: I love you, Mam. 她会一边骂我一边把新娘妆哭花……"他微微停顿了一下,"现在她真的结婚了,我却没在身边,我应该像她的守护神一样,告诉李叔叔,这个世界上除了我,没有人可以欺负她,这世上只有我对她的欺负,是因为爱……"

巫阮阮想转过身给他一个拥抱,他有力的大腿却重重压在她小腿上,让她没有任何活动的余地。

"我相信李叔叔不会欺负她,时间已经证明了一切。"巫阮阮轻声安慰道。

霍朗的声音越来越低,也十分缓慢:"李秘书很好,对我和我妈都很好,我希望她和相爱的人在一起,但我不希望我妈的另一半是个残疾人。我永远都会理所应当地觉得,我妈才是该被所有人照顾的那个……爱没有平衡点,它的天平永远偏向一边……"

巫阮阮接着等他的下文,耳边却响起他沉稳而绵长的呼吸声,这次他是彻彻底底地睡着了。

巫阮阮搬开他的大腿,翻过身搂着他的脖颈,在他唇上轻轻吻了一下。

巫阮阮从沈茂家的院落里出来,远处便一前一后地驶来两辆车,灰蓝色的是宾利慕尚,那是属于霍霆的,白色的是宝马X6,应该是孟东的车。

巫阮阮微微愣了一下,不明所以地看着霍霆和孟东一起下了车:"你们怎么来这儿了?"

霍霆微微笑了笑:"有件事想和你商量一下。"

巫阮阮的视线在霍霆和孟东之间来回回,怎么看都不觉得他们像是来商量事情的:"商量什么呀?找我吗?还是找霍朗和沈茂?要是找霍朗你应该去公司,要是找沈茂,他就在家,我帮你叫他起来,他……"

霍霆一身宝蓝色的羊毛大衣,目光清秀无害,轻声说:"不用找霍朗和沈茂,我是想和你谈谈。"

"你说。"巫阮阮抱着喃喃的手臂又收紧了几分,小家伙会心地搂紧妈妈的脖颈,胖得发圆的小下巴抵在巫阮阮的肩头。

巫阮阮眼中的惶恐让霍霆有些难过,甚至想就这样转身,一走了之。

可是医生的那句话犹如时刻煎熬他的警钟,在每一次他想放弃的时候,跳出来狠狠砸那么一下——你有两个孩子遗传了你的病,剩下那一个幸免的可能性不大,世界上没有那么多奇迹发生,你最好相信科学比佛学靠谱,喃喃有没有遗传到你的心脏病,带来检查,让数据说话。

霍霆单手插进大衣口袋，再一次向她靠近，声音冷冷清清，和这冬日的凉风一样，瞬间冰冻了人心，他说："我要带喃喃走。"

巫阮阮不可思议："为什么？"

"因为我想呢呢，我需要一个和呢呢一样可爱的宝宝。"

"那和我有什么关系？你有钱，又长得好看，没有了于笑还可以找新的妻子，你们可以一直生，直到生出女儿为止。"

"只有你能生出来和我的呢呢一样的宝宝，她的身体里有你和我两个人的基因，喃喃一样。"

"你以前那么讨厌喃喃，你不会喜欢她，她特别闹人，爱哭爱闹，和呢呢一点都不像！"她极力诋毁着可爱的宝宝，小喃喃似乎不满，踩着她的肚子往上蹿，她费劲地按住不老实的小家伙。

"那我只能带回家试一试，如果我能接受，我要留下她；如果我不能接受，会给你送回来。"

"你给我滚！"巫阮阮愤怒地大喊一声，"你当我的宝宝是什么！你想要就要，你不想要就要弄死要送走，这世界上还有没有比你更残忍的爸爸了！你还有没有人性！"

她还以为呢呢的死、于笑的遭遇，已经让他变得不再那么锋利，原来他的温良和美好，都只是视他自己的心情而定。

霍霆不为她的话恼怒，视线顺着风吹过的方向瞥去："就因为我是她爸爸，所以才想带她回家，不管是你生的，还是于笑生的，只要是我霍霆的孩子，就应该跟在我身边。你要和别的男人出国，还想带走我的女儿，我不会答应。"

"我怀她的时候你不是一心要弄死她的吗？拉着我强行去做引产的人不是你吗？"

"生出来了，就不一样了。"他一派坦然，目光淡漠，"现在你只有两个选择，一是把喃喃给我，二是再给我生一个，你选哪一个？"

"疯子！"巫阮阮愤怒地瞪了他一眼，转身便要朝家里走去。

霍霆稳稳拽住了她的手臂，一个用力将她拉回自己的面前，她怀里的小喃喃撞在了他的身上："你想给我生，我不介意，就怕我大哥会不同意，所以只剩你把喃喃给我这一个选项，把她给我，你可以离开。"

"我不给！"巫阮阮用力挣脱，尖声反抗，"你只会欺负我！你有什么本事！现在喃喃的爸爸是霍朗！你有本事去找他要啊！你看他给不给你！"

"我确实没什么本事，斗不过你的霍朗，我唯一的本事就是让霍燕喃的身体里流淌我的血。"

"你少自以为是了！"巫阮阮满眼倔强，"你不过是借了我一颗种子，她是喝我的奶长大的，她身体里流的是我这个妈妈的血！再优良的种子没有沃土也不会生根发芽，你难道没有听过大地才是母亲，根本就没有你种子的任何事吗？"

她言辞犀利，凶巴巴的样子，令站在一旁的孟东震惊不已，这还是那个软绵绵只会掉眼泪的巫阮阮吗？他还以为巫阮阮一定会苦苦哀求霍霆，求霍霆放过她和小喃喃。

霍霆勾起嘴角，淡淡微笑着："你也很自以为是，异想天开地以为霍朗真的会对喃喃视为己出吗？男人的天性就是独占，没人会对自己女人为前夫生的孩子视如己出，你对他的信任太过于盲目了。"

"我就是相信他！我没要求他会对我的孩子视为己出，不是自己的永远不会变成自己的，可他和你不一样，他愿意为了我，为了我的喃喃，努力去做一个好的丈夫、好的父亲。他虽然不拘小节，可但凡他能想到的，能为我们做到的，从来不留余力。而你，只会伤害我们！"她一边故作镇定地辩驳，一边用力地向后挣脱，"就算他不爱我的喃喃，至少他不会去伤害喃喃！"

霍霆手上的力气依旧强硬至极，不给她挣脱的余地，表面却是一副波澜不惊的模样，好像眼前的人只是在同他聊天喝茶，并无此番剑拔弩张。可随着巫阮阮对霍朗这一番评价的结束，他握着巫阮阮手臂的大掌开始微微发颤，喉结不自觉地滚动一下，他不怪巫阮阮，是他自己给了她杀他于无形的力量，不用一兵一卒，便可将他鞭笞得遍体鳞伤。

孟东心疼地看着霍霆，他一点也不想跟霍霆来，因为他不想跟着霍霆一起遭受这种痛彻心扉的折磨。看到霍霆故作无所谓的表情，孟东心里就像堵了一块带着棱角的铅块，他受不了巫阮阮的愚昧，受不了她那些犀利的言辞。

孟东突然开口打断他们的对话，对她说："你到底有没有心啊巫阮阮？你眼里现在是不是只有霍朗一个人是老爷们，全天下的男人除了霍朗剩下都是孙子？你能不能睁开眼睛看一看你面前的男人，他到底……"

霍霆猛地转头，警告意味十足地叫了他一声："孟东。"

"干吗！"孟东不悦地扯着脖子朝他吼了一声，"叫我干什么！"

巫阮阮突然转身朝沈茂家里跑去，用她全部的力气大喊道："沈茂！救命！"

霍霆两步将她追上，粗鲁地扳过她的身体，在她的抵死挣扎中抢夺喃喃。

小喃喃吓得哇的一声大哭起来，而叫醒沈茂的，并不是巫阮阮的呼救，是喃喃一向惊人的大哭声。

下一刻，从睡梦中惊醒的沈茂冲出家门："霍霆！你在干吗？！"

"沈茂！他要抢喃喃！不能让他抢走！"巫阮阮带着哭腔向身后的人求救。

沈茂飞快跑过来试图拉开霍霆，却被孟东十分不客气地控制在一米之外，甚至大打出手。

如果只有霍霆和孟东两个人，一个沈茂加上巫阮阮还有胜算的可能，可紧接着发生的事，却注定了这场败局，孟东并不是一个人来的，他的车上还有文君以及两名保镖。

两个五大三粗的保镖几乎不用费太大的力气，便将沈茂牢牢制服在地。沈茂脸上挂了彩，仰着头朝霍霆大喊："霍霆你就是个人渣，你对付女人只有这种办法吗！你要折磨巫阮阮到什么时候！霍燕喃是霍朗的命，你敢带走她，等着给你自己收尸吧！"

"你诅咒谁呢！"孟东破口大骂，对两个保镖怒气冲冲地命令道，"给我踹他两脚！"

孟东走到霍霆身边，扣住巫阮阮的手腕猛地向后一拧，在她吃痛之际，一把夺过喃喃。

霍燕喃在孟东的怀里号啕大哭，孟东头也不回地朝自己的车走去。

巫阮阮惊慌失措地大哭，不依不饶地追过去，却被霍霆手臂用力勾回，拦在自己面前："我想要的东西一定可以得到，巫阮阮，别再做无用功了。"

"你是浑蛋！你是畜生！你把喃喃还给我！我和你拼了！我要和你拼了！"巫阮阮疯狂地大叫，用尽全力对霍霆拳打脚踢，最后慌乱地从包里掏出一把精致的弹簧匕首，泪水蔓延了她整张脸，孤立无助的恐惧让她直指霍霆的刀锋无法控制地颤抖着，"把喃喃还给我！"

霍霆漠然地扫了眼她手中的武器："不可能。"

"我让你还给我！"她大喊着，"你敢带走她，我今天一定要了你的命！你敢带走我女儿，我就和你同归于尽！"

霍霆朝孟东的方向看去，确定他已经带喃喃上了车，视线再次转回巫阮阮的脸上，冷漠依旧："我不会……还……"

霍霆眉头紧蹙着，"还"字的话音和他疼痛的闷哼声一起挤出口，他垂眸看向胸口，那把曾经他亲自送到她手里的匕首，此刻正扎在他的胸口，刀锋破肉的疼痛，让他的额头瞬间冒出一层冷汗。

沈茂难以置信地仰视着眼前的一切，如果不是他亲眼看到，他不会相信巫阮阮真的敢把刀子捅进人的心口："阮阮……"

巫阮阮猛地抽回刀，霍霆胸口顿时涌出刺目的猩红，晕染着他纯白的衬衣，和那蓝色大衣形成强烈的对比。

"我真的会！我会杀了你！把我女儿还给我！"巫阮阮浑身都在发抖，整个人近乎崩溃，她再也受不了失去第二个女儿，没有妈妈可以忍受这样的折磨，一分一秒都不可以。她不知道霍霆会不会这一秒带走喃喃，下一秒举家迁徙，而喃喃就像呢那样，被带到一个她永远看不到的地方，她的声音也在发抖，痛苦与愤怒交织："你还不还！"

"不……"他话音未落，胸口便迎来第二刀。

很疼，很疼。

那只有三寸的刀锋仿佛一把嗜血的长剑，带着无法逃避的厮杀力量穿过他的胸膛，他抬眸看向巫阮阮时，红了眼眶。

他纤长的手指轻轻落在巫阮阮的手背上，缓缓掰动她的手指，试图从她的手里拿下匕首，他只是不想再感受她手里的利刃在自己心口颤抖的滋味。可在巫阮阮看来，他强忍的痛苦，他猩红的双眼，都是他要反扑的表现。巫阮阮猛地抽出刀刃，战战兢兢地看着眼前的人。

她吓坏了，身体在不停地发抖，连她的下巴都在跟着微微发颤，握刀的双手指节已经泛出青白色，她不住地抽泣。

　　在她抽刀那一刻，刀锋划破了霍霆的掌心，他手掌紧紧捂在自己的胸口，没人分得清哪里是来自胸口的鲜血，哪里是来自掌心的鲜血。

　　霍霆是不怕疼的人，世上最疼的事他已经历经了不止一两件，还有什么能让他退缩？可巫阮阮这副样子，却着实让他心疼了。

　　他想伸手将她揽进怀里，想温柔地轻抚她的背，想对她轻声耳语：别怕啊阮阮，不怕，如果喃喃是健康的，我就再也不来打扰你们。如果她不是健康的，你对我的诅咒最终会如愿以偿的……

　　"你……你走开，别拦着我！我要抱喃喃回来！"她企图绕过霍霆去车上抢回喃喃，霍霆却再次牢牢抓住她的肩膀，将她拉回来，霍霆背对着孟东他们，车里的人看不到背脊笔直的他已经身负重伤，他钳制住她的双手，将她向后推了两步："我说了我不会还给你，就算你在这儿杀了我，霍燕喃也会被孟东送回我霍家，放弃吧，你会再有孩子，去给你的霍朗生孩子，你们想要多少我都不会管。"

　　"我让你还给我！还给我！"她失声尖叫着，突然从他的桎梏中挣脱，出于本能的自我保护与攻击，那还沾着刺目血珠的刀刃再一次扎进了他的胸口，这一次，她没有飞快拔出匕首，她恨不得把整只刀柄全部没入他的身体，单薄的身体爆发出惊人的力量，狠狠推着他倒退的身体向前冲，声嘶力竭，"你这个人渣！凭什么一而再，再而三地带走我的孩子！你知不知道我有多痛苦！你知不知道！你到底有没有心！你有没有！有没有心！"

　　除了疼痛，还有数不清的悲伤，仿如黄沙风暴一般将他席卷，眼前的巫阮阮被眼底的泪水模糊了视线，脚下意外磕绊。他没有多余的力气来反应，就这样仰面倒地，倒下的前一刻，他猛地推开了面前的巫阮阮，避免她摔倒在自己身上。刀刃被拔出，霍霆痛苦地闭了闭眼睛，捂着胸想要大口喘气，可是疼痛让他不能痛快呼吸，白色的衣襟已经染上大片的血迹，狰狞至极。

　　巫阮阮吓傻了，她的手指也粘上了黏稠的鲜血，她像抛掉滚烫的烙铁一般扔了手里的匕首，那刀柄砸在霍霆的身边，她大惊失色地捂住的嘴巴,一步一步后退,颤颤巍巍地哭泣着:"我我我……我杀人了……我杀人了……"

孟东震惊地推开车门跑下来,几步奔到霍霆身边,转头朝那两个四肢发达的保镖大喊:"都瞎了吗!看不见人受伤了吗!"

胸口血流成河,孟东抱起霍霆那一刻,听到他忍着疼痛艰难地开口:"心……我有过。"

三个人迅速而小心地将霍霆抬上宾利后座,孟东转头投向巫阮阮的目光夹杂着厌恶与怨恨:"不值得,你根本不值得!"

沈茂连着爬了几次才从地上爬起来:"阮阮。"

巫阮阮突然回神,一把推开沈茂,大步追出别墅。宾利和宝马已经扬长而去,她哭着大喊:"喃喃!把我的喃喃还给我!"

车影最后在她眼里凝成一个小小的斑点,她颓然地坐在地上失声大哭:"把喃喃还给我,她是我生的,我是妈妈,我是妈妈啊,你怎么能……怎么能把两个女儿都带走啊,她们是我身上掉下来的肉啊……"

沈茂捂着肚子跑到巫阮阮身边,把她抱起来:"霍朗一定会把喃喃抢回来的,别哭了,阮阮。"

巫阮阮紧紧揪着沈茂的衣襟,一度失声:"我……我的……"

"是你的,是你的,我们一定把你的喃喃抢回来。"他拍着巫阮阮的背,心里不禁跟着难过。

他们在草坪上找到巫阮阮的手机,可慌乱之间,那把匕首不见了。沈茂拎着巫阮阮回到家里把她带到洗手间,一遍一遍给她洗手,然后用浇花的水管冲刷鹅卵石的小径和草坪,看似一场勤劳的扫除,实则在担心她刚刚做的事会惹来真正的麻烦。

文君抱着号啕大哭的喃喃坐在宝马里,保镖在开车,紧跟着前面的宾利,她从来没哄过小孩,束手无策到连她自己都快急得哭出来。

行驶在前的宾利内,霍霆面色苍白地躺在后座上,发丝雪白,胸口殷红,将他清俊的眉宇衬出一分妖艳。霍霆的薄唇紧紧抿着,额头满是细汗,看着他这副隐忍的模样,孟东感同身受,胸口一阵阵刺痛。

他跪在霍霆身边,宽敞的后座空间因为两个身量修长的男人变得狭窄。

霍霆的手里握着巫阮阮扔下的那把匕首，孟东把他抬上了车才发现。

孟东掰开霍霆的手指，想要从他手里拿走，他却扭转着手腕躲开，被划开的掌心血肉模糊成了一片。他咬着牙，动作极缓慢地拿过孟东按在他胸口最上面的一条洁白毛巾，一丝不苟地擦拭匕首，刀锋、刀柄，反反复复。孟东想要帮忙，他却躲开，这一个躲避的动作牵动了他的伤口，孟东便不敢再轻举妄动，只能看着他做这件事。

直到确定匕首没有任何指纹痕迹时，霍霆才将匕首牢牢握进那只完好的掌心里，沾上了属于自己的、全新的指纹。

"你是傻子吗！霍霆，你能不能多为你自己想一想！你现在在干什么？你擦掉阮阮的指纹干什么？你这么折腾不疼吗？你就不能老老实实在这儿躺着？我们马上到医院了，你能不能别做那些令人发指的打算！"孟东说完，揉了揉眼眶，像个受了很大委屈的孩子。

霍霆看了他半晌，目光平静柔和，眼皮却越来越沉重，他尽量调整着自己的呼吸，不耗力气，却又不容置喙道："孟东，假如我不在了，你要想办法让别人相信，我霍霆今天没有见过巫阮阮。"

"我美得你！你要是敢死，我一定把巫阮阮剁成块烧给你！"

霍霆慢慢闭上眼，嘴角挑起一抹不易察觉的笑，算是给孟东的安慰，握着匕首的手掌也渐渐松懈，匕首落在车内地毯上，他似在和孟东开玩笑，声音却已经变得极微弱："那样的话，我岂不是白疼了……"

那些不了解霍霆的人，有什么资格和权力对他妄加评论？巫阮阮有什么权力？霍朗有什么权力？沈茂又有什么权力？

孟东从没见过比霍霆更深情的男人，那种深情，已经近乎偏执，与霍霆相比，孟东平生所见的所有人包括他自己，都成了浅情的人。

霍霆这一生最后的一分钟，没有恐惧，没有惋惜，来不及思考自己还有多少事没有做完，不关心自己是否能安然地从手术室醒来，他唯一想到的，是他的阮阮。

在最后的一分钟里，他擦干净了可能会成为物证的凶器，对他最信得过的人说，就当他这一天没有见过巫阮阮。

霍朗回来时，巫阮阮就坐在沈茂家的沙发上，听到门开的一刻，她猛地蹿了过去,狠狠撞进了霍朗的怀里。

霍朗将她紧搂在怀里,带着寒气的身体却在这一刻寄予了巫阮阮最大的温暖:"我在,没事。"

事情的细枝末节霍朗并不清楚,沈茂开始一五一十地给他复述刚刚的事情,很显然,在听到霍霆被巫阮阮扎了三刀时,他被彻底震惊到了。

一时之间,"我的女儿被抢走了"和"我的弟弟生死未卜"这两种无法权衡的情绪一起堵在他的胸口,让他喘不过气。

霍霆到底要干什么呢?他对喃喃的感情肯定不及自己对喃喃的感情,难道他会丧心病狂到为了一个没有感情的可有可无的小女孩,连命都不要吗?

沈茂需要去医院,他说不清自己哪里疼,后来还吐了一口暗黑色的血。临去医院前,他给霍朗找来两个朋友,帮着追查霍霆被送到哪个医院抢救。

如果只是霍霆抢走了霍燕喃,他们大可以报警,可巫阮阮已经伤了霍霆,报警的话,巫阮阮的处境会更加糟糕。

在这样一座大城市里的芸众医院里找一个人,没有想象中那么简单。临近傍晚的时候,所有医院当天下午收入的抢救病人名单里,都找不到霍霆的名字。

孟东总不会直接把人拖去殡仪馆,那么也就是说,有人刻意隐瞒了或者抹除了霍霆在哪里抢救这一事实……

如果是一个正常的急救伤患,为什么查不到他的入院信息呢?

孟东和霍霆的手机在关机状态,连他们查到的孟东的妻子的手机也不在服务区。

一夜煎熬,没有人睡得着。第二天一早,知道这个消息的安燃和金木谣也赶了过来。

满屋子的愁云惨淡,祝小香抱着螃蟹坐在餐厅,内疚到不敢出现在霍朗面前,如果不是他独自欢天喜地地去安燃那里,事情大概也不会演变到一发不可收的地步。

童晏维始终沉默着坐在单人沙发里,良久后,他突然问:"你们说孟东也在?"

霍朗点点头："对,他的保镖把你姐夫打伤了。"

"能别提我的伤吗？"沈茂躺在沙发上悠悠接过话,他被那两脚踹得胃出血,除了担心喃喃的事,这会儿他还对自己这弱不禁风的小身板深恶痛绝。

童晏维蹙了蹙眉："孟东认识霍霆多久,你们知道吗？"

"我听人说过有二十多年,阮阮知道。"沈茂看向巫阮阮,"阮阮,他们认识多久了？"

巫阮阮的眼睛肿得像两个小桃子,失魂落魄地把下巴搁在自己的膝盖上,好像半天才反应过来沈茂的问题："二十多年,幼儿园的时候他们就认识了。孟东十三岁之后的生活基本是霍霆在照料,供他上学,到处给他收拾烂摊子了,他们感情很好,像亲兄弟一样。"

童晏维点头："这就对了,如果我是孟东,在霍霆入院之后,我要做的第一件事就是报警,有充分的人证、物证去向法官指认巫阮阮故意伤人。"

沈茂摸着自己的下嘴唇,若有所思道："只有这样,巫阮阮才能真正失去喃喃的监护权,即便她没有因为故意伤人入狱,法院也坚决不会把一个不足一岁的小孩放在一个随时可能失控挥刀的母亲身边。"

一直沉默着的霍朗神情变得凝重起来,视线对上沈茂,低沉开口："这就是问题所在,为什么我没有等到暴怒的孟东,也没有等到警察？"

安燃一直是最安静的那一个,他在沉重气氛里仔细打量每一个人,尤其是巫阮阮,这种当局者迷旁观者清的事情,现在看来尤为残忍。

但那是霍霆用生命来守护的秘密,他没有权力也没有资格去揭穿,毕竟现在最难过最糟糕的人还躺在医院里。他犹豫片刻,缓缓开口："我觉得霍霆不是那种人,他不会对自己人动这种歪心思。"

霍朗眉梢微微挑起："不是哪种人？你很了解霍霆？"

"不不不……"安燃摆摆手,在沙发里不自然地调整了一下坐姿,"我没见过霍霆几次,虽然交谈得不多,但是能感觉到他这个人并不坏。"

"他坏！"巫阮阮突然气愤地反驳道,"他如果不坏,凭什么一再带走我的小孩！"

"是坏。"霍朗赞同道,目光转向巫阮阮,"但罪不至死。"

"那个什么……"沈茂果断岔开了他们两个的对话，"小香，你和木谣开车去买点吃的回来，我们要找人要找孩子，吃饱了才有力气。"

相比喃喃到底被带到了哪里去，霍朗现在更担心的是霍霆的安危，他总会把喃喃带回巫阮阮和自己的身边，可如果霍霆死掉了，他便会失去唯一的亲兄弟。

金木谣和祝小香出了门，童晏维也跟着一起去了，别墅里的剩余的四个人各自沉思着。

巫阮阮抬头时发现安燃正目不转睛地看着自己，他朝着霍朗的方向扬了扬下巴，示意她开口说话，见她无动于衷，还皱了一下眉头。

巫阮阮转身，从沙发的这一端蹭到霍朗身边，牛仔裤摩擦在沙发上发出沙沙声。

霍朗以为她需要拥抱，不动声色地张开左臂，等待她自己抱过来，可她只是蹭到他身边便不再靠近。

"对不起。"她鼻音浓重。

霍朗怔了一下，迟疑地偏头看她："怎么了？"

巫阮阮垂下眸子，低声道："我当时太冲动了，看到霍霆要抢走喃喃，我受不了，我吓傻了，我太怕再也见不到自己的小孩，理智不知道跑哪儿去了，满脑子只剩要让他放弃带走喃喃，所以……我伤了他，对不起。"

霍朗把巫阮阮紧紧搂在怀里，轻轻吻住她的额头，手掌在她背上来回安抚着："任何试图伤害你的人，你都可以义无反顾地对他挥起匕首，他要伤害我们的喃喃，也一样。可如果只是要抢走喃喃……"他稍稍停顿了一下，在她的肩头捏了捏，"这次先原谅你，下不为例，再不济，他也是我弟弟。"

巫阮阮趴在他的肩头蹭了蹭眼睛。

沈茂拖着长音缓解了尴尬的气氛："嗯……你说得对，等你见到你弟弟的时候，记得替我补给他两拳。我现在身残志不坚，没有多大的力气，你要告诉他不要轻易对哥哥朋友的内脏不客气。"

黄昏的时候，将近两天未睡的巫阮阮蜷缩在霍朗的怀里睡着了，她睡得很不安稳，尽管大家都在以为她是为了喃喃而焦心，可从她做梦时不断如同握刀一般交叉的双手来看,她心里其实很在意自己对霍霆造成的伤害。

"我杀人了……"她满头大汗地梦呓着。

霍朗轻轻握住她的手,低声在她耳边安慰道:"你没有杀人,阮阮,霍霆一定还活着,他活着呢……"

他宁可让巫阮阮睡得不安稳,也不放心她一个人去睡,只好在沙发上给她盖上厚厚的毛毯,只要她睁开眼睛,便能看见周围全是她熟悉的人。沈茂占着一个三人位的沙发,巫阮阮蜷着身体占着两人位的沙发,童晏维靠在落地窗前望着窗外沉思,唯有安燃和金木谣干了点人事,两人一起坐在厨房里择菜。金木谣偶尔抬头对安燃说两句自己分析的结论,都被安燃一句"关你什么事"给噎了回去。

沈茂躺着打电话,时刻和那些调查霍霆入院信息的朋友联系着。霍朗拿起自己的车钥匙,交代一声便要出门。

"你要去哪儿啊?"祝小香追到门口问。

"去见一个可能会知道霍霆为什么这么做的人。"

"我也去。"祝小香放开螃蟹,抓起大衣跟出来。

"你回去。"他面无表情地命令。

"为什么?我又不是你老婆,你又不是见姘头,你背着我干什么?"

"你吵吵闹闹的,我没有心情给你拉架。"

祝小香没理他的话,径直上了车,他怎么就知道自己一定会和人吵架,自己又不是疯狗,逮着谁都想咬一口。

祝小香随着霍朗抵达了他们此行的目的地。

惊艳的西班牙建筑笼罩着一层来自黄昏的橘色光。

与别墅大门一路之隔的地方,就是一片碧绿的青山,城市与之遥望。

"这地儿不错啊,在这儿住着比在市中心能多活三五年呢!"祝小香四下打量着。

霍朗在别墅外按响了门铃:"我是霍朗。"

阿青小跑着迎出来,有些意外:"霍朗少爷是吗?您怎么来了?"

"方便进去说话吗?"

阿青犹豫了一下,打开大门,把两个人带到别墅内。

霍老太太正坐在沙发上研究着一份营养品的说明书，一直有医生在为她调理，她的身体恢复得很快。乍一看过去，霍朗险些没认出来这人就是当日给了自己一个耳光的妈，这才多久没见，她怎么就胖得走形了？

女人果然是善变的，连体形都是善变的。

祝小香不认识她，也看不出这圆润的老太太和霍朗有什么关系。

"我们少爷和您说过我们老夫人的事情吗？"

"你们老夫人的事情？我很久没见过他了，见面的时候他也不会和我提，她怎么了？"

阿青没回他的话，而是直接走到两耳不闻窗外事的霍老太太身旁："夫人，咱们家来客人了，你看看认识吗？"

霍老太太抬起头飞快地瞥了一眼，干脆地回答："不认识。"

祝小香讪笑道："我天，敢情你要找的这人还不认识你……"

霍朗满心疑惑地往前靠近几步，迟疑道："你不认识我？"

霍老太太再次从花花绿绿的彩色说明书上抬起头，有些不耐烦："不认识，你是什么重要人物吗？我非要认识你？"

祝小香拽了拽他深灰色的毛呢大衣袖口："这人什么态度啊，咱走吧，人都不认识你，你一脸母子情深的模样干吗啊……"

霍朗微微抬了一下手臂，躲开了小香的拉扯，心里五味杂陈："因为阮阮吗？"

霍老太太莫名其妙地看了他半晌，低头看向自己手里的说明书，嘀咕着："哎呀，我看到了哪儿来着……"

比起她这份淡漠与不屑，霍朗更希望她像以前那样冲过来撕扯他，大骂他："你不是我儿子，我没有你这样的儿子。"那样至少她承认她有这个儿子，可现在呢？

"她不记得你了。"阿青遗憾地告诉他，"她患了老年痴呆症，很多事情都不记得，连昨天晚上吃了什么都不记得，一个人出了别墅就会找不到家……"

霍朗难以置信地眨了眨眼："她还很年轻。"

阿青无话可说，她当然知道，每一个孩子都希望自己的母亲长命百岁，身体倍儿棒，吃嘛嘛香，但理想和现实总会有那么一点点出入，霍老太太现在确实是身体倍儿棒，吃嘛嘛香，只是不记得了一些人和一些事而已。

"你知道霍霆是谁吗？"霍朗问。

霍老太太压根就没打算理会面前的人，充耳不闻。阿青推了推她："夫人，霍霆呢？"

"上班呢。"她头也没抬地回答。

阿青让用人倒了两杯茶放在他们面前："霍朗少爷，您看到了，我们夫人真不记得那些事了，有什么我能帮您的吗？或者需要我转达给霍霆少爷的，等他回来，我一定帮你转达。我记性好着呢，肯定不会忘。"

霍朗的目光落在站在沙发一侧手掌轻轻搭在婴儿睡篮上的阿青身上，那一身素衣素装，虽然看着简简单单，却和其他的用人不一样，她身上莫名地有一股女主人的气场。

"我是来找霍霆的。"

"少爷不在家，昨天出去到现在还没回来。"

他说："我知道他今天不会在家，我是想问问霍霆的母亲，你们那么想要霍燕喃的抚养权吗？"

霍老太太把手里的说明说往茶几上一摔，瞪了一眼霍朗："这人脑子不好，说些什么乱七八糟的，听不下去了！"

从头到尾，她半个慈爱的眼神都没给过霍朗，头也不回地朝楼上走去。

霍朗跟着她起身，语气肯定道："你在躲避什么？你知道霍霆为什么要抢走喃喃？你知道你儿子到底要做什么？"

霍老太太身形顿住，她转过头，上下打量一番霍朗，半响后慢腾腾道："啊对，我知道，我不告诉你，你有办法吗？"

"霍朗少爷！"阿青走到他身边，面色焦急地劝阻道，"您别和夫人说了，她确实什么都不知道也不记得，可她的脾气还是在的，她是故意这么说的。"

"你的霍霆少爷抱走了我的女儿然后失踪了，那个小孩就是霍江夜？"他看向半合着的婴儿睡篮，"我今天要抱走他的儿子，如果他或者孟东来联系你，让他们拿我的孩子来换。"

阿青面露为难:"霍朗少爷,您今天要把小少爷抱走了,明天我就得撞死在霍家门外了。于小姐的事您肯定听说了,以后江夜就是我的儿子,他的爸爸不在,他妈妈在这儿,您抱不走他,至于我们少爷抱走您的女儿……"

霍朗眉头微微蹙了一下:"如果我想带走你儿子,易如反掌。你告诉我他为什么要这么做,我保证不会动你的小孩。"

阿青摇摇头:"我不知道他为什么那么做,但我能保证,他一定是为了喃喃好,为了你们所有人好,他不是一个坏人,就算他有原因,也不会告诉我。如果他自己不想说,谁也别想问得出,或者你为什么不想得简单一些,他只是单纯喜欢喃喃,想要她回到自己身边呢?"

"包括拿命换一个小孩的抚养权?"

阿青愣了一下:"拿命?那是什么意思?"

她眼里的慌乱不作假,霍朗睫毛微颤了一下,摇摇头:"没什么意思,他敢强抢我女儿,不能给我合理的解释,我一定会让他付出代价。"

阿青被他的气场吓得不轻,张着嘴半天没想到该说些什么。霍朗的手机突然铃声大作,他看了一眼手机屏幕,转身走到玄关处接起来:"怎么了?"

电话那边的沈茂大概是牵动了痛处,疼得直倒吸气:"三院,有人在三院看到了文君!"

不等放下电话,霍朗已经火速狂奔出霍家别墅。祝小香还没反应过来怎么回事,刚往玄关处一站,霍朗已经开着悍马从敞开的别墅大门蹿了出去。

"唉,这人,当了爸爸怎么那么没人性,把我留这儿我怎么回去啊?"

"我让司机送你,没关系的,正好这会儿司机在家。"阿青立刻帮他安排。

祝小香挑挑眉,悄声问道:"哎,其实你知道霍霆为什么要抢喃喃,但是你不能说,对吧?"

阿青微笑着摇头:"我真不知道。"

"你知道的,我猜……应该是有苦衷对吧?"

阿青沉默。

"你放心,我不会提醒他的,我可不想让他糟心,你们就把秘密烂在肚子里吧,敢说出来,我烧了你们家!"临走之前他不经意瞥了一眼二楼,"她根本不配当霍朗的妈。"

// 尾声

霍朗一路闯了三个红灯,赶到了省三院。因为沈茂在电话里说还是查不到霍霆的入院信息,所以他和闻言赶来的童晏维只能一层层地找。

在七楼的VIP门口,见到一抹身影一闪而过,霍朗不动声色地跟在她身后,听到她在讲电话:"孩子不在我这儿,已经被医生抱走了。"

文君的每一句话霍朗都清晰听到了,跟踪到了特护病房的转角,文君的身影消失。

他贴着冰冷的瓷砖在转角处隐藏住自己的身体,听到孟东在和一个男人交谈。

说话的人是医生,口吻相当严厉:"他前妻刀法不错啊,学过外科怎么着,刀刀往毙命那使劲儿,贴着心脏转圈扎,最近那一刀再近两毫米就正中红心了。"

"这么悬……"

"那你以为呢?这段时间该吃点啥吃点啥吧!"

"别啊!什么叫该吃点啥吃点啥,你当医生嘴这么损,没有家属揍你吗?"孟东似乎火了,对医生叽歪着。

"我实话实说,我说他能再活十年、二十年,他就能了吗?"

霍朗抿着唇从转角处站出来,面如寒霜,周身的气压极低:"他为什么不能活十年二十年?"

医生双手往口袋里一插,毫不畏惧地和他对视:"病人的隐私恕我不能奉告，如需知晓详细病情，请与家属沟通或者在家属的陪同下来我这里咨询。"话音一落，扬长而去，潇洒又气派。

霍朗没有紧追不放，质疑的目光落在孟东身上："你回答，他为什么不能活十年、二十年？"

孟东嘲讽地笑了笑："为什么不能？回去问巫阮阮啊，问问她怎么捅的霍霆，往哪儿捅来着！没听医生说吗？再偏两毫米，现在就没霍霆这人了。"

"听说你认识霍霆二十几年，那你认识阮阮也不会是一两天，你应该知道以巫阮阮的性格和为人，她能对别人挥刀，那一定是那人做了不可原谅的事。"

"什么事都不是她杀人的理由，就算霍霆干了什么伤天害理的事情，老天和法律会制裁他。"

霍朗不想和他争辩这个问题，单刀直入："我要见霍霆。"

"不好意思，霍霆现在不接客。"

他不顾孟东的阻拦，径直朝特护病房走去，推门时小臂被孟东牢牢攥住："我说不能见，你离他远一点。"

这语气里饱含着耐人寻味的警告，霍朗挑了挑眉："我是他大哥，难道没权知道我弟弟的死活吗？不管死活，活我要见人，死我要见尸。你是他儿子还是他妈，你什么立场阻止我见我的家人？我才是他的家属，而你，什么都不是。"他拂掉孟东的手，却不料孟东的态度如此强硬，狠狠地将他推了出去。

孟东敲了敲门，病房里走出两个保镖，城墙似的堵在门前："我不会让任何对他有威胁的人靠近他，从现在开始，你和巫阮阮，你们周围的那些人，全部不行。"

霍朗微微偏头，周身蔓延出危险的气息："也好，我也不想他再靠近巫阮阮，前提是你们要把我女儿还给我。"

孟东忽然低低笑了两声，不顾医院的禁烟公告，从口袋里摸出半盒香烟，抽出一支叼在嘴里，一名保镖非常有眼力，掏出火机给他点上："亏你说得出口，霍燕喃怎么就成你的女儿了？那是霍霆的孩子，你只是她的大伯，永远都是大伯，你没有任何理由抱走她！霍霆抱走她，那是理所应当!"

霍朗怔了怔,这句话似乎戳到了他内心的痛处,他神色更加阴沉了几分,他一定要见到霍霆!

"滚开。"他低声呵斥着两个门神。

保镖无动于衷。

霍朗突然迅猛地挥起拳头砸在两个保镖的脸上,三个人展开了进退攻守的搏斗。文君打开门,被厮打的几人吓了一跳,又立即平静下来:"霍霆醒了!"

孟东把烟一甩,转身便往病房里冲,而霍朗却被两个保镖在门口拦腰抱住,他愤恨地大力挣扎,却无奈于两个彪形大汉彪悍的力量。

霍朗只能远远地那么看上霍霆一眼,他看起来虚弱极了,半合着眼,一眨都不眨。

孟东叫了他两声,他没有任何反应。

"霍霆!"霍朗突然大喊了一声。

霍霆睫毛微微颤了颤,疲惫地闭上眼睛。

"行了,你知道他没死,不用担心你的巫阮阮会坐牢了,现在可以走了吧?"孟东嫌弃地挥挥手。

"我不是来看他死活的,我是准备带走我的喃喃。"霍朗嘴硬地狡辩道。

"少在那儿一口一个你的你的,霍燕喃不在我这儿,只有霍霆知道她在哪儿,你看他现在能告诉你吗?"

霍朗甩开两块牛皮糖一样的彪汉保镖,胸口的衬衣因为他的动作敞开了两三颗扣子,他重重地喘着粗气,眉头紧锁:"我不需要任何人承认和证明霍燕喃和我的关系,她就是我霍朗的女儿,是我的命,我一定要带她回我太太身边。既然霍霆现在开不了口,我就给他三天清醒的时间。"他的目光突然变得倨傲起来,冷冷地睨着孟东,"如果他有这么做的理由,最好告诉我,或许我能原谅。如果没有任何理由,单单凭一时兴起为所欲为,我们以后可以不用再做兄弟。"

孟东不屑地冷笑一声:"他缺你一个兄弟怎么着?缺都缺三十年了,还差另外三十年吗?他若真想要夺走喃喃,你这个兄弟也是可有可无的。"

霍朗的呼吸渐渐平复，他也微微挑起一侧嘴角冷笑，双手放松地插进风衣口袋，转身欲走："我单枪匹马地来这里找霍霆，不是我孤立无援，是我念在他是我弟弟的情面没有兴师动众……"他似乎在思考下一句话，稍稍停顿了一下，双眼微微一觑，"不要以为你们带走那把匕首，就会是将来威胁我的资本，倘若我有心袒护，这都算不了什么大事。"

说完，他不等孟东做出任何的回应，转身大步离开了病房。

病床上看似再次昏睡的霍霆，隐藏在被子下面的修长手指微微蜷缩了一下。

霍朗走到医院大厅时打电话叫回了童晏维，童晏维一直追问他霍霆在哪里，他却闭口不提。

霍朗想不通很多，比如霍老太太的变化，再比如霍霆身上呼之欲出的秘密，还有，文君说喃喃被医生带走……霍霆鬼门关前走一遭之后，孟东仍旧三缄其口，这是为什么呢？

回到家里，霍朗唯一能给巫阮阮的交代是喃喃很安全，霍霆已经醒过来，他向巫阮阮保证，三天之后事情一定有转机，当然这一句简单的保证之下，是他鱼死网破的抉择。

隔天下午，小喃喃被霍霆的医生朋友抱回了他的病房，他整个人还是昏昏沉沉的，这会儿又睡着了。

"怎么样？"孟东紧张地站起来，"她全部的检查都做完了？"

医生笑着点点头："我之前说世界上不会有那么多的奇迹发生，但是并不代表世界上绝对不会有奇迹发生。"

孟东和文君不约而同地惊叹："奇迹？"

"是，奇迹，喃喃没有遗传到霍霆的心脏病，她非常健康，除了体重有点超标。"医生不疾不徐道，"上帝是公平的，带走霍霆一些东西，总会还回来一些。"

文君抚了抚胸口："真好，她真的太幸运了。"

孟东欢喜地接过胖乎乎的小喃喃，举到空中逗了逗，他觉得该把喃喃抱到霍霆的床边告诉霍霆这个好消息，然而就在他走到霍霆身旁时，看到霍霆已经睁开眼睛，眼底一片清明，霍霆的嘴角微微上挑，分外安心的微笑就像初夏的晨光，平淡而温暖。

"霍霆，你听到了吧，喃喃没有遗传你的心脏病，她可以健健康康地长大，一直陪在阮阮的身边，你现在是不是特兴奋，特想尖叫？你别激动，该血崩了。"孟东傻笑着说道，到最后声音哽咽起来，"要不我替你出去吼两嗓子高兴高兴吧？"

霍霆柔和的视线缓缓落在喃喃圆圆的小脸蛋上，眼睛一眨不眨，说了入院三天以来的第一句话："幸好。"

"是，幸好，她命真好，半点不掺假。"孟东点头应和道。

幸好巫阮阮当时坚持把她生下来，也幸好当时霍霆的一意孤行没有要了这个小女孩的性命。

在得知她是健康的宝贝之后，霍霆心里有那么一丝丝的后怕，倘若当初他执意要巫阮阮打掉她，恐怕他们连验证这个事实的机会都不会有。

孟东扶着小喃喃的背让她坐在霍霆的病床上，小姑娘刚刚吃饱了，这会儿撑得直打嗝。她伸手去抓霍霆的手指，用力掰扯着，甚至好奇地去抓霍霆手腕上的输液针头。

孟东按住她的小胖手拉回霍霆的手掌处："你这坑爹的小祖宗，那个不能动。"

喃喃的小脾气似乎有点倔，越是不让她动的东西她越是要碰。

文君的电话有消息提示，她读完告诉孟东："老公，我小表姐后天生日要我们去，我说咱们在普吉岛，不过去了。"

就在孟东一转头说"嗯"的工夫，小喃喃的魔爪已经得逞，小孩子的手劲儿不小，一把扯掉了霍霆的针头，因为动作粗鲁且方向错误，导致霍霆白皙的手腕顿时蔓延出一抹刺目的鲜红。

霍霆皱眉轻笑，宠溺而无奈，倒是把孟东吓了一跳。

"说你坑爹你真不含糊啊！"

医生悠闲地走过来，看了一眼，二话没说，撩起霍霆的小臂再给他来了一针。

"喃喃幸免于难是个天大的好消息，我也有不好的消息要告诉你。"医生抬手调整了输液的速度，伫立在病床前，神色变得有些严肃，"慢性排异反应导致了他的供体心脏冠状动脉发生病变。"

"病变？为什么病变？怎么会病变？病变了会怎么样？"孟东问了一连串的问题，而不能自如活动的霍霆却充耳未闻，专心贡献自己的手指给小喃喃玩。

"你不能指望所有的事情都有奇迹发生，换了一颗心脏又不是回炉重造，毕竟那心和他不熟，早晚有分道扬镳的时候。"医生非常不近人情地说道，"我说让他想吃点什么吃点什么不是在开玩笑，他的病变速度太快，加上他的身体非常不好，这一次能从鬼门关拉回来是因为鬼门关没关门，下次他再这么不顾及自己的安危，谁也保证不了什么。他和正常人的抗击打能力不同，你必须说服他别拿自己当正常人看。"他低头看向霍霆，"你听到了没？孟东他祖宗，你现在是患者，不是正常人。"

霍霆继续装聋作哑。

"啧，我懒得说你，你若觉得自己有金刚不坏之身就折腾，我随时恭候。"

医生离开病房时，孟东跟了出来："他还能活多久？"

"没多久了。"医生一步不停地往办公室走去，孟东只好亦步亦趋地跟着："没多久也总会有个预计吧？你之前不是说也有特例可以维持十几年生命的吗？"

"他不行，冠状动脉病变过快，十几年，除非是死了重新投胎。"

"八九年会有吗？"

医生突然顿住了脚步，偏过头定定地看着他："不会有，三五年对他来说就是奇迹了，一年半载也无须惊讶，他能活多久取决于下一次他前妻往哪儿捅刀子。"他十分嫌弃地挑了一下眉头，"还有，你好像对我的医术表现出了强烈的质疑？"

"那么明显吗？"孟东意外道。

"呵呵。"医生笑了笑，"不想和你做朋友了。你要知道不是只有你一个人关心霍霆，我也很关心，在为他选择一切最佳的医疗办法，你能做的就是让他无条件地服从我的安排，这才是延长他生命的根本方法。"

"他眼看也三十岁了，胆子却一天比一天大，我的安排他就听吗？"

"喃喃会被送回他前妻那里吧？你不觉得他活得太久对他来说更是

一种折磨吗？"

孟东认同这个说法，但是让他甘心于不挽救霍霆的生命，他做不到。

回到病房，眼前那一幕让孟东心酸。

文君挡在床边，防止喃喃掉下去，而那个胖墩墩的小家伙，下巴正搁在霍霆肚子上方的被子上，滴溜溜地转着漆黑的大眼睛。霍霆干净温暖的大手轻轻落在她圆圆的小脑瓜顶，他连摆动手腕的力气都没有，只能缓缓移动自己的手指，温柔地抚摸，那清俊的眉宇间，尽是依依不舍的爱意。

从喃喃出生到现在，这是霍霆第一次肆无忌惮地去亲近他来不及疼爱的小宝贝，很可惜，他却没有足够的力气把她抱进怀里。

孟东调整好情绪，轻快地走到他身边："我觉得喃喃像阮阮的地方比较多，像你的地方不多。"他笑了，"也有可能是太胖了，看不出哪里像你。"

霍霆心情极好，虽不说话，笑容却一直未退却。

在他与喃喃相拥的这一刻，世间的语言已经全部苍白，喃喃喜欢他，喜欢黏在他身上，没有特别的原因，只因为她是女儿，他是爸爸。

夜里，小喃喃是在霍霆的臂弯里睡着的，孟东怕夜里小家伙滚到地上，便在她睡熟之后将她抱进了婴儿车里。昏暗冷清的月光下，霍霆目光熠熠目不转睛地盯着婴儿车看，好像他能穿透婴儿车看见什么。

夜里下了一场雨，霍霆迷迷糊糊中转醒，叫醒了孟东。

"要上厕所还是要叫医生？"孟东迷迷糊糊地问。

霍霆偏头看向窗外，月亮不见了，夜色漆黑一片，他低声说："下雨降温了，给喃喃再盖一层小毯。"

第二天上午，霍朗如约守时来到医院，仍旧是只身一人，没有任何人陪。

他手里捧着一束太阳花，看起来十分朝气。

这花束是巫阮阮准备的，让他为自己带一句抱歉。他将花束放在床头的矮柜上，站在窗边沉默良久。

小喃喃在睡回笼觉，躺在霍霆的臂弯里。

"我今天可以带走喃喃了是吧？"霍朗沉声问，从这一路的畅通无阻他便可以断定，霍霆已经准备今天让他带走小孩。

小喃喃忽然动了两下，睁开眼睛翻了个身。孟东眼明手快地在床边挡了一下。小喃喃睁着大眼睛四处懵懂地张望，看到霍朗的身影后咯咯笑出了声，朝他伸出小手抓了抓。

霍朗笑意融融，伸手把她抱进怀里："亲亲。"

喃喃呆呆地嘟起嘴巴，和霍朗的唇碰了碰，环住他的脖颈手舞足蹈，兴奋地尖叫。

谁亲谁疏，当下立见。

霍朗倨傲地微笑着："拼了命要把她带走的人，现在怎么轻易地把她还给我了，是没有胆量与我针锋相对，还是因为你带走她本就是有什么难言之隐？"他说话时眼睛一直盯着霍霆的头发看，试图寻找到蛛丝马迹。

"我可以选择不回答你的问题。"他声音有些低哑，不像平时那么清透。

"避而不谈便一定是有难言之隐。"他的自信和笃定让人分外不自在，"我们是兄弟，如果你有苦衷，对我说，我不会坐视不管的。"他说完想了想，又补充一句，"虽然我见你三次有两次半更想揍你一顿。"

霍霆淡淡地微笑一下："你想多了，是她太吵太闹，我不喜欢。"

"你不想说，我以后总会知道，只是希望你能记住她有多不讨你喜欢，下次别再试图去招惹一个失去过孩子的母亲。"他用小毯子把喃喃包着，"这一次我可以勉强原谅你，但愿不会有下次。"

霍霆的视线紧紧追随着喃喃，没有理会霍朗的话。

"你看起来很想多看看喃喃？"霍朗突然笑着问，"应该的，这次抱回去以后你确实再也没有机会见到霍燕喃，就算我允许，已经成为惊弓之鸟的巫阮阮也不会同意。"

霍霆的脸色十分苍白，他的呼吸克制不住地急促了一些，牵动着伤口生疼，眉头紧紧皱起。

孟东猛地起身指着门口，怒斥道："你给我滚出去！"

霍朗挑了挑眉，并不恼怒，捏着小喃喃的手对霍霆挥了挥："喃喃，和小叔再见。"

喃喃咿咿呀呀说了一句不知什么话。

"我让你滚出去！"孟东的吼声吓到了喃喃，小姑娘在霍朗的怀里一哆嗦。

霍朗冷冷地瞪了他一眼，迈开长腿大步离开。

孟东几步追出病房，在走廊里叫住了霍朗，虽满眼厌恶，却十分郑重道："如果你想保护霍燕喃和你的巫阮阮，就带她们离开，永远别再和霍霆有交集。他是永远的坏人，你却骄傲得像个英雄。你要知道如果不是霍霆选择当那个坏人，巫阮阮根本不会认识你，更别说带着喃喃和你生活在一起。世事无常，说不定哪一天霍霆就想当好人了，他如果想追回巫阮阮，你争不过他，所以你最好带着你得之不易的老婆孩子离他远一点！"

"除非你告诉我霍霆到底有什么事在瞒着我，否则我不会就这么善罢甘休。你给我记住了，我是他哥，长兄为父。"

电梯下行至一楼，霍朗把喃喃送到等在停车场等待自己的祝小香手里，从他手里拿走车钥匙，揣进口袋里，留下一句"等着"，行步如风地折回住院部大厅。

医生值班室的门半敞着，霍朗从外面悄无声息地推开。

那天和孟东交谈的高冷医生正在窗台摆弄一盆兰草，办公室里只有他一人，霍朗反手锁上门。大概以为是自己的同事，那人并没有回头看。

医生用小铲子戳了戳花盆里的土，对身后的人嘀咕着："我说这屋里怎么养什么死什么呢？这花我搬来的时候还挺精神……"他话音陡然一顿，僵硬着身体偏头看向站在他身后的冷峻男人。

后颈的衬衫领口处，被某种不知名却暗藏杀机的坚硬物体抵着，他收起漫不经心的态度，试探地问霍朗："你要干什么？"

霍朗的手腕隔着洁白的大褂在他脊椎上轻轻扣着，让他更加透彻清晰地感受到自己手里的东西："我想问你几个问题。"

"求诊请去门诊处挂号，这里是住院部；想知道其他患者的信息请亲自去问患者本人或者在家属的陪同下来我这里。"

"我就是他的家属，他房间里的每一个人都和他没有关系，但我是他亲大哥。"

医生转头望向窗外，身体紧绷却故作淡定："他的亲大哥问医生问题需要用刀指着人？"

"闭嘴。"霍朗阻止了医生的故意跑题，"你告诉我，霍霆的情况到底怎么样？"

"他恢复得非常好，伤口火急火燎地长好了，不做剧烈运动就不会血肉崩离，再有半个月就可以回家休养，两个月之后又是活蹦乱跳的一个人，情况非常非常好。"他一口气说完整段话，似乎根本不需思考，这就是事实。

霍朗的手腕稍稍向前用了些力："这个位置有多危险你知道的吧？"

医生几不可察地皱了一下眉，没回答。

"如果我没猜错，他是生了一场大病，对吗？"

"……"

"癌症？白血病？脑瘤？哪一种？"

"自作聪明。"

"我不相信一个医生可以不负责任地说出病人活不过十年二十年这种话，还有，一个健康的人怎么会在二十几岁长出满头的白发？"

"头发是染的……"

"你的意思是说，他在受伤那天早上还补过新长出来的黑色发根？显然不可能，那就请你给我解释解释，原来满头黑发的霍霆为什么发根长不出黑发？如果他是健康的，那么他看起来明明很不舍，为什么还如此轻易地放弃了用命抢回来的小孩？"

医生无奈地叹口气："如果他不想让你知道这些事，你选择沉默和不过问，就是对他最大的尊重。"

"我不需要尊重他，长兄为父，老子要知道儿子的死活，法律不许还是伦理纲常不许？"

感知到那坚硬的危险物体在自己的脊椎上轻轻敲着，大冬天里也忍不住要出冷汗，人心肉长的，掌心肉长的，刀枪棍棒可不是肉长的，医生想躲，又不敢轻举妄动。

"给你五秒的时间考虑。"

"就因为我不告诉你霍霆到底发生了什么事，你就要杀人？"

"是，这理由挺充分的，我就是这么丧心病狂的人，我完全可以因为看你长得不顺眼而要杀了你，反正我身后总会有人给我收拾这些烂摊子。"

医生咬了咬牙："你……"

"两秒。"

"等等！"他突然举起手，"我告诉你！兄弟两个没有一个正常人。"

他想让霍朗放下刀两人来个和谐的交谈，无奈霍朗并非友好之人，被刀抵在窗前看着风景讲故事的感觉非常不好。

"霍霆的心脏有问题，在阮阮刚怀上喃喃的时候发现的，这是一种罕见的遗传性心脏病，遗传概率几乎百分之百，呢呢就遗传了这种病，所以喃喃也要接受检查，但她是一个奇迹，并没有遗传到霍霆的心脏病。霍霆去德国那次也是为了做换心手术，从现在开始他的生命每一天都在减少，至于他的白发，和他的心脏没什么关系，只和他心里的人有关系，剩下的，还需要我告诉你吗？"

"不需要了，谢谢。"他垂下手腕的一刻，医生立即紧张地转身，视线落在他手里东西的那一瞬间，差一点气出个七窍生烟："车钥匙？"

片刻的失神后，霍朗点了点头。

青年才俊此时深深觉得自己应该少看一点警匪片。

霍朗转身走出医生的办公室，背靠着冷冰冰的墙面发了好一会儿呆，这并不是他想听到的答案，虽然他心里已经知道事实一定离这不远。

他机械地朝霍霆的病房走去，与霍霆有关的所有画面都不断循环在他的脑海，曾经不可理喻的一切在这一刻全部迎刃而解。

霍霆不断纠缠阮阮，是因为他根本就放不下阮阮，当初的离婚是他情非得已，他要阮阮打掉喃喃是情非得已，他不断地在阮阮面前扮演一个坏人的角色，逼她远离自己，亦是情非得已。

所以当初霍霆才会百般不同意阮阮和自己在一起，对于家的变故也置之不理。

他在企图用他自己的长痛，换取阮阮自己的短痛，所以霸占了呢呢，还要抢走喃喃，只为让阮阮不在未来的日子里一而再地尝试失去至亲，而现在，他得知喃喃是健康的，便放任自己来带走她。

想到这些，霍朗心酸不已。

"我要见霍霆。"他在病房门口遇到了正在抽烟的孟东，眼底的哀痛不加半点掩饰。

孟东愣怔了一下，在他印象里霍朗这人的性格又倔又拗，软硬不吃，这种面子里子都硬得和铁板一样的男人，忽然红着眼眶站在自己面前，他还真是有那么一点不适应："你不走了吗？他刚睡着，你找他干什么？孩子给你了你就赶快走吧。"

霍朗的喉结不自然地滚动着："我不打扰他，就看看他。"

孟东抽烟的动作僵硬住，有些戒备地看着他："他好得很，不需要你看。"

"那要等他死了我去墓地看吗？"

"你说话怎么那么难听啊？"孟东立即火了，"他活得好好的，死个屁！长命百岁着呢！"

"不会，患有这种罕见心脏病的病人，霍霆已经是少有的长寿。"

孟东有些难以置信："你知道了……"

"是，我已经知道了，现在我可以看他了吗？"

孟东撇撇嘴，无可置辩，垂头弹了弹烟灰，眼神中有些许无奈："你知道就知道吧，但你不能告诉巫阮阮，如果你是真的关心霍霆，就千万不要告诉她。"

霍朗双手插在风衣口袋里，闭了闭眼，没有应允他的要求。

孟东说："他所做的一切，全部是为了巫阮阮，他遭的罪够多了，让她在毫不知情的情况下把他彻底遗忘，是他最大的也是最后的愿望。一旦巫阮阮知道了这些事，他所有的牺牲，那些痛不欲生的日子，全部白熬，他会郁郁而终，不会有半天开心日子。巫阮阮也不会好过，甚至一辈子都不好过，你想看着他们两个一起不好过，就去告诉阮阮吧。"

霍朗的唇线紧紧抿起，手掌落在门把手上迟迟未动，对孟东的话置若罔闻，问出心中疑惑："他是因为阮阮白了头吗？"

"不知道，谁知道他心里到底在想什么，呢呢死了之后就变成这样了，可能是想念呢呢，也可能是愧对阮阮。"

"于笑……"

孟东摆了一下手："于笑的事情我不知道，那段时间我家里也是乌烟瘴气，基本上没怎么和霍霆在一起。具体的细节我也没有问过，我只知道结果就是现在这样子。"孟东脑子没有洞，他知道什么话该说，什么话不该说，于家的事是霍霆步步为营的复仇策划，其中详情没有人知道最好。

霍朗点点头，没再多问，推门进入病房。

熬了一整晚不舍得睡，霍霆这会儿睡得很熟，连霍朗坐在他的床边也浑然不知。

白色的碎发搭在他漆黑的眉头，呼吸均匀而清浅，他安静得像一株不会说话的植物。

霍霆长得和自己还真像，只有肤色差距较大，眉形、眼廓，还有鼻梁都是一个模子刻出来的，唇形不大像，自己更加刚毅一些，而霍霆的显然温柔许多。

相由心生这话果然不假。

霍朗抬手在霍霆的眼前晃了晃，得不到丝毫的回应。

虽然已经知道事实的真相，可当他掀开霍霆的被子，解开他的病号服，亲眼见到那缠着白纱布的新伤，还有那新伤之下犹如一条丑陋蜈蚣的狰狞旧疤时，心脏处还是难以自控地抽搐了一下，眼眶滚滚发烫。

这人要多坚强，才能将这心里心外的疼痛一起若无其事地忍受！

霍朗睫毛微微发着颤，替他合上了病号服，满目心疼地看着沉睡中的他，这个生病受伤的人，他是自己的亲弟弟啊……

回家的路上，霍朗对祝小香说："假如我从来没离开过这里，我和霍霆一起长大，现在很多事情都会变得不一样。"

祝小香不屑一顾："你会被你亲妈虐待得遍体鳞伤吧？也就这点不一样了。"

霍朗却沉默了，他想，最大的不一样，应该是有了一个兄长的庇护，霍霆不会变成现在这副内敛隐忍的模样。

有时人是很奇怪的生物，他宁可霍霆活着被他讨厌，也不想霍霆死了被他怀念。

巫阮阮已经知道他们要回来，早早站在家门口满怀期待地等着，一见霍朗的车回来，激动得眼泪都要掉下来。

车门打开，霍朗从后座抱着喃喃下来，巫阮阮飞快地冲上去，一把抱过喃喃，在她圆圆的小脸蛋上亲了又亲。小喃喃完全一副状态外的表情，被她亲得一愣一愣的。

从喃喃被带回来，巫阮阮几乎就没让她离开过自己的身边，除了上洗手间会让霍朗抱那么一会儿，就连晚上睡觉也没有把她抱回她的小床，而是放在自己和霍朗中间。

霍朗洗完澡出来便看到巫阮阮搂着喃喃躺在大床中间，他无奈叹气："她不能睡这里，你睡觉不老实，会压到她。"

"我今天老实睡，不会压到她。"她还没有亲近够，舍不得放手。

"她不会再被抱走了，你别这么紧张。"他弯腰把小姑娘抱起来，送回婴儿房。巫阮阮立刻踢开被子跳下床跟出房间："我们要不要搬家？万一霍霆再来怎么办？等他好了再想抱走喃喃怎么办？你把喃喃抢回来，他会再抢回去。"

霍朗放好喃喃，转身推着巫阮阮离开婴儿房。巫阮阮还在不依不饶地自言自语，他的大掌猛地扣在她的腰肢上向上提起，低头重重吻了上去，以吻封缄。

一路吻着回到房间，霍朗反手关上灯，将她压到在柔软的大床上，她要说的话被他吻得支离破碎。她气息紊乱却偏偏不忘记担心她的喃喃被人抱走，霍朗在她下嘴唇狠咬了口，她吃痛，委屈地瞪着他："我想和她一起睡为什么不行？"

"你睡觉胳膊腿喜欢放在人身上，再瘦你也是个成年人，还有你的胸，万一她睡觉不老实蹭到你胸口，你想让她窒息在母亲的怀里吗？"

"我只和你睡觉才会这样，和喃喃一起睡我会很老实。"她伸手推开他的胸膛。

霍朗拉高她纤细的手腕固定在头顶，居高临下，一副王者姿态，不容置喙地说道："不行，你要和我睡。"

"你太小气！我每天都和你睡！就想和她睡一天也不行？"

"不行。"

霍朗笑容微酸，用霸道得令人窒息的深吻结束了这个话题。面对毫不知情的巫阮阮，霍朗感觉到了从未有过的力不从心，这不幸的爱情故事里每一个人都是令他心疼的，心疼霍霆，也心疼阮阮，舍不得霍霆，也舍不得自己和阮阮的感情。

一向强大的他，甚至不敢对巫阮阮问一句：假如霍霆还像从前那样爱你，你会不会回到他的身边去？

他怕看见巫阮阮摇头，糟蹋了霍霆那一份深情；也怕巫阮阮点头，他便要失去了自己最爱的、无可取代的人。

他吻了巫阮阮很久，吻过她身上的每一个他爱的地方，却也仅仅是吻了她，在她意乱情迷时将她搂进自己的怀里，不许她逃开，甚至不许她翻身，就这样霸道地，用他独家占有的方式拥抱着直至她睡去。

当你心里揣着一个不得不说却又无法公之于世的秘密，那么以后的每一分钟都会变为焦灼的煎熬。

那天之后，巫阮阮问起霍霆的身体恢复得怎么样，霍朗一语带过，说没事，暂时看还是挺好的。

巫阮阮便没再多问。

除夕夜那天大家聚在霍朗的家里，万家灯火，分外喧闹。

对于没有感受过真正中国年的祝小香和金木谣来说是值得兴奋的，大街上的张灯结彩全带着韵味十足的中国风，连家里也被巫阮阮布置得喜气洋洋。

零点的时候，小区的高层有人违规放了爆竹烟花，很热闹，祝小香说早知道可以违规放，他买十万块钱烟花回来炸一炸晦气。

因为是年夜饭，安燃将自己的厨艺发挥到了极致，大家喝了一点点酒，连巫阮阮也喝了，本来就是没有什么酒量的人，一杯就被放倒。

霍朗用筷子蘸了一滴啤酒伸入喃喃的口中，小家伙仔仔细细品尝一番，表情纠结无比朝外吐着口水泡泡，逗得一桌人跟着大笑。

十二点过后，大家都睡了，霍朗带上手机走出家门。午夜寒凉，呼吸间会喷出淡淡的白色雾气，他拨通了一个号码，听到那一端平和凉薄的声音淡淡地对他问好："新年快乐。"

"新年快乐。"霍朗说。

他这一端烟花爆竹十分热闹,电话另一端却冷清得连个电视的声响都没有。

"你要休息了?"他问。

霍霆的声音有些倦怠:"嗯,准备睡了,不睡觉也没事做。"

"你妈呢?"

"八点多就睡了,已经告诉她三遍今天过年,她记不住。"

"没有看春晚吗?我是第一次看,还不错,很有中国特色,一派喜气祥和。"他低着头漫步到别墅外的马路上,街景很亮,他和巫阮阮主卧的灯亮了又熄灭。

"我觉得太吵了。"霍霆说。

那么大一栋别墅,人影寥寥,不用亲眼所见,霍朗也能想象得出霍霆现在孤孤单单的样子,在冷冷清清的山顶月光下,躺在昏暗的卧室里,万家灯火,独他寥落。

而他想要的那一切,却全部在自己的身边和怀里。

多年以前,霍霆独占了他生命里最重要的一个女人,多年以后,他却独占了霍霆用命去爱的女人。霍朗有些不理解,既然当初老天偏爱了霍霆,为何不一直偏爱下去,为什么一定要为他讨一份公平?

这世界本来就不公平,既然已经牺牲了一些人,为何不牺牲到底,而是让所有人都遍体鳞伤?

霍霆大概觉得他们在电话里也没有太多话可说,于是打算结束话题休息:"我困了,熬不了夜。"

"嗯。"霍朗犹豫了一下,还是说出了预计中的谎言,"阮阮让我祝你新年快乐。"

短暂的沉默之后,霍霆笑了笑,说:"谢谢,也祝她新年快乐。就这样吧,改天有空了回来吃团圆饭。"

团圆两个字,听起来有些心酸,霍朗问:"带上阮阮和霍燕喃吗?"

"别了,你回来我们家就团圆了,她不会想来的,我也……"霍霆微微顿了一下,好似在重新整理自己的决心一样,"不想见她们。"

一阵风吹过来,穿透了霍朗身上的红色毛衣,他转身朝屋里走去:

"好，我知道了，再见。"

他说不想见巫阮阮和喃喃，是真的不想，还是他不敢想？其实他在害怕，怕越见会越舍不得。

霍朗说不出自己有多心疼，如果那个女人不是巫阮阮，而是另外一个与他毫不相干的女人，他会无所不用其极地把她绑回霍霆的身边。

可是，那个人是他的阮阮，除非有那么一天，阮阮亲口说她不想再留在自己身边，否则他永远不会把她推出去。像霍霆那样偏执而孤独地爱一个女人，他做不到。

挂断电话，霍霆穿着睡衣起身，孟东早就告诉他霍朗已经得知他的病情，当时的他很意外，随即又很快看开。如他所料，霍朗不会告诉阮阮自己的病情，没有哪个男人会那么傻。

他走到呢呢的房间打开灯，骤然明亮起来的灯光让他不适应，他用手掌稍稍遮了一下。呢呢的床品已经被换上了他最新订回来的一套，小孩子总是要在新年里让房间焕然一新。他坐到床边看着空荡荡的儿童床，怅然所失地拍拍身边的床铺，掏出睡衣口袋里的红包，还有一小包彩色的糖果，放到了呢呢的枕头边："新年快乐宝贝儿，你又大了一岁，从今天起你就五岁了。"

离开呢呢的房间时，他侧身关掉灯，轻声说："晚安。"

随后走进了霍江夜的房间，现在已经是阿青陪着小江夜一起睡。

小江夜刚刚喝过奶，这会儿还没睡，正在床上对着空气蹬腿，房间昏暗，怕霍江夜不适应，霍霆也没开灯。

阿青见他进来立刻坐了起来，询问道："少爷，怎么了？是不是饿了？你晚饭吃得不多，我去让人煮东西给你吃。"

"不饿。"他敞开房门，让走廊的明黄色灯光照进来，"过来拜个年。"

阿青笑着下床，脆生生地说："少爷新年快乐，万事如意，恭喜发财。"说完举着双手等待他的红包。

霍霆微笑着放到她手里一个红包，极薄，轻飘飘的，好像什么都没有。

往年霍霆给阿青的红包数额都不小，阿青好奇地打开，借着微弱的灯光，她看到了一张银行卡。

"你上次给我的卡还一分没花,少爷,你又给我钱,我去哪里花……"

霍霆不以为然地笑了笑:"一辈子长着呢,哪有人嫌钱多?"

"这里面很多钱吗?"

霍霆思忖片刻:"不算少,有空你可以去查一查。"霍霆走到床边抱起小江夜亲了亲,掏出给他准备的小红包放进他手里,"新年快乐。"

霍江夜认真地研究着手里的红包,抓来抓去弄变了形。

"你应该说谢谢爸爸。"霍霆提醒他。

霍江夜迷茫地看了他两秒,吐出一个单音节:"爸!"

霍霆搂着小儿子躺在阿青的床上,一直到霍江夜睡着,阿青把小孩放回他自己的小床上,霍霆并没有离开,她却不知道该往哪儿睡了。

霍霆拍拍身旁的空床:"睡觉。"

阿青站在婴儿床旁犹犹豫豫不敢过去。

"过来啊,你不睡觉站在那儿当门神吗?"霍霆朝她勾了勾手。

阿青拘谨地走到床边,踌躇了好半天,慢腾腾地躺到他旁边,中间空的地方还能塞进去两个阿青。

霍霆侧过身面对她:"我咬人啊?"

"不咬。"她只是怕霍霆一不小心失控做出什么后悔的事情。

"不咬人你离我那么远干什么?"他伸长手臂揽住她的腰肢将人勾到自己身边。四目相对时,沈暮青连自然的呼吸都不敢,断断续续地喘着气。

"少爷,我是阿青。"

"我知道你是阿青,也是我儿子的妈。"

因为已经准备入睡,阿青身上穿的是睡衣,头发也披散着,霍霆见她发丝缠到脸颊脖颈上,便抬手为她拂到耳后。这动作太过柔情,阿青整个人变得僵硬起来,只能傻傻地盯着他那张背着月光的脸。

"上次让你扮演韩柯的女朋友,你适应得很好,不如我真给你安排个相亲的对象让你过自己的生活去吧。"

阿青急忙拒绝:"我不要,少爷,您千万别安排,您说好了以后要把江夜给我带,我还要给他当妈妈,您要是有了新女朋友愿意给江夜当妈妈,我就还是那个阿青,除了霍家我哪儿都不去。"

阿青的皮肤干净光滑，霍霆的手指在她的脸颊上摩挲着，温和低声道：“现在是我活着你才心甘情愿留在这儿，要是哪天我不在了，你能守多少年？早晚要嫁人，不如趁着年轻找一个好的，等到年纪大了想嫁好男人就不容易了。”

光线昏暗，他的双眸却明亮异常，像暗夜里黑色的珍珠，散发着柔和的珠光，阿青看得痴迷，她等了很多年，也不过就是为这一天，他也会用这样的眼神来看自己，是真真正正地看着自己。

"少爷，您活着，我就在霍家守着您的人；您活不了了，我就在霍家守着您的魂。反正我能看上您，我就不相信这世界上还能有第二个让我看上的人，找不出，上哪儿也找不出。"

霍霆轻笑一声："你怎么敢肯定？"

阿青忽然向他靠近，轻柔而快速地在他唇上印了一个吻。霍霆没有躲开，只是嘴角挂着淡淡的笑容看着她。

"你就那么喜欢我？喜欢到无论我生老病死都愿意陪在我身边？"这话听着挺像婚礼上牧师该说的。

"嗯，就这么喜欢。"阿青肯定道。

"既然不想和别人结婚……"他顿了一下，诚恳而认真道，"不如嫁给我……"

阿青不可思议地睁大眼睛，继而笑了笑："别闹了少爷。"

"你不想和我结婚？"霍霆反问一句。

怎么可能不想，日日夜夜地想，可是她太清楚霍霆心里的人是谁，他是为了谁才把自己逼入这样痛苦的绝路。

阿青还是没有回答，她再一次想靠近霍霆去蜻蜓点水般地亲吻他时，被他用手指轻轻抵住了她的下巴。阿青窘迫僵住，下一秒，霍霆翻身将她压在身下，呼吸极近极柔和地拂在她的脸上："如果我从来没有遇见过巫阮阮，可能真的会喜欢上你，你知道我爱她，直到我从这世上消失那一天我都不会放弃爱她。"

"我知道……"

"但是我想给你一些你喜欢的。"

黑暗里，两个人深深对视着，阿青对他微笑："少爷，你很善良，是一个好儿子、好爸爸，特别特别的好。"她知道，霍霆不过是为了让她死心塌地地留在霍家，让她心甘情愿地做到对霍老太太和霍江夜不离不弃。

霍霆也笑了："你这么聪明真的好吗？"

"我不聪明，只是懂你。"

霍霆觉得他很幸运，饶是生了一场大病，失去了婚姻与女儿，不能和爱的人在一起，可这世界上，还有那么一些人，愿意像他爱着阮阮那样来爱自己。

阿青的手臂环上霍霆的脖颈，第一次，她有勇气有力气主动将他拉向自己，他没有发脾气，也没有半点拒绝的情绪，甚至伸手推高了她的衣服，手掌落在她的胸口。阿青的呼吸在发颤："少爷，我真的要求不多，不如，你每亲我一次，我便多留在霍家一年，你亲我一百次，我便留一百年……"

她的话没来得及说完，便无奈地沉溺在他的亲吻中。

霍霆在阿青和霍江夜的房间睡了一整晚，早上醒来的时候阿青已经不在床上，小江夜也不在，只有霍霆一个人只穿着一条内裤在被子里来回翻身，原来这床这么不舒服，睡起来还不如医院的 VIP 病房，他在考虑要不要给阿青换一张。

霍霆刚要掀开被子起床，房间的门便被人从外面推开，阿青站在门外看着走廊的方向，没一会儿，霍江夜便以一种极怪异的爬行方式出现在门口，一路爬到霍霆的脚边。

霍霆把他从地上抱起来，拍了拍衣襟，和他一起躺回床上："闭眼，再睡个回笼觉。"

霍江夜现在只想爬行，无意睡回笼觉，于是奋起反抗，拼命挣扎，他拱起来，霍霆把他按趴下，他又拱起来，又被按趴下，周而复始，最后他"哇"的一声大哭起来，无辜地求助于站在不远处的阿青，一口一个妈妈，叫得响亮清晰。

阿青接过小江夜立马放在地上，哭声戛然而止，他嗖嗖嗖地朝门外爬去。

霍霆侧身枕着自己的手臂，看着他们一大一小离开，如果以后的生活一直是这样平静,也很好。

他正打算再睡一觉的时候,阿青突然折回房间:"少爷,霍朗少爷来了,我让他等您起床,还是让他先回去?你们约好了吗?"

霍霆微微一怔,没想到昨天半夜才说过让他来吃团圆饭,他今天就来了。他掀开被子套上睡衣准备回自己的房间洗漱:"让他等我一会儿吧,我现在起床。夫人呢?吃早餐了没?"

"夫人在看您给她买的按摩椅的说明书呢!"

"又看?都不知看了多少遍了。"

"看多少遍都和没看一样。"

霍霆简单洗漱一番,找了一身看起来比较精神的几何印花休闲套装,看起来朝气无比,房门一打开,他本能地倒退了一步,这人怎么直接上楼了?

"你带她来干什么?"

"她不姓霍吗?"霍朗反问道。

嘴上说着别带霍燕喃来,可当霍霆真从霍朗的手里接过霍燕喃时,嘴角还是闪过一抹不易察觉的微笑。

喃喃今天心情不太好,有点不想让别人抱,霍霆刚接过来没半分钟,她就撕心裂肺地朝霍朗使劲,眼泪啪嗒啪嗒往下掉,直到霍朗把她抱回来,她才抽抽搭搭地止住了哭声。霍霆搓了搓手,有些尴尬地抿了抿唇。

"她不认生,可能心情有点不好。"霍朗掏出手帕给小喃喃擦脸,干脆利索,算不上温柔。

霍霆垂下眸子,什么都没说。

"带我参观参观?"霍朗提议道。

霍霆一只手插着口袋,闲适地带他挨个房间参观一番,主卧、客房、呢呢的儿童房,还有霍江夜的房间,那小小的婴儿床旁有一张宽阔的双人床,被褥还未来得及整理。

"我昨晚在这儿睡的,没来得及叠被。"

"小孩睡觉太闹可能休息不好。"

"他不闹,一觉到天亮。"霍江夜虽然不是哑巴,但省心程度不亚于呢呢,他关上婴儿房的门,带霍朗朝霍老太太的房间走去,"这是我妈的房间,她房间采光最好,现在不允许她自己出门,她多数时间就在房间里看说明书,因为很快就忘记,所以那个说明书已经看了几百遍了。"

他推开房门,霍老太太果然坐在按摩椅上认认真真地研究说明书上的养生保健技能,见到自己两个挺拔英俊的儿子就像看见路人甲一样:"我不饿。"

"……"

"……"

房间的布置很简单,也很温馨,梳妆台上放了几张年轻男人的照片,皮肤白皙,笑靥温柔,和霍霆有几分相似。墙上也挂着一张巨大的双人合照,不得不说,霍老太太年轻的时候真叫一个漂亮。

只是这满屋子的回忆里,只有霍霆的父亲,没有霍朗。

"下楼吧,他又不认识我,在这儿干什么?"说完,霍朗便抱着喃喃转身离开。

大人之间很难融洽,小孩子却只需一秒,霍燕喃与霍江夜一秒钟认亲成功,在茶几旁的地毯上玩玩具。霍霆坐在地上用长腿给两个小家伙圈出一个范围,时不时帮他们递过去玩的东西。

霍朗从大衣口袋里掏出一个红包,递给他:"给你的。"

"嗯?"霍霆愣了一下,看着有些厚重的红包,啼笑皆非地接过来,"没想到一把年纪还有红包拿。"

"补偿你小时候的那些。"

霍霆笑了笑,打开红包向里瞄了一眼,立刻把那一沓钱抽出来:"你在逗我玩?"

崭新的一百张一块钱,还缠着银行的封条,霍霆晃了晃手里的"巨额钞票":"全是一块的也就算了,还不是美金,我小时候也没有这么落魄过啊……"

"别人给你红包,你应该说谢谢,老师没教吗?"

"谢谢。"

气氛很和谐,没有任何以往的剑拔弩张。霍朗问一些他小时候的事情,他耐心地回答,然后霍朗问到了巫阮阮,还有他们的爱情。

那么顺其自然的相爱,让霍朗羡慕不已,饶是那故事已经成为过去,他爱现在的阮阮,也爱霍霆故事里的那个阮阮,他再一次确定自己离不开阮阮。

被问及于笑的事情时,霍霆低头温柔地揉了揉小江夜的脑袋:"我其实不算一个大度的人,一直以来都是有仇报仇、有恩报恩,于笑的事情,可能你在想,再不济她也是我儿子的妈,我对她置之不理有些残忍,但是在我看来,她罪有应得。"

午餐很丰盛,霍霆一边给霍老太太布菜,一边漫不经心地说:"上次在外公家你说你喜欢吃牛肉,就给你做了几样。"

虽然整个用餐过程,霍老太太不曾抬头看霍朗一眼,霍朗还是觉得这画面很美好。

临走前,霍霆一只手抱着喃喃,一只手拿着一个小红包逗她,让她亲自己,亲了就把红包给她。

小喃喃不为所动,意志坚定地抵抗了糖衣炮弹:开玩笑,我爸不差钱,这个诱惑不了我的,哼。

他又从口袋里掏出两块包装漂亮精致的糖果逗她:"亲一个?"

喃喃决定暂时放下尊严,接受他死乞白赖的讨好,于是抓过他的糖果,在他主动把脸颊凑过来时,她抱着他的脖颈,在他唇上啵了一个响。

霍霆一瞬间红了眼眶,他笑着揉了揉她的小脑袋,然后把她送还到霍朗怀里:"以后别再带她来看我了。"

"你不想多见见她吗?"

"不想。"他回答得肯定干脆,"没什么要紧事的话……你也不要再来了。"

霍朗微微一怔:"你要和你大哥恩断义绝吗?"

"你要这么想也可以。"他漫不经心道。

霍朗皱眉:"你又在想什么幺蛾子?"

"没有,我只是觉得越频繁的见面会让我越舍不得,早晚你都是要带她去美国的,我就当你们已经离开这里了。别总让我期待下一次,我想自私一点,安心过剩下的日子。"说完他还释然地笑了笑,"走吧,我们本来也没什么感情,何必非要相亲相爱,到最后弄得所有人都愉快不起来。"

"没有阮阮,没有喃喃,连我你也不认,你不遗憾吗?"

霍霆摇头:"不遗憾,人死了什么都没有了,有什么可遗憾的。"

霍朗沉默了两秒,又问:"那你想没想过活着的人会不会遗憾?"

霍霆勾着嘴角笑得无害至极:"只要人活着,就会遇到无数的好事来弥补和模糊种种遗憾,这没什么。"他见霍朗还想开口反驳,便突然将语气强硬了一些,"我决定的事情别人很难改变,你当我自私也好,任性也罢,就由我去吧。"

霍朗到底什么都没说出来,正要转身之际,怀里的小喃喃突然朝霍霆张开手掌,一整天没蹦出一个字,这会儿突然清晰无比地挤出两个字——爸爸。

真是意外的惊喜。

霍霆抬起手腕,握住了喃喃的小手,双眸如同深幽蔚蓝的汪洋,嘴角无法抑制地微微颤抖着,艰难维持着一个温暖的笑容,喉结一再滚动,压抑着临近崩溃的情绪,轻声说:"再见,喃喃宝贝。"

霍朗的眼眶也跟着发烫,待霍霆松开喃喃的手,他迅速抱着喃喃上车,把她安放在婴儿安全篮后,驱车离开。

车影消失,霍霆忽然蹲下来,抬手捂住了自己的眼睛,他再也不想在这个家里看到任何一个背影离开。

周而复始的离开,再见,再离开,那还不如就此别再见。

身边传来窸窸窣窣的声音,霍霆抹了一把脸转头,险些一屁股坐在地上:"妈,你干吗?"

霍老太太刚刚离他极近:"我听听你是不是哭了。"

"没有啊,我哭什么,眼睛不太舒服而已。"他快速地抹干眼眶,狡辩着。

"没哭你傻愣愣地蹲着干吗!我要下棋!你玩不玩?"

"玩。"他站起来,无奈地笑出声,"哎,说得好像你记得怎么玩一样,教你又记不住……"

三月初,霍霆因为身体不适合劳顿的跨国旅途,婉拒了云笔设计大赛的颁奖典礼。

巫阮阮的作品没能摘下平面设计类的新人奖,但是,很了不起的是,她获得了平面设计类的最佳作品奖,同她一起获此殊荣的设计师,分别来自丹麦和瑞典,都已经是小有名气的设计师。

在巫阮阮和霍朗临出发的前一天,霍燕喃为了表示自己不想出国的决心,硬是把自己折腾得发烧,原本预计好的三人行,最后不得不临时改变计划,改为祝小香陪着巫阮阮去领奖,霍朗则要留下来照顾喃喃。

有祝小香在,连订礼服的钱都省了,他们的行程安排是坐飞机去,下了飞机直奔会场,结束后吃个晚餐,再火速赶到机场坐飞机回来。

用祝小香的话说,这机票是给人订的吗?你当我是国际速递啊!

国际速递员风风火火地将巫阮阮打包上了飞机,经过火急火燎的颁奖典礼之后,捧回了一座金色的小奖杯,接着便是凯旋。

巫阮阮回国那天,喃喃的烧还没退,一下飞机她就赶往医院。

喃喃烧得迷迷糊糊的,在病床上睡着了,巫阮阮怕吵到她,轻手轻脚地退出病房,和霍朗一起到医生办公室询问病情。

医生隔壁办公室的门虚掩着,里面断断续续传来"排异严重""目前还没有解决方法"的字眼,巫阮阮往门内瞟了一眼,那医生正在打电话,巫阮阮即将走远时,耳边又传来一句"孟东,好好陪霍霆走完剩下的日子吧"。

巫阮阮瞬间怔在原地,低下头慌乱地从包里翻出自己的手机,准备给霍霆打电话:"我打电话问他。"

霍朗劈手夺走她的手机:"你可以问,可一旦他生病的事属实,你让忍受了这么久的霍霆怎么面对你,你想好如何应对这样的现实了吗?你就那么能确定他会告诉你实情吗?"

巫阮阮目不转睛,直视着他的眼睛:"霍朗,你也知道对吗?"

霍朗的视线看向远方,久久不肯说话。

"你知道是吗,霍朗?"巫阮阮轻声问,她很想听到霍朗问心无愧地坚定地回答她"不知道"三个字,然而霍朗很无奈地认命道:"我知道。"

虽然心里已经料到了答案,巫阮阮还是无法掩饰自己的骇然,她眨了眨眼,下一刻,眼泪无声地落下,好像窗外的草坪里明明栽着一朵美丽的小花，推开窗靠近时才发现，那花瓣却满是芒刺，她握在手里，扎在掌心，是那么疼。

外面车水马龙、人头攒动，医院的冷气足到快要渗透人的皮肤，巫阮阮很安静地流着眼泪听霍朗给她讲完这个比童话更温暖，比死亡更心酸的爱情故事。

听故事的人很难过，讲故事的人也很难过，而故事里的那个主角，他是怎么熬过来的呢？

"所以，他不想我知道，所以拼命地把我往外推，他一个人过得很辛苦，却还要亲眼验证我是幸福的，他才肯放心，是吗？"

霍霆和巫阮阮的离婚证还一直在霍朗的皮夹里，他拿出来放到巫阮阮的手心："这是你们的离婚证。"

紫红色的小本本像刀锋一样冲进她的视线里，她的手指在发颤，然后慢慢地翻开。

看到登记日期时巫阮阮不由得一怔，她吸了吸鼻子，抹掉一拨又一拨根本止不住的眼泪，定睛看清上面的离婚登记日期，不可思议地瞪大眼睛看向霍朗："这日期很近，那之前我和霍霆一直没有离婚？"

"他要等到真正放心，才会放你离开，大概担心你会错嫁。"

巫阮阮不知道，霍朗在说这些话的时候心里有多忐忑，霍霆不是她一个人心里的伤痛，在他心里一样令他心疼。

"我想一个人待一会儿。"她收好离婚证，提着包包准备走。霍朗突然伸手抓住她纤细的手腕，她的视线落在那些张扬而复杂的彩色文身上，让她想起自己第一次见到他时的样子，霸道而不羁，对一切事物都好似不屑一顾的他，这一刻竟变得有一些小心翼翼。

霍朗把巫阮阮的手腕握得很紧，他的声音带着饱满的磁性，低柔而轻缓地问道："我们会分开吗？"

巫阮阮的嘴角不住发抖，半响后，她哽咽着反问道："我们……为什么会在一起？"

是因为霍霆啊，是因为霍霆推开了我，我才有幸认识了你，如果没有霍霆，就没有我们的爱情……

霍朗还是松开了巫阮阮，眼睁睁地看着她离开，远去的背影里，她身着黑色连衣裙,走得很慢,仿佛陷入了很长很深的沉思和回忆。这两年来所发生的事情,一定像一场呛人的硝烟,疯狂地朝着她席卷而来。

最后他还是不放心巫阮阮一个人走,谁知道她精神恍恍惚惚的会不会发生什么意外。霍朗让看护照看好喃喃,和巫阮阮保持着一段距离和她一起前行。

红绿灯转换过两轮,巫阮阮仍旧失神地伫立在烈日炎炎的街头。

她抬起头,可以看见绮云四季酒店的巨大 logo,离她只有两个十字路口,后面青山环抱,沿着那条干净整洁的柏油马路一直向上,就是霍霆住的地方。

她还以为自己永远失去了那个美好的家和美好的男人,原来他们一直都在,是她自己选择了离开。

他宁愿一个人忍受短暂的孤单,也不想让她陷入一辈子的思念,这个人,怎么能对自己这么残忍?

巫阮阮就这样一路走走停停,一路沉思着,将近三个小时,黑色的连衣裙背后已经全部湿透。走累了她就坐在路边吹着山风,起来再继续走,最后终于站在了霍家别墅的大门外。

霍霆不在,是阿青出来给她开的门,见到她哭成这样还吓了一跳:"你怎么了,阮阮姐?"

"你也知道了,是吗?"

"我知道什么呀?我不知道你在说什么呀……"阿青不明不白地眨了眨眼,"你先别哭,有什么慢慢说,我们少爷带夫人出去散心了,你是不是有事找他?"

巫阮阮抓住她的手臂轻轻摇了摇:"阿青,你知道霍霆病了是不是?你知道他为什么不要我和喃喃了是不是?"

阿青的表情已经替她回答了一切,果然谁都知道,每个人都知道,独独她一个人不知道。

这一刻,山川被眼泪冲淡了颜色,悲鸣撕裂了天光,泪水汇聚成冰冷的河,将巫阮阮顷刻淹没。